KB117643

아나하라트

공주와 구세주

2

I prayed therefore unto the LORD, and said, O Lord
GOD, destroy not thy people and thine inheritance,
which thou hast redeemed through thy greatness, which
thou hast brought forth out of Egypt with a mighty hand

아나하라트 2

공주와 구세주

김영지 장편 소설

아나하라트_공주와 구세주

2권
1부 공주 2

6
폭군의 초대

나는 황량한 광야에서 하늘을 올려다보았다.

허공에는 거대한 산 같은 것이 떠 있었다. 무쇠의 색을 가진 그것은 아크제리유트의 공중요새. 그 경이로운 요새는 하늘에서 쏟아질 듯한 위압감으로 나를 내려다보고 있었다.

열흘이라는 시간에 맞춰 나는 결국 이곳을 찾아왔다.

열흘 전, 나는 아크제리유트에게 자신의 요새로 찾아오라는 전언을 받았다. 그 전언은 갑작스러웠지만 나는 담담했다. 오히려 잘됐다는 생각도 들었다. 이 이야기를 들은 사람이 나와 기달티 둘뿐이라는 게 차라리 다행이었다.

나삭의 인형이 먼지처럼 사라지는 것을 지켜보며 나는 기달티에게 물었다.

“아크제리유트도 저와 아는 사이였나요?”

“아니, 그자는 젊다. 이전에 그대를 본 적은 없다.”

그럼 체파르데아와 같은 이유로 날 부른 건 아니겠구나. 그럼 뭘까, 나를 부른 이유는.

“여기서 아크제리유트의 영토까진 얼마나 걸리죠?”

“용을 타고 간다면 사흘 정도.”

“생각할 시간이 있네요.”

“어쩔 셈이지?”

“아직은 잘 모르겠어요.”

기달티의 물음에 나는 고개를 가로저었다. 그리고 덧붙였다.

“이 일은 라이시한테 비밀로 해요.”

나와 같은 염려를 하고 있었는지 기달티는 묵묵히 끄덕였다. 그 후 기달티는 인형이 내던진 차아카의 목을 수습했고, 나는 먼저 성으로 들어갔다.

방에 돌아와서 나는 긴 한숨부터 내쉬었다. 이전에 한 번 겪었기 때문일까, 묘하게 차분했다. 무아카 때와 비교하면 상황이 조금 나은지도 모르겠다. 무아카의 공격은 너무 갑작스럽고 긴박했다. 그래서 어떠한 타협의 여지도 없었다. 하지만 이번엔 조건부의 선전포고, 어떻게 받아들이느냐에 따라 전쟁은 일어나지 않을 수도 있다.

나를 원한다고 했다. 그럼 내가 가면 괜찮을까? 아무 일도 일어나지 않을까? 누군가가 아파하는 모습을 더는 보고 싶지 않다.

나는 지쳐서 침대에 엎드렸다. 잠깐 눈을 감은 사이 꿈을 꾸었고, 그 꿈에서 내가 그토록 그리워하던 이를 만났다.

요새가 드리운 하늘로부터 무장한 사람들이 내려왔다.

그들은 땅에 내려오자마자 홀로 선 나를 포위했고, 곧 억세게 붙잡았다. 나는 억류된 아픔을 견디며 그들을 바라보았다. 그들의 목에는 역시나 붉은 줄이 그어져 있었다.

그들은 나를 저 요새로 끌고 갈 아크제리유트의 권속들이었다.

그때의 꿈은 새하얗고, 또 백합 향기가 났다. 나는 그 향기를 맡고 놀라서 고개를 들었다. 그곳에 그가 있었다.

—리이.

차분한 그 음성에 나는 전율했다. 아, 내가 왜 당신을 잊고 있었을까. 당신은 항상 내 곁에 있었는데.

—아빠…….

그는 왕, 이 세상을 만들고 다스리던 위대한 나의 왕, 나의 사랑하는 아버지 엘이었다. 나는 지체 없이 그 품에 안겼다.

—아빠!

내가 이 따스함을 얼마나 그리워했는지 그제야 깨달았다. 나 자신을 잊으며 모든 것을 기억에서 지웠지만, 이 그리움만은 항상 내 안에 있었다. 그에게 하고 싶은 말이 너무 많았다. 나는 그 품으로 절박하게 파고들며 물었다.

—아빠, 이 세상은 왜 이런 거죠? 사람들이 계속 다치고 죽어 가요. 왜 이렇게 된 거죠?

나를 내려다보는 엘의 눈빛은 다정하고도 서글펐다. 그래서 그 눈을 마주 보던 나도 함께 슬퍼졌다.

—아빠도 그게 슬퍼요?

내 물음에 엘은 고개를 끄덕였다.

—그런데 왜 그냥 보고만 있어요?

—내가 보고만 있다고 생각하니?

그 물음은 깊고도 잔잔했다. 나는 선뜻 대답할 수 없었고, 그는 망설이는 나를 다정하게 다독였다.

—나는 널 보냈지. 네가 내 백성에게 길이 되어 주길 바라면서.

아, 기억났다. 내가 이 세상에 온 이유. 그건 저들의 길이 되기 위해서였다. 그 사실을 기억해 냈지만, 나는 여전히 내가 무엇을 할 수 있는지 몰랐다. 세상에 몰아닥친 두려운 일들은 모두 감당할 수 없이 거대하게만 보였다.

—그럼 난 이제 어떻게 해야 하죠?

—멈추지 말고 걸어가렴. 내가 네게 길을 보일 테니.

그렇게 말하며 엘은 다시 한 번 나를 꼭 안았다. 그 품에 안겨 있는 것이 넘치게 행복했지만, 이제 떠나야 했다. 나는 그것이 아쉬워 다시 한 번 그 품에 뺨을 기댔다.

—헤어지고 싶지 않아요.

—나는 항상 네 곁에 있을 거야.

아빠의 다정한 약속에 눈에서 한 줄기 눈물이 흘러내렸다.

그리고 나는 꿈에서 깨어났다. 꿈에서 깬 나는 기달티를 찾아가 말했다. 아크제리유트에게 가겠다고. 기달티는 나를 막지 않았다. 다만 나와 동행하겠다고 했다.

그날 우리는 곧장 짐을 꾸리고 라이시에겐 비밀로 한 채 조용히 떠났다. 우리 옆엔 무아카도 함께 있었다. 어린 무아카는 저항하지 않고 묵묵히 우리를 따라왔다.

그리고 그날 밤, 어느 황량한 들판에서 기달티는 무아카를 죽이려 했다.

아크제리유트의 권속들이 나를 요새로 이끌었다.

공중에서 부유하는 그 요새는 끔찍하게도 컸다. 땅에서 올려다볼 때도 무섭도록 거대했지만, 그 진정한 위용은 하늘에서 내려다볼 때 비로소 드러났다.

요새는 하나의 도시를 품고 있었다. 한눈에 담을 수도 없이 거대한 도시는 요새의 등에 업혀 하늘과 몸을 맞대고 있었다. 도시 중앙에는 하늘을 첨예하게 찌르는 탑이 하나 있었다. 권속들은 나를 그 탑으로 이끌었고, 거기서 한 여자를 만났다.

"환영해요, 공주님. 시로니에요. 제 목소리 기억하시죠?"

안경을 쓰고 흰 가운을 걸친 젊은 여자는 나를 보며 명랑하게 인사했다. 나는 그 목소리를 곧 알아들었다. 열흘 전 선전포고를 전했던 인형의 입에서 흘러나오던 목소리, 나를 이곳으로 불러들인 바로 그 목소리였다.

“날 부른 이유가 뭐죠?”

내가 조용히 묻자 시로니는 빙긋 웃으며 대답했다.

“우리 폭군 나리께서 공주님을 만나고 싶어 하셔서요. 자, 이리로. 왕을 알현하려면 먼저 예쁘게 단장해야겠죠?”

성에서 출발할 때, 기달티의 품에는 무아카가 안겨 있었다. 기달티에게 끌려 나온 무아카는 인형처럼 아무 표정이 없었다. 그 어린아이는 모든 것을 체념한 듯 먼 곳만 바라보고 있었다.

용을 타고 한나절을 날다가 저녁이 되었을 때 우리는 어느 고요한 들판에 내렸다. 지평선에 걸쳐진 붉은 해가 그림자를 진하게 하던 때였다. 그곳에서 기달티는 감추고 있던 차아카의 목을 무아카에게 건넸다. 무아카가 그 꾸러미의 정체를 알아차리지 못하자 그는 담담하게 일렀다.

“네 누이의 목이다.”

그때 그 아이의 심정이 어땠을지, 나는 상상조차 할 수 없다. 무아카는 누군가의 품을 찾듯 꾸러미를 풀어 헤쳤다. 그 모습도 곧 드러날 잘린 목도 차마 볼 수 없어 나는 고개를 돌렸다.

이윽고 무아카의 울음소리가 울려 퍼졌다. 그것은 엄마를 찾는, 돌봐 줄 누군가를 부르는 어린아이의 울음이 아니었다. 그것은 세상에 홀로 남은 자의 참담한 오열이었다.

그렇게 소리 지르는 무아카를 앞에 두고 기달티는 덤덤히 말했다.

"누이 곁으로 보내 주겠다."

빈틈없는 진심이었다. 그 의지를 증명하듯 기달티의 손에 검고 앙상한 창이 쥐어졌다. 위협을 느낀 무아카도 늑대의 모습으로 변했다. 그리고 기달티를 향해 사납게 달려들었지만, 소용없는 짓이었다. 허약해질 대로 허약해진 무아카는 제대로 된 저항 한번 할 수 없었다.

기달티는 달려드는 무아카를 가차 없이 뿌리쳤다. 지면이 긁힐 만큼 거칠게 내동댕이쳐진 무아카는 비틀대며 일어나더니 도망치려는 듯 뒤돌아섰다. 하지만 그마저도 기달티가 던진 창에 막히고 말았다. 검은 창이 무아카의 사지를 땅에 내리꽂았고, 무아카는 곧 기력이 쇠해 인간의 모습으로 되돌아왔다.

무아카는 숨을 헐떡이며 자신에게 다가오는 기달티를 바라보았다. 기달티도 그 여린 모습을 마주 보았다. 그리고 나직이 물었다.

"죽는 게 무섭나?"

무아카는 겁에 질려 대답하지 못했다. 기달티는 기다리지 않고 창을 높이 치켜들었다. 그것은 단숨에 죽이겠다는 단호한 의지였고, 그 아이를 위한 마지막 자비였다.

"네가 죽인 이들도 마찬가지였을 거다."

그렇게 읊조리듯 말하며, 기달티는 무아카의 몸을 사정없이 찢으려 했다. 하지만 그 전에 내가 그를 붙잡았다.

"그만해요."

기달티의 팔이 우뚝 멈췄고, 나는 그의 앞을 가로막았다.

"그만해요. 누가 죽는 걸 더는 보고 싶지 않아요."

"그는 많은 사람을 죽였다."

기달티가 엄하게 말했지만 나는 고개를 가로저었다. 그리고 뒤돌아 무아카를 바라보았다. 눈이 마주치자 무아카는 두려움을 견디지 못하고 다시 성을 냈다. 그러나 이미 만신창이인 아이는 보잘것없이 초라했다.

온몸이 상처투성이인, 너무 많은 사람을 죽인 열 살짜리 여자아이. 그 아이를 받아들이기도 용서하기도 너무나 어렵다. 하지만 그렇기 때문에 나는 아이에게 다가가 손을 뻗었다. 그리고 흐트러진 머리카락을 쓸어 넘겨 주었다. 내가 아니면 세상에 이 아이를 받아 줄 사람이 하나도 없기 때문에, 나라도 해야 했다.

"네가 한 잘못이 너무 많아."

무아카와 눈을 맞춘 채 나는 작게 속삭였다. 나를 마주 보는 무아카의 얼굴은 어렸다. 전혀 특별할 것 없는 어린아이의 얼굴이었다. 나는 그 사실에 또 한 번 마음이 아팠다.

"하지만 널 혼자 내버려 두진 않을 거야."

무아카가 놀란 표정을 지었다.

"왜……."

놀라다 못해 두려워하는 표정이었다. 그런 얼굴로 무아카는 내 눈을 쳐다보았다.

"네가 불쌍해서."

나는 흐르는 눈물을 감추지 않고 아이에게 말했다.

"네가 너무 불쌍해서."

이렇게 말한들 네가 알까? 과연 네가 내 마음을 알기나 할까? 어리고 죄 많은 네가 너무 가엽고 안타까운데, 너는 그걸 알까?

무아카는 이해할 수 없다는 얼굴로 나를 보고 있었다. 그 아이는 끝내 나를 이해하지 못했다. 다만 내 마음을 느끼고, 곧 나와 같이 울었다.

짙은 향유 냄새와 수증기가 나를 어지럽게 만들었다. 나는 뜨거운 욕조에 몸을 담그고 수면에 떠오른 꽃잎을 멍하니 바라보았다. 그 꽃잎은 선명한 붉은색이었다. 어느 폭군의 취향인 건지, 이곳엔 붉은 것이 많았다. 꽃들도 붉고 휘장도 붉고, 내 옆에서 목욕을 돕는 시녀의 목 또한 붉은색이다.

나는 그 하얀 목에 도드라지는 붉은 선을 바라보았다. 그것은 제미라와 무아카의 목에 난 것과 같았다.

"목에 있는 그 줄은 뭐죠?"

"아크제리유트 폐하의 종이라는 표시입니다, 공주님."

내 물음에 시녀는 눈을 내리깐 채 공손히 대답했다. 나는 욕조에 몸을 기댄 채 되물었다.

"모든 사람한테 그게 있나요?"

"네, 이 요새에 있는 사람들은 모두 폐하의 종이니까요. 요새에서는 갓 태어난 아기도 폐하의 피 한 방울을 삼켜야 합니다. 반항하면 목이 잘려 나가고 말죠."

폭군. 욕심 많은 폭군. 모든 것을 자신의 지배하에 두어야 직성이 풀리는 잔인한 폭군. 바로 그런 폭군이 지금 나를 기다리고 있다.

무아카가 울던 그 밤, 하늘엔 별이 밝았다.

깊은 밤이 되도록 기달티는 하늘만 올려다보았다. 쏟아질 듯 빛나는 별을 세고 있는 것 같았다. 별을 바라보는 채로 그가 조용히 말했다.

"그대는 오늘도 우는군."

왜 '오늘도'일까 생각하며, 나는 기달티처럼 별을 향해 물었다.

"내가 언제 또 울었어요?"

"날 처음 봤을 때도 그대는 울었어."

문득 기달티와 처음 나눴던 대화가 떠올랐다. 그때도 그는 내게 왜 울었냐고 물었다. 그날도 오늘도, 그는 오랜 고민을 풀듯 내게 같은 말을 건네고 있다.

나는 고개를 기울이며 기달티를 바라보았다.

"우리 처음에 어떻게 만났죠?"

기달티는 선뜻 대답하지 못하고 망설였다. 그는 별을 바라보며 오랫동안 침묵했다. 그리고 어렵게 입을 열었다.

"내가 그대를 찾았다. 그대를 죽이기 위해."

나는 그가 주저한 이유를 깨달았다. 내가 가만히 바라보자 기달티는 말을 이었다.

"하지만 내가 발견했을 때 그대는 이미 죽어 가고 있었다. 이유는 알 수 없었지만 점점 죽어 가고 있었어. 그때 우린 처음 만났고, 그대는 날 보며 울었다."

그는 느직하게 호흡하며 고해하듯 속삭였다.

"죽어 가면서도 날 보며 울었어."

나는 기달티의 옆얼굴을 바라보다가, 내 무릎을 베고 잠든 무아카에게 눈을 돌렸다. 울다 지쳐 잠든 무아카는 새근새근 고른 숨을 쉬고 있었다. 나는 아이의 어깨를 살며시 다독였고 기달티는 이야기를 계속했다.

"그대를 만나기 전 나는 눈에 보이는 모든 것을 죽였다. 인간이란 인간은 모조리, 보이지 않으면 찾아서라도. 왜냐하면, 그들에게 아무런 가치도 없다고 생각했으니까."

나는 다시 기달티를 보았다. 하지만 그는 말의 무게를 감내하려는 양 묵묵히 이야기를 이어 갈 뿐이었다.

"아무 가치 없이 살아가는 그들이 고통스러워 보였다. 고통받으면서까지 우리가 존재할 만한 이유는 어디에도 없었고 그래서 모조리 다 죽인 후 나도 죽을 생각이었다. 그럼 적어도 더는 고통받지 않을 테니까."

"그런데요?"

"그런데 그대가 우는 것을 보고, 모든 것을 알 수 없게 되었다."

그래서 그랬나 보다. 여전히 그 까닭을 알 수 없어서, 아까 무아카처럼 내가 우는 이유를 알지 못해서. 그래서 내게 왜 우느냐고 물었나 보다.

"나는 무아카와 같다. 나는 그처럼 죄를 저질렀고 그는 나처럼 잘못된 길을 걸었다. 그래서 나는 그를 죽여야만 했다."

기달티는 무아카와 자신이 같다면서, 무아카를 죽여야 한다고 말한다. 그건 결국 자기를 죽이고 싶다는 뜻일까? 짙은 갈등 속에서 그는 고백을 이어 갔다.

"나는 무아카와 비교도 못 할 만큼 많은 죄를 지었다. 그럼에도 나는 아직 살아 있다. 그것은 그대에게 답을 구하기 위해서였다."

그 말을 듣고 나는 비로소 그의 갈등을 이해했다. 그는 그토록 많은 죄를 저지른 자신에 대해 고민하고 있었다. 과연 자신이 살아 있어도 되는지를 고민했다.

기달티, 스스로의 존재를 용납할 수 없는 그는 별이 빛나는 검푸른 하늘 아래에서 나를 바라보았다. 그리고 그윽이 묻기 시작했다.

"그대에게 다시 묻겠다. 이 세상은 가치가 있는가?"

나는 그와 눈을 맞춘 채 담담히 답했다.

"네. 있어요."

"그대는 이곳에 있는가?"

"여기에 있어요."

"나도, 이곳에 있는가?"

"네, 내 옆에 있어요."

그의 호흡이 잠시 멎었다. 침묵 사이로 별빛만이 소란스러웠다. 잠시 후 이어진 물음이 그 소란함을 잠재웠다.

"그렇다면 나는 그대 곁에 있어도 괜찮은가?"

"네, 괜찮아요."

별빛 아래 그의 눈이 희미하게 떨렸다. 그는 두려워하는 것처럼 보였고, 나는 눈을 감았다. 이윽고 그가 잠긴 목소리로 나지막이 물었다.

"……살아 있어도 괜찮은가?"

그 물음은 오랜 염원처럼 간절했다. 나는 그가 긴 시간 어떤 굴레를 쓰고 살아왔는지를 사무치게 느꼈다. 그의 기다림은 정말 길었다. 그래서 나는 그 해묵은 문제를 풀기 위해 조용히 답했다.

"부디 그래 줬으면 해요."

그것으로 우리의 문답은 끝났다.

내가 다시 눈을 떴을 때 하늘은 여전히 별빛을 퍼붓고 있었다. 기달티는 내가 아니라 그 하늘을 바라보았다. 이전보다 긴 침묵이 흘렀다. 별빛은 성급하게도 계속 새로이 쏟아지고 있었다.

"그대는 나를 구했다."

한참 후, 그가 고개를 돌린 채 말했다. 나도 고개를 돌린 채 그 말을 들었다.

"그대에게 내 모든 것을 바치겠다. 난 이제 그대의 것이다."

나는 답하지 않았으나, 분명히 받았다. 정녕 별빛이 억수같이 퍼붓는 밤이었다.

바로 그 밤, 깊은 어둠 속에서 나는 홀로 깨어 있었다. 꿈속에서 만났던 그가 그리워진 탓이었다.

그는 항상 내 곁에 있겠다고 했다. 그래서 나는 조용히, 소리 없이 그를 불러 보았다. 내 곁에 있다면 내 목소리도 들으리라 생각하며.

눈을 감고 귀를 기울였다. 꿈에서처럼 그의 음성이 들리기를 기다렸다. 그때였다. 당신이 내 곁에 있다는 게 느껴져서 나는 살며시 미소 지었다.

당신은 이곳에 있었다. 나를 바라보며 나와 함께 있었다. 보이지 않아도 충만하게 느껴지는 숨결로 알 수 있었다. 당신은 그렇게 약속을 지켰고 나는 그 사실이 벅차도록 기뻤다. 그래서 오랫동안, 꿈을 꾸듯 그 품에 머물렀다.

이윽고 다시 눈을 떴을 때, 세상은 이전과 달라 보였다. 상냥한 바람이 불어왔다. 별이 빛나고 있었다. 땅의 다정함이 느껴졌다. 아, 이 세상은 그토록 아름다웠다. 나는 당신이 어떤 마음으로 이 세상을 만들었는지 보고 있었다. 이렇게 아름다운 세상은 당신의 선물이었다.

그렇기에 이 세상을 선물로 받은 이들은 언제나, 늘 언제나 사랑받고 소중히 여겨져야 마땅하다. 그들 하나하나가 이 세상보다 귀하다.

당신이 우리를 그렇게 여긴다는 사실을 깨달아 나는 울음을 참을 수가 없었다. 그 사실이 감사하고도 안타까워서 나는 울었다. 가슴이 미어지듯 아파서, 많은 사람이 눈에 보이듯 떠올라서.

눈밭에서 죽어 간 어린아이가, 속박된 채 유린당하던 사람들이, 이성을 잃고 싸우던 사람들이 보였다. 그들은 그래서는 안 됐다. 그들은 그렇게 여겨져도 좋은 존재가 아니었다. 그들은…….

그 밤, 나는 오래도록 엎드려 울었다. 그렇게 세상을 마음에 품었다.

붉은 빛깔의 드레스를 몸에 감은 채 나는 걸었다. 짙은 화장으로 얼굴을 더욱 돋보이게 한 채로 나는 걸었다. 이 노골적인 옷과 화장이 마치 상품의 포장지처럼 느껴져서 불편했지만, 나는 속도를 늦추지 않고 걸었다.

그렇게 알현실 앞에 섰다. 폭군 폐하와 만나기 한 걸음 전, 드디어 내 앞에 버티고 선 큰 문이 양옆으로 갈라지기 시작했다. 눈을 내리깔고 있던 나는 문이 완전히 열린 것을 느끼고 고개를 들었다. 붉은 휘장과 드높은 왕좌가 보였다. 그곳에 앉은 젊은 남자는 오만하고도 포악한 미소를 지은 채 나를 내려다보고 있었다.

"더 어린 줄 알았는데."

날 위아래로 훑어보던 그 남자가 가볍게 중얼거렸다. 그러자 왕좌 왼편에 선 여인, 아까 나를 맞이했던 시로니가 답했다.

"여자는 변신하는 존재죠. 아까까진 마을 소녀 같았는데, 꾸미는 보람이 있는 아가씨네요."

그 둘은 마치 품평하듯 나를 관찰했다. 그러자 왕좌 오른편에 서 있던 단정한 남자가 그들을 말리듯이 끼어들었다.

"먼저 앉게 하시죠, 폐하."

"아, 그래. 거기 앉아, 공주님."

왕좌에 앉은 남자는 다리를 꼰 채 건성으로 손짓했고, 보다 못한 오른편의 남자가 직접 나서서 나를 안내했다.

"이리 와서 앉으시죠."

남자의 도움을 받으며 나는 의자에 앉았다. 그 자리에 앉자 앞에 있는 왕좌는 더더욱 높아져, 나는 고개를 들고 그 남자를 올려다봐야 했다. 그 남자는 묘한 만족감을 보이며 내게 물었다.

“안녕, 공주. 내가 누군지는 알지?”

“위대하고 악명 높으신 아크제리유트 폐하시죠.”

내가 대답하기 전에 옆에 선 시로니가 선수를 쳤다. 예상대로 그 무례한 남자가 아크제리유트였다. 나는 그가 우리에게 한 짓을 염두에 둔 채 조용히 물었다.

“날 왜 오라고 한 거야?”

“허?”

아크제리유트의 얼굴에 영문 모를 웃음이 번졌다. 조금 놀란, 한편으로는 빈정대는 웃음이었다. 그 웃음을 본 시로니가 내게 또박또박 말했다.

“공주님, 미리 말씀드리는데 우리 아크 폐하는 누가 자기한테 반말하는 걸 싫어해요. 자칭 왕족이시거든요.”

“자칭이라니, 이상한 소리 하지 마.”

그렇게 말하며 아크제리유트와 시로니는 함께 키득거렸다. 하지만 나는 그들과 함께 웃을 마음이 전혀 없어서 아까 했던 질문만 건조하게 반복했다.

“날 왜 불렀냐고.”

그러자 시로니가 웃음을 지우고 내게 눈짓했다. 그러지 말라는 듯, 눈치껏 비위를 맞추라는 듯. 한편 아크제리유트는 여전히 웃는 낯이었다. 그가 내게 물었다.

“네가 알타쉬헤트의 여자라는 소릴 들어서 궁금했어.”

"고작 그게 다야?"

아크제리유트의 얼굴에 서려 있던 웃음기가 드디어 사라졌다. 시로니가 황급히 끼어들었다.

"에이, 그게 다라뇨. 엄청나게 중요한 사안이에요. 아크 폐하는 알타쉬헤트 씨한테 원한이 많거든요. 옛날에 맞았다나, 어쨌다나?"

시로니의 너스레에 아크제리유트는 얼굴을 찡그렸다.

"어이, 너 꼭 한마디가 많지 않아?"

"이건 관찰자의 진솔한 소견이에요. 탄압하실 건가요?"

아크제리유트는 다시 코웃음을 쳤다. 그러곤 기분이 조금 풀린 듯, 한층 가벼워진 목소리로 말했다.

"뭐, 말한 대로 그런 시시한 이유야. 사실 아야라라는 여자도 부를까 했는데 나이 든 여자는 영 싫어서. 그리고 너 하나만으로도 그 자식을 충분히 열 받게 할 수 있을 것 같고."

젊은 폭군은 자신의 탐욕과 질투, 그리고 악의를 숨기지 않았다. 도리어 그것을 자랑하듯 내보이며 말했다.

"그러니 너를 내 첩으로 삼아 주마. 거절해도 상관은 없어. 여자를 막 대하는 것도 싫어하진 않으니까. 물론 그렇게 되면 다치는 건 네 쪽이겠지."

나는 피로를 느끼며 눈을 감았다. 그의 말을 계속 듣는 것이 어지러웠다. 눈을 감은 채 그에게 나직이 답했다.

"나한테 선택권은 없는 거네."

"아, 난 말귀 알아듣는 여자 좋아해."

폭군이 웃으며 대답했다. 그 가볍디가벼운 말에 나는 눈을 치켜떴다. 그러고는 뾰족하게 물었다.

"이런 게 재밌니?"

놀란 표정을 짓는 아크제리유트에게 나는 다시 물었다.

"다른 사람의 것을 빼앗는 게 즐거워?"

날카롭게 웃기 시작한 그에게 나는 세 번째로 물었다.

"힘으로 다른 사람을 짓밟는 게 그렇게 좋아?"

그러자 아크제리유트가 느릿한 목소리로 으름장을 놓았다.

"난 말 많은 여자 안 좋아해."

"싫어도 들어."

위협이 가득한 목소리였지만 나는 아랑곳하지 않고 그의 말을 끊었다. 그러곤 그 얼굴을 똑바로 쳐다보았다.

"무아카에게 싸움을 걸어 많은 사람을 죽이고 그가 가진 모든 것을 빼앗고, 그의 누나를 인질로 협박해 우리와 싸우게 하고, 그 때문에 수백 명의 사람을 또 죽게 하고, 그러고도 결국 무아카의 누나를 죽여서 그 목을 보내고, 거기서 그치지 않고 또 나를 여기까지 불러들이고."

그가 한 짓들을 하나하나 열거한 후 나는 깊게 숨을 들이마셨다.

"대체 왜 그런 짓을 하는 거야? 이미 그렇게 많이 가졌으면서 왜? 세상을 전부 손에 쥐고 흔들어야 직성이 풀리겠어?"

내 물음에 아크제리유트가 험악한 눈빛으로 나를 노려보며 답했다.

"그렇다면? 네 말마따나 나는 이 세상을 다 내 손에 넣어야 직성이 풀릴 것 같은데, 그렇다면 어쩔 거지?"

"자랑이다, 멍청아."

내 입에서 튀어나온 말에 아크제리유트의 눈이 흉흉해졌다. 그는 당장에라도 달려들 기세로 노여워했다. 하지만 나는 눈 하나 까딱하지 않고 말을 이었다.

"사람이 먹는 건 하루에 밥 세 끼뿐인데, 잠을 자도 침대 하나가 부족하지 않고 더욱이 옆에 있을 사람은 한 명만으로도 평생 충분한데. 그런데 그렇게 뺏고, 뺏고, 또 빼앗고. 이 넓은 세상을 혼자 독차지하려고 모조리 빼앗아 버리고."

나는 그가 나를 불러들인 이유가 진심으로 불쾌해서 이를 아득 갈았다.

"내가 정말 알타쉬헤트와 사랑하는 사이라면, 나를 대체 어쩔 셈이야? 다른 사람의 연인을 망가트리는 게 정말 즐거워? 다른 사람을 마음껏 괴롭히는 게 그렇게 자랑스러워?"

그렇게 말한 후 나는 매섭게 그를 노려보았다. 그 또한 같은 눈빛으로 나를 마주 보았다. 왕좌 아래 선 두 사람은 얼굴이 창백해진 채 숨을 죽이고 우리를 지켜보았다. 당장 칼부림이 일어나도 이상하지 않을 분위기였다.

짝. 텁텁한 박수 소리가 우리의 침묵을 깨트렸다. 이어 몇 번 더 같은 박수 소리가 울려 퍼졌다. 그렇게 무겁게 박수를 친 것은 다름 아닌 아크제리유트였다.

내게 거만하게 경의를 표하며 그는 비틀린 미소를 지었다.

"말 한번 잘하는군. 좋아, 정했어. 나는 이제 네 손톱을 모두 뽑고 벌거벗겨서 병사들의 훈련장에 던져둘 거야. 네가 범해지는 동안 그 손톱 조각은 잘 포장해서 알타쉬헤트에게 전해 주지."

그 역겨운 협박에 나는 기가 막혀 되물었다.

"당신이 무슨 권리로 나한테 그런 짓을 해?"

"그럴 힘이 있다는 게 권리다."

"힘?"

"그래, 힘. 뭐하러 욕심을 부리냐고? 웃기지 마라, 이건 욕심이 아니라 내 권리다. 힘을 가진 내 권리."

"권리라고……."

나는 그 말을 비웃으며 의자에서 일어났다. 그리고 그 앞에 바로 서서 말했다.

"그래, 어디 할 수 있으면 해봐."

내가 아크제리유트의 공중요새로 접근하기 전, 오늘 새벽에 있었던 일이다.

"그럼."

기달티의 말에 나는 고개를 끄덕였다. 그러곤 무아카에게 눈길을 돌렸다.

"잠시 피해 있어, 금방 돌아올게."

그러나 무아카는 고개를 가로저었다.

"나도 같이 갈래."

나는 아이가 무모한 고집을 부린다고 생각하며 걱정했다. 그런데 무아카의 또렷한 눈을 마주한 순간 나는 염려를 지웠다. 무아카는 열 살짜리 여자아이인 동시에 지금껏 몇 번이나 전장과 사지를 넘나든 전사이기도 했다. 기달티도 그것을 인정하고 무아카의 동행을 허락했다.

"그럼 무아카는 나와 함께 움직인다."

그것을 마지막으로 우리는 서로를 바라보았다. 기달티는 내가 혼자 가는 것을 걱정하고 있었다. 하지만 나는 웃으며 그를 밀었다.

"잠시 후에 만나요."

그리고 지금, 나는 고개를 들고 아크제리유트를 똑바로 바라보며 물었다.

"내가 널 무서워해서 여기까지 왔다고 생각해?"

폭군의 눈이 가늘어졌다. 의심스러워하는 그에게 나는 싱긋 웃어주었다.

"만약 오해하게 했다면 그건 내가 미안해."

바로 그때, 알현실의 천장이 무너지며 내 뒤로 두 개의 인영이 내리꽂혔다. 굉음이 울렸지만 나는 돌아보지 않고 앞을 보았다. 내 앞에 선 자들의 얼굴에는 경악이 서렸다.

기달티와 무아카는 약속대로 때맞춰 와주었다. 나는 그들에게 마음으로 감사하며, 오만한 폭군에게 고했다.

"자, 혼날 시간이야."

7

세상의 주인

넌 이제 끝났어!

아크제리유트가 기달티와 무아카를 보곤 경악하며 일어났다. 하지만 그가 미처 움직이기도 전에 달려든 기달티가 그의 안면을 손으로 덮었다. 그러곤 가차 없이 그 머리를 왕좌에 내리찍었다.

화려했던 의자가 박살 나면서 아크제리유트는 바닥에 처박혔다. 정말이지 우리 성주님, 솜씨 하난 굉장하다. 속이 다 후련하네.

"호위병!"

아크제리유트가 제압당하자 곁에 있던 남자가 소리쳤다. 자, 나도 이렇게 구경하고 있을 때가 아니지.

"무아카, 태워 줘!"

무아카가 늑대로 변하며 나를 등에 올렸다. 곧 문이 열리며 갑옷 입은 병사들이 쏟아져 들어왔다. 우리는 그들을 무시하고 아크제리유트를 향해 달렸다.

이 요새까지 오는 동안, 나는 내게 보이는 사슬이 어떤 건지 깨달았다. 그건 피네하스의 검은 힘 그 자체였다. 그 사슬은 사람의 몸을 휘감아 불가사의하고도 위험한 힘을 제공한다. 바로 그 힘에서 영주와 권속이 탄생한다.

나는 눈을 가늘게 뜨고 기달티에게 짓밟힌 아크제리유트를 노려보았다. 그가 피네하스의 힘으로 폭정을 저질러 왔다면, 그 힘까지 부숴 버리면 되는 일이다. 두 번 다시 제멋대로 세상을 망가트리지 못하도록.

우리가 부서진 왕좌 앞으로 들이닥치자 아크제리유트는 이를 갈며 검은 힘을 발현시켰다. 그래, 잘했어. 덕분에 똑똑히 보인다. 널 휘감은 사슬이. 나는 손을 뻗어 그것을 내쳤다. 내 손짓에 검은 힘이 상쇄되어 사라졌고, 아크제리유트는 경악해 눈을 흡떴다. 위기감을 느낀 그가 난데없이 소리쳤다.

"무아카! 놈들을 공격해라!"

뭐라는 거야, 무아카가 이제 와서 네 말을 들을 리가…….

허튼소리를 한다고 생각하는데, 아크제리유트를 압박하던 기달티가 갑자기 내게 달려왔다. 그러곤 나를 안고 옆으로 몸을 날렸다. 왜? 의아해하는 순간 내가 서 있던 자리에 무아카의 앞발이 내리꽂혔다.

나는 눈을 크게 뜨고 무아카를 바라보았다. 놀랄 틈도 없었다. 무아카가 다시 달려들었다.

"무아카!"

내가 소리쳤지만 무아카는 듣지 않고 입을 커다랗게 벌렸다. 우리를 단숨에 물어뜯을 기세로.

"귀찮다."

기달티가 중얼대며 무아카의 크게 벌어진 입을 짓눌러 닫았다. 머리가 땅에 처박힌 무아카는 연신 으르렁거리고 있었다. 내가 무아카의 검은 힘을 없애려는데, 우리 머리 위로 검은 채찍이 날아들었다. 돌아보니 아크제리유트가 기다란 채찍으로 허공을 살벌하게 휘젓고 있었다. 그것은 마치 기달티의 창처럼 검었다.

어떡하지? 기습에 실패했다. 상대해야 하는 영주가 둘, 게다가 무장한 권속들도 이미 들이닥쳤다.

"공주."

기달티가 나를 불렀다. 나는 그 뜻을 깨닫고 고개를 끄덕였다. 그러자 기달티는 무아카를 힘껏 걷어찼다. 거대한 늑대는 깨갱대며 날아갔고, 그 육중한 몸은 곧 벽을 부수며 탑 아래로 추락했다. 우린 그 뒤를 따라 뛰어내렸다. 어쩔 수 없다, 작전상 후퇴다!

우리가 도망치는 것을 보고 아크제리유트가 발광했다. 무언가가 박살 나는 소리를 들으며 우리는 탑 밖으로 몸을 던졌다.

아크제리유트의 탑은 징그럽게도 높았다. 고층 아파트의 몇 곱절은 될 법한 높이다. 기달티의 부름에 하늘에서 대기 중이던 용이 우릴 향해 날아왔다. 기달티가 먼저 용에 올라타고 그다음 나를 낚아챘다. 나는 자리를 잡자마자 소리쳤다.

"기달티, 무아카요!"

내가 말하기 전에 그는 이미 무아카를 향해 날아가고 있었다. 정신을 잃은 무아카는 다시 아이의 모습으로 돌아와 있었다. 우린 가까스로 그 작은 아이를 붙잡았다.

콰앙! 그때 다시 굉음이 울렸다. 위를 보니 탑에서 검은 힘이 스멀대며 기어 나오고 있었다. 동시에 요란한 경종이 울리며 탑 아래에 무장한 병사들이 깔리기 시작했다.

이런, 어떡하지? 피할 곳을 찾는데 옆으로 무언가가 스쳤다. 너무 빨라서 그게 화살인지 총알인지는 구분할 수 없었다. 정체조차 알 수 없는 그것은 곧 빗발치듯 우리에게 날아들었다.

우리는 공격이 닿지 않는 곳까지 높이 날아오르려 했다. 그런데 옆에서 파열음이 들리더니 빠르게 날던 용이 갑자기 덜컥 흔들렸다. 충격을 받은 용은 비틀대다 결국 균형을 잃고 어지럽게 빙빙 돌기 시작했다. 어, 어어?

나는 당황해서 손에 잡히는 것을 무작정 붙잡았다. 용은 어떻게든 날아 보려고 퍼덕였지만 한쪽 날개가 꺾여 제대로 날질 못했다. 아무래도 날개를 다친 모양이었다.

결국 우리는 추락하기 시작했다. 빠른 추락 속도에 몸이 붕 들렸다. 기달티가 뒤에서 잡아 주지 않았다면 난 그대로 날아가 버렸을 거다. 기달티는 균형을 잡기 위해 고삐를 잡아당겼고 용은 나는 것을 포기한 채 날개를 접고 활강했다.

어느새 가까워진 지면이 눈앞으로 달려들었다. 꼭 부딪칠 것 같아서 나는 눈을 질끈 감았다. 착지를 앞두고 있지만 우리의 속도는 지나치게 빨랐다. 이내 카가각 하는 마찰음이 울렸다. 쇠 긁히는 소리와 함께 내 몸은 격렬하게 진동했고, 끝내는 튕겨 나가 형편없이 내동댕이쳐지고 말았다.

기달티와 함께 한바탕 굴렀지만 정신이 없어서 아픈 줄도 몰랐다. 머릿속에 떠오른 생각은 단 하나뿐이었다. 나, 살아 있는 거 맞지?

"공주, 괜찮나?"

기달티가 몸을 일으키며 물었다. 나는 끄덕이며 간신히 몸을 일으켰다. 그제야 온몸이 아파 왔다. 어디 한 군데 안 아픈 곳이 없었다.

나는 눈을 들어 사방을 돌아보았다. 이곳은 아직 요새 안이다. 하지만 탑에선 꽤 먼 외곽 쪽이다. 주변엔 블록 같은 건물들이 일정하게 줄을 맞추고 서 있었는데, 텅 비어서 인기척은 없었다.

도로 한편에 무아카가 용과 함께 쓰러져 있었다. 나는 기달티에게 부축을 받으며 그 앞으로 다가갔다. 무아카는 여전히 정신을 잃은 상태였지만 어딜 다친 것 같지는 않았다. 그보다 상태가 심각한 건 용이었다.

착륙하며 쇠 바닥을 긁은 탓에 발톱이 다 깨졌고, 왼쪽 날개에서는 피가 흘렀다. 용은 고통스러운지 숨을 씩씩 몰아쉬고 있었다. 많이 아파 보였지만 어떻게 해줄 수가 없다. 이 와중에도 저 멀리서는 경종이 울렸다. 우리가 이리로 떨어진 걸 봤으니 곧 들이닥칠 거다.

"이제 어떡하죠?"

내가 그렇게 물어볼 때였다. 하늘에서 한 여자의 외침이 들려왔다.

"저 좀 받아 주세요!"

우리는 동시에 하늘을 올려다봤고, 하늘에서 떨어지고 있는 흰 가운을 발견했다. 아니, 흰 가운이 아니라 흰 가운을 입은 여자다!

"기, 기달티!"

나는 질겁하며 소리쳤고 기달티는 달려가서 하늘에서 떨어지는 여자를 받았다. 기달티의 품으로 떨어진 여자는 꼭 감고 있던 눈을 뜨더니 우릴 보며 해맑게 웃었다. 눈이 마주치자마자 나는 그를 알아보았다. 아까 아크제리유트 옆에 있던, 시로니였다.

이 사람 갑자기 어디서 떨어진 거지? 내가 놀란 표정을 짓자 시로니는 천연덕스럽게 내 앞에 손을 펼쳤다. 그의 손에는 작은 고리가 들려 있었다.

"짠, 자력유도 장치예요. 밖에서는 무용지물이지만 이 요새 안에서는 잠깐이나마 비행할 수 있게 해주죠. 요새의 고위층들만 가지고 있는 일종의 낙하산이에요."

태연하게 말하는 그 여자 때문에 나는 얼이 빠졌다. 그는 갑자기 등장한 데다가 아직도 기달티의 품에 안긴 채였다. 내 미묘한 표정을 읽은 걸까? 시로니가 다시 발랄하게 말했다.

"너무 경계하지 말아요, 내 사랑들! 지금 곤란하죠? 따라와요. 도와줄게요."

정말 말도 안 되는 상황이다.

우리는 지금 시로니를 따라 지하도를 걷고 있다. 말없이 따라가는 중이지만 나는 꽤나 당황스럽다. 아까까지만 해도 아크제리유트의 옆에서 재잘대던 여자가 갑자기 우리를 돕겠다고 찾아왔다. 물론 그 말을 선뜻 믿은 건 아니지만, 시로니는 능숙하게 우릴 꼬드겼다.

"이대로 있다간 병사들이 몰아닥칠 텐데 괜찮겠어요? 그럴 바엔 절 따라오는 편이 낫지 않아요? 과학자인 이 몸은 엄청나게 허약해서 공주님한테 머리끄덩이만 잡혀도 항복할 텐데. 어차피 지금 상황은 최악이잖아요, 밑져야 본전이니 일단 따라와요."

정말 미심쩍었지만 달리 뾰족한 수가 없기에 우리는 일단 시로니의 말을 들었다. 단신으로 우리를 찾아왔다는 것부터가 비상식이라, 우리라고 상식적인 대응을 할 수가 없었다.

시로니는 가까이 있던 건물로 들어가더니 기달티에게 바닥에 구멍을 좀 내달라고 했다. 기달티는 어렵지 않게 바닥을 부쉈고, 그 밑으로 넓은 지하도가 펼쳐졌다. 지금 우리가 있는 곳이 그 지하도다.

조용한 지하도에 들어오니 지상에 있을 때보단 마음이 놓였다. 우리가 간신히 숨을 돌리자 시로니가 웃으며 말했다.

"반가워요, 유명 인사들. 저는 시로니예요. 공주님껜 이미 인사드렸죠?"

그 목소리는 한없이 태연했고 덕분에 나는 또 한 번 기가 막혔다.

"저기요, 아크제리유트 편 아니었어요?"

"무슨 소리? 저는 과학자예요. 중립이죠. 굳이 편을 가르자면 진리의 편이랄까?"

시로니는 그렇게 말하며 자신의 목을 보여 줬다. 이 요새의 모든 사람에게 있다는 붉은 줄이 보이지 않았다. 그보다, 과학자? 내가 이 세상에서 아는 과학자 집단은 하나뿐이다.

"그럼 나삭의 과학자…… 맞아요?"

인체 실험을 하는 극악무도한 과학자. 그러고 보니 시체 인형을 이용하는 것도 비슷하다. 내가 경계하며 묻자 시로니는 어깨를 으쓱였다.

"제 스승의 이름이 그렇긴 하죠. 하지만 그뿐이에요. 딱히 제가 그 양반의 소속이라곤 생각 안 하거든요."

아크제리유트의 편도 아니다, 나삭의 편도 아니다. 그럼 뭐지?

"왜 갑자기 우리를 돕는 거예요?"

"그 질문 할 줄 알았어요. 음, 굳이 말하자면 실험 정신? 난 화학을 좋아하거든요. 가령 글리세롤에 발연질산과 황산 혼합용액을 섞으면 니트로글리세린이 만들어지고 탄소를 태워서 모은 포름알데히드를 물에 녹이면 포르말린이 되죠. 이거야 이미 밝혀진 사실이니 새삼스러울 것도 없지만, 본래 화학반응이란 주사위 놀이처럼 예측도 보증도 할 수 없는 경이로운 과정이에요. 뚜껑을 열기 전엔 결과를 장담할 수 없는 데다가 경우의 수는 무한에 가깝죠. 거기서 새로운 반응을 찾아내는 건 마치 금광을 발견하는 기분이랄까? 그렇게 설레는 일이에요. 그런데 마침 반응시켜 보면 엄청나게 재미있을 것 같은 물질이 나타났어요. 그럼 어떻게 해야 할까요? 과학자의 사명을 다하고자 실험에 뛰어들 수밖에요!"

무슨 말인지 하나도 모르겠다. 내가 떨떠름한 얼굴로 쳐다보자 장황하게 말하던 시로니는 깔깔대며 웃었다.

"뭐, 열 번 말하는 것보단 한 번 보여 주는 게 낫겠네요."

그렇게 말하며 시로니는 걸음을 뚝 멈췄다. 그리고 무언가를 찾듯 벽을 더듬대기 시작했다.

"어디 보자, 이쯤이었는데……. 아, 여기네."

그러더니 시로니는 벽으로 위장되어 있던 얇은 석고판을 뜯어냈다. 그러자 그 뒤로 육중한 철문이 나타났다. 철문 곁에 서서 시로니는 발랄하게 말했다.

"뜨거운 화학반응을 일으켜 드리죠. 길티 씨, 좀 도와줄래요?"

나와 기달티는 말없이 서로를 잠깐 바라보았다. 함정이면 어떡하지? 아니, 이런 의심은 의미가 없다. 여기까지 온 이상 함정이면 쳐부수고 지나갈 뿐이다. 나는 고개를 끄덕였고 기달티는 철문을 당겼다. 잠겨 있었는지 와드득 소리가 나며 철문이 뜯겼다. 문틈으로 노란 불빛이 새어 나왔다.

가장 먼저 보인 것은 전선 한 가닥에 매달린 동그란 전구였다. 신기하다, 이 세계에도 저런 게 있네? 그렇게 생각하며 빛으로 먼저 향했던 시선을 아래로 내렸다. 거기서 나는 꽤 많은 사람과 눈이 마주쳤다. 대부분 건장한 남자들이었다. 그렇게 눈이 마주치고 나서 불과 3초 후, 그들은 일사불란하게 움직이며 우리에게 무기를 겨누었다.

"누구냐, 어떻게 들어왔지?"

우리에게 칼끝을 향한 채 한 남자가 물었다. 얼굴엔 적개심이 가득했다.

이 배신자……. 나는 옆에 선 시로니를 째려보았다. 그러나 시로니는 별일 아니라는 듯이 어깨를 으쓱였다.

"배신하지 않았어요. 저기요, 반란 분자 혁명군 여러분! 보세요, 우린 아크제리유트의 권속이 아니랍니다!"

시로니의 외침에 남자들의 시선이 우리의 목덜미를 향했다.

"정말이다."

"목줄이 없어."

그 남자들, 혁명군이 조금 동요했다. 그러자 시로니는 누군가를 찾듯 두리번대더니 이내 한 사람을 발견하곤 손을 흔들었다.

"어디 보자…… 앗, 저기 있네. 시하 양! 저예요, 저 알죠?"

시로니가 지명한 건 남자들 뒤에 서 있던 젊은 여자였다. 그 여자는 놀란 듯 우리를 바라보고 있었다. 우리에게 무기를 겨눈 채 남자들이 시하라 불린 여자에게 물었다.

"누군지 알아?"

"네, 탑에 머무르는 과학자예요."

시하가 끄덕이며 대답하자, 시로니는 나를 앞으로 내세웠다.

"자, 시하 양. 그럼 오늘 오신 이분도 기억하죠?"

그때까지 기달티에게 가려져 있던 내가 앞으로 나오자 시하의 눈이 커졌다. 그는 붉은 드레스로 몸을 휘감은 나를 단번에 알아보고 소리쳤다.

"아, 공주님! 키브사 공주님이세요!"

시하가 나를 알아보는 것을 시작으로 그곳은 한바탕 난리가 났다. 사람들은 놀라서 우리를 구경했고, 이윽고 귀빈으로 대우하며 한 남자에게 안내했다. 깊숙한 방에서 만나게 된 남자는 우릴 보자마자 깍듯이 인사했다.

"뵙게 되어 영광입니다, 공주님. 혁명군 대표 테루아입니다."

테루아는 40세가량의 체격 좋은 아저씨였다. 제대로 깎지 못해 듬성듬성 난 수염에 상처투성이인 얼굴이 굉장히 강해 보였는데, 정말 안 어울리게도 그 아저씨는 날 보며 눈시울을 붉히고 있었다.

테루아가 기달티에게 눈을 돌리며 물었다.

"이쪽은 알타쉬헤트 님 맞으십니까?"

"아니요, 기달티예요."

내 대답에 테루아의 눈이 커졌다. 그는 놀람에 찬 얼굴로 기달티를 보더니 이내 그의 손을 덥석 붙잡았다.

"이럴 수가, 직접 오신 겁니까? 정말 반갑습니다. 꼭 한번 만나 뵙고 싶었습니다."

그 열렬한 환영에 기달티는 얼떨떨한 얼굴이 됐다. 얼떨떨한 기달티라니, 혼자보기 아까운데?

시로니가 우리를 데려온 곳은 혁명군의 지하 은신처였다. 이 사람들은 아크제리유트의 폭정을 견디다 못해 들고일어난 요새의 주민으로, 독재자에게 자유와 가족을 잃고 분노한 이들이었다.

그들은 직전에 우리가 벌인 사건에 대해 이미 알고 있었다. 탑의 시녀이자 혁명군의 정보원인 시하를 통해서였다. 폭군의 패망을 바라는 이들에게 아크제리유트가 습격당했다는 소식은 엄청난 이슈였고, 그 소식으로 술렁이던 차에 우릴 만난 것이다. 그러니 이토록 뜨거운 환영도 이해가 된다.

게다가 요새의 주민들 사이에서는 이미 소문이 돌고 있었다. 오래 전 사라졌던 키브사 공주가 돌아왔으며, 그가 이미 체파르데아를 물리쳤고 언젠가는 이곳도 구하러 와줄 거라고. 그들은 그렇게 희망을 품고 날 기다리고 있었다.

그 이야기를 전해 듣고 나는 적잖이 당황스러웠다. 아직 분위기 파악이 덜 된 내게 테루아가 간절하게 말했다.

"정말 감사합니다, 와주실 줄 알았습니다."

아, 와줄 줄 알았다니. 난 당신들이 여기 있는 줄도 몰랐는데. 나는 어쩐지 미안한 마음이 들어 울먹이는 테루아를 가만히 바라보았다. 그러자 그가 다시 열렬한 태도로 물었다.

"그런데 여길 어떻게 들어오신 겁니까? 미로처럼 되어 있어서 안내 없이는 찾을 수 없었을 텐데."

그런 것치고 시로니는 너무 쉽게 찾던걸? 나는 뭐라고 말하는 대신 내 옆에 선 시로니를 쳐다봤다. 그러자 시로니는 신이 난 목소리로 말했다.

"안녕하세요, 대표 씨! 진짜 꼭 한번 만나 보고 싶었어요!"

테루아는 시로니에게도 손을 내밀려다가 옆 사람의 귓속말을 듣고 우뚝 멈췄다. 지금까지와는 달리 적개심 섞인 목소리로 물었다.

"당신, 아크제리유트의 탑에 있는 과학자요?"

"네, 맞아요!"

시로니는 명랑하게 대답했고, 그 바람에 또다시 무기가 번뜩였다. 혁명군이 들고 있던 수많은 칼날이 시로니를 에워쌌다. 하지만 시로니는 가운 주머니에 손을 찔러 넣은 채 빙그레 웃기만 했다. 저 여자는 대체 무슨 배짱일까?

웃는 시로니를 향해 테루아가 으르렁대듯 말했다.

"그 과학자가 왜 여기 있는 거지?"

"이유를 묻는 건가요, 방법을 묻는 건가요?"

"둘 다요."

"이유는 여러분을 만나고 싶어서, 방법은 여러분의 일거수일투족쯤이야 파악하는 게 별로 어렵지 않아서죠. 여러분이 지하도에 숨어 있다는 것은 진작부터 알았어요."

그 말에 테루아를 비롯한 혁명군의 얼굴이 더 딱딱하게 굳었다. 아크제리유트의 측근에게 위치가 발각됐다는 건 결코 좋은 소식이 아니니까. 공기가 무섭게 긴장했다. 당장 칼부림이 일어나도 이상할 것 같지 않았다. 그런데 정작 그 가운데 있는 시로니는 태연했다.

"아, 여러분. 조금만 더 상상력을 발휘해 주실래요? 내가 여러분께 해를 끼칠 생각이었다면 이렇게 혼자서 공주님을 데려왔겠어요? 내 의자에 앉아서 군대나 보냈겠죠. 안 그래요? 그럼 나는 여러분의 무엇? 은인! 근데 이러기예요?"

시로니의 발랄한 말에 테루아는 뿌득 이를 갈았다. 놀림당한 표정이었다. 그리고 시로니는 놀리는 표정이고. 테루아가 성난 얼굴로 물었다.

“대체 무슨 꿍꿍이지?”

“꿍꿍이? 나처럼 솔직한 사람에게 꿍꿍이가 어디 있다고?”

테루아의 얼굴이 더 사나워지자 시로니는 손사래를 치며 웃었다.

“흥분하지 말아요. 아까 공주님께도 말씀드렸지만, 난 공주님과 여러분을 만나게 해주고 싶었을 뿐이에요.”

“아크제리유트를 배신하겠다는 거요?”

“배신의 선행조건은 신의인데 우린 그런 사이가 아니에요. 그러니 내가 지금 그 자식 뒤통수를 칠 생각을 하더라도 배신은 아니죠.”

쓸데없는 말이 너무 많긴 하지만, 어쨌든 지금 시로니는 아크제리유트에게서 돌아섰다는 얘길 하고 있다. 그렇게 말한들 쉽게 믿을 순 없는 노릇, 테루아가 그 이유를 묻자 시로니는 다시금 자신만만하게 말했다.

“지금껏 내가 보지 못했던 것을 보고 싶을 뿐이에요. 과학자의 호기심이죠.”

시로니는 결국 포박당했다. 아무리 아크제리유트를 배신할 생각이고 우릴 만나게 해줬다곤 해도 위험인물은 위험인물, 혁명군 입장에선 당연한 대우였다. 두꺼운 밧줄로 손목을 꽁꽁 묶인 시로니를 보며 나는 조용히 물었다.

“괜찮아요?”

“물론이요, 이 정도는 예상했어요. 근데 생각보다 아프고 불편하긴 하네요. 흑흑."

정말 괜찮나 보다. 저렇게 엄살 부리는 걸 보니. 시로니는 묶였지만 여전히 여유로운 태도로 우리에게 말했다.

"자, 나한테 하고 싶은 걸 다 했으면 우리 한번 앉아 볼까요? 할 얘기가 잔뜩 있는데."

하지만 테루아는 고개를 저었다.

"우리의 이야기에 당신이 끼어들 틈은 없소. 당신은 독방에 갇히게 될 거요."

테루아의 단호한 말에 시로니가 익살스럽게 항의했다.

"안 되죠, 대표님. 이 세기의 천재가 기껏 찾아왔는데 써먹지 않고 가두겠다고? 어쩜 그렇게 아까운 짓을?"

"당신은 조금 전까지 아크제리유트의 편이었잖소. 그런 자의 말을 들을 순 없소."

"같은 편이었던 적은 없어요. 단지 지식을 제공했을 뿐이죠."

"그게 뭐가 다르단 말이오?"

"다르죠, 엄연히 다르죠! 지식이란 도구예요. 식탁 위의 포크나 다름없죠. 우린 지식을 발견하고 그걸 사람들에게 나눠 줘요. 그 외에 다른 의도는 없어요, 악의도 선의도. 그저 더 알기를 원할 뿐이죠. 그렇기 때문에 우린 누구의 편도 아니면서 모두의 편이기도 해요. 이제 좀 이해가 되나요? 그러니 이 좋은 머리를 폭군 나리처럼 써먹으란 말이에요!"

시로니가 장황하게 말했지만 거기에 호응하는 사람은 단 한 명도 없었다. 그러자 시로니는 혀를 찼다.

"아, 정말 답답하네. 정 그러시다면 내 쪽에서 먼저 패를 보여 드리죠. 여러분, 아크 씨를 가두려고 철관을 준비했죠? 조금씩 철을 빼돌리던 게 멈춘 걸 보니 거의 완성한 모양이고. 그런데 어떤 문제가 생겨서 계획이 중단된 거잖아요. 맞죠? 그러니까 그 문제 내가 해결해 준다고!"

시로니의 외침에 테루아의 얼굴이 살벌해졌다. 당황한 기색이 역력했다. 그걸 보곤 시로니는 유쾌하게 말을 이었다.

"지금 철관은 준비했는데 내구성을 검증할 방법이 없어서 걱정인 거죠? 그리고 아크 씨를 철관에 집어넣는 방법도 고민이겠고요. 소리 없이 그 사람을 끌고 와야 하는데 여러분의 목에 그어진 빨간 줄 때문에 그건 거의 불가능하니까."

혁명군의 얼굴이 경악으로 물들었다. 묶인 채로 무장한 남자들을 압도한 시로니는 싱긋 웃었다. 나중에 안 사실이지만 어처구니없게도 모든 것은 시로니의 말대로였다. 폭정에 시달리면서도 요새의 사람들은 제대로 된 반기조차 들 수 없었다. 이유인즉슨 모두가 아크제리유트의 권속인 탓이다. 억지로 그 피를 마신 사람들은 아크제리유트가 죽으면 그를 따라 미쳐 버리는 운명을 갖게 되었다. 자신뿐 아니라 온 가족이 다. 이런 상황에서 사람들은 죽일 수도 살려 둘 수도 없는 그 폭군을 가두기 위해 무쇠로 관을 만들었다.

해방을 위한 첫걸음으로 철관은 이미 완성했으나 그들에겐 두 가지 문제가 남았다. 그건 시로니가 방금 말한 바로 그 문제였다. 혁명군은 희망을 품고 철관을 만들었지만, 몇 주 전 아크제리유트가 횃김에 건물을 부수는 걸 보고 혼란에 빠졌다. 검은 채찍을 휘둘러 벽을 찢던 그 모습은 혁명군에게 상세히 전달되었고, 그들은 인간을 초월한 그 힘이 대체 어디까지인지를 두고 몇 날 며칠 고뇌했다.

고뇌에 종지부를 찍은 건 저돌적인 성격의 한 남자였다. 혁명군 간부인 그는 어차피 확인할 도리가 없으니, 설령 실패하더라도 도전해 보자고 밀어붙였다. 궁지에 몰린 혁명군은 결국 무모한 실행을 결심했다. 하지만 그 작전은 시작도 하기 전에 다른 난관에 부딪혔다.

시로니는 얼어붙은 혁명군을 향해 명랑하게 말했다.

"어머, 이 몸의 명철함에 놀라셨나요?"

테루아는 이제 경악하다 못해 바들바들 떨며 시로니에게 물었다.

"대체 당신 정체가 뭐요, 뭔데 우리 계획을 다 아는 거지?"

"이 요새에서 벌어지는 일은 다 내 손바닥 안이에요. 난 이미 작년부터 여러분을 주시하고 있었죠. 근데 왜 묵인했냐고? 뭐, 아크 씨가 딱히 알려 달라고 한 적도 없는 데다가 지켜보다 보니 나도 궁금해졌거든요. 강한 힘 앞에서 인간의 저항이 어디까지 먹힐까 연구해 보고 싶다는 소소한 호기심? 하지만 혼자 찾아가면 경을 칠 게 뻔해서 참았던 거죠. 그런데 마침 공주님을 만났으니 세상에 이런 행운이!"

시로니의 들뜬 목소리에 우린 모두 할 말을 잃었다. 이걸 지식에 대한 열망이라고 해야 할지, 그냥 정신이 나간 거라고 해야 할지.

"자자, 어쨌든 제 덕분에 폭군 자식을 잡아야 하는 사람끼리 만났잖아요. 안 그래요?"

얼렁뚱땅 그렇게 말해 봤자야…….

"그러니 의심은 그만 접고! 지식은 사용하는 자의 것이죠. 자, 저를 마음껏 사용하게 해드릴게요. 우선 철판의 강도가 걱정이라면 마침 여기에도 영주님 두 분이 계시잖아요. 두 분께 시험해 보도록 하세요."

시로니의 제안에 혁명군은 망설였다. 하나부터 열까지 틀린 게 없는 말이지만 그렇다고 대뜸 받아들일 수도 없었다. 그들은 대표인 테루아를 돌아보았고 테루아도 심각하게 고민하기 시작했다. 시로니의 언변이 통한 걸까? 이내 테루아가 굳은 얼굴로 말했다.

"좋소, 판단은 우리가 하겠지만 당신의 지식은 받겠소."

"얼마든지 환영해요."

잠시 후 두어 사람이 한 뼘 두께의 굉장한 강철판을 낑낑대며 들고 왔다. 그리고 그것을 기달티에게 건네며 시험해 줄 것을 정중히 부탁했다. 기달티는 단숨에 그것을 꺾었다. 철판은 꽝꽝 언 얼음처럼 깨지며 박살이 났다.

테루아의 얼굴에는 경악과 절망의 빛이 감돌았고 시로니는 휘파람을 불었다.

"어머, 뭉개지는 게 아니라 깨지다니. 강도를 제대로 높여 놨군요? 역시 명불허전 철의 요새 주민들."

"하지만 소용없는 건가?"

"아니죠, 아니죠. 길티 씨랑 아크 씨를 같은 급으로 생각하면 안 되죠. 무크 군에게도 시켜 봐요."

시로니는 무아카에게 늑대의 모습으로 철판을 내리쳐 보라고 했다. 아까 막 깨어나 두리번대고 있던 무아카는 영문도 모른 채 시키는 대로 철판을 쾅 내리쳤다. 이번에는 흠집도 나지 않고 말짱했다. 그걸 보고 시로니가 말했다.

"충분히 희망이 있네요. 나삭과 시믈라를 제외한 영주들에게 나타나는 비약적인 신체능력 발달은 검은 힘을 사용하게 된 시간과 비례한다는 보고가 있어요. 물론 개인차가 있어서 절대적인 건 아니지만요. 그렇게 따지면 아크 씨는 무크 군과 마찬가지로 영주가 된 지 2년이 채 안 된 신생, 그 강함의 정도는 길티 씨보단 무크 군에 가까울 거예요. 하지만 저번 서쪽 토벌의 결과를 보면 무크 군보단 강한 것 같으니 확실히 하려면 철의 강도를 조금 보강하는 게 좋겠죠."

시로니가 지시하자 혁명군은 당황스러워하면서도 착실히 고개를 주억였다. 철관의 문제가 해결되자 시로니는 다음 문제를 거론했다.

"다음은 아크 씨를 철관에 넣을 방법이죠? 저 무거운 철관을 옮길 수는 없고, 아크 씨를 모셔 와야 할 텐데 무슨 계획을 짜고 계셨을까? 역시 약이려나? 수면제?"

반란군들이 다시 간담이 서늘해진 표정을 지었다. 시로니가 말하는 족족 맞아 떨어지자 테루아는 이를 갈며 물었다.

"젠장, 당신은 마녀인가?"

그에 시로니는 웃으며 답했다.

"아니요, 과학자예요."

테루아는 결국 시로니에게 현재 봉착한 문제를 다 실토했다.

혁명군은 시하를 통해 아크제리유트에게 수면제를 먹일 생각이었다. 그를 재우지 않고서 데려올 방법은 없으니까. 힘으로 이길 수 없는 건 물론이고 끌고 오는 도중에 아크제리유트가 명령을 내린다면 모든 일이 허사였다.

그래서 강한 수면제를 준비했건만, 막상 실행하려고 해보니 그것은 시도조차 불가능했다.

"아크 씨의 능력은 권속에게 거부 불가의 명령을 내리는 거죠. 권속들에게 아크 씨의 명령은 절대적, 무크 군이 아까 공주님을 공격한 것도 그 탓이에요."

그래서 아까 무아카가 나를 공격했던 거구나. 왜 그러나 싶었는데 그런 이유가 있었을 줄은. 진작 알았으면 무아카는 데려오지 않았을 텐데.

"몰랐다고 자책할 필요는 없어요. 모르는 게 당연하니까요. 아크 씨는 영주로서의 역사가 짧은 만큼 능력도 아직 다 개발되지 않았죠. 아크 씨부터가 그 능력을 발견한 지 반년이 채 되지 않았으니 여러분의 삽질도 이해해요."

삽질이라는 말에 혁명군의 얼굴이 험하게 일그러졌다. 하지만 반박할 도리는 없었다. 실제로 그들의 혁명 준비가 단순한 삽질이 되어 버린 상황이니까.

시로니의 말대로 아크제리유트가 그 힘을 깨달은 건 불과 반년 전의 일이다. 폭군은 자신의 검은 힘이 아직 다 개발되지 않았다는 걸 알고 시로니의 도움을 받아 그것을 연구하고 탐색했다. 그 결과 찾아

낸 것이 바로 절대복종의 명령이다. 그 능력을 깨닫고 아크제리유트는 성에 출입하는 모든 권속에게 말했다.

"내게 해를 끼치지 마라."

그때 시하는 그게 단순한 경고인 줄 알았다. 하지만 그것은 오만한 폭군의 안전장치였다.

그는 자신이 원망의 대상이라는 걸 너무 잘 알았고 그래서 누군가가 엉뚱한 시도를 할 수도 있다고 늘 생각했다. 물론 두려웠던 건 아니다. 그런 도전을 받는 게 거슬릴 뿐이었다.

한편 시하는 그 능력에 대해 까맣게 몰랐고 폭군이 던진 추상적인 말 한마디야 그러려니 하고 금방 잊었다. 그런데 얼마 전, 아크제리유트의 술잔에 미량의 약을 섞으면서 시하는 두려운 경험을 했다.

아크제리유트에게 해를 끼치면 안 된다. 그 명령은 시하의 뇌리에 깊게 박혀 있었고 그에게 해가 되는 모든 행동을 원천에 봉쇄했다. 술잔에 약을 타려는 순간 시하는 손이 좀처럼 움직이지 않는 것을 느꼈다. 마치 무언가에 묶인 것처럼. 그래서 안간힘을 쓰며 억지로 시도했더니 목에서 피가 흐르기 시작했다. 붉은 줄이 그어진 바로 그 부분에서. 여기서 더 했다간 목이 잘려 나갈 판이었다. 폭군의 명령은 그러한 영향력을 가지고 있었다.

"그 능력을 찾는 데 제가 일조했죠. 어머, 이건 원망의 눈초리?"

시로니의 촐랑대는 말에 사람들의 표정이 더욱 안 좋아졌다. 말을 반만 아끼면 지금보다 훨씬 더 좋은 대접을 받을 텐데. 지켜보는 내가 안타까울 지경이다.

"다들 노려보지 말아요. 그래서 끝내주는 대안을 가져왔으니까!"

"대안?"

"다른 사람을 시녀로 위장시켜 보내자는 대안이죠."

시로니의 말에 테루아가 처음으로 고개를 저었다. 이어 돌아온 답변은 회의적이었다.

"그 가까이서 시중을 드는 건 젊은 여자요. 하지만 요새 안의 젊은 여자는 모조리 탑에 잡혀 있소. 당신도 알잖소."

"물론 알죠. 그리고 그 아가씨들도 다들 시하 양이랑 같은 명령을 받았겠죠? 그러니까 새로운 사람을 구하라는 거예요. 마침 저기 최적의 사람이 있잖아요?"

그렇게 말하며 시로니가 한 사람을 지목했다. 나였다. 어?

시로니의 지목에 테루아를 비롯한 혁명군의 시선이 나를 향했다. 다들 놀란 표정이었다. 잠깐만, 지금 갑자기 얘기가 어떻게 흐르는 거야? 나는 당황해서 말했다.

"난 오늘 그 사람 직접 만났어요. 제 얼굴을 알아볼 거예요."

시로니는 싱긋 웃더니 내게 손짓했다. 가까이 오라고. 나는 머뭇대다가 마지못해 시로니에게 다가갔다. 그러자 시로니는 혁명군에게 부탁한 물로 자신의 흰 가운을 적셔 내 화장을 지우기 시작했다.

"남자들은 바보예요. 여자가 조금만 변해도 못 알아보거든요."

내 얼굴을 말끔하게 닦아 낸 후, 시로니가 나를 빙글 돌렸다. 민낯이 된 내가 돌아서자 누군가가 소리쳤다.

"딴 사람이다!"

아 씨, 누구야. 뭐야, 지금. 내가 왜 화장 전후의 희생물이 돼야 하는 건데?

"여기서 머리카락을 약간만 자르고 옷도 갈아입으면 절대 못 알아볼 거예요. 워낙 화려하게 꾸며 놨었으니까. 어때요, 공주님? 협조하실 의사는?"

이렇게 저질러 놓고 뒤늦게 의사를 물어보다니. 혁명군 사람들은 이미 시로니에게 완전히 설득된 채 내 답변만 기다리고 있었다. 나는 난처한 기분으로 기달티를 쳐다보았다. 기달티는 내 결정에 따르겠다는 듯 고개를 끄덕였다.

잠입이라니, 그런 건 생각해 본 적 없다. 하지만 이 사람들과 우리의 목적은 같다. 그리고 수많은 사람이 인질로 잡혀 있는 지금, 이 방법은 결코 나쁘지 않다. 우리에게 이보다 더 좋은 방법은 없었기에 오래 생각할 필요는 없었다.

"알겠어요, 제가 뭘 해야 하는지 알려 주세요."

내 수락에 혁명군의 얼굴에 화색이 돌았다. 테루아가 성큼 달려와 내 손을 잡았다.

"감사합니다, 공주님."

이런, 거절했으면 큰일 날 뻔했다.

"기뻐 보이네요, 혁명군 여러분. 이걸로 문제는 다 해결됐나요?"

여전히 꽁꽁 묶인 채로 시로니가 느긋하게 물었다. 저 손목만 가린다면 시로니는 지위 높은 조력자로 보였을 것이다. 시로니의 공을 인정하는지 테루아가 크게 끄덕였다.

"고맙소. 머무는 동안 불편함은 없게 하겠소."

"하루에 커피 일곱 잔만 꼬박꼬박 넣어 주면 좋겠어요. 그보다 아크 씨를 구속하면 그다음엔 어쩔 생각이에요?"

테루아가 잠시 멈칫했다. 하지만 곧 숨길 이유가 없다고 생각하고 물음에 답했다.

"요새를 떨어트릴 예정이오."

"호오?"

"우린 이제 그들에게 지배받을 생각이 없소. 이 요새를 무너뜨리고 탈출할 거요."

"원하는 건 자유군요. 좋네요."

자유라는 말에 동의하듯 테루아는 다시 한 번 굳게 끄덕였다. 이윽고 두 사람의 눈길이 내게로 향했다. 나는 복잡한 기분으로 살짝 한숨을 내쉬었다. 그렇게 혁명에 가담하게 되었다.

아이구, 힘들어. 나는 낑낑대며 드레스를 벗었다. 허리에 차는 이걸 코르셋이라고 하나? 얼마나 조여 놨는지 숨 막혀서 죽는 줄 알았다. 벗으니까 좀 살 것 같다.

아까 대화를 마친 후 혁명군 사람들은 다시 일사불란하게 자기 역할을 찾아 흩어졌다. 시로니의 도움으로 돌파구를 발견하자 다들 활기를 찾은 것 같았다.

혁명군이라. 그런 게 있을 줄은 생각도 못 했다. 체파르데아의 성에서는 다들 착취당한 채 그저 살아가고 있었는데. 이곳 사람들은 목숨을 걸고 혁명을 준비해 온 거겠지? 얼떨결에 연관되긴 했지만 꽤 든든하다. 사방이 적이라고만 생각했는데 이런 아군이 있을 줄이야.

나는 입고 있던 드레스를 옆에 두고 수수한 블라우스와 치마로 갈아입었다. 옷을 다 입고 나오자 밖에 있던 시하가 물었다.

“갈아입으셨어요? 불편하진 않으신가요?”

“괜찮아요, 옷 빌려줘서 감사해요.”

“뭘요, 공주님이 해주시는 거에 비하면 아무것도 아닌걸요.”

시하는 내게 뭐든 다 해줄 것 같은 얼굴로 답했다. 자기가 못 한 역할을 내가 대신해 주는 게 고마워서 그러는 모양이다.

나는 시하를 따라갔다. 시하가 안내한 곳은 쇳물이 끓어오르는 용광로 앞이었다. 붉다 못해 희게 타오르는 쇳물을 홀린 듯 바라보며 나는 기달티와 테루아의 옆에 섰다.

“대단하네요. 지하에 이런 시설이 다 있고.”

“저희도 작년에 우연히 발견한 겁니다. 이 요새는 지상뿐 아니라 지하에도 대단한 시설이 있습니다.

나는 감탄하며 용광로를 바라보았다. 용광로를 기울이자 펄펄 끓던 쇳물이 틀을 따라 흘렀다. 혁명군 사람들은 그 열기를 견디며 바쁘게 움직이고 있었다.

“그런데 이렇게 큰 요새가 어떻게 떠 있는 거죠?”

“사람의 기력으로 부유하고 있습니다. 요새 중심에는 사람의 기력을 큰 힘으로 바꾸는 장치가 있습니다.”

기력을 힘으로 바꾼다니, 그거 내가 끼고 있는 반지랑 좀 비슷하다. 아니, 같다. 나는 혹시나 해서 물어보았다.

"이 요새는 누가 만든 거예요?"

"네벨라입니다. 기달티 님께 죽은 아크제리유트의 아비죠."

아, 역시나. 이 요새도 네벨라의 작품이구나. 그렇다면 요새를 띄우는 것도 내가 가진 반지랑 비슷한 원리일까? 기력으로 태풍을 일으키거나 벼락을 떨어트리는 것처럼 이 요새도 사람의 기력으로 떠 있다는 말이지? 그런데 이런 요새를 한순간도 아니고 지속해서 띄우는 거라면 기력이 여간 필요한 게 아닐 텐데? 아무리 효율이 좋다고 해도. 나는 궁금해져서 다시 물었다.

"그럼 누가 이 큰 요새를 띄우고 있어요? 기력이 모자라지 않아요?"

내 질문에 테루아는 잠시 침묵하더니 이내 나직이 답했다.

"아크제리유트는 거기에 하루 한 사람의 생명을 사용합니다. 이 요새는 인명을 동력으로 떠 있습니다."

나는 멈칫하고 테루아를 돌아보았다. 쉿물빛으로 붉게 달아오른 그의 얼굴은 딱딱하게 굳어 있었다. 나는 이해할 수 없어서 되물었다.

"왜 그런 짓을 하는 거죠?"

"우릴 가두기 위해서입니다. 여기서 도망치지 못하도록 말입니다. 이 요새는 감옥입니다."

그렇게 말한 후 테루아는 천천히 이 요새의 역사에 대해 말하기 시작했다.

네벨라가 죽었다. 10년 전, 바로 이곳에서. 네벨라가 어린 라이시와 아야라를 납치해 데려온 곳이 바로 이 공중요새였다. 그때도 요새에는 수만 명의 사람이 갇혀 있었다. 하지만 기달티에게 네벨라가 죽고 요새가 추락하자 그들은 해방되었다. 해방된 사람들은 영주가 사라진 땅에 각자 마을을 이루었다. 북쪽은 자원이 풍부해서 수월하게 터전을 마련할 수 있었다. 하지만 그들이 그렇게 자유를 누린 것은 고작 8년이었다.

2년 전, 아크제리유트가 네벨라의 공석을 채우며 영주가 되었다. 아버지만큼 탐욕스럽고 아버지보다 흉포한 그는 영주가 되자 사람들을 모조리 잡아들였다. 그걸로 공중요새의 악몽은 재현되었다.

이 요새는 감히 불가침이라고 할 만한 이요브의 메트로폴리스마저 침공할 수 있는 전함이었다. 그래서 세계의 패권을 노리는 욕심 많은 폭군은 이 요새를 가동하기 위해 수많은 사람을 희생시켰다.

그는 끌어모은 사람들을 노예로, 도구로, 또 동력으로 사용했다. 인력이 끊임없이 필요했기에 여자들에겐 출산이 강요됐다. 우습게도 일정한 나이까지 자녀를 낳지 못하면 처형된다는 법이 생겼다. 혼기에 맞춰 결혼하는 일은 여자들에게 생명과 직결되는 일이 되었다.

테루아도 아내를 잃었다. 적령을 넘겼음에도 아이를 갖지 못했다는 이유로 사형, 본보기였다. 그로 인해 젊은 여자들은 사랑을 느낄 겨를도 없이 잘 알지도 못하는 남자와 만나 결혼하고 의무적으로 출산했다.

하지만 어렵사리 아이를 낳은들 빼앗길 뿐이었다. 탑에서는 공동

양육이라는 미명하에 아이들을 빼앗고 그들이 걷고 뛸 수 있게 되면 어른들과 마찬가지로 노동을 강요했다. 그러다 보니 여자들은 죄책감에 시달렸다. 생존을 위해 돌봐 주지도 못할 아이를 낳았다는 것이 그들의 모성을 괴롭혔다.

자유가 없기는 남자들도 마찬가지였다. 남자들은 자신의 능력과 관계없이 배치된 자리에서 죽도록 일해야 했다. 복잡한 기계와도 같은 이 요새에서 그들은 심한 노역을 강요받았다. 밤낮없이 일해도 보상이나 소출은 없었다. 그저 굶어 죽지 않을 정도의 식량만이 배급되었다. 그런 그들은 가족을 지킬 수 없었다. 그러한 남자들의 심정이 얼마나 비참한지는 그 본인들만이 알고 있다.

한편 아크제리유트에게 빌붙은 자들은, 몇 년 전까지만 해도 이웃이었던 사람들을 더 잔혹하게 착취했다. 재산을 몰수하는 것은 물론 아내와 딸도 빼앗았다. 아크제리유트에게 아부해서 얻은 힘으로 그들은 얼마 되지도 않는 배급품까지 빼돌렸다.

그렇게 그들의 고통은 온갖 방향에서 비롯되었다. 하지만 그들을 가장 괴롭힌 것은 그런 외부의 공격이 아니라 이 삶에 점차 순응해 가는 자신들의 비굴하고 무기력한 실상이었다. 10년 전 자유를 얻고 8년간 자유를 누렸건만, 2년이라는 짧은 시간 동안 그들은 다시 노예의 삶에 익숙해져 가고 있었다.

그렇게 요새의 사람들은 모든 자유를 박탈당한 채 필요에 따라 생산되고 소비되었으며 끝내는 폐기되었다. 늙거나 다쳐서 더는 일할 수 없게 된 인간은 모조리 요새의 동력실로 들어갔고, 그곳에서 모든 기력과 생명을 빼앗기고 숨을 거둔다. 탄생부터 죽음까지 참으로 알뜰하게 사용되었다. 그것을 삶이라고 할 수 있다면, 이 요새에서의 삶은 그러했다.

나는 무거운 마음으로 타오르는 용광로를 바라보았다. 이 세계 곳곳은 다 왜 이런 걸까, 누구의 탓이고 무엇의 탓일까? 이 세계를 볼 때면 마치 어두운 밤 망망대해를 바라보는 기분이 든다. 길은 어디에도 보이지 않고 한 발짝 내디디면 칠흑 같은 바닷속으로 빨려 들어갈 것만 같다.

너무나 많이 일그러진 이 세계에서 나는 정말 길이 될 수 있을까? 뜨거운 쇳물을 이끌어 주는 저 틀처럼, 길이 될 수 있을까? 또 한 번 두려운 마음이 들었지만 나는 스스로를 다잡았다. 망설이지 말고 걸어가라고 했던 그의 말을 떠올리면서.

나는 깊게 숨을 들이마셨다. 아크제리유트는 자신이 이 세상의 주인인 것처럼 행동하고 있다. 그래서 사람들을 도구처럼 쓰고 버린다. 필요에 따라 더 만들어 내라고 닦달하기도 한다.

하지만 사람은 그렇게 취급해도 좋은 존재가 아니다. 모든 사람 한 명 한 명이 얼마나 무거운 가치를 지니고 있는지 그는 조금도 알지 못한다. 그들의 가치는 그렇게 쓰이다 버려질 만큼 가볍지 않다. 절대 그렇지 않다.

나는 어금니를 꾹 깨물었다. 저 오만한 폭군에게 똑똑히 가르쳐 줄 생각이다. 그 포악한 만행의 끝이 어떤 것인지, 그리고 이 세상의 진짜 주인이 누구인지를.

"걱정 마요, 공주님. 예쁘게 잘라 드릴 테니."

내 머리카락을 빗기며 시로니가 말했다. 나는 불안했지만 머리카락을 맡긴 채 고개를 끄덕였다. 진짜, 진짜 큰맘 먹고 자르는 거다. 몇 년을 기른 거니까.

지하 생활도 어느덧 이틀째, 드디어 철관이 완성되었다. 내일 아침 나는 탑으로 들어간다. 시녀로 위장하고서. 물론 혼자는 아니다. 기달티와 시하가 함께 가기로 했다.

이틀 동안 숨어 있으면서 나는 시하를 통해 틈틈이 바깥 상황을 전해 들었다. 그동안 위에선 나를 찾느라 엄청 살벌했다고 한다. 아직 내가 요새 안에 있는 걸 알고 온 장소를 이 잡듯 뒤졌고, 그 바람에 또 많은 사람이 피해를 당했다고 한다.

나는 앞에 놓인 거울을 통해 내 뒤에 선 시로니를 바라보았다. 테루아의 말대로 시로니는 독방에 갇혀 이 방에서 한 발도 못 나가는 신세다. 머리카락을 자른다는 핑계 덕분에 나도 이틀 만에 겨우 시로니를 만났다. 그동안 혼자 갇혀 있었지만 시로니는 여전히 생기가 넘쳤다. 나는 이 무한 활력의 소유자가 슬슬 궁금해지기 시작했다. 시로니는 대체 어떤 사람일까?

"여기 온 지는 얼마나 됐어요?"

"음, 이제 1년 조금 넘었나?"

"그동안 아크제리유트를 도왔던 거예요?"

"네, 그랬죠."

"왜요?"

탓하려는 게 아니라 정말 궁금했다. 테루아에게 전해 들은 이 요새에서의 일들은 참담했다. 그래서 이렇게 많은 사람이 들고일어났다. 그런데 시로니는 지난 1년간 그걸 알면서도, 요새에서 일어나는 일들을 자기 손바닥처럼 보고 있었다고 하면서도 아크제리유트를 도왔다. 그게 아무렇지 않았던 걸까? 내가 보기에 시로니는 특이하긴 해도 악당은 아니다. 과연 어떤 생각이었을까?

내 물음에 시로니는 잠깐 손을 멈추고 고민하는 표정을 지었다. 그는 한동안 대답을 궁리하더니 이내 다시 손을 움직이며 답했다.

"일단 저는 외부인이고, 또 고용된 입장이었으니까요."

나는 이해할 수 없는 표정으로 시로니를 바라보았다. 시로니는 아랑곳하지 않고 내 머리카락을 어깨선 위로 싹둑 잘랐다.

"지금 그 얼굴 납득하기 어렵다는 표정이죠? 그럼 조금 거창하게 표현해서 무력감을 느꼈다고 할게요. 말씀드렸다시피 저는 외부에서 고용된 사람이에요. 연구소가 지긋지긋해서 이리로 왔죠. 그런데 이쪽도 연구소 못지않게 신물 나는 일들뿐이었어요. 그때 깨달았죠. 아, 순응하는 것 외엔 방법이 없구나."

"순응이요?"

"요새의 온갖 면모를 살펴보면서 저도 불편하지 않았던 건 아니에요. 하지만 어떡해요? 힘이 없는걸요."

"힘이 없는 건 테루아 아저씨네도 마찬가지잖아요."

"그러게요, 저도 그게 참 의문이에요. 자유를 위한 투쟁이라며 허울 좋게 말하지만 사실은 개죽음 예약인데. 제 딴에는 열심히 한다고들 하지만 사실 어설퍼요, 저 사람들. 만약 요새 관리자가 제가 아닌 다른 사람이었다면 진작 끝장났을 거예요."

혁명군에 대한 시로니의 평가는 꽤 신랄했다. 나는 그게 조금 뜻밖이었다. 만나고 싶어서 묶이고 갇힐 것도 각오하고 찾아왔으면서 이런 냉소적인 관점이라니. 나는 시로니의 모순을 의아해하며 조심스럽게 그들을 변호했다.

"그래도 의미 없는 행동은 아니라고 생각해요."

"하하, 그럴까요?"

"네."

나는 확실한 어조로 시로니의 반문에 답했다. 사실 습격에 실패하고 나는 상당히 막막했다. 아크제리유트와 다시 맞붙어 싸우는 건 우리에게도 상당한 부담이었다. 기달티가 어디까지 버틸 수 있을지도 모르겠고, 자칫 체파르데아의 때와 같은 참사가 일어난다면 큰일이니까. 만약 그렇게 된다면 무아카와 제미라뿐만 아니라 이 요새에 있는 모든 사람이 파멸하고 말 상황이었다.

그런 와중에 만난 시로니는, 그리고 그가 연결해 준 혁명군은 우리에게 놀라운 활로였다. 내가 걸어갈 때 길을 보여 주겠다는 엘의 말이 이런 뜻이었구나 생각이 들 정도였다. 그래서 나는 오히려 용기를 내고 모여 준 그 사람들이 정말 고마웠다.

내 말에 시로니는 음, 하고 잠깐 생각하더니 다시 말을 이었다.

"재미없는 얘길 하나 하자면, 제가 막 공부를 시작할 때였어요. 그땐 제가 언젠가 세상에 도움이 될 줄, 그리고 세상을 바꿀 수 있을 줄 알았어요. 하지만 이 세상을 관측하면서 깨달았죠. 내가 아무것도 할 수 없다는 걸요. 복잡하게 얽히고설킨 문제를 풀기 위해 그 원인을 거슬러 봤어요. 인간은 도대체 왜 이다지도 고통받는가. 결론은 하나였어요. 인간이 고통스러운 건 바로 인간이기 때문이었죠."

시로니가 한 말은 내가 지난밤에 깨달은 것과 정반대였다. 나는 인간이기에 이토록 고통받아서는 안 된다고 생각했다. 하지만 시로니는 인간이기에 이다지도 고통받는다고 한다. 나는 미묘한 기분으로 이어지는 말을 경청했다.

"모든 재앙의 원인은 결국 인간이었어요. 인간을 가장 심하게 착취하고 죽이는 건 결국 인간이에요. 피네하스의 회유? 개소리죠. 선택은 인간의 몫이에요. 그리고 대다수의 인간이 타인을 짓밟고 살아남는 쪽을 택해요. 이 요새만 봐도 그렇잖아요. 체파르데아의 성도 마찬가지고 시믈라의 온실도 다를 바 없고, 이요브의 메트로폴리스는 그중에서도 최고죠. 물론 우리 연구소라고 다를 건 없어요. 이쯤 와서 보니 인간의 본성이 원래 그런가 싶기도 하고 답이 없다는 생각도 들고. 나 하나가 나서 봐야 아무짝에도 소용없겠다 싶어 인간사에 개입하고 싶은 마음이 싹 사라졌어요. 그래서 그저 관찰할 뿐이죠. 과연 언제쯤, 어떤 형태로 이 세상이 끝날까 궁금해하면서요."

얘기를 들으며 나는 시로니의 말과 행동이 상당히 다르다고 느꼈다. 지켜볼 뿐이라고 하면서 이 사람 참견이 너무 심하다. 군대보다도 빠르게 우릴 쫓아오질 않나, 혁명군과 우리를 주선하질 않나, 게다가 혁명군이 봉착한 문제에 일일이 조언을 해주질 않나. 이것만 봐도 말이랑은 엄청 다른데?

"그런 것치곤 너무 적극적인데요?"

내 지적에 시로니는 태연히 변명했다.

"전에 말한 것처럼 순전한 호기심이에요. 나는 관뒀지만 너라도 해봐라, 하는 기대 심리 같은 게 있거든요."

나는 거울을 통해서 시로니를 빤히 쳐다보았다. 그러자 시로니는 조금 머뭇대더니, 이내 한숨을 내쉬었다.

"그래요, 솔직히 말하죠. 사실 아크 씨보단 테루 씨를 돕는 게 더 즐겁긴 해요. 이건 나도 아직은 멍청이라는 소리겠죠?"

시로니의 실토에 나는 결국 웃음을 터트렸다. 시로니의 말을 들으며 이런 생각이 들었다. 이 똑똑한 사람은 이 세상을 위해 참 많은 생각을 했구나. 그런데 그 결론이 멍청이라는 건 좀 안타깝다.

잘못된 것을 깨닫고 바꿔야 한다고 생각하는 사람은 멍청이인 걸까? 다들 일그러진 세계에 순응하는데 거기서 각성을 주장하는 건 멍청이인 걸까? 고통이 난무하는 세계가 크고 강하다는 걸 알지만 그래도 덤벼 보려 하는 게, 정말 멍청이인 걸까?

그렇게 따지면 우린 정말 말도 못할 멍청이들이다. 졸지에 멍청이가 됐으니, 이 싸움에서 절대 지면 안 되겠다는 생각이 든다. 이 멍청이들이 끝내 세상을 이기는 것을 보여 주고 싶다. 시로니에게, 온 세상에게.

"왜 웃죠?"

거울을 통해 내 웃는 얼굴을 본 시로니가 짐짓 언짢다는듯 되물었다. 참 안 어울리게도 겸연쩍어진 모양이다.

"그런 눈초리 관둬요, 과학자의 성향은 놀리는 쪽이지 놀림당하는 쪽이 아니에요. 계속 이러면 실수인 척 대머리로 만들어 버릴지도 몰라요?"

가위를 찰칵거리며 말하는 시로니의 모습은 꽤나 섬뜩했다. 그래서 나는 재빨리 웃음을 지우고 입을 꼭 다물었다. 머리채를 잡힌 지금 시로니의 심기를 건드려 봐야 좋을 게 하나도 없으니까. 그러자 시로니는 피식 웃으며 다시 가위질을 시작했다.

"그보다 내일인데 기분은 좀 어때요? 긴장되진 않아요?"

"괜찮아요, 혼자 가는 것도 아니잖아요."

"참, 길티 씨가 같이 가죠? 아, 길티 씨는 참 멋진 것 같아. 강하고 듣든하고. 사실 그 사람한테 안겼을 때 좀 설레었어요. 뇌에서 일어나는 화학반응일 뿐이라곤 생각하지만, 너무 달콤한 거 있죠? 콩닥콩닥했어요."

엑, 농담이지? 하지만 시로니는 정말 뺨을 붉히며 꽃같이 웃고 있었다. 그런데 화학반응이라니, 정말 낭만적이지 못한 표현이다. 나는 당황해서 시로니에게 되물었다.

"그것도 화학반응이에요?"

"그럼요. 과다 분비된 도파민이 인격을 변질시키는 화학반응! 사람을 실없이 웃게 하다가 끝내는 이성을 날려 버리고 짐승처럼 날뛰게 하는 가장 극악무도한 화학반응이죠!"

웃으면서 시로니의 말을 듣고 있다가 나는 멈칫하고 웃음을 그쳤다. 갑자기 누군가가 생각난 탓이다. 아…….

"왜요, 무슨 얘길 하고 싶은 얼굴인데? 혹시 주변에 그런 사람 있어요?"

나는 거울에 비친 시로니 때문에 깜짝 놀랐다. 날 보는 시로니의 표정은 이틀 전 테루아를 당황시켰을 때와 똑같았다. 먹잇감을 발견한 맹수의 표정. 나는 그 얼굴을 보고 다급히 외쳤다.

"아니요, 없어요."

"과학자는 진실을 밝혀내는 사람이죠. 거짓말하면 머리카락의 길이가 점점 짧아질지도 몰라요?"

"앗, 하지 마요! 정말 없어요!"

"과학자에겐 진실을……."

시로니가 또다시 섬뜩한 눈빛으로 가위를 찰칵거렸고 나는 겁먹어서 발버둥을 쳤다. 엄마, 이 사람 무서워! 내가 비명을 지르자 시로니는 나를 진정시키며 차분하게 말했다.

"공주님, 누차 말하지만 저는 지식의 보고. 필요할 때 열어 보면 절대 후회하지 않을 거예요. 테루 씨네 봤잖아요?"

"윽."

"게다가 남이나 다름없는 제가 공주님의 열애 대상을 안들 뭐 어쩌겠어요? 공주님께 해가 될 게 있나요? 이처럼 좋은 상담자가 어디 있는지?"

시로니는 태연하고도 자신만만하게 말했고 나는 입이 점점 근질거리기 시작했다. 아, 어떡하지? 여태 말할 분위기도 아니고 말할 상대도 없어서 혼자 끙끙 앓았지만, 사실 상담이 필요하긴 했다.

나는 망설이고 망설이다가 결국 입을 열었다.

"사실은 어떤 사람이 있어요."

"호오, 어떤?"

"저보다 두 살 많은 남잔데…… 평소엔 그냥 불친절하고 못된 사람인데 결정적일 때 항상 옆에서 도와주는 그런 사람이에요. 그럭저럭 잘 지냈는데 얼마 전부터 좀 이상해졌어요."

"어떤 점이?"

"전혀 웃지도 않던 사람인데 갑자기 웃기도 하고……."

"설레었나요?"

"아니에요!"

나는 소리를 질렀고 시로니는 건성으로 사과했다. 나는 얼굴이 뜨거워져서 깊게 숨을 내쉰 후 말을 이었다.

"하여튼 그랬는데 또 태도가 변했어요. 무아카가 공격해 올 때였는데 계속 짜증 내고 고집부리고 말도 제대로 안 하고, 그러다 할 말이 있어서 찾아갔는데 또 화만 내고 그래서……."

아, 어떻게 말해야 하지? 점점 횡설수설이 되어 간다.

"그래서 내가 참다 못해 우니까 갑자기 또 착하게 굴고, 그러다, 음, 거기서……."

"키스했군요?"

"으아악!"

"아, 움직이면 안 되죠."

머리카락을 자르던 중이었지만 나는 견디지 못하고 무릎에 얼굴을 파묻었다. 으아악, 이 얘길 남한테 하게 될 줄이야! 잠시 후 나는 간신히 진정하고 고개를 들었다. 내 격한 반응을 긍정으로 받아들인 시로니가 끄덕이면서 한마디 했다.

"이야, 못된 놈이네요. 그죠?"

시로니가 그렇게 말할 때 거울에 비친 내 얼굴은 정말 새빨갰다. 홍조가 잔뜩 핀 모습에 또 한 번 부끄러워하며 나는 간신히 말을 이었다.

"갑자기 무슨 생각으로 그랬는지 모르겠어요."

"생각은 무슨 생각, 감정이 격해져 본능대로 저질러 버린 거죠."

이제 얼굴이 붉어지다 못해 식은땀이 흐르기 시작했다.

"왜요, 남자는 단순한 동물이에요. 항상 그런 생각만 하다가 아차 하는 사이 튀어나와 버리는, 짐승과 여자가 있다면 그 중간쯤의 생물이랄까?"

그거 너무 남성 비하적인 발언이다! 게다가 아니야, 라이시는 별로 그런 사람이 아냐!

"그 후 대화는 제대로 해봤나요?"

못 했다. 사실은 그 후 제대로 마주친 적도 없다. 라이시는 침대에서 꼼짝도 못 했고 나는 일부러 안 찾아갔으니까.

"그럼 그 자식이 왜 그런지는 모르겠고 신경은 쓰이고 심란해 죽겠군요? 그죠?"

이 사람 진짜 독심술 쓰는 거 아냐? 내가 분한 표정을 짓자 시로니는 즐거워하며 말을 이었다.

"연애 감정이라는 게 그 속에 빠져 있으면 말도 못하게 복잡하지만 한발 뒤에서 보면 그렇게 간단한 것도 없죠. 경우의 수는 네 개밖에 없어요. 서로 좋아한다, 서로 좋아하지 않는다, 그의 짝사랑, 공주님의 짝사랑."

"마지막 건 절대 아니에요!"

"서로 좋아한다는 쪽은 부정 안 하네요?"

윽…….

"하여튼 그 경우의 수에 대비하고 제대로 이야기를 나눠 보세요. 그럼 결론이 나겠죠. 갑자기 키스한 일에 대해선 분명히 사과받으시고요. 얼렁뚱땅 넘어가면 그때부터 자기 여자라고 착각하는 멍청이들도 있거든요."

시로니의 조언은 정말 노골적이고 현실적이었다. 아, 그런 걸까? 역시 제대로 이야기를 해봐야겠지?

그렇게 이야기를 끝낼 무렵 어느새 머리카락을 자르는 것도 끝났다. 시로니가 옷을 털어 줄 때 거울 속 나는 기장이 어깨에 닿는 단발머리를 하고 있었다. 조금 전까지 등을 덮던 긴 머리카락이 사라져서 좀 허전하지만, 그래도 썩 나쁘진 않았다.

아직 낯선 머리카락을 쓸어 넘기며 나는 시로니에게 살짝 속삭였다.

"방금 얘기한 거 아무한테도 말하면 안 돼요?"

"물론이죠. 알타쉬헤트 씨가 공주님께 그런 짓을 했다는 건, 음. 비밀로 할게요."

나는 깜짝 놀라서 시로니를 바라보았다. 라이시 얘기인 거 이 사람이 어떻게 알았지? 내 경악한 시선에 시로니는 빙긋 웃었다.

"과학자는 진실을 밝혀내는 사람이랍니다."

아, 정말 멍청하게도 나는 모르고 있었다. 라이시가 이 세계에서 얼마나 유명 인사인지. 기달티 성의 젊은 남자는 오직 라이시라는 범세계적 상식을 몰랐던 나는, 사생활을 모조리 폭로하고 나서야 입 밖으로 나온 말을 주워 담을 방법을 몰라 땅을 치고 후회했다.

"힘내요, 공주님. 기다리는 애인을 위해서라도 내일 꼭 무사히 돌아와야겠네요."

윽. 애인도 아닐뿐더러, 딱히 그런 거 아니어도 무사히 돌아올 생각이다!

나는 거울 앞에 서서 내 모습을 찬찬히 살펴보았다. 검은 원피스에 새하얀 앞치마를 두른 나는, 그리고 목에 붉은 줄이 그어진 나는 영락없는 탑의 시녀다.

목의 붉은 줄은 염료로 그은 가짜다. 겉보기엔 그럴싸하지만 쉽게 번지는 염료여서 내가 특히 주의해야 할 것 중 하나다. 위험한 작전에 수성 염료를 써야 하는 게 영 불안했지만, 이 정도가 지금 형편상 최선이었다.

이렇듯 위장한 내 모습은 사흘 전과 영 딴판이다. 짙은 화장과 붉은 드레스를 기억하는 사람들은 이렇게 수수한 차림의 나를 결코 알아보지 못할 거다. 단, 나와 오랫동안 얼굴을 마주했던 아크제리유트는 빼고. 그 폭군은 분명 내 얼굴을 기억하겠지? 시녀의 얼굴을 유심히 보진 않겠지만, 그래도 역시 조마조마하다.

시녀로 위장하고 나는 다시 기달티와 테루아를 만났다. 아직 이른 새벽이지만 그들은 만반의 준비를 마친 상태였다. 이제 나는 탑에 올라간다. 내가 할 일은 아크제리유트가 마시는 차에 수면제를 넣는 것. 오전에 가볍게 티타임을 갖는다니까 그때를 노리면 된다.

기달티는 갑옷을 입고 병사로 위장해 탑에 들어올 예정이다. 아크제리유트가 잠들면 그를 지하로 운반하는 것이 기달티의 역할이다.

우리가 탑에서 작전을 펼치는 동안 테루아를 비롯한 혁명군은 탑 지하에 폭약을 설치한다. 물론 이건 위협용이다. 탑에 억류된 사람까지 휘말리게 할 수는 없으니까.

이 폭약은 사람들을 솎아 내기 위한 용도다. 혁명군의 적은 아크제리유트만이 아니다. 권력에 빌붙어 그의 폭정을 도운 이들도 아크제리유트와 다를 바 없는 독재자에 폭군이었다. 비유하자면 아크제리유트는 독사의 머리, 그리고 위정자들은 그 몸통. 머리를 잘라 낸다고 해도 그들은 여전히 강력하다. 그들은 군대를 이루고 있으며 무력을 지니고 있다. 아크제리유트를 성공적으로 가두더라도 이들과 또 한차례 큰 전투를 치러야만 한다. 이 폭약은 전투를 알리는 신호이자 그들을 교란시키는 무기가 될 것이다.

"그럼, 승리를 부탁합니다."

탑에 들어가기 전에 테루아가 마지막으로 내 손을 꽉 잡으며 말했다. 목숨을 걸었다는 그 결연한 눈빛에 나도 굳게 고개를 끄덕였다.

이후 나와 시하는 탑과 이어지는 비밀 통로를 걸었다. 그렇게 걷기를 얼마, 시하가 문득 입을 열었다.

"일을 맡아 주셔서 감사해요, 공주님."

그렇게 말하는 시하는 나보다 서너 살 많은 언니로, 함께 지내는 동안 여러 가지를 사려 깊게 챙겨 주었다. 평소엔 말수도 적고 얌전하지만 혁명군의 밀사 역할을 하는 대범한 면도 가지고 있다.

앞서 가던 시하가 머뭇대더니 자그마한 소리로 말했다.

"공주님, 염치없지만 한 가지 부탁드리고 싶은 게 있어요."

"부탁이요?"

"자이트 님을 아시죠?"

자이트? 처음 듣는 이름이다. 내가 고개를 젓자 시하가 설명했다.

"아크제리유트와 대면할 때 시로니 씨와 함께 있던 남자 분, 기억 안 나세요?"

나는 기억을 더듬다가 곧 떠올렸다. 아크제리유트에 비하면 그나마 좀 예의 있던, 내게 의자를 권해 줬던 젊은 남자. 기억난다. 내가 고개를 끄덕이자 시하가 말했다.

"아크제리유트를 가두고 혁명이 시작되면, 그분을 보호해 주실 수 있나요?"

뜻밖의 부탁에 나는 눈을 동그랗게 뜨고 시하를 바라보았다. 그러자 시하는 더 낮아진 목소리로 말했다.

"좋은 분이세요. 탑에서는 유일하게 사람들의 형편을 생각해 주는 분이시죠. 그러니 부탁드려요. 그분을 좀 지켜 주세요."

그렇게 말할 때 시하의 얼굴은 절박해 보였다. 단순히 좋은 사람이라서 이런 부탁을 하는 걸까 의아할 정도다. 게다가 좋은 사람이라는데, 글쎄. 그것도 잘 모르겠다. 정말 좋은 사람이라면 왜 그 자리에 있는 거지? 아크제리유트가 내게 더러운 협박을 할 때 그 남자는 가만히 관망했다. 아무 잘못이 없는 여자애가 폭군에게 위협받을 때 지켜보기만 하는 사람이 정말 좋은 사람일까? 더구나 그 사람은 우리가 아크제리유트를 습격할 때 호위병을 불러 우릴 방해했다. 내가 보기에 그 사람은 아크제리유트의 부하, 그 이상도 이하도 아니다. 그런데 시하는 대체 어떤 부분에서 그 사람이 좋은 사람이라고 말하는 걸까?

내가 석연치 않은 얼굴을 하자 시하가 송구스러운 듯 입을 다물었다. 나는 괜히 미안해졌다. 시하야 말로 좋은 사람이어서, 가능하다면 부탁을 들어주고 싶었다. 하지만 그럴 수가 없었다. 모르니까. 자이트라는 사람이 좋은 사람인지 나쁜 사람인지, 대체 어떤 사람인지. 그래서 망설이다 말했다.

"테루아 아저씨가 그랬어요. 아크제리유트를 가두면 탑에 있던 사람들에게 마지막으로 기회를 줄 거라고요. 탑을 공격하기 전에 투항을 요구할 거래요. 그 사람이 정말 좋은 사람이라면, 그때 스스로 나오지 않을까요?"

나는 완곡하게 부탁을 거절했고, 시하는 무겁게 고개를 끄덕였다.

"부디 그래 주셨으면 해요."

그렇게 말하는 시하의 얼굴은 어두웠다. 그 사람이 못내 걱정스러운 모양이다. 그래서 나는 더 궁금해졌다. 과연 어떤 사람인데 이렇게 신경을 쓰는 걸까? 다시 한 번 만나면 알 수 있을까?

나는 그렇게 시하의 염려하는 눈빛을 보며, 그리고 자이트라는 인물을 궁금해하며 탑을 올랐다.

시하가 아침 점호를 하러 간 사이 나는 대걸레를 끌고 탑의 복도를 몰래 거닐었다. 당연한 말이지만 나는 점호에 참석할 수 없었다. 다른 사람들이야 그렇다 쳐도 시녀들끼리는 낯선 나를 틀림없이 알아볼 테니까. 그래서 시녀들이 점호하는 틈에 나는 몰래 아크제리유트의 방이 있는 층까지 올라가 있어야 한다. 그리고 거기 숨어 있다가 시하가 차를 내올 때 동행하자는 게 우리의 약속이다.

나는 제발 아무도 마주치지 않길 바라며 살금살금 계단을 올라갔다. 점호에 늦은 시녀가 탑을 돌아다니는 게 이상한 일은 아니라서, 혹여 누군가와 마주치면 그냥 서두르는 척하면 된다고 했다. 나는 언제든 연기할 준비를 하고 조심히 계단을 올랐다. 그런데 갑자기 어떤 사람이 내 앞을 가로막았다. 고개를 들어 보니 갑옷을 입은 커다란 남자가 서 있었다.

그 남자는 아무런 말도 없이 내 팔을 잡고 나를 어디론가 데려가기 시작했다. 나는 어리둥절해하다가 그가 기달티인 줄 알고 잠자코 쫓아갔다. 잠시 후 그가 멈춘 곳은 사람이 다니지 않는 복도 끝이었다.

그 인적 드문 곳에서 남자는 투구를 벗었고, 나는 낯선 얼굴을 마주하고 깜짝 놀랐다.

"누구……."

시냐고 막 물으려던 찰나였다. 그 처음 보는 남자가 다짜고짜 내 목덜미로 손을 뻗었다. 나는 염료가 지워질까 봐 깜짝 놀라서 물러났는데, 그사이 내 원피스 단추 하나가 풀리고 말았다.

나는 당황한 채, 상황 파악은 여전히 못 한 채 그 남자를 바라보았다. 남자가 다시 성급하게 손을 뻗었고 그제야 나는 그 의도를 깨달았다. 남자는 내 옷을 벗기려 하고 있었다. 나는 놀라서 소리쳤다.

"무슨 짓이에요?"

"가만히 있어, 잠깐이면 되니까."

그러자 남자는 뻔뻔하고 성마르게 대꾸하며 내 팔을 붙잡았다. 뭐야, 지금 어딜 만지는 거야? 내가 막 저항하려던 차였다. 등 뒤에서 또 다른 남자의 목소리가 들려왔다.

"거기, 뭐하는 거지?"

사무적이고 딱딱한 목소리였다. 돌아보니 정갈하게 의복을 갖춘 젊은 남자가 이쪽을 향해 걸어오고 있었다. 그 남자가 등장하자 날 붙잡던 병사의 손이 화들짝 떨어져 나갔다.

"시녀들 함부로 건드리지 말라고 했을 텐데. 어느 부대지?"

남자의 매서운 추궁에 병사는 비굴한 태도로 선처를 바랐다. 하지만 이 남자는 완고하게 병사의 소속을 받아 내고 그를 쫓아냈다. 병사가 낭패한 얼굴로 떠나자 남자는 나를 돌아보았다.

"괜찮니?"

그 목소리가 너무 친절해서 나는 오히려 당황했다. 병사를 대할 때와는 전혀 다른 자상한 목소리였다. 나는 멍하니 그 남자를 쳐다보다가 이내 깜짝 놀랐다. 아, 내가 아는 얼굴이다. 아크제리유트의 알현실에서 내게 의자를 권해 줬던 그 사람, 바로 그 자이트다. 아, 이렇게 딱 마주칠 줄은!

나는 혹시 그가 날 알아볼까 봐 황급히 고개를 숙였다. 그러자 그 남자는 내가 겁먹은 줄 알고 다정하게 말했다.

"점호에 늦었구나. 혼내지 않을 테니까 겁먹지 마라."

와, 진짜 엄청 착하잖아? 그 남자, 자이트의 말과 행동 때문에 나는 얼떨떨해졌다. 시로니가 뜻밖이었던 만큼 이 사람도 뜻밖이었다. 내가 당황한 기색을 보이자 자이트는 그 의미를 오해하고 다시금 부드럽게 말했다.

"그래, 그럼 가봐라."

그 말에 나는 황급히 몸을 돌렸다. 그리고 막 걸음을 떼는데 그가 다시 날 불러 세웠다.

"아, 잠시만."

나는 헛숨을 삼키며 살며시 돌아보았다. 그러자 자이트는 내 목 부근을 가리키며 말했다.

"옷차림을 정돈하고 가는 게 좋겠다. 안 그래도 다들 심기가 불편한데 괜히 트집 잡힐라."

아깐 정말 깜짝 놀랐다. 그렇게 갑자기 위기가 찾아올 줄은 몰랐어. 대체 그 병사는 뭐야? 어디 소녀의 몸에 함부로 손을 대려고……. 밖이었으면 가만 안 두는 건데. 그래도 중간에 도움을 받아서 정말 다행이다. 자이트라고 했지? 확실히 시하의 말대로 좋은 사람인 것 같긴 하다. 그런데 그런 사람이 왜 그 폭군과 함께 있는 걸까? 더 이해가 안 된다.

"이 앞이에요."

앞서 가던 시하가 살짝 속삭였다. 나는 정신을 바짝 차리고 차와 다과가 준비된 쟁반을 다잡았다.

어느덧 시간이 되어 아크제리유트의 집무실로 가는 중이다. 내가 운반 중인 찻주전자엔 약이 섞인 차가 담겨 있다. 이제 아크제리유트에게 이 차를 따라 주면 그는 얼마 못 가 깊은 잠에 빠질 것이다. 그럼 그때 병사로 위장한 기달티와 협력해서 아크제리유트를 빼돌린다는 게 우리의 계획. 음, 이렇게 얘기하니까 우리가 나쁜 쪽 같네.

이윽고 우리는 아크제리유트의 집무실 앞에 섰다. 좌우의 병사들이 직접 문을 열어 줬고 우린 긴장하며 안으로 발을 들였다. 그곳에 아크제리유트가 있었다. 그는 채광이 좋은 창가에 앉아 체스를 두는 중이었다. 상대는 아까 내가 만난 자이트였다.

우리가 다가갔지만 아크제리유트는 체스판에만 시선을 고정한 채 이쪽은 쳐다보지 않았다. 그런 그의 옆모습은 생각보다 멀쩡해 보였다. 분기탱천해서 사람들을 쥐 잡듯 잡고 있다고 들었는데.

나는 그의 모습을 살피며 조심히 차를 따랐다. 차가 담긴 찻잔을 막 아크제리유트의 앞에 놓는데, 그가 갑자기 몸을 뒤로 젖히며 소리쳤다.

"아, 또 졌네. 또 졌어."

아, 깜짝이야! 체스 얘기였다. 그는 아이가 장난치듯 애꿎은 체스판을 손으로 헝클어트렸다. 그러곤 웃는 얼굴로 맞은편에 앉은 자이트에게 말했다.

"정말 한 번을 안 봐주냐."

"전에 봐주면 사형시킨다고 하셨잖습니까."

"그럼 이제부턴 안 봐 주면 사형. 다시 해!"

자이트는 폭군의 억지를 다 받아 주며 체스판을 차근차근 정돈했다. 그사이 아크제리유트는 내가 내려놓은 찻잔을 손에 들었다. 그는 찻잔을 입가로 가져가더니 마시지 않고 입술 앞에서 김을 식혔다. 나는 긴장하고 그가 차를 마시길 기다렸다. 그러다 그와 눈이 마주치고 말았다.

나는 황급히 눈을 돌렸다. 모른 척 다시 차를 따르는데, 내 옆으로 갑자기 그림자가 졌다. 놀라서 돌아보니 어느새 자리에서 일어난 아크제리유트가 나를 내려다보고 있었다.

뭐지? 날 쳐다보고 있어? 심장이 쿵쿵 뛰었다. 들켰나? 기달티는, 가까운 데서 지켜본다고 했는데 어디 있지? 지금 소리쳐서 부를까?

수없이 고민하던 그때, 내 머리 위로 뜨거운 찻물이 흘러내렸다. 처음 오싹함을 느끼게 했던 그 뜨거운 찻물은 점차 내 머리와 얼굴, 목덜미로 흐르며 열기를 퍼트렸다. 뜨거웠지만 심장이 철렁 내려앉는 기분에 미동조차 할 수 없었다. 이윽고 뜨거운 물이 모두 쏟아지고 아크제리유트의 손에 들려 있던 찻잔마저도 내 머리를 치고 바닥에서 깨졌다.

"자이트."

내 머리에 차를 들이부은 아크제리유트가 자이트를 불렀다.

"네, 폐하."

"얘, 닮지 않았어? 그 공주랑."

아크제리유트의 짜증 섞인 물음에 자이트는 담담히 고개를 끄덕였다.

"그러네요. 저 아이는 이제 폐하 앞으로 들이지 말라고 하죠. 넌 그만 물러가라."

뜨거운 찻물을 뒤집어썼지만 나는 속으로 깊이 안도했다. 다행이다, 들키진 않았다. 근데 실패했다. 어떡하지? 이대로 돌아서 나가면 계획은 다 망해 버린다. 게다가 시하는 저 차를 따를 수 없다. 그럼 계획은 둘째 치고 자칫 시하가 위험해질 수도 있다.

어떡할까 고민하는데 시하와 눈이 마주쳤다. 시하가 일단 나가라고 눈짓했고, 나는 마지못해 발길을 돌렸다. 그런데 그때 아크제리유트가 다시 날 불러 세웠다.

"아니, 잠깐만."

나는 움찔하고 멈춰 섰다. 혹시 눈치챘나? 하지만 아니었다. 아크제리유트는 옆에 얼어 있던 시하에게 명령했다.

"너, 저 여자애 뺨을 때려라. 네 부모 나이만큼 힘껏. 그리고 끝나면 차를 새로 가져와."

시하가 눈을 크게 떴다. 하지만 아크제리유트는 이미 우리에게 관심을 잃고 자리에 가 앉았다. 폭군의 흥미가 끊겼지만 그가 남긴 명령은 여전했다. 차마 거스를 수 없는 명령에 시하가 입술을 떨며 내 앞에 섰다. 그는 스스로와 싸우듯 자신의 손을 꼭 잡고 몸을 떨었다. 그렇게 저항하자, 시하의 목에서 피가 흐르기 시작했다.

끔찍한 모습이었다. 폭군은 제멋대로 명령하고 노예들은 명령을 수행하지 않으면 목이 베인다. 그렇기에 그 명령이 과연 옳은지 그른지 판단할 여지조차 없이, 거부권은 애당초 박탈당한 채 따라야만 한다. 마치 놀아나는 인형처럼, 기계처럼.

나는 눈을 돌려 아크제리유트를 바라보았다. 시하는 지금 어쩔 줄 몰라 하며 피를 흘리는데 폭군은 다시 시시덕대며 체스를 두고 있었다. 그 모습에 울컥 화가 치밀었다. 나한테 그랬던 것처럼 그의 머리에다 찻주전자를 던져 주고 싶었다.

하지만 나는 애써 참고 깊게 숨을 내쉬었다. 그리고 시하에게만 들릴 정도로 작게 속삭였다.

"괜찮아요."

그러고는 시하의 애처로운 눈을 피하려고 눈을 감았다. 이윽고 내 뺨으로 매서운 손길이 날아들었다.

"죄송해요. 정말 죄송해요, 아……."

집무실에서 나오자마자 시하는 울 것 같은 얼굴로 내게 연신 사과했다. 하지만 그건 시하의 잘못이 아니다. 그래서 나는 홧홧한 뺨을 어루만지며 괜찮다고, 미안해할 필요 없다고 말했다. 그러나 괜찮다는 건 말뿐, 사실 지금 뺨이 아프다 못해 머리가 쾅쾅 울린다. 볼 안쪽이 다 터졌는지 입안에선 피 맛도 났다. 괴로웠지만 애써 태연한 척하며 나는 시하를 달랬다.

"정말 괜찮아요. 얼른 차 다시 가져와요."

내 말에 시하는 망설이고 망설이다 발길을 돌렸다. 그런 시하의 목에도 아까 흐른 핏자국이 그대로 남아 있었다.

시하가 돌아서고 덩그러니 혼자 남게 되자 나는 참담한 기분으로 한숨을 내쉬었다. 난생처음 맞은 따귀, 그것도 수십 대. 아프기도 하고 서럽기도 해서 울고 싶었다. 하지만 아직은 울 때가 아니라 입술을 깨물고 간신히 눈물을 삼켰다.

약을 탄 차는 다 엎어졌고, 더는 아크제리유트에게 접근할 수도 없다. 이제 어떡하지? 다시 지하로 돌아가야 하나? 나는 골몰히 생각하며 복도를 터벅터벅 걸었다.

그런데 그때 뒤에서 누군가가 내 어깨에 팔을 걸쳤다. 돌아보니, 아. 아까 내게 추근거리던 그 병사였다. 어디서 나를 기다린 건지 아니면 우연히 마주친 건지, 그는 내가 혼자인 걸 보고는 다가와서 이죽거렸다.

내가 황당해하며 가만히 쳐다보자 그 병사는 나를 다시 어디론가 끌고 갔다. 자이트한테 싹싹 빌 때는 언제고 또 왜 이러는 건데? 기가 막혔지만 저항할 힘도 없었다. 에라, 그래. 나도 이젠 모르겠다. 될 대로 되라지.

어두운 창고에는 나와 그 병사, 단둘뿐이었다. 그는 바닥에 누워서 나를 올려다보았고 나는 그 옆에 쪼그리고 앉아 그를 내려다보았다. 나는 그를 쳐다보며 조용히 물었다.

"아무 여자한테 이런 짓 하면 될까요, 안 될까요?"

팔다리를 묶이고 입까지 틀어막힌 병사는 나를 노려볼 뿐 대답하지 않는다. 오냐, 그래. 나는 앞서 계속 해왔던 것처럼 병사의 머리에 손가락을 대고 지루하게 중얼댔다.

"바자크."

그러자 병사는 온몸을 떨며 몸부림쳤다. 괴롭지? 그거 괴로운 거 나도 잘 알지. 온실에서 라이시한테 잔뜩 당했으니까. 전류를 멈추고 나는 다시 그에게 물었다.

"시녀들한테 막 추근거리면 돼요, 안 돼요?"

이번에도 병사는 분한 얼굴로 으르렁거렸다. 그럼 별수 없지. 다시 한 번 바자크, 바자크, 바자크!

아까 이 병사에게 으슥한 창고까지 끌려온 후, 나는 열 받은 김에 이 사람을 바자크로 바짝 구워 버렸다. 그다음 창고에서 찾은 밧줄로 팔다리를 묶고 걸레 쪼가리를 입에 물렸다. 후, 속이 다 시원하네.

반복되는 전기 충격에 움찔대던 병사는 이제 못 견디겠는지 헐떡대며 나를 간절히 바라보았다. 그 애원의 눈빛에 나는 다시 물었다.

"앞으로 또 이럴 거예요?"

병사는 격렬하게 고개를 저었고, 나는 자비롭게 그를 용서했다.

“나중에 또 이러면 정말 혼나요?”

병사가 이번에는 고개를 마구 끄덕였다. 미안하지만 풀어 줄 수는 없어서, 나는 그가 몇 시간 정도 푹 잘 수 있도록 전력을 높여서 마지막으로 말했다. 바자크!

치한 병사를 개운하게 해치우고서 복도로 나오던 나는 또다시 그 사람과 마주쳤다. 자이트였다.

자이트는 누군가를 찾는 듯 복도를 두리번거리다가, 날 발견하고는 곧장 달려왔다.

“아, 여기 있었구나. 이리 와봐.”

나는 머뭇대며 그에게 다가갔다. 그러자 자이트는 손수건을 꺼내 내 젖은 머리와 어깨를 닦아 주었다.

“고생했다. 내일은 쉬게 해줄 테니 숙소에서 쉬어라. 데인 곳은 없니? 얼굴은?”

자이트는 세심한 눈빛으로 내 몰골을 이리저리 살폈다. 그는 진심으로 내 처지를 안쓰러워하고 있었다. 정말 친절한 사람이다. 그의 친절을 느끼며 나는 이마를 찡그렸다. 이해하기가 힘들었다. 이렇게 친절하고 착한 사람이 왜 그 폭군의 옆에 있는 걸까?

그렇게 생각하며 자이트를 물끄러미 바라보는데, 자이트도 갑자기 얼굴을 찌푸렸다. 왜 그러나 싶은 사이 그의 손수건이 내 목에 닿았다. 갑작스러운 접촉에 나는 깜짝 놀랐다. 그리고 손수건에 묻어난 붉은 염료를 보곤 더 놀랐다. 헉. 황급히 내 목을 만져 봤다. 목에 그린 붉은 줄이 잔뜩 번져서 손에까지 묻었다.

자이트는 놀란 표정으로 날 쳐다보았다. 어, 어떡하지? 에라, 모르겠다! 나는 별수 없이 그의 팔을 잡고 속삭였다. 바자크!

호의를 베풀던 자이트는 전기에 경련하더니 곧 풀썩 쓰러졌다. 이로써 기절시킨 남자가 순식간에 둘. 아, 어쩌면 좋지? 나는 고민하다가 자이트까지 창고로 끌고 왔다. 은혜를 원수로 갚는 격이지만 정말 어쩔 수가 없다.

이제 어떻게 해야 하나 고민하는데, 창고의 문이 갑자기 벌컥 열렸다. 문을 열고 들어온 건 갑옷을 입은 또 다른 병사였다. 으악, 세 명째냐! 나는 질겁하며 그 사람에게도 전류를 뿜었다. 하지만 바자크를 맞고도 그 사람은 멀쩡했다. 잠시 후 그가 투구를 벗었고 나는 납득했다. 기달티였다.

잠시 후, 나와 기달티 그리고 시하가 지켜보는 가운데 자이트가 눈을 떴다. 기절했다 깨어난 그는 놀라서 창고 안을 두리번거렸다. 어리둥절해하는 그에게 나는 몸을 숙이며 물었다.

"내가 누군지 알겠어요?"

순간 자이트의 얼굴에 놀람이 스쳤다. 내 얼굴은 몰라봤지만 목소리는 대번에 알아들은 모양이다. 자이트가 중얼거렸다.

"키브사 공주? 본인이었나?"

이렇게까지 몰라봐 주시니 고마울 지경이다. 그때 화장이 확실히 짙긴 했지.

"여기서 뭘 하는 거지?"

자이트가 당황스럽다는 듯 나를 쳐다보며 물었다. 하지만 나는 그 물음에 대답하지 않고 용건부터 말했다.

"단도직입적으로 말할게요. 도와줘요."

내가 도움을 청하자 자이트는 더 혼란스러워할 뿐 뭐라 답하지 못했다. 그러자 옆에 있던 시하가 나섰다.

"집정관님."

자이트는 그제야 옆에 있던 시하를 발견하고 다시 한 번 놀랐다.

"시하?"

"네, 저예요."

"왜 여기에……."

시하를 탑의 시녀로만 알고 있던 자이트는 그가 우리와 함께 있는 모습을 보고도 믿지 못했다. 그런 자이트에게 시하가 간절히 말했다.

"오늘 밤 혁명이 일어날 거예요."

"뭐라고?"

"이분들의 도움을 받아서 아크제리유트를 철관에 가둘 거예요. 그 후엔 요새의 사람들이 모두 들고일어나 탑을 무너트릴 거예요."

"무슨 말도 안 되는 소릴……."

"말도 안 되는 소리가 아니에요. 충분히 준비해 온 일이에요. 그러니 도와주세요. 계획이 조금 어긋났지만 집정관님이 도와주시면 할 수 있어요."

자이트의 얼굴이 경악으로 물들었다. 음지에서 이런 계획이 진행되고 있었던 것을 전혀 몰랐다는 반응이다. 떨리는 눈으로 시하를 바라보던 자이트가 내게로 고개를 돌렸다.

"당신들 대체 무슨 일을 꾸미고 있는 겁니까?"

자이트의 물음에 나는 담담하게 대답했다.

"시하가 말한 대로예요. 아크제리유트를 가두고 사람들을 해방시킬 거예요."

그러자 그가 거세게 고개를 내저었다.

"무립니다. 아크제리유트를 가두겠다니, 가능할 리 없습니다."

가능할 리 없다며 이토록 괴로운 표정을 짓다니. 그 모습을 보며 나는 비로소 자이트의 의중을 깨달았다. 그 또한 시로니처럼 어쩔 수 없다고 생각하며 아크제리유트 옆에 붙어 있던 사람이었다. 너무 강한 폭군에게 순응하고 만 불쌍한 남자였다.

나는 몸을 숙이며 자이트의 회의적인 눈을 마주 보았다. 나와 눈이 마주치자 자이트는 움찔하며 고개를 돌렸다. 나를 외면하는 그에게 나는 조용히 물었다.

"이 요새에서 사람들이 어떻게 살아가는지 알고 있죠?"

자이트는 망설이더니 고개를 끄덕였다. 물론 그는 나보다 더 잘 알고 있을 것이다.

"그런 일들이 계속 반복돼도 괜찮아요?"

"물론 아닙니다."

"그러니까 도와줘요."

내 부탁에 자이트는 질겁하듯 고개를 가로저었다.

"그럴 순 없습니다. 아크제리유트를 가두겠다니, 너무 무모합니다."

"그래도 탑의 실상이 이렇다면 시도는 해봐야 하지 않아요?"

"아니요, 그건 무책임한 소립니다. 시도라도 해보자니, 무작정 달려들면 속은 후련하겠죠. 하지만 그건 개죽음입니다. 아무런 의미도 없습니다."

자이트는 연신 고개를 저으며 말했다. 내가 가만히 바라보자 그는 긴 한숨을 쉬며 지친 목소리로 말을 이었다.

"이런 날 비겁한 놈이라고 해도 할 말은 없습니다. 하지만 아무리 그래도 세상을 이길 수는 없습니다. 설마 아크제리유트만 사라지면 된다고 생각하는 겁니까? 이 요새의 상층부는 모두 그의 열렬한 지지자들입니다. 아크제리유트가 없어도 그들이 가진 무력은 요새를 장악하고도 남습니다. 게다가 그들은 자신들이 누리는 권력을 포기할 생각이 전혀 없습니다. 아크제리유트가 사라진다고 한들 또 다른 독재자가 나올 뿐입니다."

변명은 장황했다. 하지만 나는 속지 않고 다시 같은 것을 물었다.

"그래서 아무것도 하지 않고 그냥 이대로 있을 셈이에요?"

내 물음에 자이트는 괴로운 표정을 짓더니 이내 어둡게 답했다.

"그러면 어떻게 합니까. 내가 할 수 있는 건 이 자리에서 최선을 다하는 것뿐입니다."

"그 최선이 어떤 건데요?"

자이트의 말문이 막혔다. 그는 부끄러워하고 있는 것 같았다.

그가 말한 최선이 대체 뭘까. 이리저리 치이는 불쌍한 시녀를 조금 달래 주는 것? 혁명군의 존재를 보고도 못 본 척해 주는 것? 근본부터 못 쓸 만큼 부패했다는 걸 알면서도 거기서 어떻게든 균형을 잡아보려고 고군분투하는 것? 나는 도리어 안쓰러운 마음이 들었다.

"그걸로 만족할 수 있어요?"

내 반복되는 물음에 그는 결국 고개를 떨어트렸다.

"그럼 어떻게 합니까. 저들은 강하고 모든 것을 가지고 있습니다. 이길 수 없습니다."

그렇게 말하는 자이트는 시로니와 꽤 비슷했다. 나도 자이트의 판단이 테루아를 비롯한 혁명군보다 훨씬 현실적이고 정확할 거라고 생각한다. 자이트는 그들보다 이 탑과 요새에 대해 더 잘 안다. 그러니 시야도 더 넓고, 두려움도 더 크고, 너무 많이 알기 때문에 아무것도 하지 못한다. 이것도 시로니와 비슷하다.

아, 몇 달 전의 나라면 과연 이들의 고뇌를 이해할 수나 있었을까? 그저 성적표, 몸무게, 삐친 친구의 분위기가 최대의 고민이었던 나는, 아마 이해하지 못했을 거다. 고통받는 사람을 도울지 외면할지 고민해야 하는 그들의 심정을 헤아리지 못했을 것이다.

하지만 지금은 다르다. 이곳에 와서 나도 많은 일을 겪었다. 사람의 생명이 얼마나 소중한지 알고, 무엇보다도 이 세상이 누구의 것인지, 어떤 목적으로 만들어졌는지를 안다. 그렇기 때문에 난 이제 그들에게도 말할 수 있다.

"저기요, 오빠."

내 친근한 부름에 자이트가 난처한 표정으로 나를 바라보았다. 나는 아랑곳하지 않고 그와 눈을 맞춘 채 찬찬히 말했다.

"우린 오늘 밤 싸울 거예요. 그리고 반드시 이길 거예요. 오빠가 우리를 돕든 돕지 않든 간에요. 도와준다면 더 쉽게 이길 수 있겠죠. 그리고 우릴 도와준다면, 오빠가 지금 하는 그 고민도 끝날 거예요. 그러니까 도와줘요. 이곳에서 일어나는 일들이 견딜 수 없이 싫다면 이제 참지 말고 같이 싸워요."

불가능하다고 생각하면서 지레 포기하지 말아 줘요. 옳은 일이라고 생각한다면 망설이지 말고 많은 사람을 위해서라도 용기를 내줘요. 그럼 분명히, 우리가 예상 못 한 놀라운 일이 벌어질 거예요.

그렇게 속삭이고 나는 자이트를 기다렸다. 내 목소리가 닿았을까? 무겁게 침묵하던 그가 나직이 입을 열었다.

"정말로 이길 수 있습니까?"

그렇게 묻곤, 사나워진 눈으로 나를 바라보았다. 스스로 재워 둔 무언가를 일깨운 눈이었다.

"약속하십시오. 실패하면 수천, 수만 명이 죽습니다. 나도 무사하지 못하고 사람들은 더 지독한 삶을 살게 될 겁니다. 패배는 절대 용납되지 않습니다. 정말로 이길 수 있습니까?"

남아 있던 마지막 망설임을 짜내듯 그가 말했다. 그렇게 긁어내듯 말한 후, 그는 깊은 눈으로 날 바라보며 마지막으로 물었다.

"정말로 세상을 바꿀 수 있습니까?"

긴 질문이었지만 길게 답할 이유는 없었다. 나는 그의 진심에 진심으로 답했다.

"네. 약속할게요."

늦은 저녁, 자박대는 발소리가 다가와 침실의 문을 열었다. 안으로 들어온 것은 폭군 아크제리유트였다. 막 침실로 들어온 그는 마땅히 준비되어야 할 것들, 가령 여러 명의 시녀와 더운물이 담긴 욕조, 전용의 포도주가 없다는 것에 조금 어리둥절한 표정을 지었다. 잠깐의 의아함 끝에 그는 곧 짜증을 내며 자신의 침실을 돌아보았다. 그러다 소파에 앉은 나를 발견했다. 그가 화난 목소리로 내게 물었다.

"너 왜 거기 앉아 있어?"

"기다리느라 좀 지쳤거든."

내 차분한 대답에 아크제리유트의 눈빛은 대번에 살벌해졌다. 그가 내게로 성큼 걸음을 떼는 찰나, 뒤에서 문이 쾅 닫혔다. 놀란 폭군은 등 뒤를 돌아보았다. 문을 막아선 기달티가 그를 마주 보고 있었다.

내 약속을 받아들인 자이트의 도움으로, 우리는 아크제리유트의 침실을 점령했다. 자이트가 미리 물러 놓은 탓에 주변엔 아무도 없다. 여기 있는 것은 오직 우리 세 사람. 아까 아크제리유트가 두던 체스에 비유하자면, 체크메이트다.

"너도 오래 기다렸지?"

나는 소파에서 몸을 일으키며 그에게 말했다.

"이제 정말 혼날 시간이야."

아크제리유트는 날이 선 표정으로 나와 기달티를 번갈아 보다가, 빠득 이를 갈며 내게로 달려들었다. 나를 인질로 삼을 요량이었다. 하지만 기달티에게 뒤를 내준 채 그런 행동을 한 건 무모했다. 아크제리유트의 손이 내게 채 닿기 전에 기달티가 등 뒤에서 그를 내리 덮쳤다.

기달티는 달리던 아크제리유트의 목덜미를 잡아채 바닥에 짓눌렀고, 제 발로 내 앞까지 와 엎드리게 된 아크제리유트는 나를 사납게 노려보았다. 그는 발광하더니 검은 힘으로 몸을 변형시키려 했다. 그것마저도 소용없는 시도였다. 나는 손을 휘둘러 그에게서 흘러나오는 검은 힘을 모조리 끊어 버렸다.

검은 힘이 막히자 아크제리유트는 당황해서 소리쳤다.

“너, 무슨 짓을 한 거냐!”

“말했잖아, 혼내 준다고.”

내 대답에 아크제리유트의 얼굴이 일그러졌다. 그가 다시 소리치려 하는데, 기달티가 그 입에 재갈을 틀어넣었다. 그건 테루아와 혁명군이 만든 강철 조각, 아무리 영주라도 턱으로 부술 수는 없을 거다.

아크제리유트는 괴성을 지르며 저항했다. 하지만 기달티는 그를 아이처럼 제압한 채 일으켰다. 기달티는 그대로 창가까지 걸어갔고, 나는 그 옆을 따라가며 계속해서 흘러나오는 검은 힘을 흩어 놓았다. 점점 창문이 가까워지자 아크제리유트는 발버둥을 쳤다. 그가 핏대를 세우며 소리쳤지만 그 목소리는 재갈에 막혀 아무런 의미도 만들어 내지 못했다.

창문을 열고 우린 함께 뛰어내렸다. 뛰어내리며 기달티가 자이트에게 받은 자력유도 장치를 가동했다. 그러자 우리는 강한 자력에 이끌려 쏜살같이 날게 되었다. 우리의 목적지는 일전에 우리가 추락했던, 지금은 더는 가동하지 않는 버려진 공장. 그곳엔 이 폭군을 가둘 철관이 기다리고 있다.

"무아카!"

나는 점차 가까워지는 공장의 옥상을 향해 소리쳤다. 그곳에서 무아카는 이미 철관의 뚜껑을 열고 우리를 기다리고 있었다. 한 사람이 꼭 들어갈 만한 원추형 관이 입구를 벌리고 아크제리유트를 열렬히 환영했다. 기달티는 날아가던 속도 그대로, 폭군을 그 관에 꽂아 넣었다.

콰앙! 무서운 진동이 울렸다. 무아카는 곧장 관을 닫았고 옆에서 대기하던 혁명군은 자물쇠를 걸고 쇳물을 부어 용접을 시작했다. 아크제리유트가 안에서 쾅쾅거리며 관을 두드렸지만 기달티가 위에서 누르고 있었기에 철관은 다시 열리지 않았다.

혁명군은 철관 위에 다시 차가운 물을 들이부었다. 그 거친 담금질이 끝나자 기달티를 비롯한 모두는 철관에서 한 걸음 물러났다. 안에서 관을 치는 소리가 쩌렁쩌렁 울렸지만 철관은 꼼짝도 하지 않았다. 폭군은 그것을 부술 수 없었다. 완벽히 갇힌 것이다.

가슴 졸이고 지켜보던 혁명군 하나가 머뭇대며 입을 열었다.

"성공이다."

그는 믿지 못해 머뭇대더니, 이윽고 자신들의 승리를 깨닫고 힘껏 소리쳤다.

"폭군을 가뒀다! 가두는 데 성공했다!"

그 외침을 시작으로 혁명군들의 함성이 사방에서 터져 나왔다. 동시에 곳곳에 숨어 있던 혁명군들이 거리로 흘러나왔다. 나와 함께 있던 혁명군들은 하늘에 폭죽을 쏘아 이 소식을 바쁘게 알렸다.

거리로 사람들의 긴 행진이 이어졌다. 선두에는 테루아가 있었다. 그들이 향하는 곳은 탑이었다. 폭죽과 함성, 그리고 많은 사람의 발소리가 땅거미가 지기 시작한 짙푸른 하늘에 웅장하게 울렸다. 그들이 소리쳤다.

"폭군을 가뒀다! 우리는 자유다!"

목이 터지라 외치는 그 소리에 탑에서는 경종이 울렸다. 곧 무장한 병사들이 몰려나왔다. 병사들이 멈출 것을 경고했지만 혁명군은 기세를 꺾지 않았다. 선두의 혁명군이 병사들에게 달려들었고, 곧 한차례 전투가 벌어졌다.

나는 탑과 조금 떨어진 곳에서 그 광경을 내려다보고 있었다. 기달티와 무아카, 그리고 아크제리유트를 가둔 철관과 함께.

"보고만 있어도 괜찮겠죠?"

내 물음에 기달티가 고개를 끄덕였다.

"그들이 부탁한 일이니 그래야겠지."

테루아는 아크제리유트를 철관에 가둔 후의 일을 혁명군과 요새의 주민에게 맡겨 달라고 했다.

아크제리유트의 권력 아래에 서로 어울려 살던 사람들은 양 갈래로 찢겼다. 하나는 폭정에 고통받았고 다른 하나는 권력에 빌붙어 오히려 폭정을 도왔다.

만약 기달티와 무아카가 나선다면 아크제리유트의 편을 들었던 자들은 눈치 빠르게 항복할 것이다. 그런 방식으로는 저들을 구분할 수 없다. 고통 속에서도 길을 잃지 않은 사람과 사리사욕을 위해 길을 저버린 사람은 구분해야만 했다. 그 사이에서 아슬아슬 서 있던 자이트와 시로니 같은 사람도 이제는 결정해야 한다. 지난날의 상처를 싸매기 위해서도, 앞으로 나아가기 위해서도.

그러니 우리는 지켜봐야 했다. 폭군이 사라진 이곳에서, 폭군이 만들어 놓은 사람들 간의 균열이 무너지는 광경을.

첫 번째 충돌 후, 혁명군의 기세에 놀란 병사들이 물러나며 탑의 높은 벽 뒤로 몸을 숨겼다. 탑의 철문은 모두 닫혔고 그 벽을 사이에 두고 혁명군과 병사들은 분리되었다. 소란이 잦아들자 테루아가 목소리 높여 외쳤다.

"탑에 있는 이에게 고한다! 폭군은 감금되었다! 독재는 끝났으니 무기를 내려놓고 투항해라! 만약 폭군이 두려워서 따랐다면 마지막 기회를 주겠다! 지금이라도 잘못을 씻겠다면 받아들이겠다!"

테루아의 외침에 주변은 쥐 죽은 듯 고요해졌다. 탑 안의 병사 중 누구 하나 반응하는 이가 없었다. 테루아가 다시금 소리쳐도 마찬가지였다. 나는 손에 땀을 쥔 채 그들을 바라보았다. 탑 안의 사람들에겐 지금이 마지막 기회다. 하지만 그들은 아직도 자신들이 더 강하다고 생각한다. 잠시 포위당했을 뿐, 오합지졸 혁명군쯤 다시 밀어 버릴 수 있다고 착각한다. 그렇기 때문에 그들은 여전히 자신들의 부와 권력을 포기하려 들지 않는다.

긴장과 정적이 흐르는 가운데, 고요함을 깨고 누군가가 나섰다.

"투항하겠다."

인파를 헤치고 벽 앞으로 나온 사람은 내가 아는 사람이었다. 자이트였다. 두 인파를 가르는 벽, 그 가운데서 자이트가 탑을 향해 소리쳤다.

"전군, 이제 폭군의 시대는 끝났다! 지난 2년간 우리는 권력에 빌붙어 많은 잘못을 저질렀다! 그런데 이들은 지금 우리에게 기회를 주고 있다! 선택해라. 이대로 독식자로 남을 것인지, 아니면 새로운 기회를 잡을 것인지!"

병사들은 조금씩 동요하기 시작했다. 보이진 않지만 탑에 있는 권력자들, 요새의 위정자들도 마찬가지일 것이다. 자이트는 아크제리유트의 측근 중의 측근, 그의 목소리가 탑 안까지 크게 울렸다.

"나는 이쪽을 택하겠다."

마지막으로 그렇게 말하며 자이트는 담을 훌쩍 넘었다. 그러곤 혁명군에게로 다가가 테루아와 굳은 악수를 했다.

그 첫걸음에 용기를 얻은 걸까? 탑에서 몇 사람이 더 걸어 나와 담을 넘었다. 하지만 그 수는 손에 꼽을 만큼 아주 적었다. 탑에 남은 사람들은 자기들끼리 뭐라 말하며 서로를 붙잡았다. 그들은 여전히 자신들이 가진 것을 양보할 마음이 없었다.

"더는 없는가!"

테루아가 소리쳤다. 그때까지 탑에서 넘어온 자는 고작 스무 명에 불과했다. 더는 움직임이 없자 내 옆에 서 있던 혁명군들이 서로에게 고개를 끄덕였다. 그러곤 다시 폭죽을 쏘아 올렸다. 이번에 쏜 불꽃은 선명한 붉은 색이었다.

하늘에 수놓은 불꽃이 채 가시기도 전에, 콰앙! 하고 굉음이 일며 요새 전체가 쑥 내려앉았다. 온 요새가 진동했고 모든 사람이 비틀댔다. 쾅! 다시 굉음이 울려 퍼졌다. 그 소리는 깊은 지하에서 나는 것 같았다. 쾅! 쾅! 콰앙! 연달아 울리기 시작한 그 굉음은 점차 지상에 가까워졌다.

그리고 또 한 번의 굉음과 함께, 거대한 폭발이 탑을 삼켰다.

용광로의 쇳물처럼 밝게 빛나는 폭발이 탑의 사방에서 터져 나왔다. 애초의 계획에서 폭탄은 그저 위협용이었지만, 지금 이 폭탄들은 실제로 탑을 집어삼켜 그 내부까지 불사르고 있다. 본래 혁명군 쪽에서도 큰 희생을 감수해야 했던 탑의 정복은 이렇게 폭발로 대체되었다.

우릴 돕기로 한 자이트는 결코 미지근한 사람이 아니었다. 그 온화한 성품 때문에, 그리고 아크제리유트의 옆에서 견디는 묵묵함 때문에 나는 그를 오해하고 있었다. 그가 착하고 마음 약한 사람이라고만 생각했다. 하지만 아니었다. 자이트는 재빠르고 날카로우며 냉철한 사람이었다. 마음을 굳힌 그는 우리보다 한발 먼저 나섰다. 혁명을 결심하기 무섭게 그는 탑에서 여자들을 빼내고 병사들을 시켜 탑 곳곳에 화약을 설치했다. 그런 행동을 할 명분쯤이야 그에겐 만들기 나름이었다. 병사들은 자신이 뭘 하는지도 모른 채 집정관의 명령에 따랐고 끝내는 스스로를 불태우게 되었다. 아니, 어쩌면 그들 중 눈치 빠른 몇몇은 이미 자이트를 따라 담을 넘어왔는지도 모른다.

자이트는 지금껏 같이 지내 온 이들을 화염 속에 던져 넣는 걸 망설이지 않았다. 진짜 혁명을 시작한다면 뿌리 속부터 바꿔야 한다는 게 그의 지론이었다. 자이트에게는 그렇게 비정한 일면이 있었고, 그 결과물이 바로 저 불타는 탑이다.

타오르는 탑은 그야말로 아비규환이었다. 비명이 처절하게 울려 퍼졌고 불붙은 사람이 허우적대며 추락했다. 나는 눈을 질끈 감고 화약 냄새가 진동하는 그 탑을 외면했다. 저게 불가피한 심판이라는 것을 나도 인정한다. 저들은 높은 자리에서 노예들의 고혈을 빨아 마시고도 그것을 부끄러워하지 않던 자들이니까. 하지만 저렇게 많은 사람이 죽어야 하다니. 저들은 왜 마지막까지 저 탑에 남기를 택한 걸까? 타인을 해쳐서 얻는 안락함이 그렇게도 달콤했던 걸까?

나는 저들에게 연민을 느꼈지만, 저들에게 착취당해 온 이들은 기쁨의 함성을 터트렸다. 치솟는 불길만큼이나 크고 높은 함성이 울렸다. 혁명군뿐 아니라 거리로 나온 모든 사람이 소리쳤다.

이로써 혁명은 성공했다. 이제 남은 건 저 철관을 제대로 보관하는 것뿐이다. 나는 불타는 탑에서 눈을 돌려 철관을 바라보았다. 그런데 그때, 어디선가 은빛 검이 날아와 철관에 박혔다. 그리고 그 가느다란 검은 너무나도 쉽게, 우리의 철관을 부쉈다.

철관이 부서지는 소리에 모두가 경악했다. 갑자기 어떻게? 이 칼은 어디서? 길게 생각할 틈이 없었다. 깨진 관에서 피투성이가 된 아크제리유트가 걸어 나왔다. 안에서 얼마나 난동을 부렸는지 온몸이 엉망진창이었다. 게다가 그 눈은 이미 노랗게 빛나고 있었다.

나는 잠시 당황했지만 이내 기달티를 돌아보았다. 기달티도 날 보고 있었다. 그래요, 이제 우리 차례인 거죠?

철관에서 나온 아크제리유트가 허공을 향해 쩌렁쩌렁 소리쳤다. 포효하는 그의 몸이 거대하게 변형되기 시작했다. 그 바람에 우리가 있던 건물의 옥상이 무너졌고, 우리는 재빨리 몸을 피했다.

조금 떨어져서 보니 그는 어느새 변신을 마치고 네 발로 땅을 굳게 디디고 서 있었다. 그 모습은 마치 한 마리의 사나운 군마와 같았다. 거칠게 투레질하던 그것은 앞발을 치켜들며 울부짖기 시작했다. 천지를 진동시키는 괴성에 다들 귀를 틀어막았다. 한차례 소리를 내지른 폭군은 이윽고 노랗게 빛나는 눈으로 나를 노려보았다.

그래, 첫 번째는 나란 소리지? 나는 관을 부서트리고 튕겨 나온 은빛 세검을 주워 들었다. 아크제리유트가 나를 밟아 죽일 기세로 달려들었다. 그의 거대한 발굽이 내게 들이닥치기 전, 기달티가 그 앞을 가로막았다. 돌진하던 아크제리유트는 기달티에게 막혔고, 그 둘은 철로 된 바닥이 일그러질 정도로 거센 충돌을 일으켰다.

그 거대한 짐승이 덤벼들었지만 나는 이상하게도 두렵지가 않았다. 아주 조금도. 대신 언젠가 느꼈던 묘한 기분이 다시 차올랐다.

나는 손에 쥔 검을 들어 올렸다. 사실, 칼 같은 건 전혀 쓸 줄 모른다. 당연하다. 실제로 만져 보는 것도 오늘이 처음이니까. 하지만 믿어 의심치 않는다. 나는 끊을 수 있다. 이 세상을 묶는 모든 것을.

기묘한 확신에 싱긋 웃으며, 나는 기달티의 등 뒤에서 검을 찔러 넣었다. 칼끝이 아크제리유트에게 닿자 그의 검은 힘이 소용돌이를 일으켰다. 그것은 마치 바람에 날리는 거품 같았다. 바람 소리와 함께 아크제리유트를 휘감고 있던 짐승의 형상이 쑥 밀려 나가며 지워졌고, 패망한 폭군은 원래 모습으로 돌아와 경악했다.

바닥에 주저앉은 아크제리유트는 초라하게 피 흘리며 망연자실한 표정을 짓고 있었다.

"네가 졌어."

내가 나직이 말하자 아크제리유트는 다시 얼굴을 일그러트리며 뿌득 이를 갈았다.

"웃기지 마……."

그는 손톱으로 바닥을 긁더니 재빨리 일어서며 우리와 거리를 벌렸다. 그러고는 하늘에 대고 소리쳤다.

"와라! 누구든 와서 이것들을 죽여 버려!"

그 외침에 주변에 숨어 있던 사람들이 창백하게 질렸다. 목에 붉은 줄이 걸린 그들은 아크제리유트의 명령을 거부할 수 없었다. 아크제리유트는 그렇게 소리치곤 기세등등하게 웃었다. 무고한 자들이 덤벼들 땐 어쩌겠느냐고, 내게 묻는 것 같았다.

나는 그 얼굴을 보며 오히려 연민을 느꼈다. 확실히, 붉은 목줄이 있는 자들은 지금까지 아크제리유트의 명령을 거부할 수 없었다. 하지만 그마저도 이젠 아니다. 아크제리유트를 휘감은 사슬이 어느 때보다 잘 보였다. 그 사슬은 그가 외치는 순간 이미 사방으로 뻗어 나가고 있었다. 그리고 사람들의 목을 옭아매기 시작했다.

나는 그 사슬의 격류를 가만히 바라보았다. 온 하늘을 다 덮은 그 힘의 실체는 실로 대단했다. 나는 그걸 보며 담담히 고개를 끄덕였다. 이걸로 지금까지 사람들을 조종하고 있었구나.

나는 하늘을 향해 검을 휘둘렀다. 그리 빠르지도 날카롭지도 않게, 그저 그렇게.

단지 그것뿐이었지만 온 하늘을 덮었던 사슬이 깨지며 사방으로 흩어졌다. 어둠이 빛에 닿아 몸을 사리듯, 먼지가 바람에 날려 흩어지듯 그것들은 흔적을 감추고 사라졌다.

어둠을 베어 낸 뒤에 나는 사람들을 바라보았다. 그들의 목에 그어진 붉은 줄이 사라져 있었다. 그것을 보고 나는 그들이 비로소 풀려났음을, 그들을 드디어 구해 냈음을 깨달았다.

그것을 깨닫기는 아크제리유트도 마찬가지였다. 모든 힘이 끊어져 나간 것을 눈치채고 그가 몸을 떨었다.

"힘이, 내 힘이……!"

아크제리유트는 자신의 손을 내려다보며 바들바들 떨더니, 이내 사납게 소리쳤다.

"내 힘을 돌려줘!"

거기까지였다. 소리 지르던 아크제리유트의 가슴에서 은빛 칼날 하나가 삐죽 튀어나왔다. 우리가 그것을 발견했을 때, 찰나의 정적이 흘렀다. 그리고 곧 아크제리유트의 입에서 검붉은 피가 주룩 흘러내렸다. 대체 어디를 찔린 건지 그는 바람 소리조차 내지 못했다.

폭군의 몸이 천천히 무너졌다. 대신 언제 나타났는지도 모를 한 여자가 그 뒤에서 모습을 드러냈다. 붉은색 긴 머리칼을 늘어트리고 검은 정장을 갖춰 입은 그는, 마치 이 세상의 존재가 아닌 양 기묘한 분위기를 흘렸다.

나는 아까 철관을 부순 범인이 그 여자라는 걸 확신했다. 여자의 검은 내가 들고 있는 검과 똑같았고 그의 허리에는 두 개의 칼집이 묶여 있었다. 갑작스러운 등장에 모두가 놀란 사이, 여자는 검을 휘둘러 칼날에 맺힌 피를 떨쳐 냈다. 나는 반사적으로 바닥에 흩뿌려지는 핏방울을 바라보았다.

그리고 그곳에서, 어둠보다 검은 한 아이와 마주쳤다.

"안녕? 오랜만이야, 공주님."

날 알아? 누구지? 그 아이가 앞으로 한 발 내딛는 순간 멀리서 지켜보던 무아카가 화들짝 물러났다. 주춤대다 결국 주저앉은 무아카는 공포에 질려 이빨을 딱딱거렸다. 무아카, 왜? 내가 무아카를 돌아보는 사이 기달티가 작게 중얼댔다.

"피네하스……."

그 이름을 듣고 나는 눈을 크게 떴다. 거짓말, 저 애가? 나는 믿지 못하고 그 아이를 돌아보았다. 하지만 아이의 눈을 보는 순간, 나는 이해해 버렸다. 그 새카맣고 깊은 눈을 마주 보는 순간에, 그 텅 빈

무저갱을 마주하는 순간에. 아아, 그 존재가 바로 이 세상을 어그러트린 장본인, 피네하스였다.

"공주 전하의 활약은 잘 보고 있어. 오래간만에 나타나서 내 세계를 마음껏 휘젓고 있지?"

피네하스는 어릿광대처럼 빙글거리며 내게 말했다. 그 천진난만함이 어쩐지 더 잔혹하게 느껴졌다.

"세상의 주인으로서 좀 불쾌하지만 뭐, 그 정도는 참아 줄게. 그러니 다시 제대로 가려 보자. 당신과 나, 우리 둘 중 누가 위인지."

그렇게 말하는 피네하스는 싱긋 웃고 있었다. 그리고 이내 사악하게 덧붙였다.

"이번엔 반드시 당신을 죽여서 먹어 버릴 거야."

저토록 순수한 악의가 과연 세상에 또 존재할까? 나는 말없이 피네하스의 검은 눈을 들여다보았다. 초승달처럼 휘어진 그 눈은 여전히 텅 비어 있었다.

"그럼 또 만나, 키브사 공주님. 내 애완동물들은 잠시 맡겨 둘게. 잘 돌봐 줬으면 해. 특히 그 용 말이야, 내가 정말 아끼는 녀석이거든."

피네하스가 가리킨 건 기달티였다. 기달티의 턱이 모질게 악물렸다. 그 모습엔 사무치는 걱정이 담겨 있었다.

피네하스가 말을 끝내자 흑색의 장막 같은 것이 눈앞을 한 번 가리고 사라졌다. 다시 정신을 차렸을 때 그 자리엔 아무도 없었다. 피네하스도, 검을 든 여인도, 쓰러진 아크제리유트의 시체마저도.

그곳에 남은 것은 피네하스가 흘린 불가사의한 싸늘함뿐이었다.

우리가 그 정적에 머무르는 동안에도 승리의 함성은 계속 울려 퍼지고 있었다.

혁명군은 결국 탑을 정복했다. 탑을 지나 중앙의 기동 시설까지 점거한 그들은 이른 새벽, 이 공중요새를 지상에 착륙시켰다. 요새에서 해방된 사람들은 붙잡힌 지 2년 만에 다시 땅을 밟았다. 남편들은 빼앗겼던 아내를 되찾았고 부모들은 잃었던 아이를 다시 만났다. 사람들은 새벽 내내 가족을 찾았고, 하늘이 서서히 밝아 올 즈음 그들은 서로를 끌어안을 수 있었다.

우리는 높은 곳에서 기뻐하는 사람들을 내려다보았다. 밤을 새서 피곤했지만 기분은 상쾌했다. 나는 보랏빛 구름 사이로 뿌옇게 밝아 오는 하늘을 바라보며 말했다.

"점점 밝아 오네요."

"그렇군."

동이 튼다. 이제야. 너무 오래 걸렸지만 결국엔 아침이 찾아왔다.

"공주님!"

우리가 앉아 있는 건물 아래에서 누군가가 나를 불렀다. 내려다보니 시로니였다. 시로니를 보고 나는 옥상에서 내려왔다.

"이제 풀려났어요?"

"네, 방금 겨우. 그 사람들 날 깜빡 잊었던 거 있죠? 탑이 폭발할 땐 정말 죽는 줄 알았다니까요?"

시로니가 터트린 불만에 나는 작게 웃었다.

"그런데 철관은 어떻게 된 거예요? 아크 씨는?"

"죽었어요."

피네하스에게. 그리고 한 여자에게.

기달티는 그 여자가 이요브라고 했다. 중앙을 지배하는 무혈의 여왕, 황혼을 막는 이요브. 아무래도 나는 최대의 적들과 만난 듯하다.

"그렇다면 이 사람들이 무사한 게 더 놀랍네요."

시로니의 말에 나는 다시 한 번 사람들을 둘러보았다. 그렇다, 살아 있다는 건 정말 놀라운 기적이다. 살아 있는 그들의 모습은 새벽보다 더 찬란해 보였다. 그들을 바라보며 나는 시로니에게 물었다.

"이제 어떻게 될까요?"

"제 소견을 묻는 건가요? 이 몸은 굉장히 비판적이고 비관적인데 괜찮겠어요?"

시로니의 말장난에 나는 그냥 웃었다. 그러자 시로니도 기분 좋게 웃으며 말을 바꿨다.

"뭐, 좋아요. 이런 때니까 오늘만큼은 최대한 낙관론을 펼쳐 드리죠. 이제 이곳엔 새로운 도시가 세워질 거예요. 그 도시에서 사람들은 계층을 나누지도, 서로의 것을 빼앗지도 않겠죠. 지난날의 고통을 함께 이겨 낸 사람들이니까. 그들은 강하고 안전한 도시를 완성할 거고, 그곳에서 행복하게 살아갈 거예요. 후엔 이날의 영웅인 공주님과 길티 씨를 길이길이 기억하겠죠. 특히 공주님의 화장은 두고두고 회자될 거예요. 그것은 두 얼굴, 폭군은 알아볼 수 없었도다. 공주인지 시녀인지!"

마지막 말에 나는 어이가 없어서 웃었다. 시로니도 상쾌한 웃음을 터트렸다. 시로니는 그렇게 웃음을 머금고 있더니, 갑자기 내게 머리를 숙였다. 나는 당황했다. 왜 이러냐고 물으려는데, 시로니가 선수를 쳤다.

"고마워요. 좋은 것을 보게 해줘서."

"네?"

"과거부터 현재까지, 이 세상에서 일어나는 거의 모든 것을 봤지만 오늘만큼 특별한 건 없었어요."

"특별이요?"

"네."

"어떤 점이?"

내 질문에 시로니는 다시 고개를 들었다. 고개를 든 채 잠깐 생각하더니, 이내 명랑하게 답했다.

"즐거웠다는 점이요."

그렇게 말하는 시로니의 얼굴은 어딘지 홀가분해 보였다.

"체파 군의 식인이나 시므 씨의 매춘, 아크 씨의 독재는 모두 흥미로웠죠. 인간의 끝을 볼 수 있다는 점에서 정말 괄목할 만한 것들이었어요. 그런데 오늘은 인간의 시작을 본 것 같아요. 그래선지, 정말 즐거웠어요."

나는 즐겁다는 시로니의 표현을 곱씹어 보았다. 해방된 사람들을 바라보는 내 마음에도 꼭 들어맞는 표현이었다. 나는 그 말이 좋아서 잠잠히 따라 해보았다.

"그러게요, 즐겁네요."

그렇게 말하는 순간 드디어 지면으로부터 해가 떠오르기 시작했다. 세상에 흩뿌려지는 완연한 빛에 어둠은 물러갔다. 나는 빛 가운데로 나온 세상을 바라보았다. 눈앞에 펼쳐진 모든 것이 진정 찬란했다. 새벽도 태양도, 자유를 되찾은 사람들도. 모든 것이 눈부셨다.

나는 그 찬란한 것들을 바라보며 속삭였다.

"앞으로 즐거운 일들이 더 많이 생겼으면 좋겠어요."

시로니는 웃음과 끄덕임으로 동의했다. 우리는 마주 웃으며 다시 세상을 바라보았다. 그곳엔 따사로움이 가득했다. 나는 그들의 해방을 기뻐하며, 그 자유가 영원하기를 바라고 또 바랐다.

8
소야곡

가슴이 설렜다.

세상에 가득한 봄에, 따사로운 햇살과 온화한 바람에, 그리고 대지 가득한 풀 향기에. 만연한 봄을 느끼며 우리는 고삐를 당겼다. 계곡 사이로 날던 용이 고도를 높였고 우리는 이내 높다란 산을 넘었다. 산을 넘자 저 멀리 성이 보였다. 반가운 기달티 성이다. 북쪽으로 떠난 지 오늘로 꼭 보름, 고된 여정을 마치고 우리는 드디어 돌아왔다. 우리의 성에. 나는 그 성을 바라보며 환하게 웃었다.

내 가슴이 조금 더 빠르게 뛰는 것이 느껴졌다.

북쪽에서 돌아오는 내내 성에 도착하면 뭘 할지를 생각했다. 우선 아야라를 만나고 제미라의 상태를 살펴봐야지. 그다음엔 아이들에게도 잘 다녀왔다는 인사를 하고, 먼 길 오느라 모습이 엉망이니까 씻고 나와서 또 한 사람을 만나야지. 한 사람, 라이시를.

라이시와는 해야 할 이야기가 많다. 그 이야기를 어떻게 할지는 미리 생각해 놨다. 만나면 일단 잘 있었냐고 물어봐야지. 만약 화를 내면 기달티 뒤로 숨고 화를 내지 않으면 평소처럼 대해야지. 그러다 둘이 있을 기회가 오면, 그때 일에 대해서 차근차근 이야기를 나눠 보자. 괜히 그 일을 신경 쓰면 더 어색해질 테니까 아무렇지도 않게, 침착하게, 어른스럽게.

성에 도착하기 직전, 나는 이렇게 완벽한 계획을 세우고 있었다. 그런데 왜일까? 왜 나는 도망치고 있는 거지? 아니 그보다, 저 자식은 왜 쫓아오는 거야!

"공주님!"

"왜!"

"왜 도망칩니까!"

"네가 쫓아오니까 그런 거잖아!"

나는 부리나케 달리며 소리쳤다. 아, 대체 왜 이렇게 된 걸까?

나와 기달티와 무아카는 방금 전 성에 도착했다. 성 앞 공터에 내려 숨을 좀 돌리려는데, 무심코 뒤를 돌아보니 라이시가 서 있었다. 어찌나 놀랐던지. 너무 갑작스러워서 나는 기겁할 수밖에 없었다. 아니야, 너는 네 번째인가 다섯 번째야. 이렇게 빨리 나타나면 안 돼! 나는 갑자기 나타난 라이시를 감당할 수 없어서 나도 모르게 돌아섰다. 그러자 저놈이 날 부르며 다가왔고, 나는 결국 도망치게 되었다!

내가 달리며 소리치자 아직 천막에서 생활하는 이주민들이 우릴 쳐다봤다. 순식간에 구경거리가 된 나는 울고 싶은 기분으로 성까지 후다닥 달려갔다. 그나마 다행인 건 라이시의 부상이 아직 다 낫지 않았다는 거다. 멀쩡했으면 진작 붙잡고도 남았을 텐데, 지금은 날 따라오는 것도 벅찬 모양이다. 아, 그렇게 아프면 따라오지 말고 그냥 좀 내버려 두지!

나는 성문을 박차고 들어갔다. 문을 닫고 버텨 볼까도 생각했는데, 아무리 다쳤다고 해도 힘으로 이길 자신은 없었다. 그래서 다시 홀을 가로질러 달렸다. 성까지 따라 들어온 라이시가 다시 소리쳤다.

"잠깐만요, 공주님! 할 얘기가 있습니다!"

"나도 너한테 할 말 많아!"

"그런데 왜 도망칩니까!"

"네가 쫓아오니까!"

"당신 지금 앞뒤가 안 맞잖아!"

라이시가 열 받아서 버럭 소리쳤다. 그러거나 말거나 나는 달린다!

무작정 달리고는 있지만 어떻게 해야 좋을지 모르겠다. 뒷감당은 어떻게 하지? 지금 도망친다고 앞으로 쭉 안 볼 사람도 아닌데. 윽, 안 되겠다. 아무래도 이러면 안 되겠다 싶어서 나는 내달리던 걸음을 서서히 늦췄다. 당장은 힘들더라도 일단 직면해 보자. 그렇게 마음먹고 멈춰 서서 뒤를 돌아보았다. 내가 돌아서자 뒤따라오던 라이시도 몇 걸음 거리에서 멈추고 나를 바라보았다.

우리 둘은 마주 섰고, 또 마주쳤다. 아무런 생각도 들지 않았지만

나는 내가 무엇을 해야 할지는 알았다. 그렇기 때문에 나는,

"으익, 역시 안 돼!"

다시 돌아서서 도망칠 수밖에 없다! 어쩔 수 없어, 안 돼! 이건 불가항력이야! 내가 다시 달리기 시작하자 라이시가 뒤에서 신경질을 내며 따라왔다.

"저게 진짜!"

저게라니, 너한테 귀빈 대접을 받는 건 진작 포기했다지만 그래도 일단 공주님이잖아!

나는 홀을 가로지르다 복도로 꺾어 들어갔다. 그러다가 마침 세탁실에서 빨랫감을 들고 가던 레나나와 딱 마주쳤다. 레나나가 날 보고 놀란 표정을 지었다.

"공주님? 언제 오셨……."

"레나나, 나 좀 숨겨 줘!"

나는 인사할 틈도 없이 소리쳤다. 어리둥절해하면서도 레나나는 나를 보일러실에 숨겨 주었다. 그 안에서 나는 꼭 웅크리고 바깥 소리에 귀를 기울였다. 곧 라이시의 발소리와 목소리가 들려왔다.

"공주님 어디로 갔어?"

"저쪽으로 가셨어."

레나나는 착실하게 거짓말해 주었고, 나는 감동했다. 아, 이게 바로 사냥꾼에게 쫓기다 나무꾼을 만난 사슴의 심정이구나. 옛날엔 사슴이 정말 못된 축생이라 생각했는데, 막상 겪어 보니 선녀님을 팔아넘긴 그 마음도 이해가 된다. 그렇게라도 은혜를 갚고 싶었구나. 고마

워요, 나무꾼님!

잠시 후 라이시의 발소리가 멀어지고 레나나가 살짝 문을 열었다.

"공주님, 갔어요."

레나나의 소곤댐을 듣고 나는 보일러실에서 나왔다. 그리고 거의 울먹이면서 레나나를 꼭 끌어안았다.

"고마워, 덕분에 살았어."

"라이시 오빠 왜 저래요?"

"모르겠어. 좀 아픈가 봐."

"아파요? 어디가요?"

"음, 머리가."

"공주님 덕분이죠."

갑자기 들려온 목소리에 나와 레나나는 뒤를 돌아보았다. 그리고 당연한 순서로 둘 다 경악했다. 척 봐도 눈매가 사나워진 라이시가 다가오고 있었으니까. 엄마야, 낌새를 채고 돌아왔구나! 게다가 돌아온 사냥꾼은 사슴뿐 아니라 나무꾼까지 쏴 죽일 기세였다!

나는 주춤대다가 다시 뒤돌아 달렸다. 영문을 모르는 레나나는 얼떨떨한 표정으로 우리 둘을 번갈아 보았다. 날 곧장 따라올 것처럼 굴던 라이시가 멈칫하더니 레나나 앞에 섰다.

"이 자식, 어디서 거짓말을!"

"꺄아악!"

뒤에서 레나나의 비명이 울렸지만 나는 눈물을 삼키며 돌아보지 않았다. 거짓말쟁이를 성실하게 응징한 라이시는 다시 날 뒤따라왔다. 아, 잰 할 것 다 하면서도 왜 이렇게 끈질겨!

아까도 이야기했지만, 내가 이렇게 도망칠 수 있는 건 라이시의 몸이 아직 다 낫지 않은 탓이다. 라이시가 무아카와 싸운 건 불과 보름 전이다. 그는 갈비뼈 몇 대와 왼팔이 골절된 상태고 깊게 찢어진 어깨의 상처도 아직 아물지 않았다. 대체 얼마나 과격하면 저런 몸으로도 이렇게까지 달릴 수 있을까? 나는 슬슬 의심스러워지기 시작했다. 쟤 정말 사람 맞아?

이런 내 의심을 눈치챈 걸까? 라이시가 갑자기 자신이 인간임을 온몸으로 증명했다. 날 쫓아오던 중 쓰러져 버린 것이다. 우당탕 넘어지는 소리에 나는 깜짝 놀라서 뒤를 돌아보았다. 거기엔 라이시가 넘어진 채 가슴을 움켜쥐고 있었다.

나는 그 모습을 보고 당황해서 멈춰 섰다. 뭐야, 장난이지? 가만히 서서 그가 다시 일어나길 기다렸다. 하지만 그는 엎드린 채 꼼짝도 하지 않았다. 나는 놀라서 그에게 다급히 달려갔다. 그러곤 몸을 숙여 쓰러진 그를 살펴보았다.

"라이시, 괜찮아? 야……."

내가 막 손을 대려는데, 갑자기 뻗어 나온 라이시의 손이 내 팔목을 붙잡았다. 마치 수갑마냥 단단하게. 그건 아픈 사람의 힘없는 손길이 결코 아니었다. 내가 질겁하자 라이시는 고개를 슬쩍 들었다. 그는 사냥에 성공한 맹수처럼 날카롭게 웃고 있었다. 아, 역시 인간이 아니었어!

꼼짝없이 붙잡힌 나는 이쯤에서 단념하려 했다. 그런데 날 바라보는 그의 눈빛이 어쩐지 간담 서늘하게 날카로워서, 갑자기 가슴이 마구 뛰어서, 그래서 나는 또다시 저질러 버렸다.

"바, 바자크!"

"문 여십시오!"

라이시가 문을 두드리며 소리쳤다. 상당히 화가 난 목소리로. 그럴 만하다. 기껏 잡은 손을 감전시켜서 뿌리치고 도망쳤으니까. 그는 내 반복되는 도주에 화가 난 듯 쿵쿵쿵 문을 두드렸다.

"잠깐 얘기 좀 하자는 건데 대체 왜 그럽니까!"

"나중에 해, 나중에!"

"나중 언제 말입니까! 당장 나와요, 안 나오면 열고 들어갑니다."

"안 돼! 나 지금 옷 벗었어!"

내가 질겁해서 소리치자 밖에서는 한동안 침묵이 흘렀다. 하지만 그것도 잠깐, 이내 라이시는 짜증을 내며 문을 쾅 걷어찼다. 그래, 성질이 나긴 하겠지. 그렇게 한껏 성깔을 부린 후, 라이시는 마음을 애써 가라앉힌 듯 한층 부드러워진 목소리로 말했다.

"공주님, 제발 얘기 좀 해요."

그 누그러진 목소리에 나도 머뭇대며 대꾸했다.

"나도 그러고 싶어."

"그런데 왜요?"

한결 자상해진 목소리에 나는 자그맣게 이실직고했다.

"시간이 필요해."

"얼마나요?"

"1년 6개월 정도?"

"젠장, 당장 문 열어! 야!"

라이시의 인내심은 거기까지였다. 다시 격분한 라이시가 방문을 쾅쾅 두드렸다. 하지만 그뿐, 옷을 안 입었다고 말해 놔서 감히 박차고 들어오진 못했다. 하하. 그렇게 난동을 부리길 한차례, 잠시 후 방문 너머로까지 그의 깊은 한숨 소리가 들려왔다. 드디어 체념한 걸까? 잔뜩 씨근대던 라이시가 가라앉은 목소리로 말했다.

"알겠습니다. 그럼 내일 다시 얘기하죠."

그 목소리가 다행스럽기도 하고 미안하기도 하고, 나도 정말 모르겠다.

"일단 오늘은 쉬십시오."

그렇게 말한 후 라이시는 저벅저벅 발소리를 내며 문 앞에서 떠나갔다. 그 발소리는 점점 멀어지더니 이내 완전히 사라졌다. 나는 그제야 간신히 긴 숨을 내쉬었다. 하지만 얼굴은 아직 뜨겁고 심장은 계속해서 쿵쿵 뛰고 있다.

아, 어떡하지? 가슴이 마구 두근거리는 이유가 방금 숨이 차도록 달렸기 때문인지, 아니면 다른 이유 때문인지 잘 모르겠다. 그래서 너무, 난처해.

하얀 꿈은 기억이다. 모든 것이 올바르고 모든 이가 행복했던, 비라의 그리운 기억. 그 새하얀 기억 속에는 내 소중한 친구가 있다.

—이해를 못 하겠어요.

—왜?

—대공님은 이미 예전부터 공주님의 짝으로 정해져 있었다면서요. 그런데 굳이 그런 말이 필요해요?

소년의 물음에 나는 맑게 웃었다. 그때 옆에 있던 소녀도 함께 웃는 바람에 소년의 얼굴은 불만으로 부풀었다. 소년이 토라지기 전에 나는 웃음을 지우고 진지하게 말했다.

—말하지 않았으면 청혼도 안 받았을 거야.

—왜요? 공주님도 대공님을 좋아하잖아요.

—그러니까 말해 줬으면 하는 거지.

—모르는 것도 아니면서요?

—모르는 것만이 가치 있다면 우린 항상 새것을 찾아야 할 거야. 하지만 이미 알더라도 계속 듣고 싶은 말이 있어. 내가 듣기를 원하는 이유는 모르는 걸 알고 싶어서도, 아는 걸 확인하고 싶어서도 아니야. 내가 여전히 기뻐한다는 걸 알려 주고 싶은 거야. 똑같은 말이라도, 이미 밝혀진 마음이라도. 이렇게 말하면 알겠니?

내 물음에 소년은 고개를 저었다. 대신 옆에 있던 어린 소녀는 어렴풋이나마 이해한 듯 수줍게 웃었다. 또 한 번 소외감을 느낀 소년이 볼멘소리로 물었다.

—잘 모르겠어요. 그런 거예요?

—네, 그런 거예요. 사랑한다는 건요.

나는 소년의 말을 따라 하며 웃었다.

그리고 그 소년을 보며 언젠가 그도 어른이 되어 이 마음을 알았으면 좋겠다고 생각했다. 조만간 이들에게 무슨 일이 생길지 그때 이미 알았지만, 그래도 그러기를 소망했다.

바로 그 소망을 포기할 수가 없어서 훗날 나는 그 길을 걸었다.

꿈에서 깨며 나는 쭉 기지개를 켰다. 아, 아침에 눈을 떴는데 시린 새벽하늘이 보이지 않는다는 게, 일어난 곳이 딱딱하고 축축한 맨바닥이 아니라는 게 새삼 감격스럽다. 정말 길고 긴 노숙 생활이었어. 드디어 돌아왔어. 우리 집, 내 방! 정말 그리웠어!

생각해 보니 좀 재미있다. 그립다니. 이 세상도 이 성도 어느새 이렇게나 익숙해졌다. 여기 온 지 얼마나 됐지? 이제 두 달 가까이 된 것 같다. 두 달, 길다면 길고 짧다면 짧은 시간인데 그동안 진짜 별일이 다 있었다. 이젠 우리 엄마 얼굴도 가물가물해질 지경이야.

아크제리유트의 요새에 다녀오는 데 걸린 시간은 2주. 요새에서 머문 일주일을 제외하면 나머지는 다 밖에서 먹고 잤다. 아, 진짜 힘들었어. 춥고 불편하고 제대로 씻지도 못하고 먹을 건 죄다 딱딱하고! 그나마 다행인 건 날씨가 예전보다 훨씬 따뜻해졌다는 거다. 내가 여기 막 왔을 때, 눈과 얼음밖에 없던 그때였다고 생각하면……. 아, 진짜 끔찍해.

정말 개운한 아침이다. 간만에 침대에서 자서 그런지 실컷 잘 잤다. 나는 가뿐하게 몸을 일으키며 창밖을 보았다. 어느새 해가 중천. 와, 엄청 오래 잤나 보다.

일어나서 씻고 옷을 갈아입는데 똑똑, 하고 문 두드리는 소리가 들렸다. 내가 대답하자 문이 열리며 뿔이 난 꼬맹이들이 고개를 내밀었다. 그 아이들은 손에 각자 자신의 접시를 들고 있었다.

"공주님, 일어나셨어요?"

그 뒤에서 아야라의 목소리도 들려왔다. 아야라도 역시, 자기 몫과 내 몫의 식사가 담긴 접시를 들고 있었다. 내가 웃으며 들어오라고 하자 아이들이 조르르 걸어와 테이블에 앉았다. 아야라도 뒤따라 들어오며 말했다.

"식사하셔야죠?"

"네, 지금 몇 시예요?"

"오후 2시 조금 지났어요."

으악, 과하다. 정말 과하게 잤다. 기껏해야 열 시쯤 됐겠지 했는데.

"아이들이 공주님과 점심을 같이 먹겠다고 계속 기다렸어요."

아이고, 참. 기특하기도 하고 미안하기도 하고. 내가 없는 동안 잘 지냈는지 모르겠다. 나는 미안한 마음으로 큰 아이들을 쓰다듬고 작은 아이를 무릎에 앉혔다.

"먼 길 다녀오셔서 많이 피곤하시죠? 아침에 너무 곤히 주무셔서 안 깨웠어요."

그랬구나. 그건 차라리 다행이다. 아침은 라이시도 같이 먹으니까……라니. 도대체 어쩔 셈이니, 내 자신아! 이렇게 계속 피하기만 해선 안 돼! 라이시를 생각하니 마음이 또 무거워졌다. 안 돼, 안 돼. 이러지 마.

나는 상념을 떨쳐 내기 위해 고개를 휘휘 내젓고는 테이블에 놓인 식사에 집중했다. 아, 따뜻한 음식이라니 얼마 만인지 모르겠다. 어제까지만 해도 무아카와 마른 육포만 으적으적 씹었는데. 참, 그러고 보니?

"무아카는요?"

"성주님이 데리고 계세요. 한동안은 그렇게 있을 것 같아요."

나는 아야라의 대답에 곧장 이해했다. 어린아이라곤 해도 무아카는 영주, 그 애를 힘으로 이길 수 있는 건 기달티뿐이다. 라이시는? 맞붙어 싸울 순 있겠지만 결과가 어떨지는 잘 모르겠다. 그때 무아카를 날려 버린 힘이 뭔지는 본인도 모르는 것 같고.

요 2주 동안 나와 기달티는 무아카와 동고동락했다. 그동안 느낀 건 그 아이가 말을 잘 듣는 조숙한 아이라는 것. 개인적으로 무아카도 다른 아이들처럼 우리 성에서 돌봤으면 좋겠다. 하지만 다들 어떻게 생각할까? 허락해 줄까? 아야라는, 라이시는? 그리고 무엇보다 제미라는?

"무슨 일이 있었는지는 어젯밤 성주님께 들었어요. 꽤 많은 일이 있었다고 들었는데, 고생 많으셨어요."

아야라가 빵을 썰며 말했다. 아, 그랬지. 정말 별일이 다 있었지. 아크제리유트를 습격했다가 실패하고, 시로니 덕분에 혁명군을 만나 가담하고, 시녀로 위장까지 해보고.

게다가 마지막엔 그자를 만났다. 정말 새카맣던, 피네하스를. 분명 대면하고 대화를 나눴지만 그는 '사람'이라고 여기기 어려운 존재였다. 가슴에 퍼지는 불안감이나 혐오감을 형상화해서 만들어 낸 존재 같았다. 웬만하면 다시 마주치고 싶지 않지만, 피해 갈 수는 없을 거다. 그가 세상을 이렇게 만들고 좋아하는 이상, 우리가 이 세상을 구하려고 하는 이상.

뭐, 그건 아직 먼 나중의 얘기고. 일단 요새의 사람들은 해방되었다. 그리고 그들은 테루아를 중심으로 모이기 시작했다. 자이트를 비롯한 탑의 사람들도 아무런 보복 없이 함께하게 되었다. 애초에 그러기 위해 테루아가 탑에 소리치며 권유했던 거니까. 그때 탑에서 나온 사람이 수십 명밖에 안 된다는 사실이 안타깝지만, 어쩔 수 없는 일이었다. 탑에 남은 자들은 마지막까지 부패한 권력을 추구했던 자들, 새로 지어질 도시에 들일 수 없는 자들이니까.

혁명이 끝나고 테루아는 재건될 도시의 대표가 되었다. 시로니와 자이트도 곁에서 그를 돕기로 했다. 나는 도시가 새로 지어지는 걸 옆에서 지켜보고 싶었지만 시간을 너무 지체할 수 없어서 딱 사흘만 더 머물고 서둘러 돌아왔다. 그 사흘도 날개를 다쳤던 용이 회복하는 데 걸린 시간이었다. 그래서 나중에 기회가 되면 꼭 다시 한 번 가보고 싶다. 시로니가 예견한 그런 도시가 만들어졌는지 직접 확인해 보고 싶다.

"북쪽에서 여기까진 꽤 먼데, 오가는 동안 힘들진 않으셨어요?"

"아, 힘들었어요. 불편하고. 그런데 우리보단 용들이 더 고생했죠."

"하긴 그러네요. 너무 힘들면 도망가기도 한다는데, 기특하게 잘 버텨 줬어요."

"맞아요. 참, 그리고 걔네들 이름도 지어 줬어요."

용에게 이름을 지어 줬다고 하니까 아야라가 재미있다는 듯 생긋 웃었다.

"뭐라고요?"

"라이시요."

아야라의 웃음이 갑자기 경직되었다. 하지만 나는 아랑곳하지 않고 말을 이었다.

"그리고 성주님 용 이름은 아야라예요. 라이시는 말을 안 듣는데 아야라는 착해요."

아야라의 표정이 더 복잡해졌다. 이걸 좋게 받아들여야 할지 어떡해야 할지 고민하는 얼굴이었다. 그런 아야라를 보며 나는 밝게 웃었다.

"성주님이랑 두 사람을 그리워하면서 지은 거예요."

북쪽의 요새에서 우리 성까지는 용을 타도 통상 일주일이 걸리는 거리지만 우린 대단한 강행군으로 그 거리를 나흘 만에 주파했다. 바깥에서 오래 머무르는 것보다 조금 무리하더라도 빨리 성으로 돌아가는 편이 낫다는 기달티의 판단 때문이었다. 나는 그 판단에 기꺼이 동의했다. 노숙은 정말 할 게 못 되니까.

그래서 우린 나흘 동안 정말 고된 일과를 보냈다. 해가 떠 있으면 내내 날고 해가 지면 잠들고. 노숙도 노숙이지만 장거리 비행도 결코 쉬운 일이 아니었다. 계속 몰아닥치는 찬바람과 싸워야 하고 자칫 기류를 잘못 타면 어마어마하게 흔들리다 방향을 잃기도 하고, 하여튼 하루하루 몸이 축나는 중노동이었다. 그렇게 고생했으면 밤에라도 편히 쉬어야 하는데 우리의 침대는 맨땅이고 지붕은 밤하늘이었다. 밤새 이슬이라도 내리면 새벽에 어찌나 춥던지, 게다가 씻지도 못하고 먹는 것도 시원찮고 마실 물도 귀하고.

그렇게 며칠을 반복하니 몸도 마음도 쇠약해져서 나는 거의 제정신이 아니었다. 그래서 3일째 되는 날 밤엔 애벌레처럼 모포를 몸에 감은 채 헛소리를 중얼거렸다.

'나는 언젠가 저 하늘로 떠날 거예요. 뒷일을 부탁해요, 친구들. 무아카도 안녕, 행복해야 돼.'

내가 그러고 있으니 기달티가 옆으로 와서 내 이마를 짚어 보았다.

'열은 없는데 왜 이러지?'

'엄마 보고 싶어요.'

'그대의 어머니는 무리지만 아야라와 알타쉬헤트는 곧 만날 수 있다.'

'지금 만날 순 없나요.'

'그토록 간절하다면 저 용들을 그들로 여겨 보면 어떤가.'

'아! 보고 싶었어요, 아야라! 옆에 그 못생긴 앤 라이시인가요?'

……라는 이야기. 우리가 밖에서 얼마나 청승맞았는지 잘 보여 주는 대목이다. 설명을 듣고 아야라는 못 말린다는 듯 웃었다.

"그렇게 그리워해 주셨다니 감사하네요. 참, 그러고 보니 그 용들이 물을 좋아한다는 얘기를 들은 적이 있어요."

"아, 그래요?"

"잔뜩 고생했으니 목욕이라도 시켜 주세요. 마침 눈이 녹으면서 성 가까운 곳에 계곡이 생겼거든요. 어때요? 다녀오시겠어요?"

아야라의 권유대로 나는 계곡에 가보기로 했다. 라이시와 아야라를 다 데려가면 좋겠지만, 나 혼자선 두 마리를 끌고 갈 수 없으니 오늘은 일단 라이시만.

성 밖, 용을 묶어 두는 곳에 가보니 체파르데아의 성에서 데려온 용들이 앉아 쉬고 있었다. 나는 십수 마리나 되는 용들의 틈바구니에서 곧 라이시와 아야라를 발견했다. 용들은 다 엇비슷하게 생겼지만 그래도 그 둘은 알아볼 수 있었다. 아야라와 라이시도 날 알아보고는 고개를 들었다. 내가 다가가서 머리를 토닥이자 느긋하게 꼬리까지 흔들었다. 처음 이 녀석들을 봤을 땐 무섭다고 생각했는데, 계속 보다 보니 이젠 꽤 귀엽다.

아야라는 아직 날개에 상처가 남았으니까 라이시부터. 내가 고삐를 끌자 라이시는 귀찮아하면서 마지못해 일어났다. 아야라는 순순히 잘 따라오는데, 이 녀석은 꼭 이렇게 고집을 부린다. 그런 의미에서 이름 참 잘 지었어.

그렇게 용 라이시를 끌고 나오는데, 이주민들의 임시 거주지를 돌아보는 인간 라이시가 보였다. 으악, 숨어! 나는 본능적으로 몸을 숨겼고 라이시는 날 못 본 채 그대로 지나쳤다. 아, 어떡하지. 이렇게 계속 피해 다니면 안 되는데.

풀어야 할 일이 있다는 건 참 답답한 일이다. 그게 쉽지 않을 때는 더더욱. 게다가 시간이 너무 많이 흐른 탓에 말을 어떻게 꺼내야 할지도 모르겠다. 그냥 어제 라이시가 얘기하자고 할 때 버텨 볼 걸. 왜 도망을 다녀서 일을 더 꼬이게 했을까? 아, 생각할수록 답은 없고, 그렇다고 직면할 용기도 안 나고.

나는 한숨을 내쉬고 라이시에 올라탔다. 답답한 마음에 한바탕 시원하게 날고 싶어져서 고삐를 힘껏 잡아당겼다. 이 세계에 오게 되어 마음에 드는 것 중 하나, 그건 이렇게 마음껏 날 수 있다는 거다.

"와아!"

시원하게 쏟아지는 물줄기를 보며 나는 탄성을 질렀다. 와, 계곡이다. 진짜 예쁜 계곡이다! 아야라가 알려 준 계곡은 성에서 그리 멀지 않은 협곡에 숨어 있었다.

나는 연신 감탄하며 안장에서 내려왔다. 웅장한 바위 틈새로 떨어지는 물줄기가 햇살을 부서트리며 눈부시게 반짝였다. 막 녹은 물은 무척 깨끗했고 그 물을 마시고 자란 풀들은 어느새 꽃을 피워 상쾌한 향기를 내뿜고 있었다.

눈이 녹으면서 이렇게 멋진 곳이 생겼다니. 나는 신발을 벗고 물가에 살며시 발을 담가 보았다. 으악, 엄청 차갑다! 게다가 몇 걸음 걸어가니 금방 수심이 깊어져서 무릎까지 물속으로 쑥 들어갔다. 아, 조심해야겠다. 중심 쪽은 여기보다 훨씬 더 깊어 보이는데.

나는 혼자 참방대다가 물 밖에서 가만히 기다리던 라이시에게 다가갔다. 보름 동안 힘들었을 텐데 잘 버텨 줘서 고마워. 나는 라이시에게 인사하며 등에 놓인 무거운 안장을 풀어 주었다. 안장을 풀자 라이시는 몸을 한 번 털었다.

나는 라이시의 고삐를 잡고 물가로 갔다. 아야라의 말대로 용은 물을 좋아했다. 다만 아야라는 내게 그 점을 더 자세히 설명했어야 했다. 이 용들이 물을 얼마나, 또 어떻게 좋아하는지를. 그랬다면 나도 대비를 할 수 있었을 텐데. 하지만 나는 용들의 습성을 까맣게 몰랐고, 덕분에 엄청난 곤경에 빠지게 됐다.

물가에서 꼬리를 흔들던 라이시가 갑자기 흥분해서 물속으로 첨벙첨벙 들어갔다.

"으악, 야! 잠깐만!"

라이시는 네발로 물장구를 치더니 날개를 펼치고 수면에 몸을 비비기 시작했다. 처음 물이 튈 때만 해도 나는 마냥 웃으며 고삐를 잡고 있었다. 커다란 개를 목욕시키는 느낌으로. 아, 그때 눈치챘어야 했다. 물을 향한 용의 갈구가 결코 그 정도가 아님을. 참방대던 라이시는 이내 발동이 걸린 듯 깊은 곳으로 몸을 던졌다. 네발과 날개, 그리고 꼬리까지 이용해서. 그렇게 뛰어드는 라이시의 힘은 내가 감당할 만한 것이 아니었다.

갑자기 물속으로 뛰어든 라이시 때문에 나는 덩달아 물에 첨벙 빠지고 말았다. 차가운 물에 빠지는 순간 가슴이 찌르르 울리며 숨이 턱 막혔다. 그사이 이 말 안 듣는 라이시는 순식간에 깊은 곳까지 헤엄쳐 들어갔다. 그때까지 고삐를 꼭 잡고 있던 나는 얼떨결에 쑥 끌려갔고, 뒤늦게 고삐를 놓았을 땐 이미 계곡 깊은 곳, 발도 닿지 않는 곳까지 끌려간 후였다.

차가운 물에 갑자기 빠진 데다가 발도 닿지 않아 나는 속수무책으로 허우적댔다. 입안으로 왈칵 물이 들어와 숨을 막았다. 읔, 켁! 어떡해! 엄마! 수면을 오르락내리락하며 나는 점점 다급해졌다. 마음을 가다듬고 헤엄을 쳐보려 했지만 불가능했다. 찬물에 놀란 몸이 뻣뻣하게 굳어서 제대로 움직이질 않았다.

다시 한 번 물을 잔뜩 삼키고 눈앞이 깜깜해지는 걸 느꼈다. 이대로 죽을 수도 있다는 생각이 머리를 스쳤다. 그때였다. 첨벙대는 물보라 사이로 비치던 햇살이 가려지며 내 위로 그늘이 졌다. 정확히 볼 순 없었지만 나는 그가 누군지 알았다. 하얀 날개를 달고 날 찾아온 그는, 반드시 나를 지켜 주겠다고 약속했던 사람이었다.

"허억, 헉……."

나는 간신히 물 밖으로 나와서 숨을 가쁘게 몰아쉬었다. 아, 죽다가 살았다. 정말 죽을 뻔했어.

"괜찮습니까?"

내 허리를 잡고 부축하던 라이시가 물었다. 나 때문에 물에 빠져서 그도 머리부터 발끝까지 젖어 있었다.

어떻게 알고 찾아왔는지 조금 전 라이시는 공중에서 나를 잡아채 물 밖으로 꺼내려 했다. 하지만 그는 부상당한 한쪽 팔을 쓰지 못해 힘에 부쳐 했고, 당황한 나는 그런 그에게 막무가내로 매달렸다. 그 바람에 라이시도 덩달아 물속으로 끌려 들어왔고 결국 이렇게 헤엄쳐서 밖으로 나왔다.

괜찮으냐는 물음에 나는 대답 대신 고개만 끄덕였다. 잠시 후 라이시는 나를 평평한 바위에 앉혔고 나는 그대로 축 늘어져 버렸다. 동시에 몸이 덜덜 떨려 왔다. 날씨가 따뜻해졌다곤 하지만 이제 겨우 봄 날씨, 차가운 계곡에 몸을 담그기엔 시기상조였다.

내가 웅크리고 와들와들 떨자 라이시는 우거진 수풀을 한 아름 뜯어 왔다. 나는 아무 말 없이 그가 하는 행동을 지켜보았다. 라이시는 끼고 있던 반지, 자르지프로 풀의 수분을 날려 버리더니 이어서 다른 반지로 바짝 마른 그 수풀에 불을 지폈다. 곧 모닥불이 피어올랐고 거기서 전해지는 열기가 조금씩 내 떨림을 덜어 냈다.

"뒤쫓아 오길 잘했네요. 뭐 하고 있던 겁니까? 자살 시도?"

라이시가 놀렸지만 나는 지쳐서 반박도 못 하고 하소연만 했다.

"죽는 줄 알았어……."

"감사합니다, 살아 주셔서."

라이시는 그렇게 말하며 상의를 벗었다. 내가 깜짝 놀랐지만 그는 태연하게 옷의 물기를 짜고 모닥불 앞에서 말리기 시작했다. 그때부터 나는 이 모든 상황이 의식되기 시작했다. 아무도 없는 곳에 라이시와 단둘, 게다가 쫄딱 젖었고, 라이시는 옷까지 벗었다.

상황을 인식하자 아까와는 다른 의미로 몸이 떨리기 시작했다. 뭐라고 꼭 집어 말할 순 없지만 무언가 무서웠다. 더 솔직하게 말하자면 라이시가 무서웠다. 나는 동요하고 있다는 걸 들키지 않으려고 애쓰며 라이시에게 말했다.

"돌아가자, 나 너무 추워."

간절하게 말했지만 라이시는 내 요구를 들어주지 않았다.

"몸을 먼저 말려야 합니다. 그 꼴로 날면 몸이 상할 겁니다."

틀린 말은 아니다. 가만히 있는 것도 이렇게 추운데 이대로 바람을 맞으면 내일 앓아누울지도 모른다. 하지만 설령 그렇게 되더라도 이 상황에서 벗어나고 싶다. 안절부절못하며 빠져나갈 방법을 궁리하는데, 라이시가 모닥불에 말리던 자신의 상의를 내게 건넸다. 내가 영문을 몰라 눈을 깜빡이자 그가 말했다.

"이걸로 갈아입으세요."

그 말에 나는 깜짝 놀라서 되물었다.

"여기서 갈아입으라고?"

"안 볼게요."

"이거 하나만 어떻게 입어?"

"모르시나 본데, 젖은 채로 있는 편이 훨씬 야합니다."

마지막 말이 너무 창피해서 나는 홧김에 손에 잡히는 돌멩이 하나를 라이시에게 집어 던졌다. 라이시는 얄밉게도 그 돌을 한 손으로 낚아채더니 계곡에다 휙 내던졌다. 그러곤 뻔뻔한 얼굴로 다시 옷을 내밀었다.

"자요."

반복되는 권유에 나는 마지못해 옷을 받아 들었고, 그러자 라이시는 내게서 등을 돌렸다. 나는 그의 등과 셔츠를 번갈아 보다 그만 울고 싶어졌다. 어제처럼 다시 도망치고 싶었지만 빠져나갈 길은 보이지 않았다.

나는 라이시가 돌아선 것을 확인하고 머뭇머뭇 옷을 벗었다. 물을 잔뜩 먹은 치마가 철퍽대며 몸에서 떨어졌다. 젖은 옷이지만 그마저 벗으니 더욱 한기가 느껴져서 라이시의 셔츠를 황급히 몸에 걸쳤다. 다행히 그의 셔츠는 꽤 컸다. 다리를 가리기엔 길이가 조금 짧았지만 얌전히 잘 앉으면 괜찮을 것 같았다. 단추를 꼼꼼히 잠그고 옷매무새를 최대한 단정히 한 후에 라이시를 불렀다.

"다 입었어."

그때까지 먼 곳을 보고 있던 라이시가 다시 나를 돌아보았다. 그는 돌아서며 나를 가볍게 훑어보았고, 순간 내 심장은 곤두박질치듯 쿵 울렸다. 가슴에 무거운 돌이라도 올려 둔 기분이다. 게다가 그의 벗은 몸 때문에 눈을 어디 둬야 할지도 모르겠다.

저절로, 정말 그러고 싶지 않지만 저절로 긴장되며 몸이 경직됐다. 아까만 해도 라이시와 제대로 대화해야 한다고 생각했는데, 정작 마주 보니 머릿속이 하얗게 변해서 아무것도 떠오르지 않았다. 이야기를 나눌 기회가 필요했지만 이런 식은 아니었다. 이건 너무 과하다.

그렇게 꼼짝 못 하고 모닥불만 쳐다보는데, 라이시가 내가 벗어 놓은 옷을 집어 들었다. 그러더니 아까 자기 셔츠로 그런 것처럼 물기를 짜더니 펼쳐서 불을 쬐기 시작했다. 그 자상한 행동에 내 가슴은 다시 조여들었다. 옷을 말리며 그가 넌지시 말했다.

"그럼 얘기 좀 할까요?"

"아……."

나는 좋다고도 싫다고도 할 수 없어서 그저 신음했다. 라이시가 날 쳐다보더니 짐짓 진지한 어조로 말했다.

"공주님이 어제 도망 다닌 일 때문에 다들 수군대고 있습니다."

"어, 어? 뭐라고?"

"내가 추잡한 짓을 해서 공주님이 도망 다닌다고 말입니다."

예상을 벗어난 그의 말에 나는 눈을 동그랗게 떴다. 하지만 라이시는 여전히 심각했다.

"어디서 배웠는지 파렴치한이란 말까지 하고 다닙니다. 특히 여자 애들이."

그 말에 나는 풉, 하고 뿜어 버렸다. 파렴치한이라니, 레나나와 여자아이들이 라이시에 대해 그렇게 수군댈 것을 생각하니 좀 웃겼다. 게다가 그렇게 말하는 라이시는 정말 억울하다는 표정이어서 나도 모르게 웃음이 터지고 말았다.

내가 웃기 시작하자 라이시는 웃지 말고 책임지라며 윽박질렀다. 덕분에 나는 아예 배를 잡고 웃어 버렸다. 그렇게 한바탕 웃는 사이 자연스레 긴장감도 사라졌다. 마음이 홀가분해지면서 계속 긴장하던 게 오히려 바보처럼 느껴졌다. 라이시는 나쁜 사람도 무서운 사람도 아닌데 왜 그렇게 피하고 두려워했던 걸까?

반복되는 닦달에 나는 간신히 웃음을 멈추고 라이시를 손끝으로 힘껏 가리켰다. 그렇게 삿대질을 한 채 나는 상쾌하게 말했다.

"틀린 말은 하나도 없잖아!"

"무슨 소립니까?"

라이시가 미간을 좁히며 반박했다. 하지만 나는 전혀 위축되지 않고 다시 외쳤다.

"추잡한 짓도 했고 파렴치한도 맞잖아, 이건 반박 불가야!"

라이시가 난처한 표정을 지었고 나는 승리감에 득의양양해졌다. 아, 이렇게 쉽게 말할 수 있는 건데 그동안 왜 그렇게 끙끙 앓았을까? 나는 가벼운 마음으로 라이시의 대답을 기다렸다. 쉽게 말한 만큼 쉽게 들을 수 있었다. 곧 라이시는 깊게 숨을 내쉬더니 나와 반듯하게 눈을 마주쳤다. 그리고 분명하게 말했다.

"그때 일은 미안했습니다."

너무 진지한 사과라 나는 조금 놀랐다. 그는 말을 이었다.

"계속 화를 낸 것도, 심하게 대한 것도."

나는 멍하니 그의 눈을 마주 보고 있다가 머뭇대며 고개를 숙였다. 너무 진지해서 부담스러웠다. 내가 시선을 옮겼지만 라이시는 신경 쓰지 않고 여상한 투로 말했다.

"해명하자면 많이 초조했습니다. 소중한 사람들이 죽고 적들이 몰려오는 상황이어서, 그 와중에 당신만은 지켜야 한다는 생각이 들어서 다급했습니다. 그래서 냉정할 수가 없었습니다. 그때 내 말과 행동이 당신에게 상처를 줬다면 미안합니다. 용서하십시오."

라이시의 사과는 진지했다. 살면서 지금까지 이런 사과를 받아 본 경험이 있었는지 생각했다. 아니, 없다. 자신의 잘못과 그에 대한 해명을 이렇게까지 자세하게 말하며 용서를 구하는 사람은 내 주변에 없었다. 그래서 그의 사과는 상당히 당황스러웠다.

나는 웃으며 너무 심각해지지 말라고 이야기하려다가, 그게 오히려 예의가 아닌 것 같다는 생각이 들었다. 진심으로 사과해 줬으니 나도 진심으로 받아 줘야 했다. 그래서 조금 머뭇대다가, 뭐라고 해야 할지도 잘 모르겠고 조금 부끄럽기도 해서 그렇게 망설이다가 조심히 입을 열었다.

"네가 그럴 때 사실 속상했어."

모닥불에 시선을 둔 채로 말을 이었다.

"서운하고, 상처도 받았어. 그런데 그보다 네가 걱정됐어. 네 말처럼 너 혼자 죽어 버릴 것 같아서. 그땐 네가 밉기도 했지만 죽지 않았으면 좋겠다는 생각이 더 컸어."

그렇게 말하며 살짝 고개를 들었을 때 라이시의 눈은 여전히 나를 담고 있었다. 눈이 마주치자 이번엔 라이시가 시선을 피했다. 그가 모닥불을 보며 작게 답했다.

"미안합니다, 걱정시킨 것도 포함해서."

그 말에 라이시가 돌아온 것 같아서, 무아카와 싸우기 이전의 그 라이시로 돌아온 것 같아서 나는 웃었다. 그가 다시 내게 익숙한 사람이 되었다는 사실이 기뻤다.

"이제 괜찮아. 사과해 줘서 고마워."

그 후 우리는 한동안 말이 없었다. 침묵이 어색하지는 않았다. 그냥 이대로 좋았다. 그렇게 얼마나 있었을까? 그가 다시 입을 열었다. 그때의 라이시는 완벽하게 예전의 그였다. 까칠하고 못된.

"그것과 별개로, 말도 없이 대체 어딜 갔다 온 겁니까?"

윽.

"그 멀리까지 가면서 상의는커녕 말 한마디도 안 하고."

또 한 번 윽.

라이시의 노려보는 눈빛에 나는 찔끔해서 시선을 피했다. 사과했으니 이제 혼낼 생각인가 보다. 그래, 그게 너답긴 하다만……. 라이시가 한바탕 잔소리를 퍼부을 것을 예상하고 눈치를 살폈다. 그런데 그의 입에서 이어진 말은 예상외로 온화했다.

"무사히 돌아오셨으니 그건 됐습니다. 그래도 앞으로는 어디 가기 전에 꼭 말해 주셨으면 합니다. 지켜 드리겠다고 약속해 놓고 당신이 어디 갔는지조차 모르면 내가 너무 무안하지 않습니까."

아, 얘 왜 이러지? 왜 착해졌지? 나는 예전 같지 않게 조곤조곤 말하는 라이시를 어리둥절하게 쳐다보았다. 라이시는 내 시선에 화를 내지도 핀잔을 주지도 않고 다음 말을 이었다.

"그리고 또 한 가지 할 말이 있습니다."

나는 여전히 얼떨떨한 표정으로 어디 더 해보시라고 권해 드렸다.

"두미야의 죽음에 책임을 느끼십니까?"

그런데 이어진 내용이 전혀 예상치 못한 화제여서 나는 흠칫 놀랐다. 동시에 마음이 뜨끔했다. 최근 다른 일 때문에 잠시 미뤄 둔 그 문제가 다시 떠올랐기 때문이다. 그 물음은 무아카와 싸울 때 내가 라이시에게 했던 말이다. 그때 나는 두미야 아저씨가 나 때문에 죽었다는 생각을 지울 수 없었다.

두미야가 죽은 건 무아카가 아크제리유트에게 패했기 때문. 아크제리유트가 무아카를 공격한 건 체파르데아라는 견제 세력이 사라졌기 때문. 체파르데아가 죽은 건 내가 그에게 납치당했기 때문.

이 모든 일의 원인, 아니 원흉이 나라는 생각은 계속해서 나를 괴롭혔다. 그래서 그때 라이시에게도 그렇게 말해 버리고 말았다. 아저씨가 나 때문에 죽었는데 어떻게 상관을 안 하냐고. 그랬는데 그 얘길 여기서 갑자기 꺼낼 줄이야. 나는 망설이다가 이윽고 고개를 끄덕였다. 그러자 라이시가 탄식하듯 말했다.

"그건 공주님 책임이 아니에요."

"하지만……."

나는 침울해져서 라이시를 바라보았다. 내 얼굴을 보고 라이시는 답답하다는 듯 머리를 쓸어 넘기며 말했다.

"기달티에게 들은 걸로 압니다. 예전에 내가 기달티와 아야라에게 했던 약속에 대해."

맞다. 들었다. 아직 열 살이었던 라이시가 했던 약속. 그는 자신이 다른 사람의 생명을 구할 때 그것을 절대 방해하지 말라고 했다. 그 일로 설령 자신이 죽게 되더라도. 그게 열 살 아이였던 라이시가 기달티와 아야라에게 받아 낸 약속이다.

"어떻게 생각하십니까?"

"……너무하다고."

"맞습니다. 너무하죠. 나는 내가 납치당하는 바람에 기달티가 폭주하고 몇천 명의 사람이 죽었다고 생각했습니다. 그래서 언젠가 그 일을 보상해야 한다고 생각했습니다."

그 말을 듣는 순간 나도 라이시와 똑같은 말을 하고 싶어졌다. 그건 네 책임이 아니잖아, 라고. 하지만 그렇게 말할 기회는 없었다. 라이시는 나보다 어른스러웠고 나보다 훨씬 더 많은 생각을 하는 사람이었다.

"솔직히 말하면 공주님께 그 얘길 듣기 전까지도 그렇게 생각했습니다. 하지만 공주님 얘길 듣고 생각이 바뀌었습니다."

그렇게 말하며 그가 내게 확인하듯 물었다.

"어떻습니까. 그게 내 잘못입니까?"

나는 고개를 가로저었다.

"납치당한 나와 납치한 그들, 어느 쪽이 나쁜 겁니까."

"납치한 사람들……."

"그럼 공주님은 그 일에 대해 나와 아야라에게 책임을 물으실 겁니까?"

나는 다시 고개만 설레설레 내저었다. 그러자 라이시는 조금 누그러진 투로 말했다.

"같은 겁니다. 날 탓할 생각이 없다면 공주님 자신도 탓하지 마십시오. 자신에게 엄격한 만큼 공정할 필요도 있습니다. 나쁜 건 체파르데아와 아크제리유트였습니다. 무아카에게도 책임이 있습니다. 하지만 공주님께는 없습니다. 공주님은 아무런 의도도 악의도 없이 그저 그 자리에 있었을 뿐입니다."

라이시의 말을 듣고 나는 갈등에 빠졌다. 그의 말은 모두 맞다. 그 말을 선택하고 싶다. 하지만 과연 그래도 될까? 그렇게 편해져도 될까? 또다시 기묘한 죄책감이 나를 사로잡았다. 내 망설임을 눈치챘는지 라이시가 다시금 단호한 어조로 말했다.

"아시겠습니까? 더는 그 일을 자책하지 마십시오. 공주님께서 그 생각에서 벗어나신다면 나도 그렇게 하겠습니다. 내가 거기서 벗어나길 원하신다면 공주님도 그렇게 하십시오."

그렇게 말하는 라이시는 한없이 진지했다. 그래서 나는 더 고집을 부릴 수가 없었다. 그가 이 말을 하려고 얼마나 많은 생각을 했는지 느껴졌다. 그 목적은 단 하나였다. 내 고민을 덜어 주기 위해서. 내 마음을 풀어 주기 위해서. 그는 내가 울면서 했던 말을 모두 기억하고 있었다. 그리고 계속 생각하고 있었다. 지금 그가 하는 말로 알 수 있다.

아, 어떡하지. 다시 가슴이 조여들기 시작했다. 추위를 느낀 것도 두려움을 느낀 것도 아닌데 몸이 떨리기 시작했다. 나는 그 떨림을 견디지 못하고 무릎을 세우며 그 사이에 얼굴을 파묻었다. 까닭 없이 너무나 창피했다. 그런 내 마음을 감추기 위해, 그에게도 나에게도 그러기 위해 나는 숨어서 속삭였다.

"응……. 알겠어."

그럼에도 불구하고 내 목소리는 기쁨으로 흔들리고 있었다.

모닥불 앞에서 젖은 몸을 말리며 나는 그동안의 일을 모두 라이시에게 이야기했다. 뺨을 실컷 맞았다고 하소연도 하고, 추행하려던 병사가 있었던 것도 말했다. 그러자 라이시는 내 뺨을 때린 시녀의 손목을 걱정하고, 내게 추근거린 병사의 안목과 시력에 유감을 표했다. 아, 진짜 못된 녀석.

물론 그렇다고 라이시가 계속 딴죽만 건 것은 아니다. 어쩔 수 없이 머리카락을 잘랐다고 하니 단발머리도 괜찮다고 말해 줬다. 요새에 갇힌 사람들을 해방시킨 일은 잘했다고 칭찬도 해줬다. 이런저런 이야기를 나누며 우리는 떨어져 있던 시간의 간극을 좁혀 갔다.

"으, 추워."

등을 타고 올라온 한기에 내가 몸을 움츠리자 라이시가 놀란 듯 하늘을 올려다보았다. 어느새 사방이 깜깜해져 있었다. 빛이라고는 하늘의 별과 모닥불뿐이었다. 당황한 라이시가 중얼거렸다.

"시간이 언제 이렇게."

우리는 그제야 시간이 너무 늦었다는 걸 깨달았다. 저녁 시간도 이미 지난 것 같은데 어떡하지? 아야라가 걱정하고 있을지도 모르겠다. 이제 정말 돌아가야 할 시간이다. 라이시가 자리를 털고 일어나며 말했다.

"옷 돌려주시죠."

"그냥 내 옷 입어."

"진짜 파렴치한으로 만들 생각입니까?"

그 말에 나는 작게 웃었다. 라이시는 들고 있던 내 옷을 툭 던졌다. 계속 불을 쬔 탓에 옷은 따뜻하게 잘 말라 있었다. 라이시가 다시 등을 돌렸고 나는 조심히 옷을 벗었다. 아까와 같은 상황인데 주변이 어두워서 그런지 더 은근하게, 또 더 은밀하게 느껴졌다. 아, 무슨 생각을 하는 거야.

나는 옷을 갈아입고서 라이시의 셔츠에 잠깐 코를 대보았다. 내가 계속 입고 있던 탓에 따뜻했고 내 냄새가 살짝 나는 것 같았다. 내 체온이 남아 있는 옷을 라이시가 다시 입는다는 게 왠지 불편해서, 실수인 척 불을 붙여 버릴까 생각해 봤다. 좋은 생각이긴 한데, 그럼 날 가만두지 않겠지? 나는 곱게 단념하며 라이시를 불렀다.

라이시는 돌려받은 옷을 가볍게 걸쳤다. 그러곤 차근차근 단추를 잠그기 시작했는데, 그 모습을 지켜보는 게 왠지 또 부끄러워 나는 황급히 고개를 돌렸다. 잠시 후 라이시는 옷을 다 입고 모닥불을 발로 비벼 껐다. 불이 사그라지자 어둠이 더 깊게 내렸다. 앞에 있는 라이시조차 제대로 보이지 않을 정도였다.

어두워지자 물소리가 크게 들렸다. 꺼진 모닥불 속에 살아남은 불씨가 붉었고 별빛은 푸르렀다. 갑작스레 찾아온 어둠은 이 장소를 완전히 새롭게 만들었다. 주변의 광경이 낯설어지며 내 앞에 선 라이시도 낯선 모습으로 변했다. 나는 이제 그의 윤곽밖에 볼 수 없었다. 얼굴도 제대로 보이지 않는 이 상황이 내게 묘한 충동을 불어넣었다.

모닥불을 다 정리하고 라이시가 말했다.

"그럼 화해한 겁니다. 이제 피해 다니지 마세요."

화해라니. 그 표현이 어쩐지 귀여워서 나는 웃을까 하다가, 멈칫하고 얼굴에 떠오른 미소를 지웠다. 이대로 이야기를 끝내고 싶지 않았다. 조금 더, 말하고 싶었다. 어둡기 때문에 용기가 난 건지도 모른다. 나는 망설이다가 그에게 조용히 물었다.

"아직 사과 안 한 거 있잖아."

말해 놓고 잠시 고민했다. 하지만 결정은 빨랐다. 나는 곧이어 다음 말을 속삭였다.

"그건, 왜 사과 안 해?"

앞에 선 라이시가 멈칫하며 고개를 들었다. 어둠 속이지만 그가 날 보는 게 느껴졌다. 내가 무슨 말을 한 건지 눈치챈 걸까? 그는 한동안 말이 없었다. 별빛에 물소리만 소란스러운 가운데, 내 심장은 평소보다 빠르게 뛰고 있었다.

이윽고 그가 입을 열었다.

"그건 사과할 마음 없습니다."

나직하게 돌아온 그의 대답에 나 또한 그렇게 되물었다.

"왜?"

그렇게 물어보며 나는 이 어둠에 감사했다. 나는 떨고 있었다. 누군가가 살짝이라도 건드리면 그 자리에 풀썩 주저앉을 만큼 심하게 떨고 있었다. 라이시가 이 떨림을 눈치채지 못하길 바라며 조용히 대답을 기다렸다. 마침내 그가 답했다.

"그렇게 때려 놓고 또 사과가 필요합니까?"

"뭐?"

그 대답에 나는 조금 당황했다. 야, 아무리 그래도 그건 아니잖아?

"정 억울하면 공주님도 하시던가요."

나는 정색하고 그를 쳐다봤다. 그러자 라이시는 '왜요?'라며 심드렁히 대꾸했고 나는 그가 장난을 치고 있다는 걸 깨달았다. 기가 막혀서 헛웃음이 나왔다. 라이시의 건성인 태도에 떨림이 싹 가시는 걸 느꼈다. 그게 실망스럽기도 하고 다행스럽기도 했다. 정말 뻔뻔한 게 너답기는 하다.

"너 진짜 파렴치한이야."

"미안합니다. 그래도 그건 그냥 봐주세요. 공주님이 때릴 때 정말 아팠어요."

"내가 뭘 얼마나 때렸다고."

"남자한테 맞는 줄 알았습니다. 사실 아크제리유트도 직접 때려잡은 거죠?"

"아니거든!"

나는 발끈하다가 어둠속에서 발을 헛디뎠다. 돌멩인지 뭔지를 밟고 넘어질 뻔했는데 앞에 있던 라이시가 날 잡아 줬다. 그의 손이 내 등을 감쌌고 내 얼굴은 그의 가슴에 파묻혔다.

"조심 좀 하시죠."

그렇게 말하는 라이시의 목소리엔 숨소리가 섞여 있었다. 얼굴이 보이진 않았지만 그 소리로 알 수 있었다. 그가 지금 웃고 있다는 걸. 그에게 안기는 순간, 그리고 그의 웃음소리를 듣는 순간 내 머릿속은 다시 아찔하게 표백되었다.

아, 더는 어쩔 방법이 없다. 더는 피할 수도 숨길 수도, 모르는 척 할 수도 없다.

나는 도망쳤다. 너를 피하고 불편해하고 마주치는 것을 극도로 꺼렸다. 왜냐면 널 보면 네게로 달려갈 것만 같아서, 너에게 와락 안길

것만 같아서.

나는 생각했다. 너를 걱정하고 그리워하고 매일같이 떠올렸다. 왜냐면 네 웃는 얼굴이 너무 좋아서, 뇌리에 박힌 그 모습이 도무지 지워지질 않아서.

깊은 밤 너를 생각하면 잠도 못 이룰 만큼 가슴이 뛰어서.

밝은 아침 너를 만나면 어쩐지 눈물이 날 것만 같아서.

그토록 네가 좋아서.

그래서.

언제였을까, 대체 언제부터 널 좋아했을까? 모르겠다. 생각해 보면 언제나 널 좋아했던 것 같다. 너는 못된 척하지만 다정하고 누구보다 세심하게 나를 살펴 주니까. 지켜 주겠다는 말 한마디로 날 안심시키고 언제나 그 약속을 지키려고 최선을 다하니까. 가끔 나를 놀리긴 하지만 그래도 네가 하는 말은 재미있고 이따금 진지할 때 나는 참 많은 것을 배운다.

네가 웃던 그날, 처음으로 주체 못 할 만큼 가슴이 뛰었다. 너의 웃음이 좋았다. 너의 눈이 좋고 너의 손이 좋았다. 나는 너의 뒷모습조차도 좋았다. 너와 떨어져 있는 동안 혹여 뒷모습이라도 비슷한 사람을 보면 깜짝 놀라 눈으로 쫓았던 걸 너는 모르겠지. 널 좋아할 이유가 너무 많아서, 다 세지도 못할 만큼 많아서 이제는 널 좋아하지 않을 방법이 도무지 생각나질 않는다.

나는 그토록 네가 좋았다.

"저기, 라이시……."

나는 그의 가슴에 대고 있던 손을 꼭 움켜쥐었다. 그의 옷이 손안에서 구겨지는 게 느껴졌다. 그렇게 그의 옷자락을 붙잡은 채 나는 그를 올려다보았다. 내가 올려다볼 때 그 또한 나를 내려다보고 있었다. 어둠 속이어서 잘 보이진 않았지만, 그렇게 나를 내려다보는 시선도 나는 좋았다.

"나 아무래도."

이 말을 과연 네가 기뻐해 줄까? 의문을 품는 것만으로도 가슴이 떨렸다. 하지만 더는 이 마음을 숨길 수가 없었다.

그래서 나는 그렇게, 마치 벼랑 끝에 몰린 심정으로 고백했다.

"널 좋아하는 것 같아."

그렇게 말하고 웃고 싶은지 울고 싶은지, 기쁜지 슬픈지 모를 기분으로 그의 어깨에 고개를 묻었다. 아까의 떨림이 내게 다시 찾아왔다. 그래서 그의 넓은 품에 몸을 기댄 채 속삭였다.

"좋아해, 정말 많이."

성에 도착해서 나는 라이시와 어색하게 인사하고 내 방으로 돌아왔다. 방까지 어떻게 걸어왔는지도 모르겠다. 왠지 어질어질해서, 정신이 하나도 없어서 그대로 침대에 풀썩 누워 버렸다.

꿈을 꾸는 것 같다. 머리는 어지럽고 세상은 현실성이 하나도 없다. 나한테 무슨 일이 벌어졌는지 모르겠다. 아니, 머리는 생생하게 알지만 마음이 받아들이질 못하는 것 같다.

"하아……."

입에서 탄식도 웃음도 아닌 것이 터져 나왔다.

그 어둠 속에서 나는 라이시에게 안긴 채로 속삭였다.

"좋아해, 정말 많이."

사방은 고요했다. 라이시의 가슴에 고개를 파묻은 내게 들려오는 건 많은 물소리와 내 심장 소리뿐이었다. 내 가슴은 내가 그를 얼마나 좋아하는지, 내가 못다 한 말을 대신 하려는 듯 요란하게 뛰고 있었다.

어깨에 라이시의 손이 닿았다. 나는 설렘을 견디며 그 손길을 받아들였다. 이윽고 내 어깨를 잡은 그의 손이 천천히 나를 밀어냈다. 나를 바로 세운 뒤 그가 정중하고도 냉담하게 말했다.

"안 됩니다, 공주님."

그 말뜻을 처음엔 이해하지 못했다.

"나를 그렇게 생각하시면 안 됩니다."

두 번째 말이 들려온 후에야 나는 그 의미를 깨달았다. 머릿속이 멍청하게 텅 비어 가는 것이 느껴졌다. 동시에 심장이 쿵 하고 내려앉았다. 그때 라이시는 내 어깨에서 손을 떼며 몸을 돌렸다.

"방금 한 말은 못 들은 거로 하겠습니다."

못 들은 거로? 없던 거로, 하겠다는 뜻이야? 나는 너무 당황해서 얼떨결에 그를 붙잡았다.

"잠깐만."

하지만 붙잡은들 무슨 말을 해야 할지는 몰랐다. 나는 머뭇대고 머뭇대다가, 정말 바보처럼 더듬거리며 말했다.

"난……. 나는 너도 나랑 같은 줄……."

"오해입니다."

하지만 라이시는 내 말을 단호하게 잘라 냈다. 다시 한 번 쾅 하고 머리와 마음이 울렸다.

"혹시 그 일로 그러는 거라면 분명히 말씀드리겠습니다. 그건 실수였습니다."

실수. 그는 그 일을 그렇게 일축했다. 그것에 많은 의미를 부여하던 나는 순식간에 바보가 되었다.

"당신이 갑자기 울어서 아이들에게 하듯 달랬던 것뿐입니다. 명백한 실수였고, 그래서 당신에게도 이미 그렇게 말했습니다."

나는 할 말이 없었다. 너무 어두워서 그의 얼굴이 보이지 않았다. 하지만 목소리로 그의 표정을 예상하는 건 어렵지 않았다.

"당신은 이 세계에 놀러 온 게 아닙니다. 그런 감정을 가질 필요는 없습니다. 그러니 정리하길 바랍니다."

다리가 와들와들 떨리기 시작했다. 아까와는 전혀 다른 떨림이었다. 그는 냉담했고 나는 그 차가움에 몸을 떨었다. 하지만 너무 어두워서 우린 서로를 볼 수 없었다.

내 입에서 웃음과 탄식 사이의 정체 모를 한숨이 다시금 흘러나왔다. 모든 게 다 처음이었다. 난생처음으로 좋아한 사람에게, 난생처음으로 마음을 고백했다. 그리고 차여 버렸다.

"하."

가슴이 간질거린다. 속에 담긴 무언가를 뱉어 내고 싶은 충동이 가득한데, 그게 무엇인지 도무지 모르겠다. 모호하다. 웃음일까 울음일까, 아니면 비명일까. 틀어막힌 느낌은 그것들과 비슷하지만 지금 상황에선 그 셋 다 어울리지 않는다. 뭘 하든 이상하다.

그래서 나는 다시 한 번 웃음 비슷한 한숨만 뱉어 냈다. 그러곤 자조하는 기분으로 스스로에게 말했다.

아, 차였네. 차였어. 차여 버렸어. 하지만 뭐 그럴 수도 있지. 괜찮아. 그치?

하지만 속으로 그렇게 말한 후, 나는 기분이 더 어두워지는 걸 느꼈다. 나는 사실 전혀 괜찮지 않았다.

중학교 때, 같은 반 남자애한테 고백을 받은 적이 있다. 거의 학기 초였는데 잘 알지도 못하는 애가 그래서 그냥 웃으며 거절했다. 그런데 그 후 걔가 날 피해 다니기 시작했다. 이해할 수가 없었다. 어차피 같은 반인데 왜 피하는 거야? 그냥 편하게 지내면 좋잖아? 이러면 괜히 불편해지잖아? 그렇게밖에 생각 못 하던 나는 정말 어렸다. 어리고 어렸다.

그리고 그때보다 조금 어른이 된 지금, 나는 이제 그 남자애의 마음을 충분히 이해한다. 왜냐하면 나도 어제 똑같은 일을 당했으니까. 아하하, 진짜 웃겨! 이름도 잘 기억 안 나는 친구야, 혹시 나 기억하니? 나 어제 너한테 했던 그대로 돌려받았어. 아니다, 훨씬 심하게 당했어. 난 그냥 웃고 말았지만 걘 아주 정색을 했거든. 아하하, 웃기지? 그래서 나 지금 걔 피해서 아침부터 도망 나왔어. 그땐 날 피해 다니는 널 찌질하다고 생각했는데, 지금 내가 너보다 훨씬 찌질이 같아. 아하하, 하하, 하.

"하아……."

내가 깊은 한숨을 내쉬자 책상에 앉아 있던 기달티가 힐끗 쳐다봤다. 그러거나 말거나, 나는 멍하니 종이에다가 연필만 긁적거렸다.

오늘 아침, 나는 무아카를 본다는 핑계로 기달티의 집무실에 왔다. 평소처럼 그냥 있다간 라이시와 마주 앉아서 아침 식사를 해야 하니까. 아, 그것만은 사양이다. 지금 상태로는 절대 못 해. 밥 안 넘어가. 체할 거야.

아야라에게 대충 핑계를 대고 나오긴 했지만, 라이시는 눈치채겠지. 내가 피했다는 거 당연히 알겠지. 아, 알아도 뭘 어떡해. 별수 없잖아. 정말 어쩔 수 없잖아.

"하아……."

내 두 번째 한숨에 무아카도 힐끗 눈치를 봤다. 무아카는 나와 함께 기달티의 집무실 카펫에 엎드린 채 종이에다가 끼적끼적 그림을 그리고 있었다. 이 방에서 한 발도 나가질 못하니, 이거라도 하고 놀라며 기달티가 준 거였다.

생각해 보면 나도 참 대담했지. 어쩌자고 그런 말을 했던 걸까? 밤이라서 그랬나 보다. 밤이라서, 감성이 폭발하는 밤이라서! 으아악! 이래서 밤에 쏘다니지 말라는 거구나, 이래서 밤에 사고가 많이 나는 거구나! 으앙, 시간을 되돌리고 싶어! 대체 왜 그런 짓을 한 거야, 어젯밤의 나는. 왜 오늘 아침의 나를 조금도 배려해 주지 않은 거냐고!

"하아……."

세 번째로 한숨을 쉬며 나는 연필을 놓았다. 그러고는 애꿎은 무아카를 괜히 꾹꾹 건드렸다.

지금 생각하면 정말 쪽팔려 죽을 것 같지만, 나는 정말 자연스럽게 라이시도 날 좋아하는 줄 알았다아아아 진짜 쪽팔려! 사실 이렇게 차일 줄 상상도 못 했어!

지난주 아크제리유트의 요새에 있을 때, 나는 시로니랑 주야장천 그 얘기만 했었다. 내가 라이시의 행동들을 이야기하면 시로니는 연신 끄덕이며 '좋아하네, 좋아해. 관심 있네, 관심 있어'를 남발해 주었다. 그러다 보니 나도 모르게 확신이 들었고, 당연히 그런 줄 알았다. 아하하, 그런 줄 알았지.

시로니가 뭐라고 했더라. 어차피 네 개라고 했나? 서로 좋아함, 서로 좋아하지 않음, 라이시의 짝사랑, 그리고 내 짝사랑. 그렇게 경우의 수는 딱 네 개라고 했다. 그때 마지막 건 절대 아니라고 했었는데. 하, 다시 생각하니 가소롭기 짝이 없구나.

"하아……."

내가 네 번째로 한숨을 내쉬자 보다 못한 기달티가 한마디 했다.

"알타쉬헤트와는 아직 얘기 안 해봤나?"

"아니요. 화해했는데요?"

나는 아무렇지도 않은 투로 말했다. 사실이니까. 예전 일은 아주 깔끔하게 화해했지. 다른 문제가 터졌을 뿐. 더 큰 문제가 터졌을 뿐.

그래, 걔가 날 안 좋아할 수도 있다. 반드시 날 좋아해야 할 이유가 있는 건 아니니까. 그런데, 좋아하지도 않으면서 왜 그런 짓까지 한 거야? 그건 너무 이상하지 않아? 실수라고? 애들을 달래 주는 방법이라고? 웃기시네! 네가 애들을 달래 준 적이나 있는 위인이냐!

갑자기 울컥 감정이 격해져서 무아카의 머리카락을 꼬던 손가락에 힘이 들어갔다. 그 바람에 머리카락이 확 당겨진 무아카가 살짝 소리를 질렀다. 옆에 있던 기달티가 도리질하며 핀잔했다. 그러다가 무아카한테 맞아도 모른다고. 나는 무아카에게 사과하고 다시 깊은 한숨을 내쉬었다.

"후우……."

라이시는 내게 입을 맞춘 게 실수라고 했다. 진짜 어이가 없네. 그게 말이 돼? 그게 동년배 여자애한테 실수로 할 짓이야? 아무한테나 뽀뽀해 놓고 실수라고 하면 끝인 줄 알아? 이 나쁜 놈! 못돼 먹은 자식! 정말 천하의, 천하의……. 아, 모르겠다.

아예 나쁜 놈, 진짜 파렴치한으로 매도할 수나 있으면 편할 텐데. 그럼 그냥 개한테 물린 셈 치고 넘길 텐데. 그런데 라이시는 그런 사람이 아니다. 적어도 내가 아는 한은. 그래서 그 말도 다 믿을 수가 없다. 라이시는 정말 마음도 없으면서 그런 짓을 하는 무책임한 녀석일까?

다시 한 번 얘길 해볼까? 그러면 집요한 여자처럼 보일까? 아니, 이렇게 계속 곱씹고 있는 시점에서 난 이미 집요한 여자일지도 몰라.

그런데 집요하고 말고를 떠나, 라이시가 못 들은 거로 하겠다며 아예 못을 박아 버렸는데 여기서 무슨 말을 어떻게 더 해.

"하아……."

몇 번째인지도 모를 한숨을 뱉으며 나는 엎드리고 있던 몸을 굴렸다. 그리고 무아카의 허리를 베고 바로 누웠다. 그때 내 모습을 쭉 지켜보던 기달티가 나를 불렀다.

"공주."

나는 살짝 고개를 들었다. 눈이 마주치자 기달티가 말했다.

"알타쉬헤트를 혼내 줄까?"

뜻밖의 말에 나는 눈을 동그랗게 떴다. 하지만 기달티는 진지했다. 라이시를 혼내 주겠다고 심각하게 말하는 그 커다란 아저씨 때문에 피식피식 웃음이 새어 나오기 시작했다. 그렇게 헛웃음을 지으며 기달티에게 되물었다.

"네?"

"혼내 주겠다고. 그대가 원한다면."

"둘이 싸우면 누가 이기는데요?"

"십중팔구 내가 지겠지."

"그런데 혼내 준다고요?"

"목숨을 걸어 보겠다."

정말이지, 어울리지도 않게 능청을 떠는 저 성주님 때문에 나는 그만 폭소하고 말았다. 그렇게 나를 웃겨 놓고서도 기달티는 표정에 아무 변화가 없었다. 참 한결같은 사람이다.

"됐어요, 괜찮아요."

나는 웃음기 섞인 목소리로 기달티에게 말했다. 빈말이라도 그렇게 말해 준 게 고마워서, 만일 내가 라이시를 혼내 달라고 하면 정말 한 대 정도는 때려줄 것 같아서 나는 웃지 않을 수가 없었다. 그렇게 한바탕 웃고서 나는 이제까지와는 조금 다른 한숨을 내쉬었다. 약간은 홀가분하게.

아, 모르겠다. 생각한다고 답이 나오는 것도 아니고. 이제 어떻게 할까. 그냥 다 없었던 것처럼 지내면 될까? 예전처럼, 어제 일은 있지도 않았던 것처럼. 그럼 괜찮겠지? 그 자식 말마따나 여기 놀러 온 것도 아니고 연애하러 온 건 더더욱 아니고, 그렇잖아?

내가 간신히 마음을 다스리고 있을 때였다. 문 두드리는 소리가 나더니 기달티의 집무실로 라이시가 들어왔다.

완전히 방심하고 있다가 마주쳐서 나는 정말 깜짝 놀랐다. 누워 있는 채로 일어날 수도 없었다. 라이시는 그런 나를 힐끗 보더니 곧 눈을 돌리고 기달티에게로 걸어갔다. 그렇게 나를 본체만체한 그가 기달티에게 말했다. 두미야의 마을로 가서 뒷수습을 하고 오겠다고, 한 3일 정도 걸릴 것 같다고.

그사이 나는 엉거주춤 일어나 앉았다. 말을 마친 라이시가 다시 돌아섰다. 돌아서서 나갈 때까지 그는 내게 말 한마디 걸지 않았고 잠깐의 눈길도 주지 않았다. 그가 나갈 때까지 굳어 있던 나는 마음속에서 엉켜 드는 감정에 당황했다. 인정하기 싫었지만 그 감정의 정체는 명백했다. 그건 비참함이었다.

너무 비참했다. 날 본 듯 만 듯 하는 그의 태도가. 나는 이렇게 고민하는데 그의 안중엔 내가 전혀 없다는 사실이. 그래서 그가, 너무 미웠다.

막 다스리려고 했던 마음이 다시 형편없이 헝클어졌다. 이젠 한숨조차 나오지 않았다. 짝사랑이란 것은 이다지도 비참했다. 좋아하는 마음이 컸던 만큼 미워하는 마음도 커져 버렸다. 괜찮아지려 했지만 나는 조금도 괜찮지 않았다.

그를 더 이상 보지 못할 것 같았다.

9

아버지와 딸

한밤중이었다. 나는 잠을 설치다 간신히 얕게 잠들어 있던 터였다. 그런데 갑자기 쿵 울리는 소리에 화들짝 잠에서 깼다. 침대가 들썩일 정도의 큰 진동도 같이 느껴졌다. 뭐지? 놀라서 무슨 일인지 살피는데, 갑자기 늑대의 울부짖는 소리가 들렸다. 무아카?

나는 곧장 기달티의 방으로 달려갔다. 방금 그 소리는 무아카의 울음소리가 분명했다. 기달티의 방문 앞에 도착했을 때 안에서는 요란스럽게 쿵쾅대는 소리가 울리고 있었다. 예의치레가 필요한 상황이 아닌 것 같아 나는 노크도 하지 않고 문을 열었다.

"무슨 일이에요? 괜찮아요?"

"마침 잘 왔군."

기달티의 목소리가 들려왔다. 어렴풋한 달빛에 엉망진창인 방 안의 모습이 비춰졌다. 그 난장판 한가운데, 무아카는 반신이 늑대로 변해 일렁이고 있었다. 기달티는 그런 무아카의 턱을 강제로 다물게 한 채 제압하고 있었다. 기달티에게 밟힌 무아카는 성이 난 듯 연신 으르렁댔다.

무슨 상황인지 모르겠지만 나는 일단 달려가서 무아카를 잡았다. 그리고 그 몸에서 피어오르는 검은 힘을 휘저었다. 연기를 흐트러트리듯 검은 힘을 쫓아내자 무아카의 몸이 축 늘어졌다. 잠든 건지 기절한 건지 모르겠다. 무아카의 온몸에선 식은땀이 흐르고 있었다.

촛불을 밝히고 보니 방 안은 엉망이었다. 의자며 책상이며 가구는 뒤집혔고 벽 한 면엔 금이 가 있었다. 아까 나를 깨운 소리가 저거였나 보다.

나와 기달티, 그리고 나처럼 달려온 아야라는 침대에 누운 무아카를 내려다보았다. 기달티가 침대에 눕힌 무아카는 언제 그랬냐는 듯 새근새근 고른 숨을 쉬며 자고 있었다. 다만 기달티에게 맞은 탓에 한쪽 뺨이 부풀었다.

나는 당혹스러워서 기달티에게 물었다.

"왜 그런 거예요?"

"모른다. 자다가 갑자기 일어나서 난동을 부렸어."

안 좋은 꿈이라도 꾼 걸까? 무아카를 내려다보던 아야라가 조심스럽게 물었다.

"어젠 아무 일 없었나요?"

"어제도 자다 울더군."

오늘만 그런 게 아니라 어제도 그랬다고? 그런데 낮에 본 무아카는 말짱했다. 나는 이해할 수가 없어 기달티를 돌아보았다.

"왜 이러죠? 밖에서 잘 땐 괜찮았잖아요."

지난 보름, 우린 셋이서 밤낮을 함께 보냈다. 그동안 무아카는 아무 문제 없이 잘 지냈다. 그런데 이제 와서 왜 이러지? 성에 돌아와서 오히려 뭔가 불편한 걸까? 그렇다면 뭐가?

성에 돌아온 지 오늘로 3일 째, 그동안 무아카는 기달티가 잘 돌봐줬다. 무아카가 한때 기달티를 무서워한 적도 있지만 그건 어쨌든 보름 전 이야기, 여정을 함께하는 동안 그 둘은 꽤 잘 지냈다. 기달티는 기달티대로 무아카를 잘 보살폈고 무아카는 무아카대로 기달티의 말을 잘 들었다. 나는 그 둘이 제법 잘 어울린다고 생각했고, 무아카에게 기달티와 같이 지내야 한다고 말할 때도 무아카는 아무렇지 않게 알았다고 했었다.

"지금까지 참아 왔던 게 터진 걸지도 몰라요."

무아카를 지켜보던 아야라가 말했다.

"예전에도 이런 아이들이 있었어요. 자다 깨서 갑자기 울거나 난동을 부리던 아이들이. 가장 혹독한 환경에서 버티던 아이들이 주로 그랬죠."

나는 아야라의 말을 듣고 얼굴을 찡그렸다. 아야라가 부연했다.

"듣던 대로라면 이 아이는 서쪽에서 매일같이 전쟁을 치렀겠죠. 그만큼 많은 사람을 죽이고, 또 많은 사람에게 공격당했을 거예요. 어른도 감당하기 힘든 일을 이 아이는 다 겪었겠죠. 그런 고통과 충격은 마음에 누적돼서 결코 하루아침에 가시지 않아요."

아야라의 설명을 듣다가 문득 생각났다. 외상 후 스트레스 장애라는 거, 뉴스에서 본 적이 있다. 심한 일을 겪은 사람이 사고 후에 겪는 고통. 정말 치명적인 일을 겪으면 안전해진 후에도 그때의 공포가 충격으로 남아 평범한 생활로 돌아가기 힘들다고 했다.

무아카도 그런 걸까? 무아카는 영주로 지명되기 전까진 보통의 여자아이였다고 했다. 그런 아이에게 갑자기 무기를 쥐여 주고 2년간 선혈이 낭자한 곳에서 싸우도록 만들었다. 정말이지 너무 끔찍한 일이라, 탄식밖에 나오지 않는다.

만약 아야라의 말대로 그때의 충격들이 덮쳐 오는 거라면, 그건 과연 어떤 걸까? 비교하기도 우습지만 체파르데아의 몸을 찔렀을 때의 그 소름 끼치는 기분, 아크제리유트에게 위협받을 때의 그 역겨운 기분과 같을까? 그런 일들이 일상처럼 일어났다면, 그것도 고작 열 살짜리 여자아이에게 벌어졌다면 그건 과연 견딜 수 있는 일일까?

나는 착잡한 심정으로 아야라에게 물었다.

"그럼 이제 어떡하죠?"

"우리가 도울 방법은 없어요. 이 아이가 스스로 극복해 내는 것 외엔 방법이 없으니까요. 굳이 무언가를 한다면, 이 아이가 진정될 때까지 지켜봐 주는 게 다겠죠."

아야라가 근심스럽게 답했다.

지켜봐 준다니, 평범한 아이라도 힘든 일일 거다. 그런데 무아카는 너무 강하다. 오늘 밤만 봐도 그렇다. 무의식중에 벽을 부수는 이 아이를 어떻게 지켜봐 줘야 할까?

게다가 무아카의 존재는 아직 비밀이다. 우리 성의 아이들은 그렇다 쳐도 이주민들은 무아카에게 직접 피해를 입은 사람들이다. 자세한 사정이야 어찌 되었든 무아카 때문에 집을 잃고 이곳에서 천막 생활을 하고 있다. 그러니 아까처럼 울부짖는다면 아무래도 곤란하다.

나는 어떻게 할까 궁리하다가 방법을 떠올렸다.

"내일은 제가 데리고 잘게요."

"공주님이요?"

아야라의 되물음에 나는 고개를 끄덕였다. 나는 검은 힘을 없앨 수 있으니까, 무아카도 달래면서 재울 수 있을 거다.

그렇게 생각하고 다음 날 밤 무아카를 내 방으로 데려왔다. 하지만 우리가 미처 생각하지 못한 것이 있었다. 나는 무아카의 검은 힘을 다스릴 순 있어도 무아카를 완력으로 제압할 수는 없다는 것.

그날 밤도 무아카는 자다 일어나 난동을 부렸다. 붙잡으려 했지만 그의 몸부림 한 번에 나는 방 끝까지 내동댕이쳐지고 말았다. 날 밀쳐 낸 무아카는 울고 소리 지르며 침대를 전부 부숴 놨다. 그러길 얼마, 소리를 듣고 달려온 기달티 덕분에 상황은 겨우 진정되었다. 방 안은 이미 난장판이 된 후였다.

"무아카."

카펫에 엎드려 그림을 그리던 무아카가 고개를 들어 날 보았다.

"너 밤에 있었던 일 기억나?"

무아카는 고개를 설레설레 저었다. 그 모습은 영락없이 보통 꼬맹이다.

나는 한숨을 쉬며 무아카 옆에 가까이 앉았다. 내 질문의 까닭을 모르는 무아카가 불안한 눈으로 나를 올려다보았다. 나는 무아카의 짧은 머리칼을 쓸어 주며 그 애의 머리에 턱을 기댔다. 그러곤 무아카가 낙서하던 공책을 들여다보았다.

"뭐 그리고 있었어?"

무아카는 대답하지 않았다. 그래서 나는 무아카의 공책을 찬찬히 살펴보았다. 그리고 이상한 점들을 하나씩 발견했다.

무아카가 막 그리고 있던 건 사람의 머리였다. 여자인 듯 긴 머리를 하고 있었는데, 눈도 입도 까맣게 뭉그러져 있었다. 그리고 잘린 목을 표현한 듯 목 부분은 연필로 까맣고 날카롭게 할퀴어 놓았다.

나는 흠칫 놀라서 공책을 이전 페이지로 넘겨 보았다. 거기에도 여러 가지 복잡한 낙서들 사이에 똑같은 그림이 있었다. 그 앞 장도 마찬가지였다. 무아카는 어떤 강박에 빠진 듯 그런 그림을 반복해서 그리고 있었다.

나는 문득 그 그림이 무아카의 언니 차아카의 잘려 나간 머리임을 깨달았다. 그걸 깨닫는 순간 소름이 끼쳤다.

보름 전, 기달티는 무아카를 죽일 작정으로 무아카에게 차아카의 목을 던졌다. 무아카는 자신의 손으로 직접 싸여 있던 차아카의 목을 파헤쳤고 이미 반쯤 썩어 있었을 그것을 고스란히 보았다. 그러곤 죽을 것처럼 비명을 질렀었다.

아, 나라면 우리 언니의 잘린 목을 보고 제정신으로 남아 있을 수 있을까? 미쳐 버리지 않을 수 있을까?

상상하기도 싫은 일이다. 하지만 이 아이에게 그것은 상상이 아닌 현실이었다. 너무 잔인한 일이라 어떤 말도 나오지 않았다. 나는 마음이 아파서 무아카를 꼭 끌어안았다. 하지만 무아카는 아무것도 모르는 얼굴로 날 쳐다볼 뿐이었다.

"침대가 이렇게 됐는데 오늘 밤은 어디서 주무시죠?"

아야라가 내 침대를 보며 말했다. 말마따나 내 침대는 무아카 덕분에 폭삭 무너진 상태다. 하지만 나는 태연했다. 왜냐면 잘 곳을 이미 정했으니까.

"아, 성주님 방에서 자기로 했어요."

"성주님이요?"

아야라가 놀란 듯 눈을 동그랗게 떴다.

아까 기달티와 함께 있을 때 오늘 어디서 자나 잠깐 하소연을 했다. 그랬더니 기달티가 그냥 자기 방에서 무아카와 같이 자라고 했다. 자기는 바닥에서 자든 의자에서 자든 하겠다고. 처음엔 어떻게 그러냐고 했는데 기달티가 따로 자도 어차피 새벽에 둘 중 하나가 달려와야 하니 마찬가지라고 했다. 듣고 보니 맞는 말이고 사실상 보름 동안 같이 지냈으니 별로 거리낄 것도 없어 나는 그러겠다고 했다.

내 설명을 듣고 아야라는 손으로 입을 가린 채 눈을 깜빡거렸다.

어머머, 하는 표정이다.

"왜요? 이상해요?"

나는 조금 걱정이 돼서 물었다. 이상해 보이려나? 내가 묻자 아야라가 손을 휘저으며 말했다.

"아뇨, 아뇨. 저는 이상하게 생각하지 않아요. 그런데 자칫 오해를 살 수도 있을 것 같아서요. 아, 물론 성에는 애들뿐이라 괜찮지만 가끔은 애들 입이 더 무서워서……."

아, 역시 좀 그런가 보다. 기달티가 말할 때는 그냥 자연스럽게 받아들였는데 이제 와서 생각해 보니 좀 이상하긴 하다. 사실 기달티는 아무래도 괜찮다. 사람보다는 정물에 가까운 느낌인 데다가 어쨌든 꽤 신사니까. 하지만 괜한 오해를 사는 건 좀 불편하다.

그렇다면 어쩔 수 없다.

"그럼 아야라도 같이 자요!"

물귀신이다!

"네?"

아야라가 깜짝 놀라서 되물었다. 하지만 나는 기세를 꺾지 않고 아야라를 설득했다.

"어차피 무아카 때문에 새벽에 기달티 방에 가긴 가야 하는데 자다 일어나서 가는 거 너무 힘들어요. 그러니까 아야라도 같이 자줘요. 그럼 되잖아요?"

아야라가 고민하는 표정을 지었다. 하지만 아야라는 날 사랑했고, 내 부탁을 거절하지 못했다. 하하.

그래서 그날 밤 기달티의 침대엔 나와 무아카, 그리고 아야라가 나란히 누웠다.

전혀 신경 안 쓸 줄 알았는데 기달티는 의외로 아야라의 등장을 꽤 어처구니없어 했다. 여기서 뭐 하냐는 기달티의 물음에 아야라는 아무런 대답도 하지 않았다. 뭐지, 이 사람들? 어쩐지 신선한데?

촛불에 불그스름하게 물든 아야라의 얼굴이 보였다. 내 옆에 누운 아야라는 잠든 무아카를 토닥이고 있었다. 그런 아야라의 모습은 마치 엄마 같았다.

아야라는 이런 식으로 많은 아이를 돌봤겠지? 그런 아야라를 보자니 나도 어쩐지 마음이 놓였다. 편안해지는 느낌이다.

기달티는 문으로 연결된 바로 옆방, 그의 집무실 소파에서 자고 있다. 원래는 바닥에 이불을 깔고 자려고 했는데 아야라가 오는 바람에 옆방으로 쫓겨났다. 아야라가 엄중하게 각방을 요구한 탓이다. 아, 몰랐는데 이 두 사람도 은근히?

기달티와 아야라에게 못된 호기심이 올라왔지만 그건 곧 식어 버렸다. 그냥 싫어졌다. 내가 지금 남의 연애사에 신경 쓰고 좋아할 입장은 아니니까. 흥, 사랑 따위.

내가 잡생각을 떨치려 베개에 얼굴을 비비자 아야라가 내 행동을 오해하고 말했다.

"공주님, 졸리세요? 불 끌까요?"

나는 고개를 저었다. 아야라랑 이렇게 있는 건 처음이라서 조금 더 이대로 있고 싶었다. 나는 베개에 뺨을 기댄 채 웅얼대며 말했다.

"아야라가 우리 언니였으면 좋겠어요."

"전 공주님이 우리 엄마였으면 좋겠다고 생각했어요."

"진짜요?"

그렇게 되물으며 나는 웃었다. 그러자 아야라도 마주 웃었다.

"공주님께 엄마가 되어 달라고 했으면 그렇게 해주셨을까요?"

"물론이죠. 아야라가 그랬으면."

내 말에 아야라는 짐짓 놀란 표정을 짓더니 이내 얼굴을 살짝 찡그렸다. 마음에 뭔가가 걸린 표정이었다. 그런 얼굴로 아야라가 나직이 말했다.

"공주님께 묻고 싶은 게 있어요."

"뭔데요?"

"과연 모든 사람을 사랑하는 게 가능할까요? 하나를 선택하면 다른 하나는 버려야 하지 않나요?"

나는 아야라가 질문하는 의도를 알 수 없었다. 그래서 되물었다.

"무슨 뜻이에요?"

"성주님이 무아카를 죽이려고 할 때 공주님이 막았다는 얘기 들었어요. 그리고 지금은 무아카를 돌보고 계시죠. 그렇다면 공주님, 무아카를 아끼는 만큼 제미라도 아끼시나요?"

갑자기 나온 제미라의 이름에 나는 조금 놀랐다. 아야라는 무아카의 귀를 막듯, 곤히 잠든 무아카의 귓가까지 이불을 끌어올렸다. 그러곤 목소리를 낮춰 말을 이었다.

"오늘 제미라가 처음으로 입을 열었어요. 그런데 그 애가 꺼낸 첫 마디는 무아카가 어디 있냐는 말이었어요. 아마 전날 밤 늑대 소리를 듣고 잠을 설친 것 같아요."

뭐라 할 말이 떠오르지 않았다. 갑자기 마음이 무거워졌다. 사실 무아카를 받아들이면서 제미라 생각이 안 난 건 아니다. 혹시 이게 제미라와 두미야를 배신하는 행위가 아닐까 하는 생각도 들었다. 하지만 그렇다고 무아카를 버릴 순 없었다.

제미라의 아픔과 두미야의 죽음이 슬픈 만큼, 내겐 무아카의 잘못도 슬펐다. 이 아이가 저지른 너무 많은 잘못이 그 둘의 비극 못지않게 가슴이 아팠다. 그래서 무아카가 성에 있다는 걸 제미라가 모르길 바랐는데. 그런데 어제 소리를 들었구나, 알아 버렸구나…….

침묵하는 내게 아야라가 말을 이었다.

"원수는 함께 있을 수 없어요. 그러니 공주님도 택하셔야 해요. 제미라를 선택해서 무아카를 내치든지, 무아카를 선택해서 제미라를 외면하든지. 둘 다 곁에 둘 수는 없을 테니까요."

양자택일을 강요하는 아야라의 말은 마치 칼끝 같았다. 어디를 찔려도 아플 것 같아서 선뜻 선택할 수가 없었다. 나는 고민하고 고민하다 이내 힘없이 되물었다.

"그러면…… 안 돼요?"

"그러기엔 골이 너무 깊어요."

"하지만 아야라는 지금 무아카를 안아 주고 있잖아요. 두미야를 좋아했으면서."

내가 항변했지만 아야라는 뜻을 꺾지 않았다. 아야라는 그것을 오히려 괴롭게 여기는 듯했다.

"물론 두미야는 제게도 소중한 사람이에요. 하지만 제미라의 마음에 비교할 수는 없어요. 만약 알타쉬헤트가 죽었다면 저도 이 아이를 안아 주지 못할 거예요."

나도 아야라의 말은 이해할 수 있었다. 만약에 무아카에게 피해를 입은 사람이 우리 부모님이라면, 혹은 우리 언니라면? 나라고 이렇게 무아카를 감쌀 수 있을까? 과연 그럴 수 있을까? 슬픔과 원망을 깨끗이 씻어 내고 순전히 무아카를 아껴 줄 수 있을까? 이 아이도 결국은 피해자라며 안타까워할 수 있을까?

아야라에게도, 그리고 나 스스로에게도 대답할 수가 없었다. 그렇게 망설이는 내게 아야라는 다시금 선택을 촉구했다.

"결정하셔야 할 거예요. 곧 선택해야 할 때가 올지도 모르니까요."

나는 아무런 말도 할 수 없었다. 아야라는 그런 나를 상냥하게 바라보더니 몸을 일으켜 촛불을 껐다. 순식간에 어둠이 내렸고 그 깊은 어둠 속에서 아야라가 말했다.

"저는 공주님이 우리 엄마였으면 좋겠다고 생각했어요."

그러곤 한참 후, 다시 한 번 조그맣게 속삭였다.

"하지만 공주님이 절 괴롭혔던 사람들까지 사랑한다고 할 때, 저는 공주님이 참 미웠어요."

어째선지 그날 밤 무아카는 울지 않았다. 덕분에 나는 깊이 잠들어 꿈을 꾸었다.

그 꿈속에서 나는 아버지 엘과 함께 있었다. 만물의 선한 주인인 그는 땅을 짓고 있었고, 나는 그 곁에서 땅에 피울 색색의 꽃들을 그려 보고 있었다. 그때의 나는 무아카만큼 어렸던 것 같다. 어린 내가 아빠에게 재잘거렸다.

—이르 오빠는 어디 갔어요?

—아까 석양의 재료를 모은다고 날아갔는데, 지금은 동쪽 하늘에 있구나.

—석양은 어제 만든다고 하지 않았어요?

—그랬지. 그런데 대기가 부족해서 빛깔이 시원찮았던 모양이야.

—아, 치사해. 말도 없이 혼자 가고. 나도 데려가지.

내가 투덜대자 엘이 물었다.

—이르이트와 같이 있고 싶구나?

그 물음에 나는 질색하며 소리를 질렀다. 기분 나쁜 것처럼, 사실은 창피해서.

—천체 밖으로 날고 싶어서 그래요. 애당초 아빠가 그 오빠한테만 날개를 줘서 그런 거잖아요!

날개가 부럽다는 듯 말했지만 그건 진심이 아니었다. 앞서 말한 것처럼 단지 부끄러워서 둘러댄 말이었다.

사실 나는 이르이트가 날개를 가진 것이 좋았다. 곧 저 하늘을 누빌 새들도 모두 날개를 갖겠지만, 이르이트의 날개는 거기에 비교될 수 없이 특별하고 유일했다. 그의 투명한 날개는 우주 끝까지 비행해도 지치지 않고 시공마저 넘나들 수 있다. 하늘이 완성되면 그는 그 날개로 세계 곳곳을 다니며 하늘과 기후를 다스릴 것이다. 그가 다스릴 하늘이 내가 다스릴 땅을 돌본다는 사실이, 나는 좋았다.

그럼에도 불구하고 아빠 앞에선 아닌 척할 수밖에 없었다. 왜냐하면 난 아직 어렸으니까.

—그리고 그 오빠랑은 말도 잘 안 통한단 말이에요. 오빠도 저랑 얘기하면 답답하대요.

—어떤 얘기를 했는데 그러니?

—먼 나중에 생길 일들이요. 오빠는 계속 공정함을 이야기해요. 모든 행동엔 대가가 필요하대요. 하지만 꼭 그래야 해요? 용서해 주면 안 되는 거예요?

이제 막 우주가 만들어지던 시절, 나와 이르이트는 먼 나중에 벌어질 혼란을 미리 보고 서로의 생각을 나누곤 했다. 그런데 우리의 의견은 늘 달랐다. 이르이트는 심판을 이야기했고 나는 용서를 말했다. 그리고 아직 어렸던 우리는 서로의 차이를 이해하지 못했다.

엘이 내 말을 듣고 웃었다.

—너희가 그런 이야기를 할 때가 왔구나. 그래, 이르이트의 속성은 정의니까 어쩔 수 없지. 그리고 리이, 네 속성은 사랑이니까 그것도 어쩔 수 없고.

엘의 말대로 우리의 속성은 그렇게 달랐다. 모든 것이 제자리에서 운용되던 그 시절에는 사랑과 정의가 충돌하지 않고 각자의 영역을 지켰다. 하지만 먼 미래에 세계는 일그러지고 사랑은 방종으로, 정의는 무자비함으로 전락한다. 그래서 그때가 오면 우리 둘은 양립할 수 없는 지경에 이를 것이다.

그걸 알기에 나는 시무룩하게 말했다.

—그럼 우린 계속 말싸움을 해야 돼요?

—그렇진 않아. 천천히 얘기해 보렴. 너흰 분명 어울릴 수 있는 애들이니까. 네가 이르이트를 인정하고 이르이트가 널 받아들이게 되면 너희는 하나가 될 거야.

그 말에 나는 어렵사리 만들었던 금낭화의 줄기를 우둑 꺾어 버렸다. 그 바람에 금낭화의 꽃대가 축 늘어졌다. 나는 당황해서 줄기를 다시 붙여 보려고 애썼지만 소용없었다. 비스듬히 꺾인 줄기에 꽃들이 달랑거렸다.

나는 아빠의 말에도, 꺾인 꽃에도 당황해 허둥대다가 빽 소리쳤다.

—미리 얘기하는데 저 절대 그 오빠한테 시집 안 가요. 그러니까 이상한 소리 하지 마요!

시집은 뭐, 혼자 간다고 하면 가지냐? 나는 어쩐지 냉랭한 기분으로 눈을 떴다. 흥, 사랑 따위.

따스한 온기가 느껴져서 내려다보니 내 옆에서 무아카가 아직 자고 있었다. 평소에는 새벽같이 일어나는 애가 웬일로 늦잠을 잔다. 무아카의 옆자리는 비어 있었다. 아야라는 일찍 일어나서 먼저 나간 모양이다.

나는 부스스 일어나며 침대에서 내려왔다. 아, 내 옷 어디 있지? 옷을 찾을 수가 없어서 나는 잠옷 차림으로 기달티의 집무실 문을 열었다.

"기달티, 내 옷 어디 있어요……?"

아직 잠이 덜 깬 채 그렇게 웅얼대는데, 집무실에서 날 쳐다보는 사람이 둘이었다. 하나는 기달티, 그리고 또 하나는 라이시. 나는 깜짝 놀라서 문을 도로 확 닫았다.

아, 깜짝이야. 너무 놀라서 잠이 다 깨버렸다. 쟤 왜 저기 있지? 나는 당황하며 날짜를 세다가 깨달았다. 아, 벌써 사흘째구나.

두미야의 마을에 갔던 라이시가 돌아왔다.

나와 기달티가 북쪽 요새에 가 있는 동안 라이시는 성에서 움직일 수가 없었다. 기달티가 부재중인 상황에서 라이시마저 자리를 비우면 성을 지킬 사람이 아무도 없으니까. 그래서 그는 기달티가 올 때까지 기다렸다가 3일 전에야 두미야의 마을에 갔다.

그때까지 두미야의 마을은 늑대가 휩쓸었던 참상 그대로였다. 두미야를 비롯한 마을 사람들의 시체를 수습하기 위해 라이시는 혼자서 그곳에 다녀왔다.

시간이 많이 흐른 탓에 사람들의 시체는 들짐승과 새들에게 뜯어먹혀 거의 뼈만 남아 있었다. 아야라는 그걸 혼자 수습하고 돌아온 라이시가 많이 지쳐 보인다고 했다. 물론 쉬운 일이 아니었을 거다. 혼자서 몇십 구의 시신을 정리하고 무덤을 만든다는 게, 게다가 그게 아는 사람이라는 게.

아야라에게 그 이야기를 전해 듣고 나는 마음이 흔들렸다. 하지만 잠깐이었다. 곧 그 사람이 힘든 게 나랑 무슨 상관이냐고 스스로를 다잡았다. 이젠 그렇게 마음 쓰는 것조차 불가능한 사이가 되었다.

나는 아야라와 함께 두미야의 마을에 가보기로 했다. 라이시가 함께 간다는 게 마음에 걸렸지만 이번 일은 어쩔 수 없었다. 아야라가 이상한 낌새를 채지 못하도록 나는 그냥 평범하게 알겠다고 했다.

내일 가기로 했다. 그래서 나는 오늘 온종일 라이시를 피하기 위해 기달티의 방에만 있었다.

다음 날 아침 일찍, 우리는 성 밖에 있는 용들을 살펴보았다. 아야라는 라이시와 같이 타고 나는 혼자 탈 거였기 때문에 나는 내가 탈 용을 직접 골랐다. 물론 익숙한, 이름을 바꿀까 심각하게 고민 중인 라이시를 선택했다.

내가 용 라이시의 고삐를 잡자 인간 라이시가 다가와 말했다.

"그 용은 안장이 망가졌습니다."

얜 정말 내가 아무렇지도 않은가 보다. 하긴, 못 들은 거로 하겠다고 했으니 당연한가? 이렇게 혼자 의식하고 있는 내가 바보인 건가?

짧은 순간 마음이 엉망으로 헝클어졌다. 나는 그걸 내색하지 않으려고 아무렇지도 않은 척 다른 고삐를 잡았다. 하지만 시선을 피한 채로 이렇게 행동하는 나는, 참 우스워 보일 거다.

다른 용을 선택했지만 옆에 선 라이시는 여전히 내 곁을 떠나지 않았다. 나는 그게 너무 불편해서 그가 어서 가주기만을 간절히 바랐다. 그런 내 바람을 무시하고 라이시가 넌지시 물었다.

"어제 기달티 방에서 잤습니까?"

"너랑 상관없잖아."

일부러 그러려던 건 아닌데, 순간 울컥해서 말이 너무 뾰족하게 나왔다. 하지만 그걸 후회하진 않는다. 어쩐지 화가 나서 나는 시선을 돌린 채 입술만 꼭 깨물었다. 그런 나를 라이시가 쳐다보는 게 느껴졌다. 하지만 나는 한사코 그를 외면했다. 아야라가 우릴 부를 때까지 우린 그렇게 있었다.

누군가를 미워하는 건 숨이 막힌다. 밉고 싶은 그 감정 자체가 힘겹고 그런 마음을 품고 있는 내 모습은 또 너무 추하고.

어떻게 하면 좋을까? 나는, 너는, 그리고 우리는, 언제까지 미워해야 다 미워할 수 있을까?

몇 시간 후 우리는 두미야의 마을에 도착했다. 고작 몇 주 만인데 봄기운에 돋아난 풀들이 폐허가 된 마을을 뒤덮고 있었다. 그래서 마을은 아주 오래전에 버려진 느낌이 들었다. 지난날의 활기도 다 거짓말 같았다. 그럼에도 햇살은 밝게 비추었고 봄의 향기도 여전했다.

라이시가 앞섰고 나와 아야라는 뒤따랐다. 이윽고 도착한 공터엔 흙을 새로 덮은 지 얼마 안 된 무덤이 가득했다. 마을 사람들의 무덤이었다. 얼마 전까지 생생하게 살아 있던 사람이 차가운 흙 속에 덮인다는 건 너무 비현실적인 일이다. 내가 이 세계에 머무르는 계기가 되었던 아이, 지카의 때도 그랬다.

"좋은 사람이었어요."

내 말에 아야라가 살며시 웃었다. 아야라는 두미야의 무덤 앞에 몸을 숙이고 앉아 그 솟아오른 흙더미에 가만히 손을 대고 있었다.

"네, 좋은 사람이었어요. 지금쯤 우리의 비라에 돌아갔겠죠."

"죽으면 갈 수 있나요?"

"살아서 가지 못한다면 죽어도 갈 수 없다고 해요."

그렇게 말하며 아야라는 손을 털고 일어났다. 아야라의 눈길은 이제 무덤을 향하고 있지 않았다.

나는 아야라가 방금 한 말의 뜻을 이해할 수 없었다. 아야라는 그저 부드럽게 웃었다. 그리고 확신에 찬 목소리로 말했다.

"그러니 두미야는 분명 도착했을 거예요. 우리의 낙원에."

그 후 우리는 함께 마을 안을 둘러보았다. 아야라는 익숙하게 두미야의 집을 찾아갔다. 마을 입구에서 가장 가까이 있는 두미야의 집은 반쯤 무너져 있었다. 그 폐허 사이로 조심스럽게 발을 디뎌 아야라와 집 안쪽까지 들어갔다.

아야라는 책장에서 작은 열쇠를 찾아 그걸로 책상의 서랍을 열었다. 잠시 후 아야라가 찾아낸 것은 두미야의 유서였다.

그날 저녁 나는 아야라와 함께 제미라를 찾아갔다. 요새에서 돌아온 지 일주일이 다 됐지만 그동안 나는 제미라를 보러 가지 못했다. 면목이 없어서, 무아카를 데리고 있는 게 제미라에게 죄를 짓는 것 같아서. 하지만 더는 미룰 수 없었다. 게다가 전해 줄 것도 있었기에 나는 아야라와 함께 제미라를 방문했다.

우리가 도착했을 때 제미라는 창가에 앉은 채 바람을 맞고 있었다. 막 저물기 시작한 해가 하늘을 빨갛게 물들였고, 제미라는 그 황혼 빛을 온몸으로 받고 있었다. 그런 제미라의 모습은 위태로워 보였다. 마치 저 햇살처럼 순식간에 부스러져 사라질 것 같았다.

나는 심호흡을 하고 조심히 제미라를 불렀다.

"제미라, 나야."

제미라의 고개가 살며시 움직였다. 다만 돌아보는 일은 없었다. 무아카의 지배에서 벗어난 후 제미라는 시력을 잃었다. 지금은 아무것도 보지 못한다.

"공주님?"

"응, 오랜만이야. 미리 못 와서 미안해."

나는 조금 떨리는 마음으로 말했다. 제미라에게 막 다가가려는데 제미라가 내 걸음을 막듯이 말했다.

"늑대는요?"

나는 멈춰 서고 말았다. 제미라가 가냘픈 목소리로 다시 물었다.

"그 늑대의 대장은 어떻게 됐죠? 아직 살아 있나요?"

나는 선뜻 대답하지 못하고 아야라를 돌아보았다. 그러자 아야라는 고개를 저었다. 달리 방법이 없었다. 나는 망설이다가 결국 사실대로 이야기했다.

무아카도 아크제리유트에게 협박당했다는 것을, 그래서 무아카를 데리고 요새에 다녀온 것을, 지금은 그 아이가 성에 머물고 있다는 것을. 전부 다 이야기했다. 그러자 내 말이 끝날 때쯤 제미라는 기가 차다는 듯 내게 물었다.

"왜 살려 둔 거죠?"

숨소리가 작게 섞여 있었는데 그게 웃음인지 탄식인지는 구별할 수 없었다.

"왜 데리고 있죠? 그 늑대를, 왜요? 무슨 짓을 했는지 알면서 어떻게!"

제미라가 앉아 있던 의자에서 벌떡 일어났다. 그 바람에 의자가 뒤로 넘어가고 화병이 와르르 쏟아졌다. 하지만 제미라는 아랑곳하지 않고 소리쳤다.

"모두 다 죽었어요! 우리 아빠도, 내 남편도, 사람들도 다요! 그놈이 죽였어요! 그런데 그런 짓을 한 놈을 왜 살려 두죠? 대체 왜!"

제미라는 그렇게 한바탕 격정을 쏟아 냈다. 그렇게 외치기 시작할 때 제미라는 이미 울고 있었다. 내게 다가오려는 듯 한 발 내디뎠는데, 아까 자신이 쓰러트린 의자에 발이 걸려 넘어지고 말았다. 나와 아야라가 황급히 다가갔지만 제미라는 소리치며 우리의 손길을 뿌리쳤다. 제미라는 엎드린 채 서럽게 흐느꼈다.

"내 아이도 그놈 때문에 죽었는데, 심지어 밟히고 먹혔는데……!"

흐느낌 섞인 그 말에 나는 두 손으로 나의 입을 꼭 막았다. 하마터면 신음을 흘릴 뻔했다. 간신히 비명을 참는 내게 제미라의 손이 닿았다. 제미라의 그 손은 예전에 본 것과 달리 뼈만 남아 앙상했다. 내 옷자락을 힘없이 움켜쥐며 제미라가 애원하듯 말했다.

"갚아 주세요, 공주님. 제가 겪은 것들을 공평하게 갚아 주세요. 견딜 수가 없어요, 이대로는 참을 수 없어요……."

순간 눈앞에서 번개가 치는 것 같았다. 아, 나는 너무 안일했다. 너무나 안일했다.

나는 내심 내가 무아카를 헤아린 것처럼 제미라 또한 무아카를 헤아려 주길 바랐다. 그래서 그 어린아이가 저질러 버린 일들을 용서하길 바랐다. 하지만 그러기엔 제미라는 잃은 것이 너무 많았다. 지독하게도 많았다. 그래서 나는 그토록 서럽게 우는 제미라에게 아무런 말도 할 수 없었다.

"제미라."

지켜보던 아야라가 조용히 제미라를 불렀다. 제미라가 고개를 들자 아야라는 그 눈물을 닦아 주었다.

"두미야의 유서를 찾았어."

그 말에 제미라가 울음을 그쳤다. 만일 눈이 보였다면 우릴 다그쳐 빼앗기라도 했을 터였다.

"네게 읽어 주고 싶지만, 지금은 들을 준비가 안 된 것 같구나."

"아니요, 읽어 주세요. 괜찮으니까 읽어 주세요."

제미라가 다급하게 말했다.

아야라는 잠시 제미라를 바라보았다. 그 얼굴엔 염려가 가득했다. 이미 두미야의 유서를 읽은 나도 같은 마음이었다. 제미라는 과연 그 유서를 이해할 수 있을까?

아야라는 망설이다가 두미야의 유서를 꺼냈다. 그리고 우리 앞에서 그랬던 것처럼 그것을 찬찬히 읽기 시작했다.

이것은 두미야의 유서이다. 나의 딸 제미라와 내 대리인 테필라, 마을 부대표 하무라, 그리고 기달티 성의 아야라가 나의 필체를 알아볼 수 있으므로 의혹이 있다면 그들을 통하여 확인할 것을 권한다.

만일 내가 불의의 사고로 갑작스럽게 사망한다면 마을의 대표 자리는 부대표인 하무라에게 위임한다. 하무라는 장로들과 힘을 합쳐 마을을 잘 이끌어 주길 바란다.

내 집은 딸인 제미라에게 상속한다. 제미라에겐 거처를 포함한 모든 자유를 허락하지만 만 20세가 될 때까지는 내 집에서 테필라의 보호를 받기를 권한다. 또한 나의 친구이자 제미라의 대부인 테필라는 자신의 딸처럼 제미라를 돌봐 주길 바란다.

나의 가축은 종류별로 한 쌍씩만을 딸 제미라에게 상속한다. 그것을 제외한 나머지는 마을의 모든 사람이 필요에 따라 나눠 갖도록 한다. 분란이 일어나지 않도록 노인, 과부, 아이와 병자가 많은 집 순서대로 가져가도록 한다.

나의 화구는 내 생전에 이미 그것을 호시탐탐 노리던 이쉬의 둘째 아들에게 양도한다. 책장 두 번째 칸에 화구를 관리하는 법과 캔버스를 만드는 법이 적힌 쪽지가 있으니 그것도 챙겨 가길 바란다. 또한 나의 작업실에 쌓여 있는 그림들은 원한다면 누구나 가져가도 좋다. 단, 내가 존경하는 인물의 그림이므로 정중하게 취급하길 바란다.

이 밖의 사소한 것들은 딸인 제미라와 대리인인 테필라에게 위임

한다. 그들이 현명하게 처리해 주리라 믿는다.

마지막으로 딸에게 전한다.

내가 어떤 형태로 죽을지는 알 수 없지만 나는 나의 죽음으로 네가 슬퍼하는 것을 원치 않는다. 그러니 너무 오랜 시간 낙심하지 마라. 네 곁엔 내 빈자리를 채워 줄 이들이 분명 있을 것이다.

그리고 만일 내가 누군가의 잘못으로 죽었다면 나를 죽인 그자를 용서하길 바란다. 과거 내가 그렇게 용서받았을 때 나는 새로운 삶을 선물 받았다. 그러므로 너 또한 새로운 삶을 선물하는 자가 되길 바란다. 그것은 분명 기적을 일으킬 것이다. 이 유언이 설령 가혹할지라도, 내 딸이라면 이 뜻을 이해하리라 믿는다.

내 지나간 자리가 너라는 것이 나는 언제나 자랑스러웠다. 마지막까지 자랑스러운 딸이 되어 주길 바란다. 그리고 이 요구는 나의 명예 때문이 아니라 너의 행복 때문이라는 것을 이해해 주길 바란다.

네가 어떤 선택을 하든 나는 너를 사랑할 것이다.

유서의 낭독이 끝나고 잠깐 침묵이 감돌았다. 그 적막함 속에서 제미라의 웃음소리가 나지막하게 흘렀다.

"하, 하하……."

그렇게 비웃음을 머금은 채 제미라가 말했다.

"지금 다들 짜고 날 속이는 거죠? 내가 못 보니까, 가짜 유서를 만들어서!"

"제미라, 네 아버지가 그런 사람인 건 네가 가장 잘 알잖니."

"아니요, 몰라요! 용서? 용서라고? 웃기지 말아요. 절대 용서 못 해. 그 늑대가 죽든, 아니면 내가 죽든 둘 중 하나는 반드시 죽을 거예요. 그 전엔 안 끝나."

"제미라……."

"내 이름 부르지 마요!"

제미라가 빽 소리를 질렀다. 아야라가 놀라서 입을 다물자 제미라는 창백하게 질린 얼굴로 말했다.

"아야라가 제일 미워요. 우리 아빠랑 그렇게 친했으면서 대체 지금 누구 편을 들어요?"

그렇게 말하는 제미라의 얼굴은 배신감으로 얼룩져 있었다. 앞이 보였다면 우리를 노려보았을까? 하지만 제미라의 눈은 빛을 잃었고 우리를 매섭게 쏘아보는 것조차 불가능했다. 표독스럽게 입술을 깨물던 제미라의 눈에서 눈물이 주룩 흘러내렸다. 하지만 제미라는 입술을 떨며 흐느끼지 않으려고 버텼다.

"나가요. 더 얘기하고 싶지 않아요."

터져 나오는 울음을 꾹 참으며 제미라가 말했다. 그런 제미라에게 우리는 아무런 말도 할 수 없었다.

그리고 그날 밤도 무아카는 소리를 지르며 울었다.

"무아카!"

나는 난동을 부리는 무아카의 팔을 붙잡았다. 하지만 무아카는 거세게 저항했고 그 바람에 나는 침대 밖으로 떨어졌다. 떨어지면서 잘

못 디뎠는지 발목에서 아찔한 통증이 느껴졌다.

그사이 기달티가 무아카를 붙잡았고 매일 밤 그랬던 것처럼 그 아이를 가차 없이 벽에다 메다꽂았다. 무아카가 거친 숨소리를 내며 으르렁거릴 때 나는 절뚝대며 그에게 다가갔다. 그리고 무아카를 안으며 속삭였다.

"쉿, 무아카. 괜찮아, 다 끝났어. 그러니까 괜찮아."

발버둥을 치던 무아카는 잠깐 저항하더니 이내 내게 매달려 엉엉 울기 시작했다. 그렇게 한참을 울다, 무아카는 다시 잠이 들었다.

피곤하다. 잠을 제대로 못 자서 몸도 지치지만 이런 일들이 반복되니 마음이 더 지친다. 나아질 기미가 보이지 않는다는 게, 상황이 계속 악화되고 있다는 게 더 힘들다.

나는 짐을 가지러 내 방에 내려가고 있었다. 그런데 계단에 발을 딛는 순간 새벽에 다친 발목이 또다시 삐끗했다. 아얏. 하마터면 넘어질 뻔했는데 뒤에서 누군가가 나를 붙잡았다. 덕분에 앞으로 기울던 몸이 뒤로 당겨졌고, 곧 내 등에 무언가가 닿았다.

아, 위험했다. 나는 조마조마한 가슴을 누르며 뒤를 돌아보았다. 날 붙잡은 사람은 다름 아닌 라이시였다. 그 얼굴을 보는 순간 나는 내 팔을 잡은 그의 손을 뿌리쳤다. 나도 모르게 그랬다. 도와준 건 알지만 고맙다는 말은 나오지 않았다. 내가 손을 쳐내자 라이시는 순순히 뒤로 물러났고 잠깐 어색한 침묵이 흘렀다.

라이시가 그 침묵을 깨며 내게 물었다.

"어디 다쳤습니까?"

여기서 대답하면 괜찮을 텐데, 대충이라도 답할 수 있으면 이제 괜찮아질 텐데. 하지만 나는 바보여서, 괜찮은 선택을 할 수 없었다. 나는 결국 아무 말도 못 한 채 라이시를 뒤에 두고 계단을 내려왔다. 태연한 척하느라 발목이 찢어질 듯 아팠지만 그 아픔은 내게 중요하지 않았다. 그보다 더 아픈 건 다른 곳이었다.

방에 도착하자마자 나는 우선 앉았다. 발목을 만져 보니 뜨겁게 부어 있었다. 아, 이거 금방 나을 수 있을까? 잠깐 쉬는데 밖에서 누군가가 문을 두드렸다. 내가 대답하자 문을 열고 라이시가 들어왔다. 그의 한 손엔 물통이 들려 있었다. 뜻밖의 방문에 나는 당황해서 굳어 버렸다. 라이시는 내게로 다가오더니 물통을 내려놓고 내 다친 쪽 발을 들었다. 나는 그가 뭘 하려는지 눈치채고 고집스럽게 말했다.

"하지 마."

그는 아랑곳하지 않고 신발을 벗기더니 내 발을 차가운 물에 담갔다. 내가 발을 빼려 하자 그는 힘을 주며 내 발을 물 안에 꾹 눌렀다.

"신경 써주잖습니까. 감사한 줄 아세요."

이전에 부상을 입은 라이시에게 내가 했던 말이다. 그럼에도 웃음은 나오지 않았다. 오히려 얄미웠다.

무시할 때도 싫었지만 이렇게 신경 써주는 것도 싫다. 날 피하는 것도 싫지만 내 곁에 다가오는 건 더 싫다. 얠 어떻게 해야 할지 모르겠다. 그냥 너무 미워 죽겠다. 그런데 넌 좋겠다. 나랑은 전혀 상관없이 괜찮아서, 아무렇지도 않게 날 대할 수 있어서. 이런 식으로 내 투정쯤은 받아 줄 수 있어서.

어제도 아무렇지 않게 말을 거는 라이시를 보면서 여러 생각이 들었다. 내가 어떻게 행동하든 라이시는 상관이 없었다. 그저 소중한 공주님으로 대할 뿐이다. 그 태도에 나는 비로소 깨달았다. 아, 소중한 건 내가 아니구나. 지켜 준다고 했던 것도 내가 아니구나. 라이시는 그저 공주님을 아끼고 지켰던 것뿐이구나. 내가 아닌 누구라도 이 자리에 있었다면 그렇게 했겠구나.

나는 더 비참해졌다. 그 와중에 라이시는 나쁘지 않다는 사실이 나를 괴롭혔다. 라이시는 그저 중요한 인물을 중요하게 대했을 뿐이다. 그걸 멋대로 오해하고 기대한 내가 나쁜 거다. 그리고 감정을 주체하지 못해서 이렇게 심술을 부리는 내가 나쁘다.

가슴이 저미듯 아파서 나는 눈을 꼭 감았다. 그런 채로, 한동안 불러 본 적 없던 그의 이름을 입에 담았다.

"라이시."

"네, 공주님."

"시간이 필요해."

"얼마나요?"

글쎄, 너를 미워하지 않으려면 얼마나 시간이 필요할까. 이 마음을 정리하려면, 얼마나?

"내가 괜찮을 때까지."

내가 나직이 말하자 물속에서 내 발을 잡고 있던 손이 떨어져 나갔다. 물에 담근 손을 빼내고 몸을 일으키며 라이시가 말했다.

"알겠습니다. 괜찮아지면 말씀해 주십시오."

그 목소리가 여전히 담담해서 나는 또 한 번 아팠다. 그래도 어쩔 수 없었다. 이게 최선이었다.

제미라는 흔들리고 있었다. 아야라에게 다시 한 번 유서를 읽어 달라고 한 제미라는 마지막 부분에서 결국 울음을 터트렸다. 너무 하기 싫은 일을 강요당한 아이처럼 서럽게 엉엉 울기만 했다. 다음 날에도 유서를 읽어 달라고 하더니 이번엔 불같이 화를 냈다. 갑자기 소리를 지르며 손에 잡히는 모든 것을 던지고 때려 부쉈다. 그리고 내게 소리쳤다. 왜 무아카를 받아들인 거냐고. 왜 그 애를 살려 둔 거냐고.

한편 무아카는 무아카대로 밤마다 울며 소리를 질렀다. 그때마다 기달티가 제압했고 무아카의 몸에는 상처가 늘어 갔다. 그런데 전날 밤은 상태가 좀 달랐다. 평소보다 더 난폭했고 난동을 쉽사리 멈추지 않았다. 검은 힘에 지배를 받는 상태도 아니었다. 좀처럼 잠잠해지지 않는 무아카를 두고 우린 어찌할 바를 몰랐다. 그때 무아카가 땅에 엎드린 채로 소리쳤다.

"어차피 날 죽일 거잖아, 나를 버릴 거잖아!"

그 소릴 듣는 순간 정신이 아찔해졌다. 갑자기 무슨 소리지? 그렇게 소리 지르는 무아카는 이전과 달리 오롯이 제정신이었다. 순간 안 좋은 예감이 머리를 스쳤다. 혹시 그날 밤, 아야라와 이야기를 나누던 그 밤 우리 얘길 듣고 있었나? 그사이 무아카는 울면서 자해했다. 기달티가 무아카를 기절시킬 때까지 무아카는 자신의 뺨과 양팔에 깊은 손톱자국을 남겼다.

그것만으로도 긴 밤이었지만 그 밤의 일은 아직 끝이 아니었다. 바로 그날 밤, 제미라는 자신의 방에서 뛰어내렸다. 이른 새벽 라이시가 발견해서 간신히 목숨은 건졌지만 심하게 다쳤다.

아아, 이 성. 개구리도 폭군도 이제는 없는 평화로운 성. 하지만 이 성에는 망가진 여자와 부서진 아이가 있다.

그들은 나날이 말라 죽어 가고 있었다. 그들의 상처는 쉼 없이 가속하며 번지고 있었다. 기적이라도 일어나지 않는 한, 그들은 정말 곧 죽을 것만 같았다.

밤을 샌 상태로 나는 제미라의 소식을 전해 들었다. 생명에는 지장 없다는 말에 안심했지만, 동시에 극도의 피로감을 느꼈다. 답답했다. 그래서 무아카가 잠든 방에서 비틀비틀 빠져나왔다. 그리고 성주님의 방 옆, 옥탑으로 가는 계단에 잠시 걸터앉았다.

힘들다. 차라리 아크제리유트와 한 번 더 싸우는 편이 낫겠다 싶을 정도로. 싸움은 끝났는데 나쁜 일은 끝나질 않는다. 영화나 소설에서처럼 싸움이 끝나면 다 같이 행복해질 줄 알았는데 아니었다. 진짜 싸움은 그 이후부터였다.

상처가 나는 것은 한순간이지만 아무는 데에는 오랜 시간이 필요했다. 깊은 상처일수록 회복된다는 보장 또한 없었다. 곪거나 덧나고는 끝내 회복하지 못한 채 죽을 수도 있다. 지금 우리의 상태가 딱 그러했다.

제미라도 무아카도 자신이 입은 상처를 감당하지 못해 몸부림치고 있다. 그리고 나는 그들 중 하나를 선택해야 하는 기로에 놓였다. 대체 지금 여기서 누굴 택하란 말이지? 두 사람 다 나는 아까운데. 둘 다 구할 순 없는 거야? 예전에 그랬던 것처럼 또 눈앞에서 누군가를 잃어야 하는 거야?

나는 입술을 깨물며 손으로 머리를 짚었다. 힘들다는 생각밖에 들지 않았다. 그렇게 혼자 숨죽이는데 저벅대는 발소리가 들렸다. 아, 라이시다. 기달티를 찾아온 듯 집무실로 향하고 있었다. 눈이 마주쳤지만 라이시는 그냥 지나쳤다. 나는 거기 안심하며 다시 무릎 사이에 고개를 파묻었다. 사실은 또 한 번 상처받았다.

그랬는데, 지나치던 라이시가 돌아서서 내게 달려왔다. 몇 개나 되는 계단을 단숨에 성큼 넘어서 내 앞으로 왔다. 그리고 내 어깨를 잡아 돌려 자신을 보게 했다.

"웁니까?"

그렇게 말하는 라이시의 얼굴은 심각했다. 그 손을 밀어낼 힘도 없었다. 나는 그저 고개를 돌리고 눈물만 떨어트렸다.

"울지 마세요."

그가 말했다. 괴롭다는 듯이. 나는 더 견디지 못하고 그의 어깨를 밀쳤다. 하지만 그는 밀려나지도 비켜서지도 않았다. 그의 어깨를 내리치며 말했다.

"네가 미워."

그말을 뱉는 순간 울음이 터졌다. 나는 흐느끼며 말을 이었다.

"너무 미워."

차라리 너를 죽도록 미워할 수 있으면 좋겠다고 생각한다. 하지만 그것이 불가능하다는 걸 안다. 네가 준 상처가 너무 하잘것없다는 걸 잘 안다. 나는 그게 너무 슬펐다.

"하지만 아무리 미워해도 제미라만큼은 아니야."

한참이나 때리는 대로 맞고만 있던 라이시가 이내 나를 끌어당겼다. 거기까지였다. 라이시는 나를 끌어안지 않았다. 거리를 둔 채, 안아 주는 것도 아니고 내버려 두는 것도 아닌 채로 내 곁에 있었다.

역시 이 사람은 상냥했고 내가 받은 상처는 상처라고도 할 수 없이 사소했다. 나는 그게 못내 슬퍼 또다시 흐느꼈다.

"그 애가 어떤 마음인지 나는 알 수조차 없어. 조금도 이해해 주지 못해."

아아, 그렇다. 나는 그게 슬펐다. 내가 이 세상의 모든 상처를 받아 본 사람이라면 제미라를 이해할 수 있을까? 내가 이 세상의 모든 아픔을 겪어 본 사람이라면 무아카를 위로할 수 있을까?

하지만 나는 온실 속 화초라고 해도 좋을 만큼 곱게 자란 여자애였고 그 둘의 고통을 조금도 헤아릴 수 없었다. 그 둘에 비하면 나는 너무나 행복한 사람이었다. 그 사실에 절망하며 나는 입술을 깨물었다.

"내가 할 수 있는 게 아무것도 없어……."

죽을 것 같은 기분으로, 그렇게 패배를 시인했다.

아, 우리는 언제까지 미워해야 다 미워할 수 있을까. 우리는 언제까지 아파해야 다 아파할 수 있을까.

백합 향기가 났다. 사방에는 새하얀 백합이 만발해 있었다. 나는 그 익숙한 향기를 맡고 꿈인 것을 알았다.

—아빠, 보고 있어요?

그래서 허공을 향해 물어보았다.

—왜 보고만 있어요? 도와줘요.

고개를 들고 그렇게 속삭여 보았다.

당신의 향기가 나는 이곳에선 어김없이 당신이 느껴지고 또 그 목소리가 들려오니까.

이윽고 그의 음성이 들려왔다.

—어떻게?

—우리가 괜찮아지도록.

—괜찮아지도록……. 그럼 너희의 아픈 감정을 없애 주면 되겠니? 아니면 기억을 지워 볼까? 그것도 아니라면 시간을 되돌릴 수도 있겠구나.

좋은 생각이었다. 하지만 그렇게 해달라고는 선뜻 말할 수 없었다. 과연 그래도 괜찮은 걸까 의심이 생겼다.

그사이 엘이 말했다.

—하지만 내가 그렇게 하면 너흰 자신을 잃게 될 거야.

역시, 그건 정답이 아니었다. 나는 조금 시무룩해져서 되물었다.

—왜요?

엘은 내게 대답하는 대신 향기로운 백합 한 송이를 보여 주었다.

그것은 꽃이었다. 스스로 피어 향기를 내는 꽃이었다. 그 꽃은 그렇게 될 때까지 비를 마시고 뿌리를 내리며 시간을 보내 왔다. 그 모든 것을 포함해서 꽃이었다.

—상한 것을 꺾기는 쉽지만 나는 그것을 원치 않아.

—이렇게 아픈데?

—아파도.

—아빠는 괜찮아요?

—괜찮지 않아, 너만큼이나 아파.

—그런데도 왜 지켜만 봐요?

내 물음에 엘은 웃었다.

—오늘도 같은 질문을 하는구나.

같은 질문, 그러고 보니 이전에도 그에게 이런 질문을 했었다.

—리이, 지나간 자리를 기억하니?

나는 고개를 끄덕였다.

—내 지나간 자리는 바로 너, 네가 바로 내가 준비한 기적이야.

반박하고 싶었다. 내가 할 수 있는 게 아무것도 없는데 나더러 어쩌라는 거냐고 묻고 싶었다. 하지만 엘은 기다리지 않았다. 대신 손을 들어 나를 일으켰다.

—자, 일어나서 보렴. 네가 지나온 자리를.

다시 눈을 떴을 때 나는 침대에 누워 있었고, 창밖엔 새빨간 석양이 타고 있었다. 라이시 앞에서 울었던 것까진 기억이 나는데 그 후로 어떻게 된 건지 모르겠다. 깜빡 잠이라도 든 걸까? 나는 멍한 기분으로 침대에서 일어났다.

'일어나서 보렴. 네가 지나온 자리를' 그 목소리가 생생하게 떠올라 나는 걸음을 내디뎠다. 무언가에 등이 떠밀리듯, 그대로 제미라를 만나러 갔다. 제미라는 며칠 전 그랬던 것처럼 황혼 빛을 숨 막히게 받고 있었다. 그 적막한 옆얼굴을 향해 나는 목소리를 냈다.

"제미라."

내가 이름을 불렀지만 제미라는 아무런 반응도 하지 않았다.

엘은 내가 자신이 준비한 기적이라고 했다. 기적이란 뭘까. 나는 과연 기적일 수 있을까?

일순 고민했지만 이윽고 그 고민을 놓아 버렸다. 내가 고민해서 기적을 일으킬 수 있었다면 진작 무슨 일이 났겠지. 그렇게 생각하니 마음이 편해져서 나는 자연스럽게 말했다.

"나 라이시를 좋아해."

아, 무슨 생각으로 이 말을 꺼냈는지는 나도 모르겠다. 그냥 이야기하고 싶었다.

"며칠 전에 고백했어. 그런데 결국 차였어."

내 딴엔 참 큰 폭로인데 제미라는 여전히 아무 반응이 없다. 그러고 보니 다음에 만날 땐 친구가 되자고 했었는데. 만약 이런 일 없이 만났으면 제미라는 내게 뭐라고 했을까? 오랫동안 라이시를 욕해 주고 날 위로하지 않았을까?

"그래서 나 지금 라이시가 너무 미워."

그렇게 말하는데 조금 웃음이 나왔다. 말해 놓고 보니 내가 생각해도 우스웠다. 나는 잠깐 웃고 마저 말했다.

"나도 미워하는 사람이 있어. 그래서 힘든데, 그래도 너만큼은 아니겠지?"

문득 내가 더 힘들어서 너한테 괜찮다고 말해 줄 수 있다면 좋겠다고 생각했다. 이 또한 다 지나가니 조금만 견디면 된다고, 그렇게 말할 수 있다면 좋겠다고 생각했다.

생각만으로도 지나친 사치였다. 그걸 깨닫는 순간 내가 이 얘길 꺼낸 이유도 깨달았다. 아, 나는 제미라에게 이 말을 해주고 싶었다.

"미안해."

그 순간 내 눈에서 다시 눈물이 떨어졌다.

"미안해, 이렇게밖에 이해하지 못해서. 이렇게밖에 알지 못해서."

미안해, 우는 것밖에 해줄 게 없어서…….

그때였다. 내 얘기를 가만히 듣던 제미라의 눈에서 눈물이 주룩 흘러내렸다. 나는 손으로 제미라의 눈물을 닦아 주었다. 내 두 눈에서도 눈물이 하염없이 흐르고 있었지만, 그건 내버려 둔 채 제미라의 눈물을 닦았다.

"무아카를 용서해 줘."

제미라가 입술을 깨물며 신음했다. 닦아 낸 것이 무색하게 두 뺨에 다시 눈물이 흘렀다. 소리 없이 흐느끼던 제미라가 한참 후 쉰 목소리로 말했다.

"제가 용서하지 않으면요?"

나는 대답하지 않았다. 제미라도 대답을 바라고 한 말은 아니었다.

"아빠는 이런 일이 생길 줄 알았던 걸까요? 그래서 그런 유서를 남긴 걸까요?"

그렇게 말하며 제미라는 눈을 감아 눈가에 맺힌 눈물을 마지막으로 흘려보냈다.

"아빠는 일평생 빚을 갚는 기분으로 살았어요. 예전에 너무 많은 사람을 죽이고 다치게 했다면서, 그건 평생을 다해도 갚을 수 없다면서 그렇게 살았어요."

제미라는 긴 한숨을 내쉬었다. 그것으로 울음을 다 덜어 내고 한결 차분해진 목소리로 말했다.

"죽을 생각은 없었어요. 그냥 창가에 바람이 느껴져서, 거기 몸을 맡기면 편해질 것 같았어요. 그런데 떨어지면서 아빠가 생각났어요. 아빠는 제가 자랑스럽다고 했어요."

그렇게 말한 후 제미라는 잠시 말이 없었다. 나는 그의 침묵을 잠자코 기다려 주었다. 이윽고 제미라가 다시 입을 열었다.

"제가 무아카를 용서하면 어떤 일이 생기죠?"

그 순간 내 눈에서 다시 눈물이 쏟아졌다. 나는 소리 내지 않기 위해 입술을 꾹 다물고 울음을 삼키다, 밝게 말했다.

"무아카가 더는 울지 않아."

"그리고요?"

"좋은 사람이 될 거야. 어른이 되면 기달티나 라이시처럼, 그리고 두미야 아저씨처럼. 사람들을 도울 거야."

"그 후 저는 어떻게 될까요."

"괜찮을 거야. 분명히."

"그럼 아빠는요?"

"사람들이 너를 보고 두미야 아저씨가 어떤 사람인지 알게 될 거야."

"그러면…… 공주님은요?"

마지막 물음에 나는 눈을 감았다. 계속 흐르는 눈물을 어찌할 수가 없었다.

"나는, 정말 기쁠 거야."

제미라가 고개를 들었다. 그 옆얼굴로 다시 한 줄기의 눈물이 흘렀다. 하지만 그 눈물은 처절하지 않았다.

"아빠는 절 길러 주셨고 공주님은 절 구해 주셨어요. 그러니 두 분이 하는 말을 들어야겠죠."

그렇게 말하는 제미라의 모습 속에서 나는 두미야를 보았다. 그 강인한 사람의 딸은 더는 떨지도 울지도 않고 차분하게 말했다.

"무아카의 이야기를 들려주세요. 듣고 싶어요."

그날 저녁, 나는 무아카의 긴긴 이야기를 제미라에게 전했다. 제미라 또한 자신이 무아카에게 겪었던 일을 모두 이야기했다. 우리는 한동안은 말을 잇지 못했고 한동안은 같이 숨죽여 울기도 했다.

그렇게 결코 끝나지 않을 것 같던 이야기를 모두 나누었다. 그러는 동안 어느새 깊은 밤이 되었다. 그 밤에 제미라는 내게 말했다.

무아카를 용서하겠다고. 생각나면 또다시 미워질 테지만 매일매일, 매 순간 무아카를 다시 용서하겠다고.

그러니 전해 달라고 했다. 자신이 어떻게 무아카를 용서했는지. 두미야가 어떤 사람인지. 이것으로 무아카는 갚지 못할 빚을 졌으니 남은 생을 어떻게 살아야 하는지.

나는 모든 것을 전해 주겠다고 약속했다. 그런 내게 제미라가 마지막으로 물었다.

"저는, 기적을 일으켰나요?"

나는 답했다. 이보다 큰 기적은 세상에 없을 거라고.

나는 제미라와 한참을 서로 꼭 안고 있다가 그 방을 나왔다. 그리고 곧장 무아카에게로 향했다. 그 아이에게 해줄 말이 많았다. 그 아이에게 전해 줄 선물이 차고 넘치도록 많았다.

아아, 이 성. 개구리도 폭군도 이제는 없는 평화로운 성. 하지만 이 성에는 망가진 여자와 부서진 아이가 있었다.

그들은 나날이 말라 죽어 가고 있었다. 그들의 상처는 쉼 없이 가속하며 번지고 있었다. 기적이라도 일어나지 않는 한, 그들은 정말 곧 죽을 것만 같았다.

그런데 오늘 밤 그들에게 기적이 일어났다. 나는 눈물을 참을 수 없었다. 하지만 그 눈물에 슬픔은 단 한 조각도 섞여 있지 않았다.

"그 아이가 저보다 낫네요."

제미라의 이야기를 듣고서 아야라가 말했다.

정말 그랬다. 제미라는 우리 중 누구보다도 나았다. 그래서 나는 제미라라는 지나간 자리를 보고 두미야를 다시금 존경하게 되었다.

오늘도 날씨가 좋다. 풀 향이 완연한 봄이다. 성 뒤의 언덕에서 무아카는 뛰어놀고 있었다. 오늘 처음으로 만난 야빈과 힌네, 그리고 하야와 함께. 며칠 만에 밖으로 나와서 또래 친구를 만난 무아카는 신이 나 있었다. 정말이지 저렇게 보면 영락없는 꼬맹이다.

동생들을 세심하게 돌볼 줄 아는 야빈은 무아카도 무난하게 잘 받아 줬다. 무아카를 남자애로 오해한 듯도 하지만 그건 사소한 문제니 넘어가고. 야빈의 동생인 여섯 살, 네 살배기 꼬마들은 아무 생각 없으니 이것도 넘어가고.

나는 그저 잘만 놀라는 심정으로 그 애들을 지켜보았다. 다만, 저러다 싸우면 야빈은 뼈도 못 추릴 텐데. 뭐, 괜찮겠지? 그러고 보니 쟤네들 양과 늑대잖아? 음, 괜찮을 거야. 양이랑 늑대랑 친구 하는 애니메이션도 있잖아.

제미라가 무아카를 용서한 그날 밤, 나는 무아카와도 많은 이야기를 나눴다. 그 아이는 어려워하면서도 자신의 마음을 차근차근 표현했다. 그렇게 꺼내기 시작한 아이의 속마음은 불안으로 가득했다.

무아카는 무서워하고 있었다. 자신이 저지른 일들을. 항상 그림자 속에 숨은 무언가가 자신을 채갈 것 같다고 했다. 또 죽은 사람들의 눈이 매일 생각난다고 했다. 특히 자신의 손으로 죽인 아버지와 목이 잘린 차아카의 눈은 기억에서 지울 수가 없다고 했다.

내가 제미라를 아냐고 물어봤을 때 뜻밖에도 무아카는 고개를 끄덕였다. 여태 말을 못했을 뿐이지 무아카의 신경은 온통 제미라에게 쏠려 있었다. 우리와의 싸움이 끝났을 때부터 제미라의 존재를 인식하고 있었다. 그리고 아크제리유트의 요새에서 돌아올 때도 걱정하고 있었다. 우리가 돌아가는 성에 제미라가 있다는 것을. 정말이지 무아카는 계속해서, 지칠 만큼 계속해서 제미라를 의식하고 있었다.

그 와중에 침대에서 나와 아야라의 이야기를 들었고, 그 아이는 곧 자신이 죽게 될 거라고 믿었다. 그래서 내가 제미라의 이야기를 꺼냈을 때 무아카는 자신을 죽일 거냐며 떨면서 물어보았다. 이제 더는 울지도 않고 불안한 듯 눈만 동그랗게 뜨며 그렇게 물어보았다.

무아카가 그렇게 물어볼 때 나는 오히려 기뻤다. 그 아이에게 확실하게 해줄 수 있는 말이 있었으니까. 나는 무아카를 앞에 두고 하나씩 하나씩 다 말해 줬다. 넌 죽지 않아. 아무도 너를 해치지 않아. 제미라가 너를 용서했으니까.

내 말을 믿지 못하고 정말이냐고 계속 되묻던 무아카에게, 나는 몇 번이고 몇 번이고 같은 말을 반복해 주었다. 그럼에도 그 아이는 자신이 사면된 사실을 기뻐하지 못했다. 그저 얼떨떨해할 뿐이었다. 다만 그날 밤은 도중에 깨지 않고 깊이 잘 잤다.

"두미야 아저씨는 어떻게 그런 유서를 썼을까요?"

"현명한 사람이니까요. 용서가 무엇인지 가장 잘 아는 사람이기도 했고요."

과연 두미야는 현명한 사람이었다. 그를 통해서 나도 이번에 배웠다. 용서가 무엇인지.

용서는 기적이다. 죽어 가는 사람마저 되살리는 기적. 용서는 또 기회다. 잘못된 길에 든 사람이 제대로 된 길로 돌아올 수 있게 해주는 기회.

그것을 두미야는 가르쳤고 제미라는 배웠다. 정말 놀라운 아버지와 딸이다. 제미라의 이야기를 들으며 나는 그 애가 무아카를 용서하기 위해 얼마나 많은 것을 희생했는지 알았다. 그때의 고통도 분노도 슬픔도, 그리고 지켜 주지 못한 아이에 대한 미안함과 상실감까지도. 제미라는 그것들을 다 감수하며 무아카를 용서했다.

지금 다시 생각해도 놀랍다. 대체 어떻게 그럴 수 있었을까? 자신의 것을 포기하는 건 사랑하는 사람을 위해서도 힘들다. 하물며 미워하는 사람을 위해서라니. 아무리 생각해도 놀라운 일이다.

"결국엔 둘 다 선택할 수 있었네요. 고생 많으셨어요, 공주님."

아야라의 말에 나는 당황하며 손을 내저었다.

"난 한 게 아무것도 없어요."

"그 둘을 위해서 계속 울어 주셨잖아요."

할 수 있는 게 없어서 울기만 한 거다. 내가 고개를 도리도리 흔들자 아야라가 웃으며 말했다.

"공주님이 누군가를 위해 우실 때마다 놀라운 일이 일어났던 것 같아요. 성주님이 그랬고 두미야가 그랬고, 또 이번에 제미라와 무아카도 그랬죠."

그 말에 얼굴이 빨갛게 달아오르는 게 느껴졌다. 그렇게 얘기해 주니까, 어쩐지 몸 둘 바를 모르겠다.

꿈속에서 엘이 말했다. 내가 그의 지나간 자리이고, 그가 준비한 기적이라고. 그런데 정작 내가 한 일은 우는 것뿐이었다. 그들을 생각하며 우는 것. 과연 그것만으로 내가 그런 소릴 들을 자격이 있는 걸까?

곰곰이 생각해 보았다. 사실 나는 아직도 나 자신에 대해 확신이 없다. 이 세상을 구하기에 여전히 어리고 작으니까. 이런 내가 기적이라니, 도대체 무슨 뜻일까? 그렇게 생각하다가 나는 아, 하고 손뼉을 쳤다. 세상을 구하는 법은 아직 모르겠지만 당장 해야 할 일이 생각난 탓이다.

나는 아야라에게 잠시 아이들을 맡기고 언덕에서 내려왔다. 이주민 임시 거처에 가보니 아니나 다를까 라이시가 있었다. 아까 남자아이들과 함께 이주민들에게 식량을 배급하는 것을 언뜻 봤다. 일이 끝났는지 라이시는 성으로 돌아가고 있었다.

나는 그런 라이시의 뒤로 살금살금 다가가 그의 무릎 뒤를 확 걷어찼다. 무방비하게 걷던 라이시는 무릎이 덜컥 꺾였고, 하마터면 넘어질 뻔했다. 이게 바로 여고 생활 2년 차만 가능한 인체공학 킥. 불시의 습격을 받은 라이시는 어떤 자식이냐는 얼굴로 짜증스럽게 돌아보았다. 그러더니 나인 걸 알고 멈칫 표정을 바꿨다.

"……무슨 짓입니까?"

"소녀의 눈물과 원한과 이것저것."

내 말에 라이시의 얼굴이 미묘하게 찡그려졌다. 그는 곧 주변에 보는 눈이 많은 걸 알고 내게 따라오라고 했다. 나는 라이시를 따라 성 뒤쪽 인적 드문 곳까지 갔다. 그곳에서 라이시가 내게 물었다.

"이제 괜찮습니까?"

나는 조금 부끄러워서 웃었다.

"응."

아까 문득 나도 라이시와 화해해야겠다는 생각이 들었다. 제미라가 무아카를 용서한 마당에 내가 아직 버티고 있으면 그건 너무 면목 없으니까. 게다가 지난 며칠 동안 마음의 정리도 좀 된 것 같다. 날 받아 주진 않았지만 라이시는 여전히 나를 소중하게 대해 준다. 이 한결같은 면이 좋지만 억지는 부리지 말아야겠지? 그러니 그냥 옆에서 친구처럼 지낼 수 있다면 그것도 좋을 것 같다. 백 번 천 번 양보해서, 그걸로 만족해 보자.

나는 그렇게 생각하다가 라이시를 쳐다보았다. 또 약간 울컥하는 건 어쩔 수가 없다.

"너 때문이야."

"저 때문입니까?"

내 말을 고스란히 따라 하는 라이시는 조금 얼떨떨한 기색이었다. 아, 안 어울려, 넌 까칠하고 당당한 게 매력이란 말이야. 곤란해하는 라이시를 보며 나는 결국 웃어 버렸다.

"응, 네가 너무 잘해 줘서 그런 거였어."

너무 잘해 줬어. 정말. 그래서 기뻤어. 그러는 사이 널 좋아하게 됐나 봐.

"그런데 이제 괜찮아. 더는 오해 안 할게."

으악, 위험하다. 울 것 같아. 갑자기 가슴이 울컥해서 나는 당황했다. 자칫 눈물이 고일 것 같아서 나는 재빨리 목소리를 바꿨다.

"내가 삐쳐서 집에 간다고 하면 어쩔 뻔했어?"

날 한동안 쳐다보던 라이시는 내가 장난치는 걸 알고 이내 태연하게 답했다.

"안 보내 줄 건데요."

하긴, 너라면 그러고도 남겠지. 그렇게 대답한 라이시는 여느 때와 같았다. 나는 뻔뻔하게 말한 라이시를 잠깐 노려보다가 이내 웃으며 손을 내밀었다.

"미안했어. 진짜 화해하자."

라이시는 물끄러미 내 손을 바라보다 이내 피식 웃으며 맞잡았다.

"알겠습니다."

그의 크고 따뜻한 손에 나는 다시 한 번 설레었지만 이번엔 그저 웃었다. 오늘도 날씨가 좋았다. 풀 향이 완연한 봄이다.

제미라의 용서는 그렇게, 무아카뿐만 아니라 나와 라이시마저도 구했다.

10

복낙원

바람이 불어와 머리카락을 흩트려 놓았다. 구름이 안개처럼 깔린 높디높은 창공, 그곳에서 나는 날개를 펼쳤다. 커다랗고 흰 날개에 바람이 담기는 게 느껴졌다.

나는 날개를 세차게 움직이며 허공으로 뛰어들었다. 자, 이제 날개를 친다, 바람을 타고, 중력을 거스른다. 그렇게 해서, 날아오른다아아! 역시 안 돼! 날기는커녕 끝없이 추락한다!

나는 추락을 주체할 수가 없어서 소리 질렀다.

"라이시!"

그러자 나와 같이 하얀 날개를 펼친 라이시가 어디선가 날아와 내 팔을 붙잡았다. 그런데 내가 부른 라이시는 이 라이시가 아니다. 나는 놀라서 그를 올려다보았다.

"너 갑자기 어디서 왔어?"

"무슨 소립니까, 불러 놓고. 컥!"

그 순간 내가 부른 용 라이시가 그의 허리를 들이받았다. 아무래도 새치기당한 울분인 모양이다. 라이시를 공격한 라이시는 소유권을 주장하듯 라이시의 팔에 매달려 있던 나를 자신의 등에 태웠다. 그래. 잘했어, 라이시.

"정식으로 소개할게. 내 친구 라이시야."

"……그 이름의 저의는?"

"별거 없어. 내 전용 탈것은 다 라이시거든."

라이시는 고심하는 표정을 지었다. 용에게 치인 것과 탈것으로 취급당한 것 중 어디에 화를 내야 할지 고민하는 얼굴이었다.

공중에서 만난 우리는 천천히 지상으로 내려왔다. 나는 성 근처에서 치포라로 나는 것을 연습 중이었다. 용 라이시와 이제 어느 정도 호흡이 맞아 이번엔 꽤 대담하게 하늘 높은 곳에서 뛰어 봤다. 그런데 인간 라이시가 갑자기 튀어나올 줄은 몰랐네.

"오늘은 벽돌 운반 안 해?"

"이미 다녀오는 중입니다."

라이시를 따라가 보니 성의 남자아이 몇몇과 수레를 끄는 용들이 보였다. 그 수레엔 벽돌이 가득 실려 있었다. 물론 벽돌이라고 해봐야 반듯하게 새로 만든 것이 아니라 체파르데아의 영지에서 주워 온 것들에 불과하다.

기달티와 아야라는 이야기를 나눈 끝에 임시 이주민들을 우리 성에 받아들이기로 했다. 체파르데아의 성은 모두 무너져서 돌아가 봐야 허사인 데다 무아카와 같은 위협이 또 없으리라는 보장도 없으니까. 그런 의미에서 우리 성은 안전하다. 기달티도 있고 라이시도 있고 이젠 무아카도 있으니까.

이주민들은 기달티의 배려를 적극적으로 찬성했다. 그래서 그들이 살 집을 짓기 위해 라이시와 남자아이들은 체파르데아의 성에서 벽돌을 나르고 있다. 하지만 이런 식이면 시간이 꽤 걸릴 것 같다.

나는 일을 좀 거들고 싶어서 라이시에게 물었다.

"우리가 벽돌 들고 왔다 갔다 해볼까?"

"저랑 공주님이 말입니까?"

라이시의 되물음에 나는 고개를 끄덕였다. 라이시가 치포라로 날고 내가 기력을 더하면 정말 순식간에 이동할 수 있으니까. 좋은 방법이라고 생각했다. 하지만 라이시는 피식 비웃었다.

"저는 공주님을 들고 공주님은 벽돌을 손에 하나씩 들고 말입니까? 그렇게 백 번쯤 해야 저 수레 하나 정도 옮기겠네요."

아, 그런가? 에이. 아니면 무아카한테 늑대로 변신해서 벽돌 들고 달리라고 할까? 아니다, 괜히 사람들한테 무아카를 들킬 수도 있다. 무아카가 늑대 영주라는 사실은 여전히 비밀이니까.

결국 이것밖에는 방법이 없는 걸까? 뭔가 좋은 방법이 없을까 궁리하고 있을 때였다. 등 뒤에서 비행기 소리가 들려왔다. 처음엔 그러려니 하다가 문득 이상하단 걸 깨달았다. 여긴 비행기 없잖아?

깜짝 놀라 뒤를 돌아보니, 정말 비행기같이 커다란 것이 하늘에서 내려오고 있었다.

"저거 봐!"

남자아이 중 누군가가 소리쳤다. 나뿐 아니라 다들 놀라서 웅성거렸다. 라이시는 아이들에게 계속 가라고 말하며 날개를 펼쳤다. 나도 그 뒤를 따랐다. 날아가 보니 비행 물체는 이미 땅에 착륙해 있고, 그 주변엔 동물들이 바글바글하게 널려 있었다. 으악, 이게 뭐야?

우리는 얼이 빠져서 그것들을 바라보았다. 소와 돼지, 양과 오리 같은 가축들이 떼를 지어 꿀꿀대거나 꽥꽥대고 있었다. 어떻게 된 거지? 아까만 해도 저런 거 못 봤는데, 이 많은 동물이 갑자기 어디서? 가장 수상한 건 저 비행기지만 저 비행기엔 이 가축들이 다 들어갈 것 같지 않다.

얼떨떨하게 바라보다가, 나는 가축들 사이에서 허둥대는 사람들을 발견했다. 누구지? 곧 그중에서 낯익은 얼굴을 찾아냈다. 앗! 나는 그를 알아보고 소리쳤다.

"자이트 오빠!"

내 외침에 소를 끌어내던 자이트가 고개를 들었다. 그러더니 날 알아보고 내게 뛰어오기 시작했다. 나도 반갑게 그에게로 달려갔다. 등 뒤에서 라이시가 작게 말하는 소리가 들렸다.

"오빠?"

"아, 공주님! 오랜만!"

손수건을 몸에 두르고 안경에 걸터앉은 시로니가 날 보며 소리쳤다. 나는 황당해하며 시로니를 내려다보았다. 테이블 위의 시로니는 손바닥만 하게 작아져 있었다.

나는 시로니에게 인사하는 대신에 얼떨떨하게 물었다.

"어떻게 된 거예요?"

"아, 이거요? 정말 대 굴욕이죠. 흑흑."

설명을 들어 보니, 시로니와 자이트는 이 비행기로 가축들을 운반하고 있었다. 가축에게 나삭 실험실의 특제 시약, '생물축소제'를 먹여서. 그래서 작아진 가축들을 책가방만 한 우리에 담아 옮겨 오는데, 다시 시약을 먹여야 할 때 비행기가 덜컹 흔들렸다. 그 바람에 약이 시로니에게 다 쏟아졌고, 시로니가 작아지는 대신 가축들은 점점 커지기 시작했다. 그래서 허둥지둥 불시착하고 가축들을 밖으로 내보낸 것이 이 일의 전말이다.

"아, 정말 기분 최악. 이 불쾌한 화학혼합물을 뒤집어쓰다니."

저기요, 저는 그거 직접 마셨는데요? 나는 지난날이 생각나 라이시를 쳐다보았다. 하지만 이 녀석은 역시나 끄떡도 하지 않는다.

"그런데 공주님 옆에 계신 청년은? 그 유명한 알타쉬헤트 씨 맞나요? 반가워요, 시로니예요."

시로니가 손을 내밀자 라이시는 어떻게 악수할지 고민하다 조심히 손가락 하나를 뻗었다.

"알타쉬헤트입니다."

시로니는 라이시의 손가락을 쥐고 흔들더니 말했다.

"애인 있어요?"

"없습니다."

나는 그 말에 괜히 뜨끔해서 시로니를 쳐다보았다. 으악, 이런 식으로 면전에서 확인하다니! 나는 시로니가 다른 말을 또 하기 전에 재빨리 화제를 돌렸다.

"아, 그런데 이 비행기는 뭐예요? 이런 것도 있었어요?"

내 물음에 시로니는 즐겁게 웃었다.

"왜 처음 보는 척? 아크 씨네 요새잖아요?"

"이게요?"

내가 놀라자 시로니는 더 즐거워했다. 믿을 수가 없다. 이게 그 요새라고? 내가 본 아크제리유트의 요새는 하나의 도시만큼 컸다. 그런데 이건 아무리 크게 봐도 학교 운동장 정도다.

"군더더기는 다 팔아 치우고 개조했어요. 그리고 그걸로 저 가축들을 사 왔죠. 저것들은 공주님이랑 길티 씨한테 줄 선물이에요."

선물이라는 말에 나는 깜짝 놀랐다.

"요새를 팔아서 산 거라면서요?"

"그래 봐야 극히 일부예요. 아주 극히 일부, 한 달 치 이자도 안 되는 값이죠. 그러니 부담 갖지 말고 받아요."

시로니의 말에 나와 라이시는 서로를 마주 보았다. 이 믿을 수 없는 선물에 우린 한동안 말을 잇지 못했다. 잠시 후 가축들은 거대한 행렬을 이루며 우리 성으로 향했고, 개조된 요새가 그 뒤를 따랐다.

농장 몇 개를 만들고도 남을 가축을 간신히 묶어 두고, 우리는 기달티의 집무실로 갔다. 그사이 원래대로 돌아온 시로니는 제대로 옷을 갖춰 입었다.

"꺄, 길티 씨! 보고 싶었어!"

시로니가 기달티에게 달려들기 전에 자이트는 그 천방지축 과학자를 간신히 붙잡았다. 그리고 정중하게 인사했다.

"오랜만에 뵙습니다. 기달티 님."

기달티에게 한 인사지만 그 인사를 받은 건 옆에 있던 아야라였다.

"반갑습니다, 먼 길 오시느라 고생하셨습니다. 아야라라고 합니다."

"자이트입니다. 갑작스럽게 방문했는데 환영해 주셔서 감사합니다. 밖에 약소한 선물을 준비했습니다. 모쪼록 받아 주셨으면 합니다."

"약소하긴요, 과한 선물이라 어떻게 보답해야 할지 모르겠네요."

그렇게 말하며 아야라는 창밖으로 눈길을 던졌다. 여기서도 떼를 이룬 가축들이 한눈에 보였다. 아야라의 감탄에 자이트가 웃으며 답했다.

"아닙니다, 공주님과 기달티 님께서 해주신 일에 비하면 아무것도 아닌걸요."

"맞아요, 두 사람 아니었으면 자이 씨는 아직도 폭군의 앞잡이일 거예요."

시로니는 결국 자이트에게 발을 밟혔다. 그렇게 시로니의 입을 다물게 한 후 자이트가 말을 이었다.

"그보다 이주민 문제로 곤란하시다고 들었습니다. 저희가 도울 일이 있다면 돕고 싶습니다."

도움을 마다할 수 있는 처지가 아니라 아야라는 자이트의 제안을 사양하지 않았다.

"그렇게 해주시면 저희야 감사하죠. 하지만 너무 받기만 하는 것 같아 송구하네요."

하지만 말마따나 받기만 하는 건 좀 부담스러운 모양이다. 그래서 아야라는 조심스럽게 되물었다.

"혹 저희 쪽에서 해드릴 일은 없을까요?"

그렇게 말할 때 아야라는 자신이 없어 보였다. 자이트의 도시는 우리 성보다 훨씬 크고 많은 것을 가졌으니까. 아마 우리의 도움은 필요 없을 거다. 그런데 뜻밖에도 자이트는 그 제안을 반겼다.

"아, 사실은 부탁드리고 싶은 게 하나 있습니다."

"부탁이라면 무엇을?"

"아까 성에 들어오며 봤는데 아이들이 참 밝더군요. 기달티 님과 아야라 님께서는 오갈 곳 없는 아이들을 거두어 가르치신다고 들었습니다. 우리 도시에도 지금껏 제대로 배우지 못한 아이들이 많습니다. 이 성의 교육론을 배우고 싶습니다."

자이트의 부탁에 아야라는 부드럽게 미소 지었다.

"그거라면 저희도 얼마든 환영이죠."

아야라와 자이트는 어렵지 않게 결정했다. 우리에게 필요한 건 노동력과 기술, 그리고 자이트의 도시에 필요한 것은 교육. 결코 나쁘지 않은 협력이다.

방문자들은 그렇게 갑자기 나타나 우리에게 여러 가지 선물을 떠

안겼다. 덕분에 우리 성은 아주 바빠질 것 같다.

도르륵, 도르륵. 나는 라이시가 끄는 수레에 앉아 주변 광경을 바라보았다. 무아카와의 싸움이 있었던 체파르데아의 성은, 마치 지진이라도 난 듯 죄다 폭삭 무너져 있었다.

우리는 북쪽 사람들과 함께 체파르데아의 영지에 왔다. 요새로 벽돌을 나르기 위해서였는데, 북쪽의 일손이 워낙 많아서 우리는 할 일이 없었다. 그래서 라이시가 시로니에게 한 가지 양해를 구했다. 벽돌과 함께 체파르데아의 책들을 옮겨도 되겠냐고. 사실 라이시는 이전부터 그 책을 호시탐탐 노리고 있었다. 여력이 없어서 내버려 뒀을 뿐. 그러자 시로니는 학자로서 그 심정을 이해한다며 흔쾌히 허락했다. 그래서 나는 지금 라이시랑 책을 가지러 성에 올라가는 길이다.

앞에서 수레를 끌던 라이시가 내게 물었다.

"저 사람들, 북쪽 요새에서 만난 사람들입니까?"

"응, 내가 전에 얘기했지? 아크제리유트 편이었는데 나중에 우리 편이 된 사람들. 시로니랑 자이트 오빠."

"자이트 씨는 왜 오빠죠?"

왜 오빠냐고? 별 이유 없다. 탑에서 시녀로 위장하고 있다가 자이트에게 정체를 밝혔을 때, 우린 아직 통성명을 하지 않은 상태였다. 그 상황에서 대뜸 이름 부르기가 어색해서 오빠라고 불렀던 것뿐이다. 딱 그뿐인데 어째선지 라이시에게 그대로 말하기가 싫었다. 그래서 나는 괜스레 말을 아꼈다.

"그야 뭐, 나보다 나이가 많으니까 당연히 오빠지."

그러자 라이시가 조용히 되물었다.

"그렇게 따지면 저도 오빠 아닙니까?"

그 말에 나는 할 말을 잃었다. 잠깐만요, 뭐라고요? 우리 아직 이런 얘기 할 사이는 아니잖아요. 저, 마음의 상처가 아문 지 얼마 안 됐거든요?

"갑자기 무슨……."

"저도 공주님보다 연상입니다만."

그렇게 말하는 라이시의 목소리는 태연했다. 나는 어쩐지 분한 마음이 들어 단호하게 대답했다.

"아냐, 연상이든 연하든 탈것은 그냥 라이시야."

탈것은 라이시! 나는 다시 한 번 강조했고 라이시는 그저 네네 하며 건성으로 넘겼다.

윽, 최근 느낀 건데 얘 은근히 바람기 있는 것 같아. 의도적인 건지 생각 없이 하는 건지는 모르겠는데 괜히 사람 설레게 하고. 생각해 보면 그런 거 많았어. 엄청 많았어! 그러니까 내가 오해하고 고백 같은 걸 한 거잖아, 멍청아! 라고 해봤자, 정말 멍청이는 나지. 차여 놓고도 이렇게 쫄래쫄래 쫓아다니고 있으니. 아, 진짜 멍청이.

어느덧 체파르데아의 성터에 도착했다. 체파르데아의 성도 폭삭 무너져 폐허나 다름이 없었다. 무너진 벽 사이로 도서관을 찾았다. 워낙 규모가 큰 도서관이라 찾는 건 어렵지 않았는데, 꼴이 엉망이었다. 서가는 모두 쓰러져 있었고 땅에 떨어진 책들은 흙먼지를 뒤집어

쓰고 비까지 맞아 그야말로 만신창이였다.

라이시는 애석해하며 책들을 분류하기 시작했다. 바닥에 앉은 그는 오른쪽엔 책을 차곡차곡 쌓고 왼쪽엔 버려두듯 던져 놨다. 나는 왼쪽에서 푸대접을 받는 책들을 보며 라이시에게 물었다.

"이건 버리는 거야?"

"네."

"왜?"

"별로 좋은 책이 아닙니다. 잡다한 수필이나 도색 서적도 있고."

"도색 서적?"

"야한 책이요."

어머. 나는 왼쪽에 있는 책을 슬그머니 열어 보았다. 그리고 곧장 좌절했다. 으앙, 못 읽겠어! 글자를 몰라! 내가 실망하며 무너지자 라이시가 혀를 차며 핀잔했다.

"그런 거 밝히면 머리 나빠집니다."

"안 밝혀! 어차피 못 읽어!"

"그러게 글을 배우란 말입니다."

안 그래도 요즘 진지하게 고민 중이다. 사실 이렇게 오래 있을 생각이 없어서 안 배우려고 했는데, 요즘 들어 점점 필요를 느낀다. 마침 무아카도 기달티에게 글을 배우기 시작했는데, 이참에 나도 같이 배워 볼까? 글을 배워야겠다고 다짐하며 나는 라이시의 왼편에 있던 책 한 권을 집어 들었다.

"그럼 나 이거 가져갈래."

"어디에 쓰시려고?"

"동기 유발용. 목표가 생기면 열심히 공부할 수 있을 거야."

내 말에 라이시가 푹 한숨을 내쉬었다. 그러곤 앞에 있던 책 한 권을 골라서 내게 건넸다.

"야한 책을 원한다면 차라리 이걸 가져가세요. 만족하실 겁니다."

꺅, 신난다! 나는 기뻐하며 라이시에게 받은 책을 품에 꼭 안았다.

한참 후 라이시는 선별을 마쳤고 우린 수레에 책을 가득 실은 채 다시 밑으로 내려왔다. 내려와 보니 사람들은 이미 요새에 벽돌을 신고 우릴 기다리고 있었다. 시로니가 우릴 발견하곤 말했다.

"아, 마침 왔네. 어땠어요? 보물들은 많이 건지셨나?"

네! 건졌어요!

"그나저나 여기서 대체 무슨 일이 있었던 거예요? 한 바퀴 둘러봤는데 정말 놀랍네. 대체 뭘 했는데 이렇게 남아난 게 없지?"

시로니가 신기하다는 듯 말했다. 하지만 그렇게 물어본들 해줄 말이 없었다. 왜냐면 우리도 잘 모르니까. 그런데도 시로니는 집요하게 캐물었고, 나는 결국 그때의 상황을 본 대로 설명했다.

그러니까 아직 우리가 싸우던 때, 나와 기달티를 성벽 밖으로 따돌린 무아카가 라이시에게 달려들었을 때였다. 라이시는 심한 부상을 입어서 무아카와 싸울 수 있는 상황이 아니었고 멀리서 지켜보던 우리는 라이시가 꼼짝없이 죽는 줄 알았다. 근데 무아카가 라이시를 삼키려 드는 순간 빛이 번쩍하며 진동이 일었다. 무슨 일이 일어났는지는 나도 기달티도, 그리고 당사자인 라이시와 무아카도 모른다. 다만 그 후 눈을 떠보니 주변은 이렇게. 그걸로 끝.

내 설명에 시로니가 흥미로워하며 안경을 추켜올렸다.

"음, 재밌네요. 무크 군한테 알트 씨를 한 번만 더 깨물어 보라고 할까? 어떻게 될지 너무너무 궁금하지 않아요?"

시로니의 눈이 라이시를 향해서 반짝반짝 빛났다. 저러다 정말 무아카를 부추겨서 라이시를 공격하진 않겠지? 아, 마음을 놓을 수가 없다. 시로니라면 정말 할지도 몰라.

그렇게 우리는 책과 벽돌이라는 전리품을 안고 우리 성으로 돌아왔다. 나도 라이시에게 받은 책을 소중히 들고 돌아왔는데, 시로니를 통해 나중에 알게 된 그 책의 제목은 '바느질의 모든 것'이었다.

요새에는 시로니와 자이트뿐만 아니라 100여 명의 장정들도 함께 있었다. 게다가 그들은 나를 잘 알고 있었다. 시로니의 말마따나 화장 기술로 폭군을 속여 먹은 기지 넘치는 공주님으로. 으윽. 그 사람들은 내게 큰 호의를 가지고 있었고, 그래서 우리 성의 일에도 적극 나서 주었다.

마을 건설 계획은 시로니가 순식간에 세워 버렸다. 세웠다가 아니라 세워 버렸다. 그렇게 표현해야 좋을 만큼 시로니는 호쾌하게 일을 처리했다. 큰 종이에다 가볍게 슥슥 그렸을 뿐인데 그건 어느새 마을의 설계도가 되었고, 그게 기달티와 아야라를 통과해 사람들에게 전달되는 것까지 모두 일사천리였다.

덕분에 바로 다음 날부터 마을 건설이 시작되었다. 요새에 있던 남자들뿐만 아니라 이주민 중에도 건설을 도울 수 있는 장정들이 꽤 있었다. 그들은 힘을 모아서 뚝딱뚝딱 집을 짓기 시작했다. 한쪽에선 정과 망치로 벽돌을 가공하고 또 한쪽에서는 진흙을 섞었다. 용들이 그것을 수레로 바쁘게 퍼다 나르면, 사람들은 설계대로 차곡차곡 집을 지었다.

그사이 여자들도 정말 바빴다. 남편을 일터로 보낸 부인들은 한데 모여 식사를 마련했다. 말이 식사 준비지 사람이 워낙 많아서 아줌마들의 일도 막노동이나 다름이 없었다. 몸이 불편해 일하기 힘든 사람들은 일하러 나간 사람들의 아이를 돌봤다. 아이들은 자기들끼리 어울려 놀다가도 식사 때가 되면 음식을 나르는 등 어른들의 잔심부름을 했다.

한편 성 아이들은 마을 반대편에 아주 큰 밭을 만들었다. 먼저 라이시가 반지로 땅을 다듬으면 아이들이 자잘한 자갈들을 골라냈다. 여기엔 시로니가 가져온 채소의 씨앗과 과수의 모종을 심을 예정이다. 집을 다 짓고 나서, 모두 함께. 나도 거기서 심부름을 하며 그들을 도왔다. 일이 즐거웠다. 사람들은 활기찼고 서로에게 친절했다. 그들의 마음은 희망으로 가득 차 어둠이 틈탈 겨를이 없었다.

그렇게 일주일이 흘렀고, 우리의 마을은 점점 완성되어 갔다.

나는 기달티의 집무실로 올라가는 계단에서 자이트와 마주쳤다.

"안녕하세요, 공주님."

"아, 오빠! 밖에 봤어요? 집이 거의 다 만들어졌어요."

내가 들떠서 말하자 자이트는 웃으며 끄덕였다.

"네, 봤습니다. 주민들이 워낙 의욕적이어서 예정보다 빠르네요."

"고마워요. 사실 우리끼리 어떻게 하나 했어요."

"인사는 제가 아니라 테루아 시장님께 하셔야 해요. 시장님께서 어떻게든 보답을 해드리자고 하셨거든요."

아, 테루아 아저씨? 생각난다. 엄청 세 보이던 혁명군 대표. 그리고 이젠 혁명군 대표가 아니라 도시 대표인 테루아 아저씨.

"아저씨는 잘 계세요?"

"아주 바쁘시죠. 우리 도시는 인구도 많고 규모도 커서 일이 굉장히 많거든요."

하긴 그렇겠다. 그 요새는 진짜 컸으니까.

"사실 직접 오고 싶어 하셨는데 자리를 비울 수가 없어서 저희를 대신 보내신 겁니다."

"아, 그런 거예요?"

"네, 그래서 대단히 안타까워하셨습니다. 공공연한 비밀이지만 그분이 사실 기달티 님의 열렬한 팬이거든요."

공공연한 비밀이라니, 무슨 뜻인지 알 것 같다. 그 아저씨, 전에도 기달티를 굉장히 강렬한 눈빛으로 쳐다보고 그랬어.

이건 나중에 안 사실인데, 사실 기달티는 테루아와 인연이 깊었다. 10년 전, 테루아의 가족이 네벨라 때문에 위기에 처한 적이 있었다. 그런데 때마침 기달티가 네벨라를 박살 낸 덕에 가족들이 살아남았다. 하지만 그들은 네벨라의 아들인 아크제리유트에게 결국 해를 입었고, 이후 반란을 일으켰을 때 다시 기달티가 와서 그를 도왔다. 그러니 테루아가 기달티를 각별하게 생각하는 것도 당연하다. 기달티에게 그럴 의도가 전혀 없었다고 해도.

그래서 테루아는 시로니가 요새를 팔아 치우고 오는 길에 우리 성에 들를 거라는 걸 알고 동행하길 열망했었다. 그러나 대표의 자리는 그렇게 쉽게 비울 수 있는 자리가 아니어서 눈물을 머금고 포기했다고 한다.

"하지만 테루아 님의 발이 묶여서 다행이죠. 대신 제가 올 수 있었으니까요."

자이트의 말에 나는 작게 웃었다.

"오빠도 기달티 팬이에요?"

"아니요, 저는 공주님 팬입니다."

뜻밖의 말에 나는 깜짝 놀랐다. 앗, 게다가 이거 어쩐지 부끄럽다!

"저요?"

내가 얼떨떨해하며 되묻자 자이트는 선선히 끄덕이며 답했다.

"네. 시장님 못지않게 열렬하죠."

자이트의 말에 나는 결국 웃음을 터트렸다. 민망하기도 하고 웃기기도 해서. 날 웃게 하고서 자이트도 덩달아 빙긋 웃었다.

"그래서 말인데 부탁이 하나 있습니다."

그가 막 무슨 말을 꺼내려던 차였다. 반대편 복도에서 라이시가 나타났고 그 때문에 자이트는 하려던 말을 멈췄다. 라이시는 가볍게 목례하고는 나와 자이트를 쳐다보며 물었다.

"같이 있다 오시는 겁니까?"

"아니요, 도중에 만났습니다."

라이시는 대답을 듣곤 별말 없이 집무실 문을 열었다. 먼저 온 기달티와 아야라, 시로니가 우릴 기다리고 있었다. 우리가 모인 이유는 앞으로의 일들을 상의하기 위해서다. 하지만 상의라고 해봤자 아야라와 자이트가 주로 의견을 내고 라이시와 시로니가 간간이 덧붙여 말하는, 그리고 나와 기달티는 묵묵히 듣기만 하는 시간이다. 기달티는 원체 말수가 적고, 나는 너무 어려워서 알아듣기에도 바쁘고.

오늘은 우리 성의 운영에 대해 이야기한다는데, 아, 중요한 건 알겠지만 이런 얘긴 그냥 둘이 하면 안 돼요? 이야기에 앞서 시로니가 우리 성의 현황을 간략히 설명했다. 마을 건축이 시작된 지 오늘로 일주일. 이제 나흘 후면 건축이 완료되고 다음 날 이주민들에게 집이 배정된다. 그래서 이주민들이 정착하고 나면 이후에 어떻게 할 것인지가 오늘의 주요 안건이다.

먼저 자이트가 성을 운영하려면 제대로 된 법안과 정책이 필요하다고 말했다. 법안에 정책이라니. 듣기만 해도 졸릴 것 같은데 어떡하지? 하지만 여기서 졸 수는 없잖아. 명색이 공주님인데! 아, 오늘은 그냥 여고생인 셈 치면 안 되나?

"소규모이기에 다양한 방법을 시도할 수 있을 겁니다. 혹시 구상 중인 안이 있으십니까?"

내 속마음은 까맣게 모른 채, 자이트는 오늘도 역시 눈을 빛내며 아야라에게 질문을 던졌다. 자, 이제 이걸로 오늘 자 100분 토론 시작하신다. 질문을 받은 아야라가 부드럽게 대답했다.

"네, 우리는 공동생활을 하려고 해요."

"공동생활이라면?"

"함께 일하고 함께 나누는 거죠."

"잘 이해되지 않는군요. 함께 나눈다는 것이 무슨 뜻이죠?"

"말 그대로, 모두가 온 힘을 다해 일하고 그 소출을 필요에 따라 나누는 거죠."

"필요에 따라 나눈다는 말이 모호하군요. 그렇다면 불공평하지 않을까요? 많은 일을 한 사람과 적게 일한 사람의 공로 차이는 인정하지 않고 그저 필요에 따라 나눈다니 말입니다. 성을 중심으로 그런 일방적인 분배를 하는 것은 꼭……."

자이트가 말끝을 흐리며 아야라를 바라보았다. 이어질 발언에 대해 허락을 구하듯이. 아야라가 상냥히 끄덕이자 자이트는 결국 망설이던 말을 이었다.

"아크제리유트가 지배하던 도시 같군요."

자이트는 자신의 발언이 과격하다고 생각했는지 다시금 아야라의 눈치를 살폈다. 하지만 아야라는 여전히 평안하게 미소 짓고 있었다. 그에 자이트는 안심하기보다는 더 우려 섞인 목소리로 말했다.

"아크제리유트는 세계를 제패하겠다는 야망을 품고 사람들을 착취했습니다. 요새의 승리가 마치 전부인 양 개인의 모든 것을 희생시켰습니다. 그 전체주의의 기본 중의 기본이 바로 그것이었습니다. 일방적으로 착취한 후 일방적으로 재분배하는 것. 저는 아야라 님의 말씀이 그것과 비슷하게 느껴집니다."

"그러신가요? 하지만 글쎄요, 그것과는 많이 다르다고 생각하는데. 그럼 자이트 님의 도시에선 어떤 구상이 진행 중인가요?"

이어지는 우려에 아야라는 슬쩍 발언을 넘겼다. 자이트는 망설임 없이 대답했다.

"저희는 메트로폴리스의 자유주의를 모델로 삼았습니다. 유학 시절 제가 경험한 메트로폴리스는 딴 세계라 해도 좋을 만큼 놀라운 도시였습니다. 고도의 문명과 기술, 인간을 위한 모든 편의 시설이 갖춰져 있었죠. 게다가 단기간에 고도의 발전을 이룬 곳이기도 합니다. 그래서 우리도 발전을 도모하기 위해 그 선례를 따를 생각입니다."

그렇게 말하는 자이트의 목소리는 확신에 차 있었다. 하지만 아야라는 그 확신에 호응해 주지 않았다.

"메트로폴리스라고 하셨나요?"

그렇게 묻는 아야라의 미소엔 도리어 염려가 섞여 있었다. 어쩐지 아까와 반대 상황이다. 아야라는 자이트가 그랬던 것처럼 조심히 되물었다.

"고도의 발전을 이룬 그 도시는 과연 살 만한가요?"

"무슨 말씀이신지?"

"제가 아는 분이 그 도시의 간부였습니다. 그런데 그분께 전해 들은 그곳의 실상은 끔찍하더군요."

아야라의 말에 자이트는 짐짓 당황한 표정을 지었다. 그러자 아야라는 담담히 자신이 아는 것들을 말하기 시작했다.

"그곳은 경제도 산업도 굉장히 발달했지만 사람이 살기에 심히 괴로운 곳이라고 들었습니다. 빈부의 격차는 극과 극을 달려 부유한 자는 모든 것을 누리지만 가난한 자는 빚에 시달리는 비참한 삶을 산다더군요. 심지어 그것은 고스란히 세습되고 날이 갈수록 부자는 더 부유하게, 빈자는 더 빈궁하게 된다죠."

"맞습니다만, 그건 개인의 노력에 달렸죠. 노력한 자는 많은 것을 얻고 노력하지 않은 자는 아무것도 얻지 못하는 공정한 사회입니다."

"부모의 것을 물려받는 것도 공정인가요? 어떤 부모에게서 태어나느냐는 운에 가깝지 않나요?"

"세대를 이어 가는 공정함이죠. 그러니 부모 세대는 더욱 노력해야 하는 겁니다. 자기 자식에게 빈곤을 물려주지 않으려면 말입니다."

"그러려면 굉장히 치열하게 살아야겠군요."

"그래야 발전을 이룰 수 있는 거죠."

"자이트 님께선 그것을 옳다고 여겨 답습하시겠다는 건가요?"

자이트는 대답하지 못했다. 아야라가 말을 이었다.

"메트로폴리스를 지배하는 이요브도 영주로서 매일 한 생명을 피네하스에게 바칩니다. 그러나 그는 제물을 바치기 위해 자신의 손을 더럽히지 않는다고 합니다. 대신 그 도시를 이용해 사람들이 스스로 목숨을 끊게 하죠."

"그건……."

"그곳에선 매일 몇 사람이 스스로 목숨을 끊습니다. 배고픔도 없고 추위도 없는데 말이에요. 아마 메트로폴리스의 대다수 사람이 우리보다 훨씬 나은 생활을 하고 있을 겁니다. 그럼에도 그들은 매일같이 스스로 죽습니다. 왜일까요?"

아야라가 물었지만 자이트는 적당한 답을 찾지 못해 침묵했다.

그때 나는 멍하니 앉아 두 사람의 이야기를 흘려듣고 있었다. 그런데 시로니가 옆에서 나를 쿡 찌르며 속삭였다.

"잘 들어요, 공주님. 지금부터가 재미있는 대목이야."

내가 시로니에게 고개를 돌리는 사이, 아야라는 다시 입을 열었다.

"스스로 죽어야 하는 그 도시가 자유주의를 채택했다고 하셨는데, 그 도시에 정말 자유가 있을까요? 그곳에서 살아남기 위해 사람들은 밤낮으로 일한다고 들었습니다. 괴롭지만 쉴 수 없죠. 그러면 일자리를 다른 사람에게 빼앗기니까. 좋은 자리일수록 사람이 몰리고 경쟁은 치열해지죠. 그 경쟁의 까닭은, 앞서 얘기한 빈부의 격차 때문에. 좋지 않은 자리에 들어가면 빈곤해지고 이후의 삶도 비참하기 때문에 사람들은 거의 목숨을 걸고 좋은 자리를 차지하려 듭니다. 살아남기 위해 한시도 쉬지 못하고 발버둥 쳐야 하는 그런 사회에 진짜 자유가 존재한다고 할 수 있나요? 서열, 직업, 학벌, 소득을 비롯한 온갖 것으로 사람을 옭아맨 그곳에 과연 자유가 있나요? 그곳은 정말, 단 한 사람이라도 미래를 걱정하지 않고 오늘을 상쾌하게 살아갈 수 있는 그런 곳인가요?"

나는 아야라의 이야기를 들으며 조금 놀랐다. 저 얘기가 마치 우리 세계, 그러니까 내가 온 곳의 이야기 같아서. 앗, 하지만 아니다. 아야라가 이야기하는 건 피네하스의 지배를 받는, 그리고 최악의 영주라는 이요브가 다스리는 도시의 이야기다. 우리 세계의 이야기가 아니야.

그래서 호기심이 생겼다. 그 도시는 대체 어떤 곳인데 아야라가 저렇게 혹독하게 평하는 걸까? 아야라가 말을 맺자 가만히 듣던 자이트가 반박했다.

"확실히 그런 부분이 있기는 합니다. 경쟁에 낙오되는 이들도 분명히 있죠. 하지만 그것만이 전부는 아닙니다. 비유하자면 그것은 말을 달리게 하는 채찍질입니다. 그리고 목적지에 준비된 많은 보상입니다. 사람은 말과 같아서 그저 풀어 놓으면 이리저리 돌아다닐 뿐입니다. 하지만 제대로 된 동기와 보상이 주어지면 온 힘을 다해 달릴 수 있죠. 그들은 자신의 삶을 발전시킬 수 있고 그것으로 도시 또한 성장의 동력을 얻는 겁니다."

"사람에게 채찍질은 필요 없어요."

"아니요, 필요합니다. 요새에서 수십만 명의 사람을 다스려 봤기에 확언할 수 있습니다. 그것은 반드시 필요합니다."

"어째서죠?"

"인간은 기본적으로 악하기 때문입니다."

그렇게 말하는 자이트의 어조는 어느 때보다 단호했다.

"인간은 선천적으로 이기적이고 나태합니다. 이익이 없는 한 움직이지 않습니다. 일한 만큼 얻을 수 있어야 일하고 논 만큼 굶주려야 간신히 위기를 느끼고 몸을 움직입니다. 그래서 인간은 철저하게 보상과 채근으로 다뤄야 합니다."

"지금 말씀하시는 인간상에는 자발성이라는 게 없군요."

"그렇게 보실 수도 있습니다. 그래서 자발성을 일으키고자 채찍질을 가하는 겁니다."

"죽지 않으려고 발버둥 치는 걸 과연 자발성이라 할 수 있나요? 그건 본능이죠. 인간만이 아니라 모든 생물이 가지고 있는."

아야라는 그렇게 단언하며 자이트의 말을 부정했다.

"인간에게 동기가 필요하다는 건 동의합니다. 하지만 그것이 반드시 삶과 직결된, 생계의 문제로 이어져야 합니까?"

"무슨 말씀이시죠?"

"인간이 가난이라는 비참에 처해도 괜찮은 존재냐는 물음입니다."

"물론 가난하지 않은 편이 좋습니다. 모든 인간이요. 하지만 나태한 인간은 필연적으로 가난해지고 그건 결코 부당한 일이 아닙니다."

자이트의 말이 아야라의 심기를 건드린 것 같다. 아야라의 미소가 조금 날카로워졌다. 가느다란 미소를 지은 채, 아야라는 온화한 듯 서슬 퍼런 말로 자이트에게 일침을 가하기 시작했다.

"과연 그럴까요? 가난한 것이 반드시 나태한 자들만의 일입니까? 부모의 가난을 대물림한 자, 교육의 기회에서 소외된 자, 출중한 재능을 타고나지 못한 자, 심지어 운이 없는 자까지도. 그래서 온 힘을 다해 달렸지만 목적지에 도달하지 못하는 자들이 과연 없을까요? 하물며 자리조차 충분치 않은 그 목적지에 조금 늦었다고 쫓겨나는 이가 없을까요? 다 다른 사람을 다 같은 경주에 세워 달리게 하는 것도 불공평합니다. 그럼에도 결과만을 보고 부자는 성실하며 가난한 자는 나태했다 말하는 건 지나친 일반화가 아닌가요? 그리고 그 일반화로 인간이 가난해지는 것을 정당화하는 것 또한, 너무 섣부른 판단 아닙니까?"

아야라의 말이 부드럽고도 날카롭게 찌르고 들어왔지만 자이트도 물러서지 않았다.

"네, 몇몇 사람의 불가피한 탈락은 저도 인정합니다. 그 체계는 분명 완벽하지 않습니다. 그러나 최선인 것은 맞습니다. 버려지는 자들에 대해선 저도 안타깝게 생각합니다. 하지만 사회라는 더 큰 단위를 위해서라면 어느 정도 희생은 감수할 수밖에 없습니다."

자이트의 말에 아야라가 싱긋이 웃었다. 씁쓸한 미소였다.

"우리의 의견 차이가 바로 거기서부터 시작되는 것 같네요."

그렇게 말하며 아야라는 괴로운 듯 고개를 내저었다.

"버려지는 사람이 그저 안타까울 뿐이니, 안 돼요. 그 사람의 처절함을 그저 그렇게 여기고 묵인하다니, 절대로 안 됩니다. 자이트 님께서는 한 세계에서 몇 명이 희생하는 것을 인정하시죠. 하지만 우리는 그것을 인정하지 못합니다. 우리에겐 한 사람이 한 세계입니다. 그 한 사람을 포기하는 건 한 세계의 붕괴를 의미합니다."

"한 사람도 포기할 수 없다니, 지나친 이상입니다."

"아니요, 그게 진짜 현실이죠. 세상 모든 사람이 배부를 때 나만 굶주리고 있다면, 어쨌든 내게 그건 가난한 세상입니다. 이 세계는 결코 다수에 의해 결정되지 않습니다. '나'라는 각 개인에게 투영되는 모든 것이 세계입니다. 아흔아홉 명이 행복하고 한 명이 불행하다면,

그곳엔 분명 하나의 불행한 세계가 존재합니다. 그리고 그 불행한 세계는 그 한 사람에게 전부입니다. 해결되지 않는 문제들 때문에 소수를 희생하고 다수를 살리고자 하는 마음은 이해합니다. 그것을 효율이자 최선으로 여기시겠죠. 하지만 희생당해야 하는 그 한 사람을 제대로 볼 때, 그 수학적 사고가 부조리하다는 걸 아실 겁니다."

자이트의 얼굴이 조금 굳어졌다. 아야라가 알고 말했는지 모르고 말했는지는 모르겠지만, 자이트는 이제까지 수학적 사고로 사람들을 다스려 왔다. 시로니가 말한 것처럼 아크제리유트의 앞잡이로서, 다수를 위한다는 말로 매일 몇 사람을 외면하던 사람이다. 방금 아야라의 말이 꽤나 아프겠다는 생각을 하며 나는 자이트의 안색을 살폈다. 확실히 자이트는 난감한 표정이었다.

두 사람의 대화를 들으며, 지금은 같은 테이블에 앉아 있는 두 사람이 서로 참 다르다는 걸 깨달았다. 아야라는 온실의 도둑고양이 출신이다. 집도 없이 뒷골목에 숨어서 유년기를 보냈다. 반면 자이트는 든든한 배경을 가지고 젊은 나이에 승진 가도를 밟은 엘리트다. 바닥을 경험한 사람과 항상 위에 있던 사람. 그게 바로 이 둘이다.

그래서인지 두 사람의 견해는 그토록 달랐다.

"그럼 어떻게 합니까. 모든 자를 끌어안고 간다는 것은, 아까 이야기한 것처럼 불공평합니다. 그것은 오히려 유능한 자들에 대한 역차별입니다. 능력자들은 자신의 힘으로 이윤을 내고 그것을 자신의 곳간에 쌓습니다. 그것이 그들이 열심히 일하는 동기입니다. 그것을 빼앗는 건 오히려 부당하고 가혹한 일 아닙니까?"

아야라는 살며시 웃었다. 아까 자이트의 빈틈을 찌를 때 지었던 것과 같은 미소였다.

"가혹이라고 하셨나요? 글쎄요, 제가 진심으로 궁금한 건 이겁니다. 제 곁엔 타인의 아픔에 눈물 흘리는 분이 계십니다. 그분은 괴로워하는 사람이 있으면 늘 대신해서 울어 주셨죠. 하지만 그와 정반대로, 바로 옆에서 사람이 굶어 죽어도 자신의 창고에 있는 수많은 식량을 조금도 양보하지 않는 사람들이 있습니다. 그들은 오히려 되묻습니다. 내 능력으로 내가 모아 둔 건데 왜 무능력자들을 위해 양보해야 하느냐고."

아야라는 그렇게 자이트가 공정함이라고 말한 것을 전면으로 부정했다. 자이트가 반박하려 했지만 아야라는 마저 말을 이었다.

"그런데 양보라고 말하기 전에, 개인의 능력에 대해 조금 더 냉정히 평가해 봐야 하지 않을까요? 그 부자의 유능함이 과연 전부 노력으로 된 일인가요? 그보다는 더 많은 부분이 선물로 이루어지지 않았나요? 유복한 가정에서 태어나고 좋은 환경에서 자라, 게다가 영리한 머리와 건강한 몸을 타고난 것이 과연 노력입니까? 심지어 근면한 기질마저도 스스로 만들었다고 할 수 있습니까? 아뇨, 그건 선물입니다. 거저 받은 거죠."

"그런 개인차는 인간이 어떻게 할 수 없는 부분입니다. 그것까지 고려할 수는……."

"맞아요, 인간이 어떻게 할 수 없죠. 그래서 모든 사람에게 똑같은 잣대를 대고 줄을 세우는 게 부당하다고 하는 겁니다. 부자와 빈자가 될 수밖에 없는 원인은 우리가 고려할 수 없는 영역입니다. 하지만 결과라면 우리가 충분히 고려해 볼 만하지 않나요? 한 개인이 그토록 유능하고 위대하게 태어난 것이, 과연 평생 먹지도 못할 식량을 어두운 창고에 쌓아 두라는 의미일까요?"

자이트의 기색이 또다시 불편해졌다. 하지만 원체 예의 바르고 온화한 사람이라 얌전하게 대꾸했다.

"너무 현학적으로 번지는 것 같습니다만."

"그렇게 느껴지신다면 죄송합니다. 그럼 아크제리유트의 예를 들어 보죠. 그자는 영주의 아들로 태어나 부족함 없이 살다 또 한 번 피네하스의 눈에 들었습니다. 부유하고 강한, 게다가 운도 좋은 그야말로 축복받은 자죠. 그런데 그의 삶에 단 한 점이라도 옳은 것이 있었습니까?"

"……없었습니다."

"힘을 가진 인간이 그것을 자신의 특권이라고 생각할 때, 자이트님이 간신히 탈출하신 그 탑은 다시 지어질 겁니다. 반대로 그것을 하늘의 선물이라고 생각할 때, 그는 이 선물을 어떻게 이용해야 할지 고심하고 비로소 주변을 돌아보게 되겠죠. 우리가 만들고자 하는 마을은 그런 마을입니다. 잘하는 사람은 잘하도록, 조금 못하는 사람은 못해도 괜찮도록. 다만 매일 자신의 온 힘을 다하도록 하는."

자이트는 그런 일은 있을 수 없다는 듯 고개를 내저으며 말했다.

"그게 과연 인간에게 가능한 일입니까?"

그 물음에 아야라는 비로소 부드럽게 웃었다.

"아까 말씀하셨죠. 우리의 계획이 아크제리유트의 지배와 닮았다고. 하지만 우리가 지향하는 건 아크제리유트의 전체주의도 이요브의 자유주의도 아니에요. 사실 그건 모두 말장난이죠. 그런 체계와 이념은 말하자면 그릇, 그릇도 물론 중요해요. 하지만 그보다 더 중요한 건 내용물인 우리들, 인간 그 자체죠. 우리는 모든 사람 한 명 한 명이 존중받고 또 서로를 존중하길 원해요. 그러기 위해 우리는 공동생활을 준비한다고 말씀드렸죠? 그건 체계라는 거창한 말보단 가족이라는 소박한 말이 더 어울릴 거예요. 부모가 일하고 돌보면 아이들은 슬하에서 자라납니다. 단지 그거예요. 가장은 강한 힘으로 많은 것을 벌어들이지만 절대 그것을 독식하지 않습니다. 부양하는 가족들이 잘 살아갈 수 있도록 기꺼이 양보하죠. 자신의 강인함으로 가족들을 지키고 먹여 살립니다. 우리가 원하는 건 바로 그런 거예요."

앞에서 한 말은 너무 어려워서 대부분 놓쳤지만, 이 부분은 잘 알아들었다. 우리 모두가 가족이 되는 것. 그러고 보니 우리 성은 이미 가족 같다. 기달티가 아빠, 아야라가 엄마, 라이시는 큰형. 그들은 그렇게 가장으로서 어린아이들과 사람들을 돌본다.

하지만 자이트는 여전히 석연치 않은 얼굴이다.

"안일합니다, 지나치게 안일합니다. 그런 식이라면 정작 도움이 될 인재들은 다 이 성을 떠날 겁니다. 이곳에선 아무리 능력을 발휘해 봐야 더 높은 곳이 없지 않습니까."

"우리에게 진짜 인재는 자신의 몫을 챙기는 데 급급한 사람이 아니라 더불어 살아갈 줄 아는 사람이에요."

"지나친 꿈입니다. 세상에 그렇게까지 자신을 희생할 사람은 없습니다. 유능한 인재들이라면 더 그렇습니다. 그들은 영리하고 자신의 잇속에 빠릅니다. 지금 말씀하시는 건 상상으로만 가능할 겁니다."

"그럼 묻죠. 기달티, 알타쉬헤트, 그리고 키브사 공주님. 이 사람들이 누구죠?"

"무슨 뜻이죠?"

"세계를 통틀어 가장 놀라운 인재들 아닌가요? 그런데 지금 이렇게 우리와 함께 계시죠."

앗, 난 아닌데! 나는 깜짝 놀랐지만 자이트가 꽤 충격받은 얼굴이라 애써 태연한 척했다. 그래, 여기서 분위기 깨면 안 돼.

"세상엔 아크제리유트 같은 지도자도 있습니다. 사실 그런 사람이 대다수죠. 권력을 쥐면 거기에 취해서 방종하게 세상을 뒤흔드는. 하지만 기달티 같은 지도자도 분명 있습니다. 모든 것을 가질 수 있지만 갖지 않는, 오히려 자신이 가진 것으로 많은 사람을 보살피는. 그 아래에서 우린 그런 이들을 길러 낼 생각입니다. 우리의 교육이 궁금하다고 하셨죠? 그게 바로 우리 가르침의 핵심입니다."

자이트는 할 말을 잃은 듯 우리를 돌아보았다. 그는 반론하지 못했다. 이론에 대해서만 논한다면 할 말이 아직 잔뜩 있을 거다. 하지만 아야라는 자이트에게 직접 보여 주었다. 가장 강한 영주인 기달티, 못지않게 유명한 라이시, 그리고 무려 하늘의 공주님이신 나까지. 겸손한 아야라는 자신을 제외했지만 내가 보기엔 아야라도 놀라운 사람이다. 평소에도 느낀 거지만 오늘 대화를 보며 또 한 번 느꼈다.

나야 뭐, 보통 여고생이니 제외한다 해도 그 세 사람은 원한다면 세계 정복도 무리가 아니다. 하지만 그들은 자신의 욕심을 채우는 일엔 관심을 두지 않았다. 한 명이라도 더 많은 사람을 구하기 위해 애쓸 뿐이다. 이 세 사람의 존재는 자이트의 사상을 완벽하게 부정한다. 인간은 이익이 없는 한 움직이지 않으며, 그러기에 철저하게 보상과 채근으로 다뤄야 한다는 자이트의 생각은 이들에게 전혀 통하지 않는다.

자이트는 혼란스러운 듯, 또 한편으로는 당황스러운 듯 말했다.

"여러분은 특별합니다. 여러분이 특별한 겁니다. 다른 대다수의 사람은 결코 그렇지 않습니다."

"그러니 제대로 된 교육이 필요한 거죠. 배움은 좋은 점수를 위해서가 아니라 제대로 된 삶을 살기 위한 거니까."

결정타였다. 자이트는 이 명백한 증거들을 받아들일 수밖에 없었고, 또 그것이 자신이 구상한 세계보다 더 이상적이라는 것도 인정할 수밖에 없었다.

단 한 사람도 소외당하거나 탈락하지 않고, 아무도 굶주리거나 가난하지 않은 마을. 모든 사람이 자신의 능력을 마음껏 발휘할 수 있고, 자신의 특기로 서로를 돕는 마을. 아, 만일 그런 곳이 존재한다면 그건 정말 낙원이 아닐까?

나는 우리가 만들고 있는 마을이 정말 그런 곳이 되었으면 좋겠다고 생각했다. 그리고 정신적 빈사 상태에 빠진 자이트는 여전히 당황스러워하면서도 이 기회를 놓칠 수 없다는 듯 아야라에게 물었다.

"그럼 어떻게 해야 기달티 님 같은 지도자를 만들 수 있습니까?"

그 물음에 아야라는 밝게 웃었다. 그리고 조용히 답했다.

"우리 공주님과 친구가 되세요."

자이트는 그 말의 의미를 이해하지 못했다. 그러자 아야라가 친절하게 덧붙였다.

"다른 사람의 아픔에 우는 이 공주님을 사랑하게 되면, 그러지 않을 수 없을 테니까요."

나는 지금까지 아야라가 그저 순한 동네 언니인 줄로만 알았다. 착한 미소와 다소곳한 몸가짐, 온화한 목소리. 그게 아야라의 전부인 줄 알았다. 그랬는데, 오늘 와서야 그게 내 오해였다는 걸 깨달았다. 아야라는 그저 순한 사람이 아니라 말짱하게 웃는 얼굴로 한 사람의 영혼을 탈탈 털어 버릴 수 있는 사람이었다. 세상에나.

그 사실을 깨닫게 해주신 분은 영혼까지 하얗게 불태운 자이트 님 되시겠다. 그 오빠는 지금 집무실에 남아 아야라와 번외 토론을 벌이는 중이다. 아, 정말 지치지도 않나 봐.

방실방실 웃으며 눈빛은 이글대는 두 사람을 뒤로한 채 우리는 집무실에서 탈출했다. 나는 밖으로 나오며 기지개를 쭉 켰다. 아, 지루해서 혼났다. 오늘도 역시 어려웠어. 그렇게 푸념하는데 뒤에 있던 라이시가 내 머리 위로 얇은 책 한 권을 올려 놨다. 앗?

나는 떨어지려던 책을 받아 펼쳐 보았다. 책은 책인데, 페이지마다 낯선 글자가 큼직하게 쓰여 있었다. 나는 그 책을 훑어보며 라이시에게 되물었다.

"이게 뭐야?"

"기달티한테 빌린 글쓰기 교본입니다. 오늘부터 틈틈이 가르쳐 드릴 테니까 공부해 오십시오."

공부라는 말에 나는 질색했다. 방금도 간신히 버텼는데 또? 아, 공부 싫어. 내 싫증 난 표정을 보고 라이시가 말했다.

"지난주만 해도 배울 거라고 했잖습니까?"

"일주일이면 내 의지는 사라지고 말아."

"이렇게까지 박약할 줄은. 그래서 동기 유발이 필요했군요."

"응, 그때 준 바느질 책은 레나나가 가져갔어. 보자마자 탐내더라."

"잘하셨네요."

"좀 충격이었어. 너는 바느질을 그렇게 생각하는구나. 원래도 좀 변태라곤 생각했지만, 그렇게 격하게 변태일 줄이야."

"그 책은 제 취향을 반영한 게 아니라 공주님의 수준을 고려한 거였습니다. 공주님과 바느질의 선정성은 동급이니까요."

나는 들고 있던 책을 휘둘렀고 라이시는 가볍게 피했다. 으악, 이 짜증 나는 자식! 내가 라이시랑 그렇게 투덕거리고 있을 때였다. 뒤늦게 집무실에서 나온 자이트가 나를 불렀다.

"공주님."

"아, 오빠."

내가 자이트를 향해 목소리를 바꾸자 옆에 있던 라이시는 슬쩍 입을 가렸다. 비위 상한다는 듯이. 야, 너 진짜…….

"말이 길어져서 많이 지루하셨죠?"

"아니요, 잘 들었어요."

라이시가 뒤에서 '거짓말하면 안 되지'라고 나만 들리게 말했고, 나는 한 걸음 물러나며 라이시의 발을 꾹 밟아 버렸다. 자이트는 그걸 까맣게 모른 채 평소처럼 사람 좋게 말했다.

"아까 못한 얘기를 계속해도 될까요? 기달티 님과도 정식으로 논의할 테지만 먼저 공주님 의향부터 여쭤 봐야 할 것 같아서 말입니다. 단도직입적으로 말씀드리겠습니다. 저희 도시로 와주시겠습니까?"

뜻밖의 제안에 나는 놀라서 되물었다.

"네?"

"이 성에 생길 공주님의 빈자리는 저희가 온 힘을 다해 채우겠습니다. 그러니 저희와 함께해 주세요. 우리 도시의 규모는 이 마을의 수십 배입니다. 그래서 사람들을 하나로 모을 만한 인물이 반드시 필요합니다. 그리고 그런 상징적인 인물이라면 공주님 외엔 없습니다."

나는 뭐라 대답하지 못하고 뒤에 선 라이시를 돌아보았다. 라이시도 당황했는지 표정이 좀 굳었다. 내가 대답을 못 하자 자이트가 재차 말했다.

"사실 가볍게 권유드릴 생각이었는데 아야라 님의 말씀을 듣고 공주님을 꼭 모시고 싶어졌습니다. 어떠십니까?"

"아, 글쎄요. 좀 갑작스러워서."

내가 머뭇대자 자이트는 온화하게 웃었다.

"당장 대답을 주실 필요는 없습니다. 저희가 떠날 때까지만 말해

주시면 됩니다."

나는 어쩔 수 없이 고개를 끄덕였다. 그렇게 말한 후 자이트는 목례하고 우릴 떠났다. 자이트가 떠나자 조용히 서 있던 라이시가 등 뒤에서 물었다.

"가실 겁니까?"

나는 선뜻 대답할 수 없었다. 글쎄, 어떡하지?

"일단 신경은 정상이야. 그런데도 안 보이는 건 심리적인 탓이니까 일단은 안정을 좀 취해 봐요. 그럼 나아질 수도 있을 거야."

눈이 나아질 수 있다는 말에 나와 제미라는 함께 기뻐했다. 시로니도 싱긋 웃으며 차트를 마저 넘겼다.

"다른 부분도 나쁘지 않아요. 감염을 좀 걱정했는데 관리를 깨끗하게 잘해 준 모양이네. 최근에 부러진 다리도 어긋남 없이 잘 붙었고. 앞으로 전치 8주, 안정만 잘 취한다면 문제없어요."

마을 건설을 총괄하느라 바빴지만 시로니는 이렇게 틈틈이 제미라와 우즈, 그리고 야빈과 그의 두 동생까지도 살펴 주었다.

의사를 자처한 시로니의 원래 전공은 의학이라고 했다. 원래 전공이라니, 그럼 다른 전공이 또 있다는 뜻일까? 물어보니 시로니는 두 개의 전공과 다섯 개의 부전공을 했다고 한다. 전공은 의학과 사회학, 부전공은 생물학과 역사, 정치, 경제, 그리고 기계공학이란다. 내가 그 얘길 듣고 놀라자 시로니는 모든 학문은 정점에서 일맥상통하기 때문에 하나에 정도하면 나머지는 쉽다고 대수롭지 않게 말했다.

공부를 좋아하는 사람이 세상에 정말 있긴 있나 보다.

그런 어마어마한 선생님께서 진찰해 주신 결과, 제미라는 앞서 말한 것처럼 잘 쉬면 시력이 돌아올 수도 있다고 했다. 반면 우즈는 영구적 손상이라 회복이 어렵다고. 다만 잘려 나간 혀가 일부여서 연습하면 조금씩 말을 할 수 있을 거라고 했다.

야빈과 그 동생들에 대해선 가장 안 좋은 이야기를 들었다. 약물과 수술로 대강 만들어 놓은 합성물이라 앞으로 어떻게 될지는 아무도 모른다고 했다. 뿔과 귀 모두 동물의 것을 이식한 건데, 그러기 위해 합성에 쓰인 사람과 동물 모두 유전자 단위의 변형이 가해졌을 거라는 설명이었다. 그러니 본인들도 단명하겠지만 2세는 갖기 어렵고 가능해도 갖지 않는 편이 나을 거라는 의견을 덧붙였다.

그 얘길 듣고 나는 또 마음이 한없이 불편해졌다. 단순히 뿔이 난 거라고만 생각했는데, 그게 아니었다.

"대체 왜 이런 짓을 한 거죠?"

"나삭 교수가 진행 중인 프로젝트가 있는데 그 내용의 일부예요. 그런데 그걸 가지고 생체공학 쪽 애들이 내기를 한 모양이에요. 누가 가장 빨리 반인반수를 만드느냐를 놓고. 정말 미친 애들이죠."

내기라고? 정말 말도 안 돼. 내 표정이 안 좋아지자 시로니는 심각해지지 말라며, 그 연구소에선 흔하디흔한 일이라며 위로 아닌 위로를 건넸다.

시로니를 통해 들은 그 연구소는 모든 것을 궁금해하고 모든 것을 시도해 보는 사람들이 모인 곳이었다. 천재적인 소질을 가진 그 사람들은 세상의 모든 것을 파헤치고 싶어 했고 그러기 위해서라면 무엇도 불사하지 않았다. 타인의 삶과 생명까지도.

“그들은 생각하죠. 위대한 진리를 밝히는 일에 인간 몇의 목숨은 싼값이라고. 그도 그럴 게, 아야 씨 말마따나 수학적 사고밖에 못 하는 놈들이거든요. 세상엔 흐드러지게 많은 인간이 있고 그중엔 잉여라고 해도 좋을 만한 자들도 많이 있으니, 진실을 밝히는 데 쓰는 게 오히려 유익하다는 입장이에요.”

그 잉여가 바로 지카다. 내가 이 세계에 남기로 결심하게 만든 그 아이. 그렇게 생각하니 가슴이 답답해졌다.

큰 싸움이 끝나고 우리 성에는 평화가 찾아왔다. 그뿐만 아니라 미래에 대한 희망도 함께 차올랐다. 하지만 그건 우리 성의 이야기일 뿐이다. 여자들이 몸을 팔고 태아를 죽이는 시믈라의 온실은 여전하다. 그리고 이야기로만 들은, 그 실상이 참담하기 그지없는 나삭의 연구소와 이요브의 메트로폴리스도 그대로 있다.

아직 멀었다. 나는 아직도 지카를 구하지 못했다. 나의 지카는 여전히 태어나기도 전에 살해당하고 실험체로 쓰이며 스스로 목숨을 끊는다.

“심각해지지 마세요, 공주님. 그래도 많은 것이 변했으니까. 나는 저 양머리 꼬마들이 여기 있을 줄은 상상도 못 했어요. 소름 끼칠 정도로 놀랐다고요.”

그렇게 말하며 빙글거리는 시로니는 꽤 즐거워 보였다. 왜 저리 기분이 좋은 걸까? 이유가 궁금했지만 시로니는 내가 물을 틈도 없이 다른 얘길 꺼냈다.

"참, 그보다 자이 씨가 같이 가자고 했다면서요?"

시로니의 물음에 나는 고개를 끄덕였다.

"자이 씨 엉큼하네, 이런 어린 아가씨를 꼬시고."

그 실없는 말에 나는 그냥 웃어 버렸다. 아, 그러고 보니 그것도 있구나. 너무 갑작스러운 초대라 아직도 얼떨떨하다. 혼자 고민하다가 기달티와 아야라에게도 말해 봤는데 그 두 사람은 그냥 좋을 대로 하라고 했다. '그곳에 공주님이 필요하다면, 그리고 공주님이 가길 원하신다면 가시는 게 옳다고 생각해요'라면서. 덕분에 선택은 고스란히 내 몫이 되었다.

어떡하지? 가야 할까, 말아야 할까? 내 마음만 두고 얘기한다면 나는 물론 우리 성에 있는 게 좋다. 여긴 기달티와 아야라가 있고, 내가 아끼는 아이들이 있으니까. 그리고 또…….

원치 않게 번진 생각에 마음이 먹먹해져서 나는 몰래 웃었다. 하지만 그날 라이시는 내게 말했다. 이곳에 놀러 온 게 아니라고. 그런 감정은 가질 필요 없다고. 물론 그렇다. 물론 그래. 그러니 나는 내가 있고 싶은 곳보다는 있어야 할 곳, 나를 필요로 하는 곳으로 가야겠지. 그런 의미에서 이곳, 기달티 성은 내가 없어도 좋다. 모든 문제는 해결되었고 남은 일들은 기달티와 아야라, 그리고 라이시가 잘할 테니까. 그러니까 나는 이제…….

시로니와 성 밖으로 막 나오는 순간 저 멀리 라이시가 보였다. 그는 오늘도 이주민들 사이에서 바빠 보였다. 그 복잡한 틈바구니에서 한 여자아이가 라이시에게로 다가갔다. 그 아이는 라이시의 도움에 보답하려는 듯 들판에서 꺾어 온 꽃 한 송이를 그에게 내밀었다. 라이시는 꽃을 받더니 그것을 그 아이의 머리에 꽂아 주었다. 아이는 기뻐하며 돌아갔고 라이시도 무덤덤하게 자기가 일할 곳으로 돌아갔다.

멀리서 그 광경을 지켜보는데 마음에 구멍이라도 뚫린 것 같았다. 라이시는 저렇게 모든 사람에게 상냥하다. 표정만 아닌 척할 뿐 늘 그렇다. 내가 특별한 게 아니야.

이미 알고 있는 사실이지만 그걸 다시 한 번 확인당한 것 같아서, 어쩐지 앞으로 발을 디딜 수가 없었다. 아무렇지도 않게 그에게 다가갈 수가 없었다. 그래서 나는 그 자리에서 한참 동안 망설였다. 그렇게 멀리서 그를 지켜보는 사이, 그의 고개가 이쪽으로 향했다. 나는 차마 마주 볼 수 없어 고개를 돌렸다. 그러다 결국 걸음을 무르고야 말았다.

사흘 후 드디어 모든 집의 건축이 끝났다. 사람들은 천막 생활에서 벗어나 새집에 들어갔고, 우리는 입주자들을 대상으로 인구조사를 했다. 이제 이것만 마치면 저 사람들은 정식으로 성의 주민이 된다.

자이트에게 받은 가축들과 이번에 만든 농장은 다 성에 귀속시켰다. 물론 우리가 독점하겠다는 의미는 아니다. 마을이 정상화될 때까진 성에서 분배해야 하기 때문이다.

주민들의 집을 다 짓고 나서 지금은 성 옆에 학교를 짓고 있다. 앞으로 모든 아이는 부모가 일하는 사이 학교에서 교육과 보호를 받을 것이다.

학교 건축이 끝나면 다 같이 밭에 씨앗을 뿌리고 모종을 심기로 했다. 그럼 드디어 논과 밭, 그리고 과수원이 완성된다. 그날 밤에 우리는 마을이 완성된 걸 기념하며 큰 축제를 열 것이다. 사람들은 그 날을 기대하며 함께 힘을 모아 일했다. 우리의 낙원은 점차 완성되고 있었다.

학교 건축이 막 시작된 날 밤이었다. 자려고 누웠는데 시로니가 갑자기 내 방으로 쳐들어왔다.

"공주님, 자요? 아직 안 자면 나랑 놀고 자면 일어나서 나랑 놀아요!"

네? 뭐라고요? 저기요! 잠옷 차림이던 나는 황당해서 시로니를 쳐다보았다. 하지만 시로니는 무작정 밀고 들어오더니 내 책상 위에 한 아름의 책들을 쿵 내려놓았다.

"그게 다 뭐예요?"

"아, 알트 씨가 빌려준 자료들이에요. 체파르데아의 일기라는데, 흥미로운 게 있어서 필사를 좀 하려고요."

"근데 그걸 왜 가져왔어요?"

"필사라는 건 무식한 단순 노동, 다른 일을 병행해야 지루하지 않죠."

아하, 그러니까 본인은 이제부터 지루하게 받아쓰기를 해야 하니 옆에서 심심풀이가 되어 달란 말이군요? 그게 뭐야, 난 지금 잘 준비를 다 끝냈단 말이야. 나는 시로니에게 내가 지금 얼마나 피곤하고 졸린지를 진지하게 알려 주려고 했다. 그런데 시로니가 선수를 쳤다.

"알트 씨랑은 어떻게 된 거예요?"

그 한마디에 나는 시로니를 내보낼 말을 잊어버리고 말았다.

"뭐, 뭐가요?"

시치미를 뗐지만 그건 오래가지 못했다. 시로니는 집요하고도 예리하게 라이시에 대한 걸 캐물었고 나는 망설이면서도 결국 다 실토해 버렸다.

정말 버틸 수가 없었다. 시로니는 이미 내가 라이시를 좋아한다는 걸 다 아는 데다가, 나도 답답해서 누구한테라도 얘기를 좀 하고 싶었으니까. 하지만 이 성에서 누구에게 그런 이야기를 하리요. 기달티? 아야라? 제미라한텐 말했지만, 화기애애하게 푸념을 늘어놓을 분위기는 아니었다.

그래서 나는 결국 시로니가 궁금해하는 전말을 다 털어놓았다. 그 사이 시로니는 내 방을 방문한 상기의 목적, 기록 필사를 시작했다. 아무래도 보기 좋게 말려든 것 같지만 이미 이야기를 시작한 이상 어쩔 수가 없다.

"우와, 정말?"

내가 차였다는 얘길 듣고 시로니는 눈을 별처럼 반짝였다. 완전 흥미진진한 얼굴이다. 시로니가 팔짱을 끼고 한 손으로 턱을 괴며 나를 바라보았다.

"어머, 그랬구나. 어머머, 그런 분위기였구나? 난 얘네 뭔가 했지.

사귀는 것도 아니고 뭐도 아니고 애매모호한 게. 그런데 그랬구나?"

애매모호하다니, 뭐가 애매모호하다는 뜻이지?

"실수였대요? 실수? 그래 놓고 실수라고 발뺌했어? 세상에, 쓰레기. 그렇게 안 봤는데 완전 건달 같은 놈이네."

내가 애매모호라는 말뜻을 고민하는 사이 시로니가 황당하다는 듯 말했다. 그 말에 나는 조금 울컥해 버렸다.

"욕하지 마요."

내가 뾰로통하게 말하자 시로니가 날 보며 피식 웃었다.

"어머, 욕하니까 기분 나빠요? 뻥 차였는데도 욕하면 기분이 나빠요, 우리 공주님?"

으익…….

"하하, 풋풋하네."

풋풋? 하, 풋풋하긴요. 인생은 멀리서 보면 희극이지만 가까이서 보면 비극이라죠. 당사자는 죽을 지경이거든요? 나를 그렇게 놀려 놓고 시로니는 내 어깨를 두드렸다.

"뭐, 너무 상심하지 마요. 또 좋은 사람이 있을 거예요. 우리 자이씨 같은 남자 어때?"

"아, 좋죠. 잘해 줄 것 같아요. 착하고 자상하고."

"맞아요, 남사는 잘생긴 거 다 필요 없어요. 마음고생 안 시키는 게 제일이지."

시로니의 말에 나는 고개를 끄덕였다. 맞아, 다 필요 없어! 마음고생 안 시키는 남자가 제일이야! 내가 격하게 동의하자 시로니는 장난스럽게 말했다.

"그러니까 이참에 갈아타요."

"뭘 갈아타요?"

"뺏어 버려."

"안 돼요, 또 뺨 맞긴 싫어요."

나는 손사래를 치며 시로니와 같이 웃었다. 그렇게 웃는데, 시로니가 갑자기 직구를 던졌다.

"그런데 왜 차였을까?"

윽, 아프다! 이 사람 진짜, 시원시원한 건 좋지만 가끔 너무 무자비하잖아. 갑자기 치고 들어온 시로니의 공격에 나는 조금 볼을 부풀리며 답했다.

"몰라요, 그걸 왜 나한테 물어요?"

"으음, 부족한 건 역시 색기?"

고등학생한테 뭘 바라는 거야, 지금. 나는 기가 막혔지만 시로니는 사뭇 진지한 태도로 내 모습을 뜯어보기 시작했다. 그러더니 고개를 갸웃거렸다.

"맞는 것 같은데? 침대에 누워 있는데 어쩜 이렇게 안 야하지?"

아니, 청소년이 건전한 게 뭐가 나빠!

"아, 공주님. 안 되지, 좋아하는 사람이 있다면서 그런 미지근한 자세로 어쩔 거야?"

시로니는 자신의 발언이 내게 화살같이 꽂힌다는 걸 과연 알까? 차인 지 며칠 안 된 여자에게 왜 차였냐느니 안 야하다느니 미지근하다느니, 진짜 너무하잖아.

“공주님, 이건 소재보다는 포장 문제예요. 아크 씨한테 보여 줬던 거 반만 해도 넘어올 텐데?”

“됐거든요!”

내가 발끈해서 소리치자 시로니가 능글맞게 나를 구슬렸다.

“에이, 들어봐. 그때에 비해 공주님 지금 너무 애처럼 하고 다니잖아. 그 잠옷부터 그래. 딱 모자 쓰고 곰돌이 안고 자게 생겼네. 파파마마 굿 나잇 하게 생겼다고.”

시로니는 역시나 설득, 혹은 회유에 능했고 나는 또 바보같이 거기에 걸려들었다.

“그, 근데 어차피 잠옷이잖아요. 잘 때만 입는 건데 뭐.”

“그게 미적지근하다는 거지, 공주님. 모처럼 한 성에서 사는데 왜 이 좋은 소재들을 안 쓰냐 말이야. 밤중에도 얼마든 만날 수 있는 거잖아?”

“밤에 어떻게 만나요?”

내가 눈을 멀뚱 뜨고 되묻자 시로니는 머리가 아프다는 듯 절레절레 고개를 내저었다.

“이래서야. 잠결인 척하고 방에 들어가 봤어? 비바람이 무섭다면서 문 두드려 봤어? 할 말 있다면서 살짝 불러내 봤어?”

“엑…….”

“엑이 아니죠, 그 정도 물밑 작업도 안 하고 고백했다고? 그건 대체 무슨 자신감? 용기야, 만용이야? 그런 의미에서 그 잠옷부터 좀 벗어 봐요."

대뜸 벗으라니, 이 여자 대체 무슨 소릴? 아니, 잠깐. 잠깐만! 시로니는 갑자기 펜을 던져 놓고 침대에 누운 내게로 달려들었다. 그러고는 막무가내로 내 옷을 파헤치기 시작했다. 무슨 짓이야! 꺄악! 엄마야!

"귀여운 건 언니들한테나 인기 있는 거고, 오빠한테 인기 있으려면 좀 내보여야죠. 자, 봐요. 단추만 몇 개 풀어도, 다리만 살짝 내놔도. 확 다르잖아?"

으앙, 이 변태! 아무리 여자끼리라지만 이게 무슨 짓이야! 나는 시로니가 벌려 놓은 옷깃을 황급히 여미며 소리쳤다.

"뭐 하는 거예요!"

"미개인에 대한 계몽도 학자의 의무라서."

미개인이라니. 나 정말 그런 얘기 들을 정도야? 나는 좀 시무룩해졌고 시로니가 그런 내 어깨를 다독였다.

"걱정 마요, 공주님. 이 언니만 믿어요. 나는 무엇? 여러분의 과학자. 알죠?"

시로니의 세치 혀는 무엇보다 매끄러웠고, 아, 나는 그 마수에서 벗어날 수 없었다.

"시로니, 이거 너무……!"

"아냐. 최고야, 공주님."

시로니는 거울 앞에 선 내게로 다가와 내 어깨에 한쪽 팔을 걸쳤다. 그리고 흡족하다는 듯 고개를 끄덕였다.

방금 전 시로니는 또 못된 장난에 발동이 걸린 얼굴로, 필사는 제쳐 두고 굳이 자기 방까지 가서 야시시한 네글리제를 가져왔다. 내가 원래 입던 아이보리색 낙낙한 잠옷과 정반대인 물건이었다. 검은색에, 하늘하늘해서 몸의 윤곽을 거의 드러내고 짧기까지 한. 저기요, 근데 이런 건 왜 가지고 있는 거예요? 내 의문을 뒤로한 채 시로니는 다시 한 번 흡족하게 끄덕였다.

"거봐, 얼마든지 할 수 있잖아."

시로니는 만족스러워했지만 나는 민망했다. 창피해서 거울을 똑바로 마주 보기도 어려울 정도였다. 이거 너무 야하잖아, 속옷 광고 찍는 언니들도 아니고. 내가 두 손으로 어깨를 가리자 시로니는 고개를 저었다.

"숨기지 마요, 공주님. 당당해져 봐. 이거라면 결코 지지 않아."

지다뇨, 뭘요. 누구한테요.

"자, 그럼 이제 알트 씨한테 가볼까?"

"네?"

시로니가 내 팔을 잡아끌었고 나는 깜짝 놀라서 소리를 질렀다. 그러자 시로니가 오히려 당연한 거 아니냐는 얼굴로 날 쳐다봤다.

"기껏 꾸몄잖아. 당연히 보여 줘야지."

"미, 미쳤어요?"

당황해서 말도 잘 안 나온다. 시로니의 당연함은 대체 어느 차원의 당연함인 거지? 이 차림으로 자길 찼던 남자에게 찾아가라고? 진짜 날 죽일 셈이야? 내가 당황해서 물러서는 사이 언제나 의욕 충만한 시로니는 벌써 문까지 걸어갔다. 그리고 문고리를 잡았다. 앗, 지금 문을 열면 어떡해! 내가 열지 말라고 소리치려던 찰나였다. 그보다 먼저 문이 활짝 열렸고, 우리는 그 앞에 서 있던 한 남자와 눈이 마주쳤다. 그 남자는, 으윽, 기달티였다.

기달티를 보는 순간 재빨리 몸을 가렸어야 했는데, 나는 너무 놀라서 그 상태로 딱 굳어 버렸다. 아, 이 아저씨 이 밤중에 여긴 왜?

"어머? 웬일이에요, 길티 씨?"

나를 대신해서 시로니가 물었다. 그러자 기달티는 평소처럼 무덤덤하게 대답했다.

"지나가는데 시끄러운 소리가 들려서."

나중에 안 사실인데 기달티는 성에 사람들이 늘어난 이후 낮에는 집무실에만 틀어박히고 밤이 돼서야 성안을 돌아다니곤 했다. 아, 진짜 대인기피증도 아니고 뭐냐고. 아무튼, 시로니는 얼어 있는 나를 끌어당겨 기달티 앞에 세웠다.

"길티 씨, 봐요. 우리 공주님 멋지지 않아?"

이게 무슨……! 내가 당황하는 사이 기달티의 시선이 위아래로 움직였다. 이윽고 내 얼굴에 고정된 그의 시선엔, 어째선지 측은함이 섞여 있었다. 아, 어째서! 기달티는 무슨 말을 해야 할지 고민하더니, 이내 짧게 평했다.

"애쓰는군."

그 순간 억장이 와르르 무너지며 여태 나오지 않던 목소리가 입 밖으로 튀어나왔다.

"문 닫고 나가요!"

나는 그렇게 소리치며 두 사람을 밀어내고 방문을 쾅 닫았다. 그러자 문밖에서 시로니의 큰 웃음소리가 들려왔다. 나는 문을 걸어 잠근 후 울고 싶은 심정으로 침대에 몸을 던졌다. 으앙, 이게 무슨 망신이야! 오늘 밤을 생각하면 매일 밤 이불에다 발차기를 하게 될 거야, 10년이 지나고 20년이 지나도 그럴 거야! 침대에서 발을 동동 구르는데 문밖에서 시로니의 목소리가 들려왔다.

"미안해, 공주님! 길티 씨는 별로 신경 안 쓴다니까 너무 걱정하지 말아요!"

신경 써! 신경 좀 쓰라고! 나한테 제발 신경 써달란 말이야!

밖에서 잘 자라는, 필사하던 것은 내일 아침에 찾으러 오겠다는 시로니의 목소리가 들려왔다. 아, 당신 애당초 필사는 별로 중요하지도 않았지!

기달티도 시로니도 떠났지만 나는 그 후로도 한참 동안 정신적 동요에서 벗어날 수가 없었다. 그렇게 발버둥을 치다가 나는 곧 몸도 마음도 지쳐서 축 늘어지고 말았다. 아, 바보 멍청이. 나 대체 뭘 한 거야? 괜히 혹해서 놀림거리나 되고.

정말이지, 누군가를 좋아한다는 건 힘든 일이다. 그게 짝사랑이라면 더 그렇다. 매일매일 감당 못 할 만큼 감정이 차오르지만 그걸 혼자서 감내해야 하니까.

지금은 아니지만 언젠가는, 나중에라도 언젠가는 내가 좋아하는 사람도 나를 좋아해 주는 일이 생길까? 그러면 좋겠지만 그건 너무 어려운 일 같다. 그렇잖아. 세상에 이렇게 많은 사람이 있는데 거기서 어떻게 서로를 딱 좋아할 수 있어. 거의 사기에 가까운 확률이다. 보통은 그렇게 되기 어려울 거다. 나는 수많은 사람 중 라이시를 발견했지만 라이시에겐 내가 그저 수많은 사람인 것처럼.

그렇게 생각하니 또 마음이 쓰려서 나는 베개에 얼굴을 파묻었다. 내가 좋아하는 사람도 나를 좋아해 주는 일이 과연 생길까? 모르겠다. 그런데 만약 그런 일이 생긴다면 정말 기쁘겠지? 세상을 다 가진 것처럼.

어느덧 내게 세상만큼 커진 사람이 떠올라, 나는 다시 긴 한숨을 내쉬었다. 오늘 밤도 일찍 자긴 틀린 것 같다.

학교 건축이 이틀째에 접어들었다. 아저씨들이 학교를 지어 올리는 걸 보러 갔다가 나는 자이트와 마주쳤다. 그 사람은 계속 날 찾아다닌 듯 나를 보자마자 바쁘게 달려왔다.

"아, 공주님. 계속 길이 엇갈렸네요. 한참 찾아다녔는데."

"네? 왜요?"

"전해 드릴 게 있어서 말입니다. 진작 드렸어야 하는데 바빠서 계속 잊고 있었네요."

그렇게 말하며 자이트는 내게 하얀 봉투를 하나 건넸다. 뜯어 보라고 해서 나는 조심히 내용물을 확인했다. 그런데 아, 어떡하지. 그 안에 들어 있는 건 편지였다. 예쁜 종이에 곱게 쓰인 편지였지만 나는 기쁘기보다 난처했다. 내가 머뭇대며 자이트의 얼굴을 쳐다보자 자이트가 왜 그러냐고 물었다.

"저 아직 글을 읽을 줄 몰라요."

나는 부끄러워하며 어렵사리 말했다. 얼굴이 화끈해지는 게 느껴졌다. 글을 못 읽는다고 말하는 게 이렇게 창피할 줄 몰랐다. 다른 세계의 글은 안다고 변명할 수도 없었다. 내 얼굴이 빨갛게 변하자 자이트도 덩달아 당황했다. 그는 허둥대며 편지 내용을 내게 설명하기 시작했다. 내용이 내용인지라 그도 조금 쑥스러워했고, 우린 결국 둘 다 얼굴이 빨개지고 말았다.

자이트의 설명을 듣고 나는 부끄러움 반 기쁨 반으로 그 편지를 받아 들었다.

"글을 배우면 꼭 제대로 읽어 볼게요."

내 말에 자이트는 여전히 붉어진 얼굴로 끄덕였다. 내가 정확한 날짜를 물어보려는데, 등 뒤에서 라이시의 목소리가 들려왔다.

"자이트 씨, 아야라가 잠시 뵙자고 합니다."

"아, 네. 알겠습니다. 그럼 공주님, 나중에 뵙겠습니다."

아야라의 호출에 자이트는 내게 급히 인사하고 후다닥 성으로 달려갔다. 여전히 상기된 얼굴로. 저 오빠도 어지간히 민망했나 보다.

자이트가 떠난 내 옆자리에 라이시가 다가왔다. 그런데 그는 날 가만히 쳐다보기만 할 뿐 아무런 말도 없었다.

"할 말 있어?"

"아니요."

내가 묻자 그는 아니라면서 눈을 돌렸다. 왜 그러나 싶은데 그가 갑자기 물었다.

"무슨 얘기 하셨습니까?"

"응? 아, 나 방금 편지를 받았는데 못 읽었어. 문맹인 거 결국 들켰어!"

나는 정말 부끄러워서 울상을 지으며 말했다. 그러면 라이시가 그러게 진작 공부 좀 하지 그랬냐고 핀잔을 할 줄 알았다. 그런데 라이시는 그런 말 없이 또 한 번 화제를 돌렸다.

"그 도시로 갈지는 정했습니까?"

못 정했다. 그건 여전히 고민 중이다. 이런 편지까지 받았으니 가보긴 해야 할 것 같은데. 내가 대답을 못 하자 라이시는 또 다른 말을 꺼냈다.

"최근 자이트 씨와 같이 있는 모습이 자주 보입니다."

이건 꽤 뜻밖의 말이다. 뭐야, 갑자기?

"어?"

"이젠 아이들만 있는 것도 아니고 보는 눈도 많은데, 처신에 신경을 좀 쓰시죠."

처신이라니. 이거 듣기에 따라 엄청 기분 나쁜 말이다. 갑자기 내 행실을 지적하는 라이시 때문에 기분이 상했지만, 방금 전까진 꽤 좋았기 때문에 나는 일단 한번 참았다.

"뭐야, 무슨 그런 소리까지 해. 우리 아빠도 아니고."

농담 반 진담 반으로 말했는데 돌아온 라이시의 대답은 진지했다.

"아빠는 아니지만 당신의 보호자라고는 생각합니다."

어……?

"당신을 여기 데려온 사람으로서 말입니다."

아…….

이번엔 진짜 기분 나빴다. 저런 말을 아무렇지도 않게 하는 라이시한테도, 또 거기에 가슴이 쿵 내려앉는 나한테도. 잠깐 동안 들떴던 마음이 도로 곤두박질치며 기분이 아주 더러워졌다. 계속 켜켜이 쌓아 둔 불만이었다. 이전엔 그냥 바람기가 있다며 웃어넘겼지만 그게 반복되니 더는 못 웃어 주겠다.

자기는 아무 감정 없이 편하니까 그럴 수 있겠지. 그러니 오빠라는 말도 보호자라는 말도 그냥 해버리는 거겠지. 실제로 라이시는 성에 있는 모든 아이에게 오빠이자 형이고 또 보호자니까. 하지만 나는 아직 그 정도로 편하지 않단 말이야.

물론 상냥한 것은 나쁜 게 아니다. 하지만 경우에 맞지 않으면 상냥함도 때로는 잘못이 된다. 내가 얼마 전까지 힘들어했다는 걸 알면서도, 너는 왜 그렇게 무신경하지? 조금은 배려해 줄 수 있는 거 아니야? 조심할 수 있는 거 아니냐고. 물론 여기서 가장 짜증 나는 건 네가 들었다 놨다 할 때마다 들렸다 놓이는 나지만, 그건 이따가 실컷 자책할 테니 잠깐 미루자.

나는 기분 나쁜 걸 숨기지 않고 눈을 치켜뜨며 라이시에게 말했다.

"너 너무 참견이 심한 거 아냐?"

"왜 또 그렇게 나옵니까?"

내가 뾰족하게 묻자 라이시는 내가 과민하다는 듯 대답했다. 그게 더 화나서 나는 다시 따지고 들었다.

"그렇잖아. 내 행실까지 지적하고. 아야라도 아무 말 안 하는데 왜 네가 그래?"

"아야라는 모르니까 안 하는 거죠. 밖에서 이러는 거 어떻게 알겠습니까."

"밖에서 이러는 거?"

그 한 문장이 내 심사를 뒤틀어 놨다. 뭐? 밖에서 이러는 거? 나는 정말 기가 막혀서 반박했다.

"내가 뭘 어쨌다고? 내가 그 오빠랑 뭐 했어? 그리고 그 오빤 어차피……."

하지만 라이시는 내 말을 채 듣지도 않았다.

"그 호칭부터가 문제라는 생각은 안 합니까? 스스로에 대한 자각이 그렇게까지 없습니까? 자기가 누군지, 여기서 어떤 입장인지. 그걸 잠깐이라도 생각해 보고 그런 행동을 하는 겁니까?"

이 어처구니없는 소리는 또 뭐지? 나는 라이시의 대찬 말에 할 말을 잃었다. 반박할 말이 없는 건 아닌데 말이 안 나온다. 황당해서. 나는 말문이 막힌 채 라이시를 쳐다보다가 결국 고개를 돌렸다. 너무 화가 나서. 내가 그렇게 한동안 말이 없자 위에서 한숨 소리가 들려왔다. 곧 라이시가 혀를 차더니 내게 물었다.

"또 웁니까?"

와 씨, 진짜 성질 제대로 긁는다. 순간 머리끝까지 화가 나서 나는 내게 다가오던 라이시의 손을 팍 쳐냈다.

"안 울어!"

그러고는 그의 정강이를 발로 찍어 버렸다. 불시의 습격을 받은 라이시의 몸이 확 꺾였다. 그러고 그냥 가버리려고 했는데, 생각해 보니 또 울컥해서 그의 반대편 다리도 다시 똑같이 차줬다.

"멍청이! 짜증 나!"

그렇게 소리친 후 그가 따라올세라 부리나케 그 자리에서 달려 나왔다. 그를 피해 성으로 돌아가며 나는 짜증 섞인 한숨을 내쉬었다. 에이 씨. 화해한 지 얼마나 됐다고 또. 아아, 나도 이젠 몰라!

누군가를 좋아하는 게 이렇게까지 힘든 건지 몰랐다. 만일 다른 사람이 내게 저런 소릴 했다면 그냥 웃어넘겼을 거다. 아, 저 사람 좀 특이하다 생각하면서. 내 행동이 남들한텐 그렇게 보일 수도 있구나, 스스로 돌아보기도 하면서. 하지만 좋아하는 사람에게 듣는 말은 작은 한마디도 너무 커서 도무지 그냥 넘길 수가 없다. 그래서 매번 이렇게 엉망진창이다.

힘들어, 속상해. 그리고 비참해. 나 혼자만 이렇게 끙끙 앓는다는 게. 잰 내가 이런 생각을 하는지도 모르겠지? 그때 오해하지 않는다고 말한 이후 정말 다 괜찮다고 생각하겠지? 진짜 멍청이. 짜증 나.

이제야 우리 언니가 이해된다. 남자 친구랑 싸우면 집에 와서 엉엉 울고 헤어진 후에는 며칠간 우울증에 실어증에 온갖 궁상을 다 떨고. 언니 보면서 진짜 진상이라고 생각했는데, 지금 보니 내가 더 심한 것 같다. 심지어 나는 대상이 남자 친구도 아니고 짝사랑이야! 으앙, 이게 더 열 받아!

어쨌든 또 그렇게 싸워 버렸고, 그 후 우린 서로 데면데면했다. 나는 피하고 라이시도 아무 말 안 하고. 그렇게 우리가 냉전을 벌이는 사이 며칠이 지났고 학교 건축도 끝났다.

다음 날 아이들은 처음으로 학교에 모였다. 그리고 같은 시간 주민들은 밭으로 나와 씨앗을 뿌리고 모종을 심었다. 성의 모든 사람이 새로운 시작을 진심으로 기뻐했고, 그 기뻐하는 마음을 모아 그날 저녁엔 약속대로 큰 축제를 열었다.

"이걸 입으라고요?"

나는 앞뒤로 훅 파인 드레스 앞에서 입을 떡 벌리고 시로니를 쳐다보았다. 하지만 정작 시로니는 태연하다.

"첫 공식 행사잖아요. 나라로 따지면 건국일인데 격식은 차려야지. 공주님 생각해서 특별히 뺏어 왔어요."

특별히 마련했어요, 구해 왔어요, 혹은 빌려 왔어요, 까지만 했어도 나는 감동했을 거다. 그런데 뺏어 왔다니, 대체 어떻게 반응해야 할까?

오늘 저녁 축제를 위해 시로니는 다시 나삭의 연구소에 다녀왔다. 축제를 벌이려면 이것저것 필요할 거라면서. 금세 다녀온 시로니는 요새의 갖가지 물건들을 다 챙겨서 돌아왔다. 축제를 위한 화려한 휘장과 깃발, 폭죽, 악기, 푸짐한 음식과 술까지. 그리고 날 위해서라며 이런 멋진 드레스까지도. 아무래도 시로니는 요새의 부품을 팔아 넘긴 것을 구실 삼아 연구소의 모든 재산을 자기 호주머니 물건처럼 꺼내다 쓰는 모양이다.

신경 써준 건 고맙지만, 그래도 이건 정말……. 나는 고뇌하며 그 드레스를 몸에 대보았다. 그러곤 다시 고개를 절레절레 흔들었다.

"안 돼요. 이건 못 입어요."

"왜, 전엔 더한 것도 입었잖아요. 아크 씨 취향의 완전 야시시한 빨간 드레스. 그거에 비하면 이거야 뭐……."

"그건 거기서 멋대로 입힌 거잖아요!"

나는 그때를 떠올리며 소리쳤다. 사실 그때도 옷을 보는 순간 뜨악했다. 어깨와 등이 다 드러나는 새빨간 드레스. 하지만 그땐 옷 때문에 실랑이할 수 없는 상황이었고, 그래서 마지못해 입은 거다. 결코 내가 입고 싶어서 입은 게 아니야!

내가 계속 거부하자 시로니가 아쉬워하며 말했다.

"으음, 역시 무리? 난 이게 제일 마음에 드는데."

그렇게 말해 봤자, 못 입는 건 못 입는 거다. 내가 창피한 것도 있지만 이런 거 입으면 또 라이시가 뭐. 왜. 걔가 무슨 상관인데. 내가 뭘 입든. 자기가 뭐라고. 우리 아빠야 오빠야 뭐야. 뭔데. 나는 갑자기 떠오른 라이시를 머릿속에서 지우며 시로니에게 말했다.

"그럼 시로니가 입으면 되잖아요."

"아, 말도 안 되는 소리. 나는 관찰자의 소양이지 관찰 대상의 소양이 아니에요. 이런 옷 입고 저급한 시선 받는 건 딱 질색."

저기요, 본인은 그렇게 생각하면서 저한테 입히려고 하신 거예요?

"음, 그럼 그보단 무난한 이건 어때요?"

그렇게 말하며 시로니가 두 번째 옷을 내밀었다. 그리고 나는 깜짝 놀랐다.

두 번째 옷은 흰색 자수 원피스였다. 목이 파인 정도도 무난하고 치마 길이도 무릎을 덮을 정도로 길었다. 언뜻 수수하게도 보이지만 흰색 실로 곱게 놓인 꽃무늬 자수가 오히려 그 수수함을 우아하게 만들었다. 새하얀 빛깔이 언뜻 웨딩드레스를 연상시키기도 했다.

내가 넋을 놓고 쳐다보자 시로니는 기분 좋게 웃었다.

"예쁜 옷에 관심이 있다는 건 관찰 대상의 소양이라는 뜻이죠. 그럼 이걸로 모든 사람의 관찰 대상이 되어 볼까요?"

시로니는 내게 가볍게 화장을 해주고 머리도 올려 주었다. 시로니가 그렇게 꾸며 줬지만 들뜨거나 설레지는 않았다. 곧 내가 해야 할 일 때문에 너무 긴장한 탓이다. 나는 사람들이 소란스럽게 웅성대는 소리를 들으며 잠깐 심호흡했다. 사람들은 축제를 기다리며 광장에 모여 있었다. 그 축제는 내 개회사로 시작된다.

아, 개회사라니. 이걸 왜 내가 하냐고, 기달티가 해야 하는 거 아니냐고 나는 강력히 항의했다. 하지만 기달티는 잠수, 축제로 사람들이 북적대는 동안은 절대로 밖에 나오지 않을 거란다. 그래서 아야라에게 미뤘더니 아야라도 내가 있는데 자기가 할 수 없다며 단호하게 거부, 게다가 시로니와 자이트는 당연히 내가 해야 한다고 옆에서 거들었다. 마을이 완성된 중요한 날인데 하늘의 따님이 하지 않으면 누가 하겠냐고.

그것 때문에 광장에는 높은 강단까지 세웠다. 건물 2층 높이는 됨직한. 잠시 후 나는 저기 올라가서 사람들에게 연설해야 한다. 그래서 시로니가 불러 준 연설문을 달달 외우며 강단 뒤에서 초조하게 기다렸다. 아, 진짜 엄청 떨려.

이윽고 내가 올라갈 시간이 되었다. 강단 위로 올라서자 화려한 꽃종이가 날리며 폭죽이 터졌다. 동시에 사람들의 거대한 함성이 파도처럼 밀려왔다. 그 높은 자리에 우뚝 서자 광장에 모인 많은 사람이 보였다. 어른과 아이, 남자와 여자, 정말 많은 사람이 있었다. 그들은 모두 나를 쳐다보고 있었고, 그 모습을 보는 순간 나는 애써 외운 것을 새하얗게 잊어버리고 말았다. 아…… 뭐였지? 첫마디가 뭐였지?

어느덧 사람들의 함성이 잦아들었다. 그들은 이제 내 말을 기다리고 있다. 허리 높이의 난간이 다리를 가려 줘서 다행이지, 아니면 내가 긴장해서 와들와들 떨고 있다는 걸 사람들에게 다 들켰을 거다.

내가 머뭇대는 사이 광장엔 완전한 침묵이 내려앉았다. 안 돼, 무슨 말이라도 해야 돼. 땀이 밴 손으로 난간을 꾹 움켜쥐는데, 문득 내 눈 가득 하늘이 보였다. 저녁 시간이 되어 막 저물어 가는 그 하늘은 금빛으로 찬란하게 빛나고 있었다. 구름이 황홀한 꽃잎 색깔로 물들었고 그 사이의 하늘은 고요하며 눈부셨다.

그 순간, 도수가 맞지 않는 안경을 벗은 것처럼 세상이 달리 보이기 시작했다. 더 또렷하고 선명하게. 이전에 한 번 그랬던 것처럼 내 것이 아닌 시선으로 세상이 보이기 시작했다.

하늘이 상냥했다. 대지는 환희하며 우리에게 평안을 약속했다. 불어오는 바람에 섞인 풀 향마저도 호의로 가득 차 있었다.

나는 하늘을 향하던 시선을 내려 광장에 모인 많은 사람을 바라보았다. 그 순간 아프도록 짙은 감정이 가슴에 퍼졌다. 나는 그것이 어떤 느낌인지 몰랐다. 기쁘고 좋지만 한편으로는 먹먹했다. 이게 대체 뭘까. 날 바라보는 한 사람 한 사람을 향해 내 마음은 그렇게 반응하고 있었다.

문득 맑은 눈으로 나를 올려다보는 한 아이를 발견했다. 그 아이의 눈을 들여다보는 순간 나는 그 감정의 정체를 깨달았다. 그것은 사랑스러움이었다. 그걸 깨닫는 순간 나는 눈물이 날 것 같아 황급히 고개를 들었다.

이건 내 마음이 아니었다. 모든 사람을 사랑스럽다고 여기는 이것은 내 마음이 아니었다. 내 것이 아니라 하늘로부터 전해지는 마음이었다. 그 사실이 나를 기쁘게 만들었다. 위대한 왕이 이 땅을 지켜보고 있다는 사실이, 그토록 우리를 사랑하고 있다는 사실이 나를 환희하게 했다.

더는 견딜 수가 없었다. 나는 사람들을 향해 비로소 입을 열었다.

"많이 추웠죠?"

내 목소리가 광장에 잔잔히 울려 퍼졌다. 조용한 그곳에서 울리는 것은 내 목소리뿐이었기에, 모든 사람이 내 목소리를 들었다.

"많이 아팠고, 많이 슬펐고, 무자비한 세상이 우릴 무가치하게 여기며 상처 입힐 때마다 정말 많이 괴로웠죠."

내 말에 사람들이 숙연해졌다. 지난날들을 떠올리는 것 같았다. 나 또한 이 세계에서 겪었던 아픈 일들이 기억나, 잠잠히 마음에 퍼지는 고통을 감내했다. 하지만 잠시뿐이었다. 내 마음엔 그것을 덮고도 남을 기쁨이 가득했다.

나는 내 마음을 가득 채운 이것을 모두가 알길 바라며, 그들 또한 나와 같은 마음이 되길 바라며 말했다.

"하지만 누가 우리의 가치를 폄하할 수 있죠? 저 하늘이 우릴 이토록 귀하다고 말하는데."

내 눈에는 보인다. 이 세계가 몸부림치며 우리에게 전하는 목소리가. 지금은 비록 많은 것이 어긋나 있지만 세상은 본디 이런 곳이 아니었다. 우리는 이렇게 울며 아파해도 괜찮은 존재가 아니다.

"하늘이 말해요. 단 한 사람도 쓸모없지 않고 단 한 삶도 의미 없지 않다고. 그러니 여러분, 부디 사랑하세요. 우릴 지켜보는 이를, 여러분 자신을, 그리고 서로를."

네, 지금처럼 그렇게, 서로를 아끼고 소중히 여기세요.

"그러면 그때 이곳은 정말 낙원이 될 거예요."

이 땅, 지옥 같았던 이 땅. 하지만 누가 이 땅을 지옥으로 만들었던가. 피네하스, 그 혼자인가? 아니었다. 그의 사주를 받아 우리 모두가 이 땅을 어지럽히고 있었다.

사람은 사람을 먹고, 사람은 쾌락에 몸을 맡기고, 사람은 자기 자식을 죽이고, 사람은 끝없이 욕심을 부리며 타인을 억압했다. 그건 모두 사랑을 잊었던 우리의 죄. 이 땅에 과연 낙원이 올 수 있을까? 아야라와 자이트라면 그것을 두고 몇 날 며칠 이야기할 수 있을 것이다. 하지만 나는 그러고 싶은 마음이 없다. 나는 그저, 낙원을 이루는 방법에 대해서만 말하고 싶을 뿐. 그리고 그 답은 바로 이것, 너무나 간단하지만 쉽지 않은 이것.

"사랑하세요. 모두가 행복하도록. 그뿐이에요, 제가 하고 싶은 말은."

나는 울고 싶은 것을 간신히 참았다. 그리고 조용히 말을 맺었다.

"그게 다예요."

그렇게 말을 마치고 나는 잠잠히 웃었다. 고요함 속에서 내 말을 듣고 있던 사람들의 얼굴에 하나둘 미소가 번졌다. 그들은 곧 환호성을 지르기 시작했다. 사람들은 모두 웃고 있었다. 사람만이 아니었다. 저 빛나는 하늘도 우릴 보며 웃고 있었다.

밤이 깊어지며 축제도 무르익었다. 횃불로 대낮같이 밝힌 광장에서 아이들은 뛰어다니며 놀았고 사람들은 좋은 음식을 먹고 즐겼다. 남자들은 이제껏 고생한 것을 치하하며 술잔을 부딪치고 여인들은 한없이 웃음을 터트렸다. 나는 단상 난간 밖으로 고개를 내밀어 그들의 모습을 지켜보았다. 다들 즐거워 보였다.

내 뒤, 단상 안쪽에 앉아 있던 시로니가 다시 한 번 술잔을 들었다. 시로니는 이미 잔뜩 마셔서 해롱대고 있었다. 축제가 시작되고 사람들과 어울리다가 나는 조금 지쳐서 단상 위로 올라왔다. 여기서 좀 쉴 생각으로. 하지만 단상 위에는 나보다 먼저 온 사람들이 있었다. 아야라와 시로니였다. 똑똑한 사람들끼리 말도 잘 통하는지, 두 사람은 어느새 가까워져 있었다. 내가 오기 전부터 그들은 단상에 음식과 술을 가져다 놓은 채 도란도란 즐기고 있었다.

잔을 쭉 들이키며 시로니가 말했다.

"근데 길티 씨는 정말 안 내려와? 뭐야, 이런 날까지 두문불출이라니!"

시로니가 기달티를 끌어내라고 외쳤고, 옆에 있던 아야라는 웃으며 달랬다.

"이렇게 사람이 많으면 어색해하시거든요. 그래도 위에서 보고는 계실 거예요. 조금 이따 한번 올라가 보긴 해야겠네요."

날이 갈수록 느끼는 건데 기달티는 좀 궁상맞은 면이 있다. 모르고 보면 과묵해, 멋져! 라고 할 수 있겠지만 같이 사는 입장에서는 참, 유난하다고 해야 할지 성가시다고 해야 할지. 그나마 아야라가 있어서 다행이다. 저 궁색한 아저씨 뒷바라지를 다 해주니까.

"아야 씨도 참 대단해, 엄마도 그렇게 못 할 텐데. 사랑인가? 사랑이야?"

시로니의 말에 아야라는 난처하다는 듯 웃었다. 그러자 시로니가 다시 투정을 부렸다.

"왜, 사랑 좋잖아. 사랑! 그러니 여러분, 부디 사랑하세요. 제가 하고 싶은 말은 그게 다예요!"

"으악! 하지 마요!"

간드러지는 목소리로 흉내 내는 시로니 때문에 이번엔 내가 난처해졌다. 내가 소리를 지르자 시로니는 깔깔대며 웃었다.

"아아, 사랑이라니. 아름다워라."

그렇게 웃던 시로니는 그대로 벌렁 드러누웠다. 술기운이 올라와 어지러운 모양이었다. 시로니는 그대로 눈을 감은 채 중얼댔다.

"세상 전부를 다 알겠지만 사랑이라는 것만은 아직 모르겠어. 그건 과연 뭘까? 뇌에서 일어나는 화학반응? 아니면 생존을 위한 전략적 양보? 그것도 아니라면 종족의 존속을 위한 원초적 본능이려나? 아아, 아냐, 틀려. 그런 부분도 있긴 하지만 그게 다는 아니야. 게다가 연정, 우정, 친애, 자애, 박애, 셀 수 없이 종류가 많아. 그렇지만 그건 결국 하나야. 그건 대체 어디에서 나오는 거지? 뇌? 가슴? 거길 파보면 사랑이라는 물질을 발견할 수 있나?"

시로니는 술주정인 듯 잠꼬대인 듯 그렇게 중얼대다 피식 웃었다.

"그게 대체 뭔데 지옥으로 정해진 이 땅을 낙원으로 바꾸는 걸까? 그건 분명 내 안에도 있는데 정체를 모르겠어. 신기해."

중얼대던 시로니가 눈을 들어 나를 바라보았다. 그리고 물었다.

"어떻게 생각해, 공주님? 부디 사랑하라고 했잖아. 왜 그런 말을 한 거야?"

그렇게 물어 봤자 내가 대답할 수 있을 리 없다. 그때 내가 무슨 생각으로 그런 말을 했는지 나도 모르겠으니까. 그때는 그저, 그렇게 말하지 않을 수가 없었다. 대답을 듣지 못했지만 시로니는 별로 신경 쓰지 않았다. 답을 구하고 싶은 게 아니라 그저 생각하고 싶은 것 같았다.

“그런데 과연 사랑할 수 있을까? 나는 사실 자이 씨한테 동의해. 인간은 기본적으로 아주 못돼 먹었거든. 가족이라. 좋지, 가족. 그런데 과연 다들 가족이 될 수 있을까? 몇천 명이 서로를 가족처럼 사랑하는 게 과연 가능할까?”

“쉽지 않죠.”

시로니의 중얼댐에 아야라 또한 속삭이며 대꾸했다.

“모두를 사랑하기엔 우리의 도량은 너무 좁고, 또 다들 너무 다르니까요.”

“그런데 어떻게 가족이 되는 마을을 만들겠다는 거야?”

“한 가지 방법이 있어요.”

“그게 뭐야?”

“모든 사람을 사랑하는 이를 우리가 사랑하면 돼요.”

이해하기 어려운 말이다. 나와 시로니 모두 아야라를 돌아보았다. 그러자 아야라는 복잡한 얘기가 아니라는 듯 부드럽게 말을 이었다.

“그럼 형제가 부모를 위해 화목하듯, 우리는 그 한 분을 위해 서로를 용서하고 사랑할 수 있을 거예요.”

그 말에 제미라가 떠올랐다. 제미라가 무아카를 용서할 때 그랬다. ‘제가 무아카를 용서하는 건 무아카 때문이 아니라 아빠와 공주님 때문이에요’라고. 그 말이 나를 얼마나 기쁘게 했는지 모른다. 내가 아끼는 두 사람이, 서로를 깊이 미워할 수밖에 없던 두 사람이 화해하는 순간 내 마음이 얼마나 놓이던지.

아, 그런 걸까? 형제가 부모를 위하여 화목하듯이. 우리 모두 사랑하는 이를 발견하고 그를 사랑하기 시작하면, 우린 정말 한 가족이 될 수 있는 걸까? 아야라의 말을 곰곰이 곱씹던 시로니가 기분 좋은 웃음을 흘렸다.

"그러니 여러분 부디 사랑하세요, 라는 건가?"

시로니가 내 말을 다시금 중얼댔다. 하지만 이번엔 그리 창피하지 않았다.

"좋아요, 그렇게 하죠. 그리고 지켜보죠. 이 땅에 정말 낙원이 이루어질 수 있는지."

시로니는 그렇게 말하곤 콧노래를 흥얼거렸다. 그 나지막한 노랫소리를 들으며 나는 다시 난간 밖으로 시선을 던졌다. 사람들의 모습이 보기에 좋았다. 서로를 아끼며 스스럼없이 돕던 저들의 모습이 너무나 좋았다. 그래서 나는 앞으로 주어질 우리의 매일도 그러하길 마음으로 바라고 또 바랐다.

낙원의 입구에 선 우리는, 밤이 깊어지도록 축제를 즐겼다.

11
소야곡 답가

늦은 밤, 우리의 축제는 무르익은 끝에 점차 소강기로 접어들고 있었다. 뛰놀던 아이들은 모두 지쳐 잠들었고 부모들도 아이들과 집으로 돌아갔다. 광장에는 아직 이야기가 남은 몇몇 사람만 있었다.

그때쯤 나는 기분이 아주 나른했다. 분위기에 취한다는 게 이런 걸까? 술은 한 모금도 마시지 않았는데 이상하게 기분이 좋았다. 시로니는 아야라의 등에 기대 콧노래를 흥얼거렸고 나는 시로니의 다리를 베고 누워서 멍하니 그 소릴 듣고 있었다.

"공주님, 졸리면 이제 그만 들어가세요. 밤엔 아직 추워요."

아야라의 말이 끝나기도 전에 나는 큰 하품을 했다. 동시에 졸음이 쏟아져, 나는 결국 눈을 비비며 일어났다.

"그러네, 아가들은 이제 잘 시간이네. 잘 자요, 공주님."

그렇게 말하는 시로니와 아야라는 아직 더 있을 생각 같았다. 그래서 나는 그들에게 인사하고 단상에서 내려왔다. 횃불의 기름이 떨어져 가는 광장은 아까보다 한층 어두웠다. 드문드문 남은 불빛 사이로 사람들의 두런대는 목소리가 들렸다. 아저씨들끼리 회포라도 푸는 모양이다. 나는 광장을 마지막으로 둘러보고 성으로 향했다. 그때 등 뒤에서 한 목소리가 들려왔다.

"공주님, 이제 들어가십니까?"

조금 피곤한 기색으로 내게 다가온 사람은 자이트였다. 졸리고 피곤했지만 나는 웃음으로 그를 맞았다.

"늦게까지 계셨네요. 혹시 시로니는 들어갔습니까?"

"아니요, 아직 남아 있어요. 더 있을 모양이던데요?"

"저런, 어쩔 셈이죠. 내일 새벽에 출발해야 하는데."

자이트가 곤란해하며 말했다. 요새의 사람들은 모두 내일 새벽에 떠난다. 일이 끝나자마자 너무 급히 가는 거 아니냐고 했더니 도시 쪽의 일도 있어서 시간을 더 지체할 수는 없다고 했다. 하긴 시로니와 자이트는 거기서도 중요한 역할을 할 테니까. 그런데도 무리하며 우리 성에 보름이나 있어 줬다. 그러니 더 붙잡으면 실례겠지. 나와 나란히 걸어가며 자이트가 말했다.

"이곳 사람들은 다 참 좋군요. 체파르데아의 지배를 받던 사람들이라고 들었는데, 다들 순박해 보입니다. 아야라 님 말씀대로 정말 가족 같은 마을이 될 것 같아요."

나는 웃으며 고개를 끄덕였다. 아야라의 꿈이 이루어진다면 얼마나 좋을까? 정말 기쁠 것 같다.

"공주님, 제가 공주님의 팬이라고 말씀드린 거 기억하십니까?"

자이트의 갑작스러운 물음에 나는 그때처럼 웃음을 터트렸다. 물론 기억한다. 내가 웃자 자이트는 진담이라는 듯 진지하게 말했다.

"장난이 아닙니다. 공주님은 제 인생을 바꾼 분이니까요."

너무 과한 말이라 나는 쑥스러워졌다. 하지만 자이트는 아랑곳하지 않고 말을 이었다.

"저는 지금까지 세상을 바꿀 수 없다고 생각했습니다. 정말 잘못된 세상이지만 너무 크고 강해서 일개 개인의 힘으로는 결코 어찌할 수 없다고 말입니다. 하지만 그때 공주님은 제게 약속하셨죠. 세상을 이기겠다고."

그렇게 말하는 자이트의 목소리엔 혁명 당시의 열기가 남아 있었다. 나도 기억한다. 마냥 온순해 보이던 이 사람의 안에서 거칠게 꿈틀대던, 지금까지 억눌러 온 본성을.

"그 순간 제 세상이 변했습니다. 할 수 없다고 생각한 일들이 모두 가능해졌습니다. 잘못된 세상을 부수고 새로운 세상을 만들 힘이 생긴 것 같았습니다. 저는 그때의 벅찬 기분을 잊지 못합니다. 그래서 그것을 우리 도시에 또다시 전하고 싶습니다. 우리가 뭐든지 할 수 있음을 모두가 알도록 말입니다."

그렇게 말하는 자이트의 목소리는 작았지만, 한편으로는 흥분에 들떠 있었다. 이윽고 나란히 걷던 자이트의 걸음이 멈추었다. 나도 그를 따라 천천히 걸음을 멈추었다. 내가 멈춰 서자 한 걸음 뒤에서 그가 진지하게 말했다.

"그러니 공주님, 이제 확답을 주셨으면 합니다. 저희와 함께 가시겠습니까?"

그 물음에 나는 옅은 미소를 지었다. 그리고 이미 정해진 대답을 꺼냈다.

자이트와 이런저런 이야기를 하며 성에 도착했는데 어둠 속에서 갑자기 웬 그림자가 움직였다. 우리는 움찔 놀랐다가 다시 경계를 풀었다. 그 그림자의 정체를 곧 눈치챘기 때문에. 성 입구에서 우릴 기다리고 있던 사람은 다름 아닌 라이시였다. 성문에 기대 섰던 라이시가 천천히 다가오더니 자이트에게 말했다.

"공주님과 잠시 할 얘기가 있습니다. 자리 좀 비켜 주시겠습니까?"

갑작스러운 요구였지만 자이트는 흔쾌히 들어주었다. 그는 먼저 들어가겠다며 인사한 후 성으로 올라갔다. 그렇게 자이트가 가고 나와 라이시는 단둘이 마주 서게 되었다.

광장과 달리 이곳은 어두웠다. 성의 그림자가 달빛을 가렸고 횃불도 너무 멀리 있었다. 그래서 우리는 서로의 윤곽밖에 볼 수 없었다. 어둠 속에 단둘이 남은 이 상황이 그때와 비슷해서 나는 조금 불편해졌다. 내가 라이시에게 좋아한다고 했던 그때도 이렇게 어두웠다.

라이시는 그렇게 선 채 아무런 말도 하지 않았다. 이 상황이 어쩐지 숨 막혀서, 그리고 그에게 상한 마음도 아직 풀리지 않아서 나는 오래 기다리지 않고 그냥 지나쳤다. 그러자 라이시가 뒤늦게 나를 불렸다.

“공주님.”

하지만 나는 돌아보지도 않고 걸음을 옮겼다. 그때 뒤에서 라이시가 성큼 걸어와 내 손을 붙잡았다.

“얘기 좀 해요.”

“싫어. 너랑 이제 얘기 안 해.”

나는 그 손을 뿌리쳤다. 그리고 다시 걸음을 옮기려 할 때였다.

“미안해요.”

등 뒤에서 들려온 한마디가 내 발을 묶었다.

“함부로 말해서 미안합니다. 그땐 제가…… 심했습니다.”

이건 반칙이야. 조금은 버틸 줄 알았는데, 그 한마디에 내 마음은 너무 쉽게 녹아 버렸다. 며칠간 냉담하던 게 무색할 정도로. 나는 그게 너무 억울해서 볼을 부풀리고 라이시를 돌아보았다. 잔뜩 불평해 줄 생각이었다. 그런데 내가 뒤돌아서는 순간 라이시의 두 손이 내 뺨을 감쌌다.

크고 따듯한 손이 내 얼굴에 닿아서, 그 예상 못 한 상황에 나는 눈을 동그랗게 떴다. 하지만 어둠에 가려진 그의 표정은 잘 보이지 않았다. 이윽고 그가 손바닥으로 내 뺨을 꾹 눌러 두 볼 가득 채워 둔 바람을 빼버렸다. 푸우, 윽? 나는 황당해서 라이시를 쳐다보았다. 그러자 그 검은 그림자에서 낮은 웃음소리가 들려왔다. 그 숨결에선 옅은 술 냄새도 났다.

“정말 볼에 바람 넣고 있었네.”

뭐?

"전부터 얘기하고 싶었는데 화낼 때 볼 부풀리지 마세요. 긴장감 떨어져서 역효과니까."

얘가 지금 무슨 소릴 하는 거야? 나는 어처구니가 없어서 그에게 물었다.

"너 술 마셨어?"

"조금요. 하지만 취할 정도는 아닙니다."

뭐야, 기껏 며칠 만에 말 건다는 게 술김이야? 나는 라이시가 술을 마신 걸 알고 떨떠름히 말했다.

"그러시군요. 그럼 얼른 올라가서 발 닦고 주무셔야죠."

"멀쩡하다니까요."

"아냐, 너 안 멀쩡해. 내 얼굴 잡고 이러는 것부터 틀렸어."

내가 그렇게 말하자 라이시는 손에 힘을 주며 내 뺨을 꾹 눌렀다. 내가 신음하며 도리질을 쳤지만 그는 나를 좀처럼 놓아주지 않았다. 대신 또 낮게 웃을 뿐이다.

"저기요, 라이시 씨. 이러지 말죠? 이럼 공주님 처신이 말이 아니잖아요."

내가 뾰로통하게 말했지만 라이시의 대꾸는 뜻밖에도 부드러웠다.

"그 말 담아 두지 마요, 실수였어요."

얘가 진짜 왜 이러지? 이렇게 나오니 화도 더 못 내겠다. 그리고 화가 풀리니 그제야 서운함이 몰려왔다. 그래서 나는 그에게 칭얼대듯 물었다.

"너 진짜 왜 그랬어?"

라이시는 대답하는 대신 내 얼굴에서 손을 뗐다. 날 놓아주고 그는 한 걸음 물러났다. 서로의 거리가 너무 가까웠던 탓이다.

"그 얘긴 조금 쉬었다가 하죠. 사실 지금 약간 어지럽습니다. 술 깨고 멀쩡해지면 말씀드릴게요."

싱겁다는 생각이 들었지만 별수 없었다. 술 마셨다는데 뭐 어떡해.

"알았어, 그럼 나 먼저 들어갈게. 내……."

내일 봐, 라고 말하며 돌아서려 할 때였다. 라이시가 아까 그런 것처럼 다시 내 손을 붙잡았다.

"내일이 아니라 잠시 후에 얘기하겠단 소립니다. 기다리세요."

나는 또 한 번 당황했다. 동시에 뭔가 안 좋은 예감이 들었다. 심상치가 않다. 뭔가 일어날 것 같아. 그런 직감에 나는 어서 이 자리를 피하고 싶어졌다. 왠지는 모르겠지만 그냥, 그래야 할 것 같았다.

"나 졸려."

그래서 나는 자리를 피하려고 그렇게 말했다. 하지만 정작 돌아온 대답은 내 의도와 전혀 달랐다.

"술 드셨습니까?"

"아니."

"잘했어요."

라이시는 음주 여부를 확인하더니 내 머리를 토닥토닥 다독였다. 그 행동에 나는 또 한 번 당황했다. 뭐야, 진짜……. 그사이 라이시가 내 손을 잡아끌었고 나는 얼떨결에 끌려갔다. 그래서 우린 결국 성

뒤편의 언덕까지 올라가게 되었다.

성의 그늘에서 벗어난 그 들판엔 달빛과 별빛이 가득 쏟아지고 있었다. 나는 그 들판에 앉았고 라이시는 내 옆에 누웠다. 달빛에 그의 얼굴이 희미하게 보였다. 눈을 감고 누운 라이시는 아무런 말도 없었다. 점점 깊어지는 침묵을 쫓고자 나는 그에게 물었다.

"술 많이 마셨어?"

라이시가 눈을 감은 채로 대답했다.

"과하긴 했습니다. 고생했다며 주는 걸 거절할 수가 없어서."

그 말에 나는 조금 웃었다. 아까 봤다. 사람들 사이에 있던 라이시를. 라이시가 기달티랑 많이 닮았다고 생각했는데 이런 면은 또 다르다. 기달티는 사람들과 어울리는 걸 싫어해서 혼자만 있는데 라이시는 그래도 모임에 참여한다. 그리고 어울린다.

그런 생각을 하며 달빛에 비친 라이시를 바라보는데, 라이시가 감고 있던 눈을 떴다. 그의 시선이 자연스럽게 내게로 향해 와서 나는 황급히 눈을 돌렸다. 웃으며 그를 보고 있었다는 걸 들키고 싶지 않았다. 고개를 돌렸지만 그의 시선이 느껴졌고, 뒤이어 그의 목소리가 들려왔다.

"오늘 예쁘네요."

나는 깜짝 놀랐다.

"너 진짜 취했구나?"

그러자 라이시는 다시 웃었다. 술기운 탓인지 나른한 웃음이었다. 웃을 때면 항상 그러하듯 그의 눈은 가늘게 휘어졌다.

"취중진담이라고 모르십니까?"

"나 점점 무서워지고 있어. 너 대체 누구야."

진심이었지만 라이시는 장난인 줄 알고 더 웃었다. 그러고는 부드럽게 말하기 시작했다. 평소의 딱딱한 말투가 아닌 매끄럽고 온화한 말투였다.

"정말 모르십니까? 술은 사람을 솔직하게 만들기도 합니다. 취해서 실수하는 사람들은 술김에 흥분했다고 변명하지만 그건 틀린 말입니다. 술은 오히려 사람을 진정시킵니다. 다만 이성을 진정시키죠. 그래서 취중에 드러나는 건 과장된 감정이 아니라 그 사람의 진짜 속마음입니다. 평소 감춰 둔 마음이 이성이 잠든 틈을 타 밖으로 표출되는 거죠."

그렇게 말한 후 라이시가 내 눈을 바라보았다. 그는 여전히 웃고 있었다.

"그런 맥락에서 오늘 정말 예뻐요."

뭐라고 말을 해야 할지 모르겠다. 어느새 내 가슴은 바보같이 쿵쿵 뛰고 있었다. 아까 피하고 싶다는 생각은 이걸 예감해서였나 보다. 이럴 것 같아서. 아, 뭐하는 거야. 간신히 정리하고 있는데 이러면 어떡해. 빠르게 뛰는 내 심박 소리에 나는 점점 난처해졌다. 이러다 또 혼자 들뜨고 혼자 실망해 화를 낼 것 같다. 더는 안 되겠다는 생각이 들어 나는 자리에서 일어났다.

"나 갈래, 자야겠어."

그런데 내가 채 일어나기도 전에 라이시가 내 팔을 잡아당기며 도로 앉혔다. 그 바람에 나는 풀밭에 풀썩 엉덩방아를 찧고 말았다. 나는 황당해서 그를 쳐다보았다. 그러자 라이시는 뻔뻔하게 말했다.

"안 됩니다. 기다리십시오."

"야……."

"졸리면 여기서 자요. 이따 깨워 줄게요."

그렇게 말하며 라이시는 다시 눈을 감았다. 그러면서도 내 팔을 잡은 손은 풀지 않았다. 하고 싶은 말이 많았지만 입 밖에 나오는 말은 없었다. 아무 말도 못 하겠다. 그래서 나는 그에게 붙잡힌 채 멍하니 하늘만 올려다보았다. 대체 무슨 생각인 걸까? 내가 그렇게 만만한가? 그렇게 고민하는데 내 팔을 잡고 있던 라이시의 손이 풀어졌다.

혹시 잠들었나 했다. 그런데 다음 순간 목덜미 근처에서 그의 손길이 느껴졌다. 라이시가 내 머리카락 끝을 손으로 만지고 있었다. 내가 놀라서 쳐다보니 어느새 눈을 뜬 그가 나른하게 중얼댔다.

"머리카락 길었는데."

아무래도 안 되겠다. 나는 더는 견딜 수가 없어 벌떡 일어났다. 내가 일어서자 라이시도 덩달아 몸을 일으켜 앉았다. 그가 앉은 채 날 불렀다.

"어디 갑니까."

정말 태연한 목소리여서 나는 기분이 더 복잡해졌다. 또 나만 동요하고 있다는 게 속상했다. 생각해 보면 내가 흔들릴 만한 상황을 만든 건 늘 라이시였다. 이젠 오해하지 않겠다고 했지만 라이시는 늘 내게 오해할 거리를 안겨 준다. 지켜 주겠다는 말부터 예쁘다는 말도,

울지 말라며 달래 줄 때 지었던 표정도, 자주 마주치는 시선도, 세심하게 챙겨 주고 신경 써주는 것도, 그리고 지난번 내게 한 입맞춤도.

지금 생각하면 그게 다 함정 같다. 일전에 화해하며 '너 때문이야'라고 했던 건 마냥 농담이 아니었다. 사실은 진심이었다. 그런데 그는 지금 또 이렇게 내게 덫을 놓는다. 거기서 허우적대는 내가 나는 너무 싫은데, 또. 나는 이마를 찡그린 채 그를 돌아보았다.

"안 되겠어. 너랑 이러고 있는 거 너무 이상해."

"이상합니까?"

되묻는 그 목소리도 마찬가지다. 너무 태연하고 자연스러워서 나만 이상해지는 느낌이다. 그래서 나는 고개를 흔들며 말했다.

"응, 이상해. 너는……."

"좋아하죠."

그 순간 나는 내 귀를 의심했다. 뭐라고? 내가 당황해서 얼어붙자 그는 분명한 어조로 말했다.

"공주님을요."

시간이 멈춘 것 같다. 흘러가는 시간을 놓쳐 나만 어디엔가 똑 떨어진 기분이다. 내 호흡은 어느 때보다 느렸고, 그새를 못 견딘 심장이 빨리 산소를 내놓으라며 요동쳤다. 한참 후 나는 실낱같은 목소리로 그에게 되물었다.

"무슨 소리야?"

"좋아합니다. 나 또한 당신을."

그 담담한 몇 마디에 나는 가슴이 내려앉았다. 정말로 뭐가 떨어진 줄 알고 땅을 내려다볼 뻔했다. 극도로 느려졌던 호흡이 어느새 가빠졌다. 나는 그 소리를 들키지 않으려고 숨을 죽였다.

그 말은 내게 의미가 아니라 충격으로 다가왔다. 너무 뜨거운 것에 닿으면 뜨거움을 모르듯, 너무 차가운 것에 닿으면 차가움을 모르듯. 그렇게 나는 뭐가 뭔지 모를 혼란에 빠져 퍼붓는 충격에 버티고 섰다.

"너, 전엔 아니라고……."

"아니라고 한 적은 없습니다."

하지만 나와 달리 돌아오는 라이시의 대답은 여전히 편하고 자연스러웠다. 평소 대화할 때와 다름없는 그런 말투였다. 그 탓에 나도 간신히 정신을 차리고 조금 침착해진 목소리로 그에게 되물었다.

"실수라면서."

"그런 실수를 할 만큼 파렴치하지 않습니다."

얼떨떨하다 못해 이젠 기가 막힌다. 난 그 정도로 파렴치한 줄 알았지.

"그럼 뭐였어?"

"그건 당신이 갑자기 울어서……."

"사람이 울면 그런 짓을 해?"

"억울하네요. 저도 처음이었습니다."

그 말에 또 한 번 가슴이 쾅 울렸다. 쿵쿵 뛰는 고동 소리가 귓가까지 울려서 정말 어떻게 해야 할지 모르겠다. 게다가 얼굴이 너무 뜨거워서, 이대로라면 열로 쓰러질 것만 같다. 나는 그렇게 안절부절

못하다가 곧 도리질을 쳤다. 아직 이해할 수 없는 게 많았다.

"나 하나도 안 야하잖아?"

"저는 귀여운 쪽이 좋습니다."

그 한마디로 뺨에 다시금 열기가 끼쳤다. 나는 난감해하며 그 직설적인 표현에 항의했다.

"바느질이랑 동급이라며!"

"그래서 이젠 바느질까지 좋아졌어요."

어떻게 저런 말을 하지? 나는 너무 창피해서 언젠가 그랬던 것처럼 라이시의 입을 막고 싶어졌다. 하지만 지금은 그럴 용기가 차마 나지 않았다. 그래서 그저 탓하듯 물었다.

"갑자기 왜 이런 얘길 해?"

아니라고 했으면서, 안 된다고 했으면서. 그렇게 묻고 나는 원망스레 그를 바라보았다. 이제껏 즉답을 해오던 라이시지만 이번만큼은 대답이 빠르지 않았다. 그는 망설이듯 답을 미루더니 이윽고 나지막한 목소리로 말했다.

"공주님이 떠나지 않았으면 좋겠습니다."

그 늦은 답에 나는 갸우뚱 고개를 기울였다. 떠나지 않았으면? 떠나긴 어딜 떠나, 내가 어딜 간다고. 나는 통 짚이는 게 없어서 한참 동안 생각하다가 간신히 한 가지를 떠올렸다.

"자이트 오빠네 말이야?"

"그 오빠 소리 좀 그만하지?"

확인을 바라며 한 말에 라이시가 갑자기 심통을 냈다. 나는 또 한 번 놀랐다. 뭐야, 얘 지금 무슨 소릴……. 나는 어이가 없어서 라이시를 쳐다보았다. 어스름한 달빛 아래에서도 그의 얼굴이 아주 잘 보였다. 그는 심술 난 어린애 같은 얼굴을 하고 있었다. 처음 보는 표정이다. 그보다 오빠 소리 좀 그만하라니, 방금 그 말은…… 잠깐, 응?

나는 번뜩 떠오른 생각에 다시 라이시를 쳐다보았다. 갑자기 이 상황을 이해할 수 있을 것 같았다. 아니 그런데, 그거 좀 이상하잖아. 어차피 자이트는…… 아, 설마 얘 아직 모르나? 정말 모르는 거야?

나도 모르게 웃음이 올라왔다. 그런데 아직은 웃으면 안 될 것 같아 살그머니 입가를 가렸다. 내가 웃음을 참는 걸 본 걸까? 라이시가 갑자기 손으로 자기 얼굴을 덮었다.

"잠시만, 내가 무슨 헛소릴……."

그렇게 중얼대는 라이시의 목소리엔 후회가 가득했다. 거침없이 말하던 라이시는 뒤늦게 술에서 깬 듯 머리를 휘저었다. 그렇게 머리를 짚던 라이시는 깊게 심호흡을 하더니 다시 고개를 들었다.

"이제야 정신이 좀 드네요. 갑자기 미안합니다. 이런 식으로 얘기하려던 건 아닌데."

그렇게 말하는 라이시는 이제 겨우 평소의 라이시 같았다. 헛소리를 실컷 한 후에야 술에서 깬 모양이다.

그때까지 들판에 앉아 있던 라이시가 일어났다. 제정신으로 돌아왔기 때문일까? 그에게서 비로소 긴장감이 느껴졌다. 느긋하게 풀어져 거침없이 말하던 조금 전과는 분위기가 확실히 달랐다. 라이시가 심각해졌지만 나는 오히려 재미있다는 생각이 들기 시작했다.

"갑자기 이런 얘기를 해서 놀랐을 겁니다. 그땐 아니라고 했으니까요."

라이시가 차분히 말했다. 그 목소리에서 여실히 느껴지는 긴장에 나는 속으로 조금 더 웃었다. 이런 내 속마음을 까맣게 모른 채 라이시는 말을 이었다.

"내가 거절한 건 당신을 돌려보내야 하기 때문입니다."

그런데 그 입에서 흘러나온 말이 꽤 뜻밖이었다. 내가 생각도 못했던 이유였다.

"언젠가 당신은 돌아갈 겁니다. 당신의 가족과 미래가 있는 곳으로. 그건 예정된 일이고 당신을 위해서도 옳은 일입니다. 당신의 세계는 그곳이니까. 그래서 나는 거절할 수밖에 없었습니다. 당신을 돌려보내는 것도 내 일이니까요."

거절할 수밖에 없었다는 말이 내 마음에 긴 여운을 남겼다. 무슨 말을 해야 할지 아무것도 떠오르지 않았다. 그사이 라이시는 깊은 한숨을 내쉬었다.

"조금 더 변명하자면 지금 당신을 고생시키는 것도 마음이 좋지 않습니다."

어느새 가슴이 먹먹해졌다. 그랬구나. 나는 정말 까맣게 몰랐다. 상상도 못 했다. 라이시가 이런 생각을 하고 있을 줄은. 그저 나만 그를 생각하는 줄 알았는데, 나 혼자인 줄 알았는데. 멍하니 바라보는 내게 그가 나직이 덧붙였다.

"그래서 지켜보는 쪽을 택한 겁니다. 당신이 무사히 돌아갈 때까지.”

어쩐지 눈물이 날 것 같아 나는 고개를 숙였다. 갑자기 미안했다. 여러 일이 생각나며 뒤늦은 후회가 이어졌다. 그렇게 숙연해진 내게 라이시의 목소리가 다시금 들려왔다.

“그런데 이제 와서 이런 얘길 하는 게 어떻게 보일지 모르겠습니다. 사실 지금 무슨 말을 해야 할지도 잘 모르겠습니다. 그러니까 내가 하고 싶은 말은…….”

라이시의 목소리가 조금 작아졌다. 그대로 잠깐 침묵이 흘렀다. 잠시 후 그는 내가 그랬듯 벼랑 끝에 몰린 사람처럼 절박하게, 그러면서도 분명하게 고백했다.

“당신을 좋아합니다.”

가슴이 울컥해서 나는 아무런 말도 할 수가 없었다. 내가 침묵하자 라이시는 초조한 듯 다시 입을 열었다.

“제멋대로라고 생각할진 모르겠지만, 아니, 제멋대로인 게 맞지만 나는 여전히 당신을 돌려보내야 한다고 생각합니다. 그래서 당신과 적당한 거리를 유지하려고 했습니다. 하지만 당신이 여기서 누구라도 선택할 마음이라면, 만약 그런 거라면 차라리…….”

그의 목소리가 조금 더 줄어들었다. 그는 그렇게, 긴장이 여실한 목소리로 다시 한 번 내게 말했다.

“나와 함께 있어 주십시오.”

굉장히 진지한 순간이지만 그 와중에도 웃긴 건 웃긴 거여서, 나는 입을 꾹 다물었다. 방금 그거 자이트 오빠 얘기지? 아, 얘 정말 어떡해.

나는 웃음을 감추기 위해 헛기침을 했다. 다행히 라이시는 눈치채지 못한 것 같다. 그렇게 웃음을 참는 사이 오만 가지 생각이 떠올랐다. 그리고 내가 선택한 건 그중에서 가장 못된 생각이었다. 나는 잠시 숨을 가다듬고 상냥하게 그를 불렀다.

"라이시."

내가 부르는 순간 날 향한 그의 눈빛이 깊어졌다. 어둠 속에서도 확연히 보였다. 그는 긴장하고 있었다. 그리고 기대하고 있었다. 몇 주 전 내 모습이 저랬을까? 그렇게 생각하니 마치 복수하는 것 같아서 나는 더 즐거워졌다. 그래서 라이시를 향한 일말의 미안함을 지우고 환한 미소를 지었다.

"미안해. 이미 자이트 오빠랑 얘기를 끝냈어."

그 순간 라이시의 경직이 소리로 들리는 것 같았다. 쿠웅! 이라든가, 콰앙! 이라든가. 그를 향해 나는 다시금 애석하게 말했다.

"하지만 네가 늦어서 그런 거니까 날 탓하진 말아 줘."

그러고 나서 나는 미련 없이 돌아섰다. 내가 몇 걸음 뗄 때까지 등 뒤에선 아무런 미동도 없었다. 나는 문득 궁금해져서 걸음을 멈추고 다시 라이시를 돌아보았다.

"저기, 있잖아."

내가 부르자 라이시는 황급히 고개를 들었다. 뭔가를 기대하는 모습이었다. 하지만 나는 아직 그의 기대를 채워 줄 마음이 없다. 그래서 여전히 시치미를 뗀 채 밝게 물었다.

"내가 좋아한다고 했을 때 기분이 어땠어?"

라이시가 뭐라 말했지만 잘 들리지 않았다.

"응?"

그래서 되묻자 라이시는 머뭇대다가 나직이 답했다.

"기뻤습니다. 죽어도 좋을 만큼."

그 말을 듣고 나는 싱긋 웃으며 돌아섰다. 그러곤 손을 흔들었다.

"안녕, 라이시. 잘 자."

라이시를 세워 둔 채 나는 가벼운 발걸음으로 언덕을 내려왔다. 웃음소리를 내지 않기 위해 입술을 꼭 깨물고서.

라이시를 만나기 전, 자이트는 내게 마지막으로 물었다.

"그러니 공주님, 이제 확답을 주셨으면 합니다. 저희와 함께 가시겠습니까?"

그 물음에 나는 옅은 미소를 지었다. 그리고 이미 정해진 대답을 꺼냈다.

"미안해요. 역시 못 가겠어요."

오랫동안 생각하고 내린 결론이다.

"계속 생각을 해봤는데 여기에 남아야 할 것 같아요. 같이 있어 줘야 하는 아이들이 있거든요."

무아카도 그렇고 야빈네 애들도 그렇고. 기달티에게 어떻게 하면 좋겠냐고 물어볼 때 무아카도 옆에 있었다. 내가 떠난다는 말에 무아카는 깜짝 놀라서 어딜 가냐고 물었다. 가지 말라는 말은 못하고 눈만 크게 뜨던 그 아이를 두고 내가 어딜 갈 수 있겠어.

그리고 아이들 때문이라고만 이야기하면 그건 사실 핑계. 좋아하는 사람이 여기 있거든요. 이것까지 말해야 그게 진짜 내 속마음. 그래도 이 말은 하지 말아야겠다. 짝사랑이니까. 하지만 짝사랑이어도.

"역시 그런가요. 유감이네요."

조심스레 거절했지만 자이트는 별로 실망하는 기색이 아니었다. 이미 예상하고 있던 모양이다.

"미안해요."

"아니요, 미안해하실 건 없습니다. 오히려 무리한 부탁을 드린 것 같아 죄송하네요."

자이트가 그렇게 말해서 나는 곧 마음이 편해졌다. 내가 안심하는 걸 느꼈는지 자이트가 농담을 던졌다.

"하지만 아쉽긴 하네요. 공주님이 오시면 무아카도 덤으로 올 것 같았는데."

"아, 제가 아니라 무아카 쪽이 필요했던 거예요?"

"아무래도 내심 탐내고는 있었죠."

내가 장난스럽게 묻자 자이트는 시원스레 웃었다. 우리가 성 앞에서 라이시와 마주친 건 그때쯤이었다.

성에 들어온 나는 어느새 달리고 있었다. 계단을 단숨에 뛰어올랐지만 숨이 찬 줄도 몰랐다. 그대로 방에 들어와 문을 등지고 섰을 때 나는 비로소 깨달았다. 내 얼굴에 만발한 미소를. 아, 웃음이 끊이질 않는다. 가슴은 콩닥콩닥 뛰었다.

라이시가 날 좋아한대. 그 사람도 날 좋아한대!

소리라도 지르고 싶었다. 자는 사람들을 모조리 깨워서 손 붙잡고 뛰고 싶었다. 계단 난간을 타고 내려가 다시 라이시에게 달려가고 싶었다. 그런 기분이었다. 나는 참고 또 참아 그 마음을 간신히 진정시켰다. 하지만 웃음이 어쩔 수 없이 다시 새어 나와, 나는 침대에 얼굴을 파묻고 한참이나 웃었다.

깊은 밤 내 심장이 뛰는 소리는 음악 같았고 창가에 번지는 달빛은 그 어느 때보다 아름다웠다. 입안에 들어오는 공기마저 달았다. 꺄악, 하고 터져 나오는 비명을 삼키기 위해 나는 내 입을 두 손으로 꼭 막았다. 숨이 막혔지만 그래도 좋았다. 행복했다. 아, 태어나서 정말 다행이야! 빨리 내일 아침이 되면 좋겠다. 빨리 널 만나고 싶어! 떠나지 않고 남아 있는 나를 보면 넌 뭐라고 할까? 놀랄까? 당황할까? 좋아해 줄까?

나는 내일 라이시와 다시 만날 생각을 하며 발을 동동 굴렀다. 그런데 나는 혼자 행복감에 젖어 있느라 까맣게 잊고 말았다. 라이시를 너무 약 올려 놨다는 걸. 내가 잔뜩 부려 놓고 온 그 심술 탓에, 다음 날 우리에겐 소소한 소동이 벌어졌다.

대망의 다음 날, 그토록 기다리던 아침 해가 떠올랐건만 라이시가 보이지 않았다. 요새 사람들 가는데 인사도 안 하고. 대체 어딜 갔는지 아침부터 코빼기도 보이질 않는다. 벌써 점심시간이 다 됐는데.

새벽에 시로니와 자이트를 배웅하며 나는 라이시가 나타나길 기다렸다. 하지만 그는 끝내 나오지 않았다. 왜일까? 나를 차마 보낼 수가 없어서? 나는 피식피식 새어 나오는 웃음을 몰래 숨겼다. 혼자 실없이 웃는 거 들키면 부끄러우니까.

나는 라이시를 기다리며 성안을 서성였다. 그러길 한참, 갑자기 쾅 소리가 나며 성문이 거칠게 열렸다. 그렇게 문을 열고 들어온 사람은 내가 아침부터 기다리던 라이시였다. 아침부터 어딜 갔다 온 거야, 나는 반가운 마음에 그에게 달려가려고 했다. 그런데 내가 걸음을 떼기도 전에 라이시가 먼저 성큼성큼 걸어오기 시작했다. 날 향해, 굉장히 빠르게.

뭐지? 분위기가 심상치 않다. 저건 싸움 걸러 오는 걸음걸인데? 기세에 살짝 주춤했지만 나는 설마 하며 기다렸다. 그러다 그의 얼굴을 보는 순간, 나는 망설이지 않고 빙글 몸을 돌렸다.

위험하다. 뭔지는 모르겠지만 본능이 말한다. 쟤 지금 열 받았어, 피해야 해. 나는 알 수 없는 공포에 재빨리 걸음을 옮겼다. 그렇게 걷듯이 뛰며, 혹은 뛰듯이 걸으며 내 방으로 향했다. 영문도 모른 채 도망쳐 방문을 막 여는 찰나, 내 머리 위로 뻗어 나온 손이 문을 쾅 하고 도로 닫아 버렸다. 얼마나 세게 찍어 눌렀는지 문고리를 잡은 내 팔이 얼얼할 지경이다.

어느새 내 뒤에 선 라이시가 귀에 대고 나직이 속삭였다.

"저한테 뭐 할 말 없으십니까?"

뭐, 뭐지? 어젠 우리 분위기 좋았잖아. 어제 너 귀여웠잖아. 그런데 왜 또 호랑이가 됐어?

"어, 어?"

나는 하룻밤 새 돌변한 그의 태도를 이해할 수가 없어서 소심하게 되물었다. 그때였다. 점심시간이라 막 학교에서 돌아온 아이들이 우리를 발견하고 소리쳤다.

"저기 봐! 라이시 오빠가 공주님을 겁탈하고 있어!"

뭐? 뭐야, 너네 그런 말 어디서 배웠어! 뜻은 알고 말하는 거야? 동시에 아이들의 시선이 우리에게 집중됐다. 그러자 내 뒤에 서 있던 라이시가 마지못해 물러났다. 그사이 아이들은 '공주님을 구하자!'와 '둘이 그냥 놔둬!'로 의견을 나눠 싸우기 시작했다. 그리고 그 덕분에 나는 엄청나게 곤란한 지경에 빠졌다. 뭐야, 이게 갑자기……. 이어서 '라이시 형이 공주님을 괴롭히잖아!' '아니야, 멍청아! 저런 건 그냥 모르는 척해 주는 거야!'라는 아이들의 외침이 속속들이 들려왔고, 나는 식은땀이 줄줄 흐르기 시작했다.

그래서 나는 어떻게 했을까. 윽, 내 난처함은 곧 한계에 달했고, 나는 언젠가 그랬던 것처럼 또다시 달리기 시작했다.

"저것 봐, 공주님이 도망치고 있어!"

하지 마, 중계하지 마!

"앗, 라이시 형이 쫓아간다!"

뭐? 나는 뒤를 돌아보았다가 날 맹렬하게 쫓아오는 라이시를 보고 화들짝 놀랐다. 으악, 쫓아오지 마! 이러면 그때랑 똑같잖아! 아크제리유트와 싸우고 돌아온 날이 저절로 떠올랐다. 여러 가지가 그때와 비슷했지만 딱 한 가지 다른 게 있다. 그건 라이시의 몸 상태. 부상이 낫지 않았던 그때와 달리 지금 라이시는 아주 멀쩡하다. 그래서 나는 순식간에 잡힐 것만 같았다. 이대로라면 곧 잡힐 텐데 어떡하지? 나는 고민하다가 2층 난간으로 훌쩍 뛰어내렸다. 그러자 라이시가 당황해서 소리쳤다.

"야, 치마 입고 어딜 뛰어!"

이 와중에도 아빠 잔소리 정말 끝내주게 하신다. 나는 빨랫감을 쌓아 두는 커다란 통 위로 착지했고 아직 2층에 있는 라이시를 뒤로하고 후다닥 성 뒤쪽으로 달려갔다. 도덕적인 라이시 씨는 애들 앞에서 나처럼 막 뛰고 그러진 못하겠지. 라이시를 따돌린 후 복도를 도는 순간 나는 또 레나나와 마주쳤다. 레나나를 보자마자 나는 손가락을 입에 대고 속삭였다.

"나 좀 숨겨 줘!"

그렇게 말하고 나는 기둥 뒤에 몸을 숨겼다. 이윽고 빠른 발소리가 들려왔다. 뒤쫓아 온 라이시가 레나나에게 물었다.

"공주님 어디 있어."

"저기!"

잠깐, 야! 일전에 혼쭐이 났던 레나나가 이번엔 빠르게 실토했고 라이시는 곧장 이쪽으로 달려왔다. 나는 질겁해서 기둥 밖으로 달려나왔다. 그러면서 레나나를 잠깐 봤는데, 레나나는 숙연한 얼굴로 내 시선을 외면하고 있었다. 윽, 너 이러기야? 배신자를 뒤로하고 나는 성 뒷문으로 빠져나갔다. 성 뒤편에는 용들이 묶여 있었고, 나는 거기서 라이시를 불러 냉큼 올라탔다. 라이시, 빨리! 저 라이시한테 잡히면 안 돼!

나는 용 라이시를 채근하며 재빨리 날아올랐다. 그러고 혹시나 해서 뒤를 돌아보는데, 앗. 하얀 날개가 보인다! 으앙, 엄마! 목숨 걸고 도망치는 나도 나지만 목숨 걸고 쫓아오는 너는 대체 뭐야! 그보다 너 지금 왜 추격자 분위기인데! 하룻밤 사이 무슨 심경의 변화가 있었던 건데?

진짜 왜 이렇게 된 거지? 내가 상상하던 상황하고 너무 다르다. 아침에 라이시를 만나면, 그래서 라이시가 왜 안 갔냐고 물어보면 나는 갔으면 좋겠냐며 놀려 줄 생각이었다. 그 정도로 적당히 훈훈하게 끝낼 생각이었는데, 이건 대체 뭐지? 쟨 여태 뭐하다 와서 저렇게 열 받은 거야?

내가 고민하는 사이 우리는 전에 함께 있던 계곡 주변까지 왔다. 막 그 위를 지나는데 갑자기 발목에 차가운 물방울이 닿았다. 비? 잠깐 생각했지만 아니었다. 머리가 아니라 발부터 젖는 비가 어디 있어. 나는 당황해서 아래를 내려다보았고 밑에서부터 솟구치는 물줄기를 발견했다. 이게 뭐지? 내 의문은 길지 않았다. 느긋하게 궁금해할 여유가 없었다. 물줄기가 용의 날갯죽지에 닿았고, 그 바람에 용은 또다시 흥분해 날뛰었다.

날 태우고 있던 라이시가 갑자기 밑으로 쑥 내려가기 시작했다. 어찌나 갑자기 방향을 틀었는지, 무슨 바이킹이라도 탄 줄 알았다. 몸이 위로 들리는 감각에 나는 떨어지지 않으려고 고삐를 꽉 쥐었다.

그사이 출렁이는 물이 코앞까지 다가왔다. 이대로라면 물에 빠지겠지만 내게 다른 선택지는 없다. 이윽고 나는 이 멍청한 용과 함께 계곡으로 입수하고 말았다.

여태 겪어 본 중 가장 격한 다이빙이었다. 꾸르륵대는 물소리와 함께 나는 깊은 곳까지 순식간에 끌려들어 갔다. 갑자기 물에 빠져서 정신이 하나도 없는데 무언가가 내 허리를 감고 끌어올렸다. 이번엔 사람 라이시였다.

그렇게 물에 빠지고 건져지기를 한바탕, 잠시 후 나는 라이시에게 이끌려 물 밖으로 나왔다. 기진맥진해서 헐떡대고 콜록대면서. 나는 화가 나서 나를 부축하는 라이시를 마구 때렸다.

"야! 너 진짜, 콜록! 방금 물 뿌린 거 너지!"

라이시는 막지도 부정하지도 않고 큭큭 웃었다. 내가 물에 빠진 꼴이 웃긴가 보다. 그렇게 웃으면서 라이시는 이전에 쉬던 곳에 나를 앉혀 주었다. 나는 거기서 간신히 숨을 내쉬었다.

그런데 나를 앉히고도 라이시가 물러나질 않는다. 나는 의아함에 고개를 들었다. 곧 내 얼굴 위로 그림자가 졌다. 너무 갑작스러워 반응할 틈이 없었다. 나는 그저 신음했고, 라이시는 그 신음을 막았다. 처음 내 입으로 밀려 들어온 것은 맑은 물이었다. 그래서 조금 차가웠다. 하지만 그 서늘함은 아주 잠깐, 이내 그의 체온이 전해지며 따스함이 번지기 시작했다.

갑작스럽게 입술이 맞닿아 나는 눈을 크게 떴다. 손으로 라이시를 밀어내려고 했지만 그가 내 손을 붙잡아 내렸다. 그리고 반대편 손으로 바닥을 짚으며 내게로 몸을 더 기울였다. 그 바람에 나는 뒤로 넘어갈 것만 같아서 하는 수 없이 남는 손으로 그의 어깨를 붙잡았다. 그렇게 그에게 매달리는데 몸이 떨리기 시작했다.

앞에서 단호하게 버티는 라이시 때문에 나는 결국 머뭇대며 눈을 감았다. 그러자 감각이 집중돼서 더 난처해졌다. 그는 느리고 부드럽게 구애했고, 나는 그가 신사적인지 능글맞은지 알 수 없게 되었다.

그때 기분은 마치 낭떠러지에 선 것 같아서, 그를 놓치는 순간 어디론가 끝없이 추락할 것만 같아서, 그래서 나는 불가항력으로 그의 옷자락을 꼭 움켜쥐었다. 그러자 그 또한 내 손을 더 꽉 붙잡았다. 나만큼 그도 긴장하고 있다는 게 느껴졌다. 나는 정말이지 가슴이 터질 것 같았다.

잠시 후, 혹은 한참 후. 그렇게 내 머릿속을 새하얗게 녹인 후에야 내 입가에 머물던 그가 물러났다. 그러다 도중에 무슨 생각을 했는지 잠깐 멀어졌던 그가 도로 다가왔다. 나는 또다시 작게 신음했지만 이번엔 그것을 가로막히지 않았다.

스치듯 지나친 그의 입술이 이번에는 내 한쪽 뺨에 닿았다. 그는 거기 맺힌 물을 마시듯 작은 물소리를 내며 내 볼에 입을 맞췄다. 앞선 입맞춤이 머릿속을 노곤히 녹여 버렸다면 이 가벼운 접촉은 반대로 나를 화들짝 깨웠다. 나른하게 풀어졌던 가슴이 다시 철렁 내려앉으며 빠르게 뛰기 시작했다.

그렇게까지 하고 나서야 라이시는 비로소 몸을 일으켰다. 그는 내게서 물러나 팔 하나 거리에 앉았다.

나는 그를 쳐다볼 수가 없었다. 손으로 가린 내 입술이 더는 내 것이 아닌 것 같았다. 그가 잠깐 닿았던 한쪽 뺨도 마찬가지였다. 마치 남의 것인 양 어색했고 머리는 어지럽기까지 했다. 가슴이 벅차 웃어 버릴지 울어 버릴지 선택할 수도 없었다. 웃고 싶기도 하고 울고 싶기도 했다. 동시에 그의 체온이 사라진 탓에, 아니면 또 다른 이유 때문인지 몸이 떨렸다.

그런 내게 라이시의 한숨 소리와 작은 목소리가 들려왔다.

"울 거면 차라리 때려요. 때리는 만큼 맞을게요."

나는 고개를 들었다. 라이시도 나만큼이나 난처한 듯 손으로 얼굴을 덮고 있었다.

"당신이 울면 나는 어떻게 해야 할지 모르겠어요."

나는 라이시를 말없이 바라보았다. 무슨 말을 해야 할지는 모르겠지만 적어도 울지 않는다는 걸 알려 주고 싶었다. 하지만 그런 내 눈빛이 라이시는 오히려 애처로웠나 보다.

"춥습니까?"

라이시가 물었다. 나는 분명 추위를 느끼고 있었지만 차마 그렇다고 할 수가 없었다. 이전 일들이 떠올라서. 만약 여기서 또 그렇게 된다면 나는 정말 심장이 터져 죽을지도 모른다.

내가 대답하지 않자 라이시는 조심히 손을 뻗었다. 손끝을 내 옷자락에 댄 채 그가 작게 중얼댔다. 그러자 옷이 당겨지는 느낌이 들더니 빨래를 턴 것처럼 옷에 맺힌 물방울이 사방으로 날아갔다. 놀라서 만져 보니 내 옷은 물기 하나 없이 건조되어 있었다.

나는 눈을 깜빡이다가 라이시의 손에 끼워진 반지를 바라보았다. 네벨라의 유물 중 물을 다루는 반지. 그걸 이용해서 내 옷을 적신 물방울을 날려 버린 것 같다. 아까 내게 물을 뿌린 것도 그 반지가 분명하다. 그런데 그때도, 우리가 옷을 바꿔 입고 몸을 말리던 그때도 라이시는 이 반지를 끼고 있었다. 아마도? 아니, 분명히.

나는 그때를 떠올리며 라이시를 가만히 쳐다보았다. 그러자 라이시도 내가 무슨 생각을 하는지 눈치채고 급히 변명했다.

"오해하지 마십시오. 그땐 대화할 시간이 필요해서 그랬던 것뿐입니다."

아, 그러셔?

"당신이 계속 도망만 치니까 그렇게라도 자리를 만든 겁니다. 그랬는데 당신이 너무 추워 보여서 어쩔 수 없었습니다."

그랬구나?

"그 외에 다른 의도는 전혀 없었습니다. 내가 진짜 나쁜 놈이라면 이번에도 똑같이 했겠죠. 안 그렇습니까?"

그랬단 말이지? 나는 말없이 라이시를 쳐다보았다. 저렇게 장황하게 말하는 걸 보니 자기 죄를 알기는 아는 모양이다. 내 침묵이 길어지자 라이시는 견디지 못하고 항복했다.

"잘못했습니다. 제발 그렇게 쳐다보지 마세요."

그럼에도 나는 시선을 옮길 수가 없었다. 어처구니가 없어서. 그러자 눈치를 보던 라이시가 결국 고개를 돌렸다.

"라이시."

"네."

"넌 정말 변태야."

라이시는 뭐라 변명하려다가 도로 입을 다물었다. 할 말이 없을 테니까. 나는 그런 라이시를 보다가 결국 피식 웃어 버렸다. 덕분에 긴장도 날아갔다. 내가 웃자 라이시는 나를 힐끗 쳐다보더니, 퉁명스럽게 물었다.

"그런데 왜 안 따라갔습니까?"

"응?"

"자이트 씨 말입니다. 당신이 거절했다고 하던데."

그 물음에 나는 살짝 고개를 기울였다. 얘가 그걸 언제 확인했지? 어젯밤 자이트는 우리보다 먼저 들어갔고 새벽에 배웅할 때 라이시는 없었다. 나는 의아해하다가 불현듯 놀라 라이시를 쳐다보았다.

"너 아침에 어디 갔다 왔어?"

라이시는 대답하지 않았다. 나는 질문을 확인으로 바꾸며 그에게 다시금 물었다.

"설마 그 사람들 따라갔었어?"

라이시는 여전히 침묵했다. 이 경우 침묵은 긍정이다. 나는 어이가 없어서 헛웃음을 흘렸다. 오전 내내 안 보인다 했더니, 그러다 갑자기 잔뜩 열 받아서 나타났다 했더니. 내가 정말 간 줄 알고 거기 다녀온 거야?

아, 진짜 웃긴다. 소리 내서 웃고 싶었지만 말 없는 라이시의 옆얼굴이 심각해서, 게다가 어딘지 분해 보여서 나는 필사적으로 웃음을 참았다. 여기서 웃으면 큰일 날 것 같아. 아무래도 더는 안 되겠다. 오해가 깊어지기 전에 어서 해명해야지. 라이시에게 미안한 건 둘째 치고 내가 뒷감당할 자신이 없어.

"라이시, 자이트 오빠 말이야."

나는 친절하게 설명해 줄 생각이었는데, 라이시는 듣자마자 또 울컥해서 내 말을 끊었다.

"그 오빠란 말 좀……."

요 며칠간 그의 심기를 불편하게 만든 게 이 한마디였다는 걸 이제야 알게 되어 나는 못 견디게 즐거워졌다. 아, 설마 이럴 줄은. 이런 귀여운 구석이 있을 줄이야. 나는 조금 더 즐기고 싶었지만 그러다 정말 뒷일이 복잡해질 것 같아서 그만 밝히기로 했다. 내가 그 사람과 친근하게 지내도 괜찮은 이유를.

"그 오빠 결혼해."

"네?"

역시나 라이시는 금시초문이라는 얼굴이다.

"시하 언니, 내가 얘기했지? 그 언니랑 곧 결혼해."

자이트가 준 편지는 시하가 내게 쓴, 이를테면 청첩장이었다. 자이트는 바빠서 잊고 있다가 뒤늦게야 건네준 거였고. 조금 더 부연하자면 자이트랑 시하는 아크제리유트가 아직 살아 있을 무렵부터 그런 관계였다. 그래서 시하가 자이트를 구해 달라고 부탁했던 거였다.

내 설명이 끝나자 라이시는 무너지기 시작했다. 정말이지, 몰랐는데 얘도 은근히 허당이다. 난 설마 나랑 그 사람 사이를 오해하고 그럴 줄은 몰랐지. 자이트가 예비 신랑이라는 건 다들 아니까. 아, 진작 알았으면 놀리는 건데. 막 놀리는 건데!

아쉽지만 괜찮다. 아직 놀릴 기회는 남아 있으니까. 마침 지금이 그 기회다. 나는 그를 괴롭힐 의도를 듬뿍 담아 말했다.

"이제 어떡해? 나도 못 들은 거로 할까?"

라이시는 어깨만 움찔할 뿐 아무런 말도 하지 않았다. 어제 그런 얘길 다 해버려서 전처럼 시치미를 뚝 떼기는 힘든 모양이다. 나는 헤실헤실 피어나는 웃음을 감추지 않고 두 손으로 턱을 괸 채 라이시를 바라보았다. 라이시는 내 시선을 눈치챘으면서도 애써 피했다. 한참 후 그가 신음처럼 물었다.

"원래 세계는 어쩔 생각입니까?"

"결혼하면 나 여기서 살 건데?"

집에는 가끔 가고. 설명하긴 복잡하겠지만 그래도 우리 부모님이라면 이해해 주실 거야.

내가 태연하게 말하고 쳐다보자 라이시는 덜컥 놀란 눈으로 나를 마주 보았다. 그러더니 이내 눈을 질끈 감으며 다시 자신의 얼굴을 가렸다. 그의 입에서는 탄식인지 한숨인지 모를 소리가 흘러나왔다. 아, 나 말고 과연 누가 볼 수 있을까? 이 콧대 높은 사람이 몸부림치는 모습을.

나는 그를 격침했다는 만족감에 실실 웃었다. 그러는 동안에도 라이시는 한참이나 손에 얼굴을 파묻고 있었다. 그가 한숨을 내쉬며 나직이 물었다.

"날 언제부터 좋아했습니까?"

그 물음엔 내가 당황했다.

"뭐야, 갑자기……."

"무아카와 싸우기 전입니까, 후입니까."

"아마도, 전?"

"그럼 그때는 싫은 척한 겁니까?"

순간 말문이 막혔다. 나는 잠시 주춤했다가 소리를 질렀다.

"아니야!"

"해명이 필요합니다."

"무슨 해명?"

"그때 그래서 날 싫어하는 줄 알았어요."

"그건 좋고 싫고를 떠나서, 너무 심했잖아! 너 그때 진짜 답 없었어!"

내가 소리치자 라이시가 웃었다. 아, 아까부터 계속 이런다. 내가 당황하면 얘가 웃고 얘가 당황하면 내가 웃고. 우린 아무래도 상대의 당황을 좋아하는 못된 사람인 모양이다.

"그때 일은 미안했습니다."

라이시가 가벼운 목소리로 말했다. 그 무례한 입맞춤에 대해 드디어 사과를 받았지만 나는 별로 석연치 않았다. 왜냐면 조금 전에도 똑같은 짓을 당했으니까. 그래서 나는 뚱하니 되물었다.

"그럼 조금 전 일은?"

"그건 안 미안해요."

나는 볼을 부풀리고 라이시를 노려보다가 그가 어제 했던 말을 떠올리고 입을 꾹 다물었다. 화낼 때 볼에 바람 넣지 말랬지, 긴장감 떨어진다고. 라이시는 날 보고 웃더니 이내 얼굴에서 웃음기를 지웠다. 조금 차분해진 목소리로 그가 다시 물었다.

"내가 거절했을 때 울었습니까?"

진지한 말투였지만 방금 웃으며 놀린 것 때문에 나는 퉁명스럽게 답했다.

"안 울었어."

"다행이네요. 또 울린 줄 알고 걱정했는데."

그 말에 나는 할 말을 잃었다. 아, 어떡하지. 그런 상황에서도 날 걱정한 너를 어쩌면 좋지? 미안하기도 하고 안쓰럽기도 해서 나는 가만히 그의 얼굴을 바라보았다. 그런 내 심정을 눈치챈 걸까? 그가 내 머리를 쓰다듬었다.

"나는 울 뻔했어요."

그리고 전해진 그 말에 나는 깜짝 놀랐다.

"그 정도로 날 좋아한다고 말해 준 게 기뻤습니다."

그렇게 말하며 웃는 그 모습에 이제는 가슴이 아파졌다. 아릿함을 지나 뚜렷한 통증이 느껴지기 시작했다. 나 혼자만 힘든 줄 알고 그렇게 화를 냈는데, 라이시는 그걸 다 받아 주면서도 아무 내색도 하지 않았다. 날 보내야 한다며, 그래야 한다며.

내 머리카락을 쓸어 넘긴 라이시의 손이 이윽고 뺨에 닿았다. 나는 그 손에 얼굴을 대며 속삭였다.

"사실은 울었어."

그렇게 말하며 그에게로 몸을 기울였다.

"나도 그만큼 널 좋아했어."

그렇게 말하는 순간 그가 나를 꼭 끌어안았다. 그의 품에 들어가자 깊은 안도감이 느껴졌다. 많이 엇갈렸지만 이제라도 안길 수 있어서, 지금이라도 이럴 수 있어서 얼마나 다행인지 몰랐다.

"힘들게 해서 미안해요"

나를 안은 채 라이시가 나직이 말했다.

"나중엔 더 힘들겠죠."

꼭 힘들어야 할까? 행복한 결말은 생각할 수 없을까?

"그래도 때가 되면 당신을 돌려보낼 겁니다."

나는 그에게 말하고 싶었다. 보낸다고 하지 말라고, 같이 있을 거라고. 하지만 그가 또 안 된다고 할 것 같아 나는 말을 참았다. 이 순간만큼은 나중 일로 서로를 밀어내고 싶지 않았다.

"그때까지만이라도 같이 있어 주세요."

그 속삭임에, 나는 그를 마주 끌어안는 것으로 대답을 대신했다. 비록 영원을 약속할 순 없었지만, 그럼에도 그 순간 우리는 행복했다.

우리는 그렇게 연인이 되었다.

12
공주와 구세주

흰빛 때문에 아무것도 보이지 않았다. 그곳에서 나는 슬픔을 감추려고 일부러 명랑하게 말했다.

—잘 가라고 배웅 나오신 건가요?

그의 마른 목소리가, 차갑고도 날카로운 목소리가 들려왔다.

—나는 네 길을 용납할 수 없다.

천 년 같은 정적이 흘렀다. 마음에 번지는 아픔을 참으며 나는 신음처럼 물었다.

—우리 다시 만날 수 있을까요?

—이대로라면 만나지 않는 편이 좋겠지.

그가 말을 멈췄다. 그것으로 끝났다면 좋았을 것이다. 하지만 그는 남겨 둬야 하는 말까지 내게 던졌다.

—둘 중 하나는 반드시 죽을 테니까.

말하지 않아도 알고 있다. 이미 충분히, 사무칠 만큼 아프게 알고 있었다. 하지만 듣고 싶지 않았다. 그러나 그는 잔인하게도, 그 변할 수 없는 사실을 현실에 못 박았다.

그 흰빛은 여전히 시렸다. 그곳에서 나는 다시 한 번 그를 불렀다.

—이르이트…….

—돌아가, 리브나.

—나는 저들을 내버려 둘 수 없어요.

—그들이 치러야 할 대가일 뿐이야.

—설령 그렇다 해도, 내버려 둘 수 없어요.

그의 침묵은 더없이 냉정했다. 하지만 나는 미련스럽게도 그에게 기어이 말했다.

—저들은 내 백성이니까요.

—그 세계는 너마저도 상처 입힐 거야.

처음이었다. 이 새하얀 눈부심 속에서 울리는 그의 목소리가 차갑게 느껴지지 않는 건. 하지만 그것을 기뻐하기엔 내 앞에 놓인 길이 너무 두려웠다.

—알고 있어요. 그래서 이렇게 떨고 있죠.

—그렇게까지 하면서 가겠다는 건가. 어째서?

그의 물음에 나는 웃었다. 온 힘을 다해서.

—두렵지 않은 건 아니에요.

나의 연인에게.

—나의 궁전도 왕관도, 심지어 평화조차도 거기엔 없겠죠.

이것이 마지막이라고 생각하며.

—그들을 찾아 그 땅에 내려가면 분명 고통스러워질 거예요.

그의 품에 도로 안기고 싶은 것을 참기 위해, 온 힘을 다해서.

—내가 나이기에. 이유는 그것뿐이에요.

또 다른 시간이 펼쳐졌다.

그곳에서 나는 드디어 당신과 만났다. 하지만 그 재회가 기쁠 수 없는 것은, 이미 정해진 운명 때문에. 눈을 시리게 만드는 그 빛 속에서 나는 그에게 말했다.

—결국 여기까지 왔군요.

내 처연한 인사에 그는 대답하지 않았다.

—돌아가요, 이르이트.

한동안의 침묵 후, 비로소 그의 목소리가 들려왔다.

—비켜, 리브나.

가슴이 아팠다. 마치 실제로 무언가에 찔리기라도 한 양 너무 아파 괴로웠다. 그 목소리가 너무 차가워서 그랬던 것 같다. 그 목소리가 너무 차가워서.

—그걸로 정말 괜찮은 거예요?

나는, 도무지 닿을 수 없는 당신에게 말했다.

—다른 걸 묻는 게 아니에요. 그래서 정말 당신은 괜찮아요?

이 차가운 설원이 당신의 마음이라는 건 알고 있다. 이토록 차갑게 얼어붙은 채로 당신이 정말 괜찮은지, 나는 무엇보다 그것이 걱정되었다.

—그게 아니라면 제발, 이르이트…….

—나는.

내 애원을 잘라 내며 그가 말했다.

—심판한다. 그릇된 모든 것을.

얼음처럼 냉혹하게, 칼날보다 날카롭게.

—나의 역할은 그뿐이다.

아아. 이대로 손을 뻗어 나의 온기로 당신을 따스하게 해줄 수 있다면 얼마나 좋을까. 당신을 품에 안고 당신의 품에 안겨 이 추위를 함께 이겨 낼 수 있다면 얼마나 좋을까.

그것을 무엇보다 바라지만 그렇게 될 수 없음을 이미 뼈저리게 알기에. 그렇기 때문에 나는, 나는 결국 당신을…….

—나는 후회하지 않아요.

입술이 잘 떨어지지 않았지만 나는 말했다.

—비록 기억을 잃고 자신이 누구였는지도 모른 채 헤매게 되겠지만, 그래도 이게 끝은 아니라고 믿어요.

내 얼굴로 눈물이 떨어져 내렸다. 내 것이 아닌 눈물이었다. 그 눈물이 내 목소리를 더욱 슬프게 만들었다.

—나는, 그리고 당신은 반드시 여기로 돌아올 거예요.

눈을 떴지만 꿈의 여운이 남아서 나는 한동안 그대로 누워 있었다. 늘 꿔왔던 꿈이다. 하지만 이번에는 그다지 슬프지 않았다. 눈물이 나지도 않았다. 그저 오랜 추억을 떠올린 듯 차분했다.

꿈속에서 키브사와 이르이트는 서로 대립했다. 이유는 잘 모르겠다. 다만 내가 알 수 있는 건 그들이 서로를 사랑했다는 것, 그럼에도 같은 길을 걷지 못했다는 것.

아직 정체를 알 수 없는 그 꿈은 오늘도 나를 고민하게 한다. 저 꿈속에서 나는 대체 무엇을 했을까? 내가 그걸 다 알게 되는 순간 나는 여전히 나일 수 있을까? 그리고 나의 연인은 여전히 한 사람일 수 있을까?

나는 한동안 꿈을 되뇌다가 몸을 일으켜 앉았다. 아직 새벽이라 하늘은 어스름했다. 그럼에도 냉기는 느껴지지 않았다. 완연한 봄을 느끼며 나는 창가로 걸어갔다. 우리의 마을은 고요하고도 평화롭게 새날을 맞이하고 있었다.

학교가 세워진 후 아침마다 성은 전쟁터가 된다. 300여 명의 동시 등교, 얼마나 정신이 없는지 모른다. 그나마 다행인 건 학교 안 가겠다고 늑장 부리는 애들이 없다는 거다. 아직은 처음이라 마냥 좋은 모양인데, 막상 익숙해지면 땡땡이치고 싶어지고 그러겠지?

나도 애들을 챙기느라 아침마다 정신이 없다. 야빈이야 혼자 잘하니 괜찮지만 무아카와 힌네는 꽤 챙길 게 많다. 그리고 그 애들이 가고 나면 혼자 남은 하야를 돌봐야 했다.

그렇게 한바탕 전쟁을 치르면 성은 언제 그랬냐는 듯 텅 비고 조용해진다. 그게 후련하기도 하고 허전하기도 하고. 애 키우는 주부들이 이런 기분일까 싶다. 여고생한테 전업주부를 경험시키다니, 역시 좀 너무해.

나는 하야를 안고 기달티의 집무실로 갔다. 거기엔 라이시와 아야라가 먼저 와서 나를 기다리고 있었다.

“이리 앉으세요, 공주님.”

나는 아야라의 옆자리에 앉으며 하야를 빈 의자에 내려놓았다. 내가 자리에 앉자 아야라가 기다렸다는 듯 말했다.

“그럼 어떤 얘기부터 할까요?”

우리가 이렇게 모인 이유는 앞의 일을 논의하기 위해서다. 내가 이 세계에 온 지도 벌써 3개월이 지났다. 그동안 정말 많은 일이 있었다. 우리는 일곱 명, 기달티를 제외하면 여섯 명의 영주 중 셋과 싸워 이겼다. 그 결과 둘은 죽었고 하나는 우리 편이 되었다. 체파르데아에게 해방된 사람들은 이곳에 마을을 만들었고 무아카는 영주가 아니라 평범한 아이로 지내게 되었다. 그리고 아크제리유트의 폭정에서 벗어난 사람들도 한창 도시를 짓고 있다.

아야라의 표현을 빌리자면, 시대를 나누기에 손색이 없는 사건들이 연달아 일어났다. 이 일들은 모두 나와 연루되어 일어난 일인데,

아이러니한 점은 무엇 하나 내가 의도한 일이 없다는 거다.

체파르데아도 무아카도 아크제리유트도, 우리가 먼저 건드린 적은 단 한 번도 없다. 다들 먼저 공격해 왔고 우리는 허겁지겁 거기에 대응했을 뿐이다. 그런데도 이런 결과라니, 이걸 운이 좋다고 해야 할지 뭐라고 해야 할지 모르겠다.

어쨌든 지난 3개월간 우리에겐 사건 사고가 끊이질 않았고 지금까지는 그 대응과 수습으로 정신이 없었다. 그게 다 안정된 것은 불과 최근. 그래서 우리는 가장 처음에 했어야 할 이야기를 이제야 나누고 있다.

"먼저 시로니 씨가 전한 이야기부터 해드릴게요. 최근 날씨가 많이 변했죠. 나삭의 연구소에서도 이 갑작스러운 기상이변을 조사하고 있는 모양이에요. 그쪽 말로는 아본이 시작된 이래 처음으로 이런 날씨라고 하네요."

그랬지. 본래 아본은 혹독한 동토였으니까. 그래서 지난 100년간 사람들은 추위에 시달리고 굶기를 당연시했다. 그런데 갑자기 눈이 녹고 비가 내리더니 이제는 완연한 봄이다.

"그들 말로는 천체가 이제까지와 다른 형태로 움직이고 있다는데, 이 움직임이 시작된 건 정확히 3개월 전부터라고 해요."

3개월 전이라면? 내가 고개를 갸웃대자 라이시가 말했다.

"공주님이 오신 날이군요."

"맞아, 어떤 연관이 있는지는 잘 모르겠지만 그저 우연으로 볼 수는 없을 것 같아."

아야라가 나를 바라봤지만 나는 할 말이 없었다. 내가 오면서 날씨가 변한 거라고? 점점 너무하네. 공주님이랑 구세주는 이제 그렇다 쳐도 날씨까지 변하는 건 좀 과하지 않아?

"아직 추측입니다만 천체의 변화라면 이르이트 대공과 연관이 있을 겁니다."

내가 당황해하는 사이 라이시가 말했다. 우리가 돌아보자 그가 부연했다.

"체파르데아의 일기장에서 본 내용입니다. 이르이트 대공은 우주의 천체를 통치하는 존재로 '하늘의 대공'이란 별칭이 있더군요. 비라의 하늘과 기후도 그의 다스림을 받았다고 합니다. 그러니 아본의 날씨 또한 그의 지배를 벗어날 수는 없을 겁니다."

"그럼 공주님이 오셔서 그가 기후를 바꿨다는 뜻이니?"

"충분히 가능성이 있다고 봅니다."

"어째서?"

"그가 공주님의 약혼자였으니까요."

처음 듣는 얘기지만 나는 놀라지 않았다. 키브사 공주가 비라에 있을 때 파혼했다는 이야기는 이미 두미야를 통해서 들었다. 그리고 내 꿈속에서도 키브사 공주와 이르이트 대공은 서로 사랑하는 사이가 분명했다. 그러니 키브사 공주의 파혼 상대가 이르이트 대공이었을 거라는 짐작은 어렵지 않다. 해서 새삼 놀랄 것은 없지만, 그 얘길 라이시의 입을 통해 들으니 꽤 당황스러웠다. 그런 내게 라이시의 눈길이 잠깐 스치다 떠났다.

"연인을 위해 기후를 바꾸었다? 만약 그런 거라면 20년 전에도 같은 일이 있어야 하지 않을까? 그때는 무려 3년간 머물러 계셨지만 세상은 여전히 겨울이었어."

"그래서 추측이라는 겁니다. 어쨌든 천체를 움직이는 건 그의 고유의 능력이고 그가 공주님의 약혼자였다는 것은 사실이니까요."

나는 날씨보다도 라이시가 어떤 마음으로 저런 얘길 하는지가 더 궁금했다. 겉보기에 그는 평소와 다를 바 없이 침착했고, 그대로 자연스럽게 이야기를 이어 갔다.

"그리고 이르이트 대공과 관련해서 몇 가지 주목할 만한 점이 있습니다. 체파르데아의 일기를 읽어 보다가 발견한 건데 꽤 의문이 생기더군요."

"의문이라면?"

"이 땅에 온 게 왜 이르이트가 아닌 키브사였냐는 의문입니다."

되물었던 아야라가 흥미롭다는 듯 라이시를 바라보았다.

"하늘에는 세 명의 주인이 있습니다. 만왕의 왕인 엘이 가장 높은 자리에, 그리고 그 딸 리브나 키브사와 대공 이르이트가 그의 좌우에 있죠. 그러니 공주가 이 세계에 온 것은 왕의 뜻이라고 봐도 무방합니다."

"맞아, 예전에 공주님도 그렇게 말씀하셨어. 아버지인 엘이 바라기 때문에 이곳에 왔다고."

"그게 의문입니다. 체파르데아의 기록에 따르면 피네하스를 하늘에서 쫓아낸 건 이르이트 대공이었습니다. 그것도 두 번이나. 그런데 왜 하늘의 왕은 피네하스의 천적인 대공이 아니라 연약한 공주를 보낸 걸까요. 만약 대공이 지상에 왔다면 이 세계의 상황은 진작 종결됐을 텐데 말입니다."

그 물음에 우리는 할 말을 잃었다. 확실히, 한 번쯤 짚어 봐야 할 부분이긴 하다. 아무 힘도 없이 평범한 내가 세상을 구할 사명을 받은 이유.

처음 세상을 구하라는 얘길 듣고, 나는 다음 날부터 강해지는 수련이라도 해야 하나 싶었다. 괴물과 싸우든 마법을 배우든, 그래서 전설의 검을 찾아서 마왕을 무찔러야 하는 줄 알았다. 하지만 전혀. 다른 세계라고 해도 이곳은 지극히 현실적이고 나는 여전히 딱 평범한 여자애다. 갑자기 강해질 방법은 없었고 그저 힘이 세진다고 모든 게 해결되는 상황도 아니었다. 물론 피네하스의 검은 힘에 대해서는 놀라운 능력이 발휘되긴 한다. 하지만 그걸로 만사해결이라기엔 너무 부족하다.

그에 비해 이르이트 대공은 강하다. 피네하스를 이미 물리쳤다고 했으니 영주들은 비할 바도 아닐 거다. 그런데 정작 이 세계에 온 것은 그런 강력한 사람이 아니라 연약한 나. 그 이유가 대체 뭘까?

나는 사실 그 답을 이미 알고 있다. 꿈을 통해 들었으니까.

"이르이트는 심판자였어."

나는 조금 망설이며 말했다. 아이러니하게도 나는 그를 모르지만 안다. 기억은 나지 않지만 어떤 사람인지 알고 있다. 굉장히 모순된 말이지만 다르게 표현할 수가 없다.

"그 사람은 세상을 구하는 게 아니라 심판해야 한다고 보는 입장이었어. 왜냐하면……."

"그는 정의니까."

내가 적당한 단어를 찾지 못해 말끝을 흐리자 라이시가 도왔다. 정확했다. 그는 정의였다.

"제가 내린 결론도 공주님과 같습니다. 엘의 휘하에서 키브사 공주와 이르이트 대공은 각자 사랑과 정의를 관장했습니다. 그 둘은 서로를 보완하지만 똑같지는 않습니다. 가령 잘못을 저지른 사람 앞에서 그 둘은 각기 다르게 반응합니다. 한쪽은 그를 불쌍히 여겨 용서할 테고, 다른 한쪽은 공정하게 심판하겠죠. 그게 그 둘의 차이였습니다."

"그렇다면 이르이트 대공은 하늘의 왕과 뜻이 다르다는 의미니?"

"아니오, 그렇지는 않습니다. 그 둘은 항상 왕에게 포함되어 있습니다. 왕은 선입니다. 옳은 것만이 그에게 포함되죠. 그리고 용서와 심판은 다 옳은 일입니다. 한쪽은 사랑에 기반을 두고 다른 한쪽은 정의에 기반을 뒀을 뿐 잘못된 것이 아니죠. 다만 왕이 상황에 따라 그들 중 하나를 선택하는 것 같습니다. 선택은 그의 주관인 거죠. 그런데 이 땅, 아본에 대해 왕이 선택한 것은 이르이트가 아니라 키브사 쪽이었던 것 같습니다."

"그래서 공주님이 오신 거다?"

"네. 만약 공주 대신 대공이 왔다면 그는 지체하지 않고 피네하스를 쳤을 겁니다. 여기서부터는 가정입니다만, 그랬다면 우린 어떻게 됐을까요. 체파르데아의 기록에 따르면 지금 우리는 피네하스의 소유입니다. 그것은 하늘의 왕도 인정하는 합법적인 소유권이죠. 그렇다면 주인이 죽을 때 그 노예들은 어떻게 될까요."

"해방되지 않을까?"

내가 조심히 말하자 라이시는 고개를 저었다.

"그랬으면 좋겠지만 그럴 가능성은 희박합니다. 영주와 권속의 관계를 보면 그렇죠. 피네하스의 법칙에 해방은 없습니다. 함께 파멸할 뿐이죠. 우리의 상황도 아마 다르지 않을 겁니다. 그런 의미에서 이르이트 대공의 존재는 우리에게 오히려 재앙입니다."

"그렇다면 우리는 인질인 거군."

그때까지 잠자코 듣고만 있던 기달티가 처음으로 입을 열었다.

"아크제리유트의 요새와 같은 상황 아닌가."

그 말을 듣고 나는 고개를 끄덕였다. 맞다, 딱 같은 상황이다. 아크제리유트는 요새의 사람들을 인질로 삼고 있었다. 그래서 우리는 아크제리유트를 섣불리 공격할 수 없었다. 그가 죽게 되면 그에게 속한 수많은 사람도 함께 미쳐 버릴 테니까.

아, 그런 걸까? 다시금 꿈이 떠오른다. 자신의 백성을 포기할 수 없다며 구원자를 자처한 키브사 공주. 그리고 그릇된 것을 심판하는 게 자신의 역할이라고 했던 이르이트 대공. 그래서 그 둘은 대립했던 걸까?

"그래서 이걸로 한 가지는 밝혀집니다. 적어도 공주님이 세상을 구하는 방법엔 심판, 즉 싸움은 포함되지 않는다는 거죠. 왕에게 싸울 의도가 있었다면 대공을 보냈을 겁니다. 하지만 공주를 보냈다는 건 다른 방법을 선택했다는 뜻이겠죠."

"그건 맞는 말 같아요. 이전에 공주님은 단 한 번도 싸우거나 무기를 들지 않으셨어요."

엥, 진짜? 그럼 여태 싸움터를 설치고 돌아다닌 나는 뭐야? 아니, 아야라. 그거 알면서 나 왜 안 말렸어요? 나는 당황해서 아야라에게 되물었다.

"그럼 뭘 했어요?"

"늘 사람들과 대화하셨어요. 우리에게 하늘에 대한 것을 알려 주셨고, 또 무언가를 기다리시는 것 같았어요."

그 말에 나는 고개가 저절로 기울어졌다. 그냥 사람들하고 얘기만 했다고? 내 오해를 눈치챘는지 아야라가 해명했다.

"하지만 그렇다고 해서 한곳에 계셨던 건 아니에요. 그분은 늘 찾아다니셨어요."

"누구를요?"

"저와 같은 사람을요."

아야라와 같은 사람, 고통받는 사람이라는 뜻이다. 그런 사람들을 찾아다녔다고? 그건 대체 무슨 말일까? 나는 어째 갈수록 답이 멀어지는 것 같아 결국 책상에 이마를 박았다. 아아, 머리 아파.

"어떻게 해야 할지 점점 더 모르겠네요."

여기 온 첫날부터 시작해서 아직도 해결되지 않은 의문이다. 대체 세상을 어떻게 구하냐고! 아, 이래서야 할머니가 되기 전에 우리 엄마를 다시 만날 수 있을까? 폭삭 늙어서 돌아가면 못 알아볼 텐데. 엄마 보고 싶어.

꿈을 통해 엘은 내게 부탁했다. 모든 사람의 길이 되어 달라고. 그게 바로 내가 해야 하는 일이다. 그런데 길이 되기 전에요, 방향을 못 잡겠다고요. 첫걸음을 못 떼겠다고요. 사실 여태 스스로 한 건 하나도 없잖아요. 체파르데아도 얼떨결에, 무아카도 얼떨결에, 아크제리유트도 얼떨결에. 얼떨결에 구세주 공주님이라니, 이걸로 정말 괜찮아요?

게다가 고통받는 사람들을 찾아다녔다니, 세상에 그런 사람이 한둘이냐고……. 책상에 얼굴을 비비적대며 그렇게 속으로 푸념하는데, 문득 머릿속에 무언가가 스쳤다. 나는 막 떠오른 그 생각을 놓칠세라 벌떡 일어났다.

"가보고 싶은 곳이 있어요."

"어디 말씀이시죠?"

"나삭의 연구소요."

내 빠른 대답에 아야라가 까닭을 묻듯 바라보았다. 나는 지체하지 않고 말했다.

"지카를 기억하세요?"

지카, 어린 양이었던 그 아이. 그 아이의 죽음이 나를 이곳에 붙잡았다. 그 아이를 그토록 비참한 죽음으로 몰아넣은 건 체파르데아와 나삭이라는 과학자였다.

"지카를 그렇게 만든 게 나삭의 연구소라고 들었어요."

내 눈길이 자연히 옆에 앉은 하야에게 향했다. 귀가 들리지 않고 목소리가 나오지 않는 이 네 살배기 여자아이는 동물의 뿔과 귀를 가지고 있다. 본인의 의지와는 상관없이 나삭의 과학자들에 의해서 이렇게 되어 버렸다.

그 연구소에 대해선 여러 이야기를 들었다. 한낱 내기로 사람의 몸을 멋대로 망가트리고 실험을 위해 인간을 소모품처럼 사용하는 곳. 바로 그곳에서 지카는 고통받았다.

아야라는 키브사 공주가 늘 찾아다녔다고 했다. 자신과 같은 사람을. 그래, 그게 무슨 말인지 알 것 같다. 나도 찾아야 하니까. 눈에 보이진 않지만 세상 곳곳에 여전히 존재하는 나의 어린 양을.

"세상을 구할 방법은 사실 아직도 모르겠어요. 하지만 내가 하던 게 찾아다니는 일이었다면 이번엔 거기에 가보고 싶어요."

나는 그렇게 결연하게 말했다.

"그곳에서 무슨 일이 벌어지고 있는지 직접 보고 싶어요."

내가 나오자 밖에서 기다리고 있던 라이시가 곧장 핀잔했다.

"치마 갈아입으라니까요."

"괜찮아, 안에 속바지 입었어."

"안에 뭘 입었어도 치마 펄럭대는 거 보기 안 좋습니다."

"하지만 애들은 날 이슬만 마시는 공주님이라고 생각하는걸. 남자 옷 입고 돌아다니면 충격받을 거야."

"자기 이해가 굉장히 부족하신 듯한데, 애들 보는 데서 2층 난간으로 뛰어내렸던 거 기억 안 나십니까?"

적당히 넘어가 주질 않는 라이시 때문에 나는 결국 귀를 막았다.

"아아아, 잔소리 그만해. 이게 편하단 말이야!"

라이시는 아직 할 말이 잔뜩 남은 표정이었지만 내가 진저리를 내자 결국 한숨만 푹 내쉬었다. 그러곤 어쩔 수 없다는 듯 나를 끌어당겼다. 그 손길과 밀착에 나는 화들짝 놀랐다가 괜히 민망해서 그의 얼굴을 손으로 밀었다. 그러다 라이시에게 손가락을 깨물리고 말았다. 아얏.

부끄러움 얼마, 설렘 얼마, 그리고 기쁜 마음을 가득 안고 우리는 함께 날아올랐다. 높이 올라오니 바람이 참 시원했다. 어느 정도까지 올라오자 라이시가 내게 치포라의 조각을 내밀었다.

늘 생각했던 거지만, 이 치포라는 참 신기하다. 본체는 가느다란 금속 핀, 그런데 라이시가 몸에 달면 등 뒤로 반투명한 날개가 펼쳐진다. 그 날개는 물질이라고 하기 어렵다. 분명 만져지기는 하는데 뚜렷하게 구성된 고체는 아니고, 생김새만 보면 불꽃이나 빛과 같다. 그리고 그 날개의 일부를 나뭇가지 꺾듯 뚝 꺾으면, 내 손엔 그 빛 조각이 쥐어진다. 언제 봐도 정말 신기한 물건이야.

그 신기한 치포라의 조각으로 혼자 날아 보겠다고 발버둥 친 게 어언 두 달. 하지만 아무리 해도 안 돼서 거의 포기 상태였다. 그런데 마침 라이시가 도와주겠다고 해서 각오하며 나왔다. 오늘에야말로 날아 보겠어!

나는 치포라의 조각을 옷에 꽂아 발동시켰다. 내 등 뒤로도 라이시처럼 밝은 날개가 펼쳐졌다. 날개가 생기자 라이시가 내 허리에서 손을 떼며 내 두 팔을 붙잡았다. 나는 그때까지 가벼운 마음으로 상황을 지켜보고 있었다. 그런데 그가 조금씩 빨리 날기 시작하면서 내 마음은 곧 바뀌었다. 속도가 빨라지자 간담이 서늘해져서 소리쳤다.

"라이시, 잠깐만!"

"네?"

"나 별로 예감이 좋지 않아."

"어떤 예감 말씀이신지?"

"너의 가르침이 별로 평화적일 것 같지 않아."

"효과적일 거로 생각하면 편합니다."

그 말과 동시에 내 양팔을 잡고 있던 라이시의 손이 헐거워졌다. 나는 깜짝 놀라서 그의 팔에 매달렸다. 그리고 눈을 크게 뜨며 그를 올려다보았다. 지금 무슨 짓이냐고 추궁하듯이. 그러자 그가 도리어 멀쩡하게 되물었다.

"혼자 연습할 때는 잘 뛰었잖아요?"

"뛰어내리는 거랑 던져지는 게 같아?"

그냥 직선 낙하와 추진력을 동반한 낙하는 전혀 다르다. 전자는 떨어진다는 개념이고 후자는, 그러니까 지금 내가 처한 이 상황은 정말 던져진다는 개념이다! 내가 잔뜩 불안한 얼굴로 말했지만 라이시는 태연했다.

"오늘 안에 날게 해드리겠습니다."

"잠깐만. 안 돼. 놓지 마. 제발. 놓지 마. 응?"

나는 최대한 불쌍하게 애원했다. 설마, 여자 친구가 이렇게까지 말하는데! 나는 그가 마음을 바꾸고 적당히 봐주리라 믿었다. 하지만 그건 순전히 내 착각이었다. 나의 연인은 냉정했다.

"안녕, 공주님. 잠시 후에 뵙죠."

동시에 그의 두 팔이 나를 개운하게 밀었고, 나는 소리 높여 비명을 질렀다. 그래, 공주님 취급도 엉망이던 너니까. 여자 친구 취급이라고 다를 건 없겠지.

"괜찮아요?"

나는 기진맥진 주저앉은 채 라이시를 노려보았다. 계곡에서 손을 씻고 온 라이시는 그런 내 얼굴에다 물방울을 털며 웃었다. 윽! 야!

"넌 나를 너무 막 대해."

"그래도 이제 어느 정도 날게 됐잖아요?"

정말 분하지만 반박할 수가 없다. 실제로 내가 혼자서 수십 번 뛰어내린 것보다 라이시가 몇 번 던져 준 게 훨씬 효과적이었다. 덕분에 나는 법을 간신히 터득하긴 했다. 효과가 있으니 마냥 불평할 수도 없고, 하지만 그 무자비함이 야속한 건 사실이고. 내가 고마워해야 할지 원망해야 할지 고민하는 사이 라이시가 옆에 와서 앉았다.

"잘했으니까 좀 쉬어요."

라이시가 등을 내밀었고 나는 투덜대면서도 거기에 기댔다. 사실은 기댈 수 있어서 좋았다.

"공주님."

등에 얼굴을 기댄 채여서 그 목소리가 간지럽게 울렸다. 나는 재미있다고 생각하며 대답했다.

"응?"

"나삭의 연구소에 정말 가실 겁니까?"

"응."

나는 라이시가 어떤 의도로 묻는지 걱정돼서 조그맣게 대답했다. 아까 내가 나삭의 연구소에 가보고 싶다고 할 때 아야라도 염려 섞인 얼굴로 말했다. 나삭은 정말 위험한 사람이라고.

체파르데아나 아크제리유트도 위험인물인 건 마찬가지지만 그래도 그들은 단독으로 행동했다. 그런데 나삭은 이요브와 긴밀한 관계를 맺고 있다고 한다.

예기치 않게 이요브의 이야기가 나와서 나는 공중요새에서 잠깐 마주쳤던 그 사람을 다시 떠올렸다. 이요브와 마주친 건 한순간이었고 그나마도 피네하스의 등장에 정신이 없던 와중이었지만, 나는 그 여자를 또렷하게 기억한다. 굉장히 인상적인 여자였다. 그 혼란 속에서 아무 표정도 없이 나를 주시하던 그 모습은 마치 한 마리 맹수 같았다. 우아하고 고혹적인, 그리고 더없이 위험한.

그 여자는 얇은 칼 한 자루로 아크제리유트를 가둔 철관을 부수고 끝내는 그의 목숨을 거둬 갔다. 무슨 의도로 거기 나타났는지는 모르겠다. 다만 그 곁에는 피네하스가 있었다. 그러니 아무 의미 없이 나타났다고 보긴 어려울 거다.

그런 여자와 동맹 관계라니, 자칫 벌집을 건드리는 꼴이 될 수도 있다. 하지만 그렇다고 피해 갈 수는 없는 노릇이다. 그곳에서 여전히 있어서는 안 될 일들이 자행되고 있다면, 그들이 사람의 생명을 장난감처럼 주무르고 있다면, 그걸 그냥 내버려 둘 수 없다.

내가 그래도 가고 싶다고 하자 기달티와 아야라는 기꺼이 내 뜻을 존중해 줬다. 그 둘은 내가 그러기 위해 이 세상에 왔다는 걸 인정하고 있었으니까. 나는 다만 라이시가 신경 쓰였다. 라이시는 내가 위험한 곳에 나서는 걸 싫어하니까. 그래서 나는 내 행보를 다시 확인하는 그에게 조심스럽게 물었다.

"내가 거기 가는 거 싫어?"

"좋을 리야 없죠."

생각보다 솔직한 대답이 돌아와서 나는 마음이 조금 놓였다.

"그런데?"

"공주님과 제 몫을 이해했을 뿐입니다."

"몫?"

"세상을 구하는 게 공주님의 몫이라면 공주님을 지키는 건 제 몫입니다. 나삭의 연구실에 찾아가는 것이 세상을 구하는 일이라면 하십시오. 저 또한 그저 제 몫을 하겠습니다."

그 말에 나는 뭐라 대꾸하는 대신 그의 등에 조금 더 기댔다. 한결같이 지켜 주겠다고 하는 그가 고마워서. 나는 한동안 그에게 기대고 있다가 조용히 말했다.

"있잖아."

"네."

“아까 기분이 어땠어?”

“언제 말입니까?”

“이르이트 대공이 키브사 공주의 약혼자였다고 얘기할 때.”

나는 그렇게 묻곤 조심스럽게 대답을 기다렸다. 라이시는 잠깐 생각하더니 이내 덤덤하게 답했다.

“공주님의 기억이 돌아오면 어느 쪽을 선택할까.”

그 꾸밈없는 대답에 나는 결국 웃어 버렸다. 덕분에 마음에 남아 있던 자그마한 걱정거리 하나도 깨끗이 덜어졌다.

“나는 네가 좋아.”

“기억이 돌아오면 어떻게 될지 모르는 일이죠.”

좋아한다는 말의 대답치곤 너무 냉정하다. 나는 그게 못내 불만이었지만 틀린 말은 아니라서 뭐라 하지 못했다. 나도 걱정하고 있는 부분이니까. 하지만 그렇다고 꼭 그렇게 말할 필요는 없잖아. 내 불만을 눈치챈 걸까? 그가 덧붙였다.

“하지만 그때도 제가 좋다고 하시면 받아 드리긴 하겠습니다.”

라이시의 능청에 나는 또 한 번 웃음을 터트렸다. 정말이지 이 사람을 좋아하지 않을 수가 없다. 한참 동안 기분 좋게 웃다가 그에게 다시 물었다.

“그런데 우리 얘기 안 해도 될까?”

기달티와 아야라에게, 우리 관계에 대해서.

“신경 쓰입니까?”

“응.”

그 두 사람은 우리가 이렇게 된 걸 알면 뭐라고 할까? 숨기려면 숨길 수 있겠지만 그러고 싶지 않다. 그 사람들에겐 무언가를 숨기는 것도 거짓말하는 것도 싫다.

"말해야죠. 기달티에게도, 아야라에게도."

나는 그의 등에 기댄 채로 고개를 끄덕였다. 그런데 막상 이야기하자니 좀 걱정된다. 세상을 구하러 온 주제에 노닥댄다고 하면 어쩌지? 여러모로 걱정스러웠지만 언제까지 비밀로 할 수는 없는 노릇. 그래서 우리는 그날, 두 사람에게 사실을 밝히기로 마음먹었다.

"축하할 일이군."

"네?"

"그간 고생하지 않았나."

기달티의 반응이 너무 담백해서 나는 오히려 어안이 벙벙해졌다.

성에 돌아온 후, 나와 라이시는 각자 기달티와 아야라에게로 찾아갔다. 계곡에서 결심한 대로 우리가 연인이 된 것을 알리기 위해. 그래서 나는 나름대로 각오를 다지며 기달티의 집무실로 왔고 어렵사리 이야기를 꺼냈는데, 이런 반응이다.

"안 놀라요?"

나는 당황해서 오히려 그에게 되물었다. 하긴 기달티가 놀라는 모습은 상상이 안 된다만. 내가 그렇게 묻자 기달티는 평소처럼 잠잠한 눈으로 나를 바라보았다.

"모를 거라고 생각했나?"

네?

"둘이 손잡고 다닌다는 소문이 이미 파다하다."

뭐? 잠깐만, 무슨 소리야! 안 돌아다녔어! 한 번인가밖에 안 그랬어!

"그러니 더 새삼스러울 것도 없지 싶은데."

무심하게 말하는 기달티 때문에 말도 못하게 창피해졌다. 나는 당황해서 기달티를 바라보다가 다급히 물었다.

"그럼 아야라도 알아요?"

혹시나 해서 물어본 건데 기달티는 당연한 것 아니냐는 눈빛으로 나를 쳐다보았다. 으앙, 안 돼! 내가 절망하는 표정을 짓자 기달티가 물었다.

"아야라가 어떻게 반응할지 걱정되나?"

나는 우울하게 고개를 끄덕였다. 물론 아야라가 '난 인정 못 해!' 라면서 우리에게 마시던 물을 뿌리진 않겠지만. 뭐랄까, 아야라가 탐탁지 않아 한다면 참 많이 서운할 것 같다.

"괜한 걱정을 하는군. 아야라도 당연히 그대의 뜻을 존중할 거다."

기달티의 말은 너무 쉬웠다. 그래서 나는 오히려 받아들이지 못하고 항의했다.

"하지만 나는 여기 놀러 온 게 아니잖아요."

아, 나는 허락을 받고 싶은 걸까 혼나고 싶은 걸까? 어쩌면 둘 다인지도 모르겠다.

사실 내가 이래도 괜찮은 건지 아직 확신이 없다. 좋아하는 사람과 함께 있겠다는 것조차 지금 내겐 사치가 아닐까 하는 의문이 든다.

그래서 그렇게 말했지만 날 대하는 기달티의 태도는 여전했다.

"서로 사랑하라고 말한 건 그대였다. 거기에 본인은 포함되지 않는 건가?"

"듣고 있었어요?"

나는 깜짝 놀라 되물었다. 축제 때 내가 했던 말을 기달티가 알고 있어서. 아, 여기서 지켜보고 있었구나.

"그대가 싸워야 한다면 알타쉬헤트가 방해될 수도 있겠지. 하지만 나도 그대가 싸우기 위해 이 세계에 왔다고는 생각하지 않아. 싸움으로 구해질 세상이었다면 이미 구했겠지."

반박할 수 없는 말이다. 기달티가 싸우고자 했다면, 그리고 적을 무찌르고자 했다면 이미 우리에게 적은 남아 있지 않을 거다. 하지만 그런 식으로는 세계를 구할 수 없다는 걸 우린 안다.

벽에 부딪힌 기분이 들어 나는 조금 힘 빠진 미소를 지었다.

"그럼 세상은 뭐로 구해야 할까요?"

"사랑이다."

그의 입에서는 나올 리 없다고 생각한 단어다. 그런데 이렇게 갑자기 튀어나와 나는 적잖이 놀랐다.

"네?"

"서로 사랑하라고 그대가 말하지 않았나."

윽, 그러긴 했지만. 내가 석연치 않게 바라보자 기달티가 물었다.

"그게 세상을 구하는 것과 무관하게 느껴지나?"

나는 긍정도 부정도 못 하고 침묵했다. 내 침묵이 길어지자 그가 그 틈새를 비집고 묻기 시작했다.

"두미야의 딸을 구한 건 뭐지? 적을 무너트릴 힘이었나?"

나는 질문의 의도를 파악하지 못하고 눈만 깜빡였다. 내가 답하지 못하자 기달티가 대신 말했다.

"그 딸을 구한 건 그대와 아버지를 향한 그의 존중이었다."

답을 듣고 나서야 나는 뒤늦게 고개를 끄덕였다. 그랬다. 제미라는 나와 두미야를 위해서 무아카를 용서했고 그 결과 자신도 고통에서 벗어났다. 이어 기달티가 다시 물었다.

"그렇다면 무아카를 구한 건 무엇이지? 내 힘으로는 그를 죽이는 것 외엔 불가능했다. 하지만 그대의 애정은 그를 구했다."

나는 다시 한 번 끄덕일 수밖에 없었다. 무아카는 기달티에게서도 제미라에게서도 목숨을 건졌다. 그건 두 사람이 내 마음을 이해해 줬기 때문이다. 무아카를 아까워하는 내 마음을. 두 번째 질문의 답도 인정한 내게, 그가 마지막 물음을 던졌다.

"또한 나를 구한 것은, 내 힘이었나?"

그 잔잔한 목소리에 나는 하염없이 그를 바라보았다. 어느샌가 내 가슴은 조금씩 떨리고 있었다. 그런 내 앞에 그가 스스로의 답을 조심스레 꺼냈다.

"나를 구한 건 내게 옆자리를 허락한 그대의 상냥함이었다."

그리고 그 말은 귀가 아닌 가슴에 번졌다.

"힘으로 세상을 구하는 게 그대의 역할이 아니라면 남은 것은 명백하다. 그대의 할 일은 사랑하는 것뿐이다. 그렇게 한 사람을 구하고 그들을 연결해 나가는 게 바로 그대의 구원이다."

나는 한참이나 기달티를 바라보았다. 마음이 간지럽게 떨려서, 그 고요하지만 격한 흔들림에 나는 좀처럼 말을 꺼낼 수가 없었다. 이윽고 내가 어렵사리 꺼낸 말은 내 마음보다 훨씬 싱거웠다.

"기달티가 그런 말을 할 줄은 몰랐어요."

"그대에게 배운 것들이다."

나는 결국 웃어 버리고 말았다. 날 보는 기달티의 눈빛이 좋았다. 저 눈빛대로라면 얼굴 가득 미소를 지어도 어울릴 텐데, 애석하게도 그는 여전히 아무런 표정이 없었다.

"그러니 사랑하는 일에 거리낄 필요가 없다. 그것이 그대의 역할이니까."

그럼에도 그는 분명 다정했다. 그의 다정함에 내가 안심할 때, 그가 다시금 입을 열었다.

"그리고 알타쉬헤트의 지분에 대해선 신경 쓰지 않아도 된다."

"지분이요?"

"그대는 알타쉬헤트에 대한 걸 나와 아야라에게 허락받을 필요가 없어."

나는 그 말을 이해하지 못하고 기달티를 바라보았다. 그러자 기달티는 옛날이야기를 시작했다.

기달티가 알타쉬헤트를 발견한 것은 20년 전이었다. 키브사 공주와의 만남을 계기로 살육을 멈춘 기달티는 죽은 자들의 사이에서 한 아기를 발견했다. 그 아기가 바로 알타쉬헤트였다.

기달티는 그때 이미 최강이라는 명성을 가지고 있었지만 그것은 어린 아기를 돌보는 데 아무런 도움이 되지 못했다. 그가 할 줄 아는 거라곤 그저 아기를 안고 있는 것뿐, 먹이거나 씻기거나 하는 아기에게 필요한 그 밖의 일들을 그는 도무지 할 줄 몰랐다. 그렇게 대책 없이 3일이 지났다. 그동안 아무것도 먹지 못한 아기는 제대로 울지도 보채지도 못하고 쇠약해져 있었다.

기달티는 결국 도움을 청하기 위해 사람들이 있는 곳으로 향했다. 타인에게 도움을 청할 생각을 한 건 그때가 처음이었다. 만일 자신의 일이었다면 혼자 버티고 말았겠지만 이번엔 어쩔 수가 없었다. 이대로 두면 아기는 곧 죽을 것만 같았다.

얼마 후 기달티는 어느 마을 근처에서 한 소녀를 발견했다. 누군가를 기다리는 듯 소녀는 마을 밖에서 홀로 서성이고 있었다. 기달티는 소녀가 혼자인 걸 확인하고 그 앞으로 모습을 드러냈다. 소녀는 넝마를 걸친 소년이 나타나자 조금 놀랐다. 하지만 그뿐, 무서워하거나 도망치지는 않았다. 기달티가 그 소녀, 아야라에게 물었다.

"내가 누군지 알아?"

아야라는 고개를 저었다.

"가족은?"

또 한 번 고개를 저어 없다고 한다.

"죽었어?"

연달아 이어진 수상한 질문에 아야라는 얼굴을 찌푸린 채 답했다.

"몰라, 난 고아야."

그 답을 듣고서, 기달티는 아야라를 순식간에 낚아챘다. 그때 아야라가 느낀 건 그저 몸이 떠오르는 감각뿐이었다. 아직 검은 힘을 자유롭게 쓸 수 있었던 기달티는 그렇게 아야라를 데리고 아주 먼 곳까지 달렸다.

이윽고 기달티가 아야라를 내려놓은 곳은 최소한의 추위를 피할 수 있는 허름한 집이었다. 얼떨결에 낯선 곳까지 끌려온 아야라는 당황해서 소리쳤다.

"뭐야, 너! 여기는 어디고!"

겁먹기보다는 화가 나서 빽 소리치는 아야라에게 기달티는 변명하는 대신 안고 있던 포대를 내밀었다. 아야라는 포대에 싸인 그게 아기라는 걸 깨닫고 얼떨결에 받아 들었다. 아야라가 아기를 안자 기달티는 조용히 말했다.

"며칠 동안 굶었어. 먹을 걸 줘."

아기를 보고 아야라의 기세는 어쩔 수 없이 한풀 꺾였다. 아야라는 아기 때문에 마지못해 답했다.

"지금 나한텐 먹을 게 아무것도 없어."

"네 몸이 있잖아."

"뭐?"

아야라는 기달티의 말을 이해하지 못해 그를 쳐다보았다. 이게 무슨 소리지? 내 살을 먹이란 소린가? 아야라는 사람을 잡아먹는 식인 영주에 대한 소문을 떠올리고 눈을 치켜떴다. 설마 이 녀석도? 하지만 이어진 말에 아야라의 오해는 풀렸다.

"네 젖을 먹여."

기달티가 아야라의 가슴을 가리키며 말했고, 아야라의 눈매는 오해가 풀리기 전보다 훨씬 더 사나워졌다.

"죽고 싶냐, 이 미친놈아?"

아야라의 입에서 욕설이 대번에 튀어나왔다. 이 소년이 악질적인 장난을 치는 거라고 생각한 탓에. 하지만 그 생각도 오래가지 않았다. 욕을 먹고도 아무런 변화가 없는 기달티의 표정 때문이었다. 어린 소녀에게 수유를 요구하면서도 여상히 무표정한 소년을 보며 아야라는 뭔가 이상하다는 걸 깨달았다. 그래서 고민 끝에 퉁명스럽게 다시 말했다.

"못 해, 내가 그런 걸 어떻게 해?"

"어째서?"

"어째서라니, 당연하잖아!"

아야라는 결국 신경질을 내며 소리쳤다. 기가 막혔다. 원숙한 부인들에게나 함 직한 젖동냥을 자신에게 하는 이 소년이. 더 어처구니가 없는 건 그러고도 뭐가 잘못된 건지 모르겠다는 소년의 반응이었다.

한편 기달티는 정말 모르고 있었다. 아주 어릴 적부터 혼자 헤매며 살아온 그의 지식은 예닐곱 살짜리 어린애와 별반 다르지 않았다. 그래서 그는 여자가 아기에게 젖을 물린다는 아주 단편적인 상식만 가지고 있을 뿐, 그 외의 것은 까맣게도 몰랐다.

아야라는 기달티의 진지한 표정과 그의 지저분한 몰골을 빤히 살펴보았다. 아무래도 정상이 아니라고 판단했는지 아야라는 이내 화를 참으며 설명했다.

"그런 건 아무나 되는 게 아니야. 아기한테 먹일 게 필요하면 차라리 우리 마을로 와. 거긴 아기 있는 아줌마들이 많으니까 얘도 돌봐줄 거야."

아야라가 최선의 방법을 제시했지만 기달티는 그럴 수 없었다. 사람들의 마을에 들어가는 건 그에게 불가능했기 때문이다.

"왜 그렇게 사람을 피하는 거예요?"

나는 이야기를 듣다가 문득 궁금해져서 기달티에게 물었다. 늘 느끼던 건데, 기달티는 사람을 굉장히 꺼린다. 그렇다고 사람을 싫어하는 건 또 아니다. 그는 선생님으로서 아이들을 잘 돌보고 나나 라이시, 그리고 아야라와도 평범하게 잘 지낸다.

그러면서도 그 외의 다른 사람과는 마주치는 것조차 극도로 꺼린다. 아크제리유트의 요새에서도 틈만 나면 틀어박혀 있곤 했다. 이번에 시로니와 자이트를 비롯한 사람들이 우리 성에 머무는 동안에도 마찬가지였고. 그때 기달티는 거의 보름 동안 방에서 꼼짝도 하지 않다가 밤에만 어슬렁대며 성을 돌아다녔다. 그러다가 내 못 볼 꼴을 보기도 했지…….

내 물음에 기달티가 나직이 대답했다.

"죽였을까 봐."

"네?"

“그들의 가족이나 친구를 내가 죽였을까 봐.”

그 담담한 몇 마디에 나는 당황했다. 전혀 생각도 못 한 이유였다. 곧 그 의미를 깨달아 가며 나는 점차 숙연해졌다. 여태 몰랐다. 그런 생각으로 사람들을 피하고 있었을 줄은. 그랬구나, 그래서 어른들과 마주치지 않으려고 하는 거구나. 20년 전, 그리고 10년 전 자기가 저질렀던 일들 때문에.

기달티는 셀 수도 없이 많은 사람을 죽였다. 그리고 그 가족과 친구들은 기달티의 존재를 아직 잊지 않았을 거다. 아니, 잊을 수 없을 거다. 조금 전 이야기 속에서 기달티가 아야라를 처음 만났을 때 했던 이상한 질문도 이제 이해가 된다. 그건 아야라가 혹시 자신에게 원한을 가진 사람인지, 혹은 가족을 잃은 사람인지 확인한 거였다.

기달티의 기묘한 행동의 이유를 알게 되자 나는 마음이 무거워졌다. 이 사람은 평생 그런 짐을 지고 살아가야 할까? 그가 자유로워지는 건, 너무 이기적인 일이려나? 나는 할 말을 잃고 기달티를 바라보았다. 가끔씩 느끼는 거지만 이 사람 참 가엽다. 지금은 누구보다 올바르게 살아가지만 지나간 자리의 핏자국이 너무 짙어서 자신의 행복은 감히 꿈꾸지 못한다.

일전에 그가 내게 했던 말들이 하나둘씩 떠오르며 나는 점점 더 마음이 아파졌다. 두려워하면서 내 곁에 있어도 되냐고 묻던 이 사람이, 살아도 되냐고 묻던 그가 오늘에서야 더 아프게 느껴졌다.

그런 내 마음을 아는지, 그는 다시 담담하게 이야기를 이었다.

마을로 가는 것은 불가능했기에 기달티는 다른 선택을 했다. 그건 바로 네벨라의 성을 빼앗는 것이었다. 당시 네벨라의 성은 아본을 통틀어 가장 풍족한 곳이었다. 온갖 보화를 가득 쌓아 둔 채 네벨라는 그곳에서 사치와 향락을 즐겼다. 수백 명의 사람이 먹고 즐길 식량도 당연히 차고 넘치게 비축되어 있었다. 그리고 그의 유명한 부유함은 결국 기달티라는 재앙을 몰고 왔다.

아기인 알타쉬헤트를 아야라에게 맡기고 기달티는 단신으로 네벨라의 성에 쳐들어갔다. 성을 부수면 곤란했기에 그는 다짜고짜 네벨라를 끌어내 성 밖에서 그를 밟아 버렸다. 성벽이 몽땅 무너진 건 바로 그때였다.

갑작스레 봉변을 당한 네벨라는 그가 기달티라는 것을 알고는 그대로 도망쳤다. 그 성에 있던 그의 권속과 하인들, 첩들도 마찬가지였다. 압도적인 힘으로 눈에 보이는 것을 모조리 죽여 버린다는 그의 악명은 이미 어디에나 퍼져 있었으니까. 그렇게 네벨라와 그의 무리는 원래 리쉬아의 영토인 북쪽으로 달아났다.

그로써 가장 부유한 성을 차지한 기달티는 그곳으로 아야라와 알타쉬헤트를 데려왔다. 하지만 화려한 성과 금은보화, 그리고 풍족한 식량 앞에서도 아야라의 반응은 탐탁지 않았다. 오히려 화가 난 듯 싸늘했다. 급한 대로 아기를 먹이고 씻기긴 했지만, 기달티와 이곳에 오래 머물고 싶어 하진 않았다.

"이제 날 원래 있던 곳으로 보내 줘."

아야라가 요구했지만 기달티는 대답하지 않았다. 그는 다만 아야라를 넓은 성에 풀어 둔 채 입구를 가로막고 앉을 따름이었다. 그렇게 아야라는 성에 갇히고 말았다. 기달티가 아야라에게 요구하는 건 단 하나뿐이었다. 아기를 돌보는 것. 그것만 한다면 아야라는 네벨라의 성에 있는 모든 것을 누릴 수 있었다. 하지만 아야라는 돌아가기 위해 안간힘을 썼다.

"보내 달라고, 이 거지 같은 놈아! 진짜 죽여 버린다!"

그래서 이어진 아야라의 시위는 정말 만만치 않았다. 욕하고 때리는 건 예사였고 흉기를 휘두르며 덤벼들기도 했다. 그럼에도 기달티는 문 앞에서 꿈쩍없이 버틸 뿐이었다.

"아야라가요?"

나는 믿을 수가 없었다. 설마 아야라가? 내가 아는 그 아야라가? 아무리 어릴 적이라지만 욕하고 때리고? 그 천사 같은 아야라 언니가 진짜로? 믿을 수 없는 폭로에 내가 입을 벌리고 쳐다보자 기달티는 가감 없이 끄덕였다.

"당시를 회상하자면 아야라는 정말 폭력적이었지."

"으악, 거짓말!"

"사실이다. 온실에 있을 땐 별명이 미친 고양이였다더군."

미친 고양이래. 엄마야. 근데, 사실 생각해 보면 아야라는 종종 그런 비범한 모습을 보여 줬다. 가장 최근은 자이트랑 언쟁할 때. 웃으면서 자이트를 겁나 밟아댔었지. 게다가 아야라가 온실에 있을 때 혼자 끝까지 버텼다는 얘기도 다시 생각해 보니 보통 일이 아니다. 그때 아야라는 고작 열두 살이었잖아.

아, 생각해 보니 그러네. 엄청 고집 있는 성격이었네. 보통이 아니었어. 그런데 그 성깔 다 어디 가고 지금은 저렇게 참한 숙녀가 됐을까? 놀랍다, 진짜.

아야라가 감금된 채로 아기를 돌본 지 일주일이 지났다. 아야라는 기달티에게 치를 떨면서도 아기를 돌보는 일은 그럭저럭 제대로 해냈다. 아이에게는 잘못이 없었으니까. 하지만 시간이 흐르면서 그것도 점점 어려워졌다. 아야라의 짜증과 조바심이 극에 달했기 때문이다. 결국 아야라는 기달티를 자극할 가장 극단적인 방법을 사용하게 되었다.

"마지막으로 부탁할 테니까 나 좀 보내 줘. 너라면 다른 사람 아무나 더 데려올 수 있잖아. 난 여기 더 못 있겠으니까 제발 보내 줘."

아야라는 먼저 차분한 목소리로 마지막 부탁을 했다. 하지만 이번에도 기달티는 듣지 않았다. 그에게 이제 와서 다른 사람을 데려올 마음은 없었다. 누굴 데려오든 아야라처럼 자신을 혐오할 게 뻔했고, 어쨌든 자신에게 해를 입지 않은 아야라가 그나마 대하기 편했다. 그런 생각으로 기달티는 또 한 번 아야라의 요구를 무시했다. 그리고 그것은 아야라의 마지막 인내심을 박살 냈다.

기달티를 빤히 노려보던 아야라는 이내 말없이 휙 돌아섰다. 원래대로라면 이제부터 한바탕 발길질에 욕설을 퍼부어야 하는데, 아야라는 어쩐 일로 순순히 물러났다. 기달티가 그 새로운 반응에 의아해하는 사이, 아야라는 아기를 돌보는 2층 방으로 올라갔다. 그대로 방에 들어가더니, 곧장 도로 나오며 소리쳤다.

"이 개자식아!"

아야라의 외침에 기달티가 고개를 들었다. 그때 아야라는 아기를 감싼 포대를 들고 있었다. 난간에 서서 보란 듯이 그것을 치켜들고 있었다. 그 광경에 기달티는 눈을 부릅떴다. 그가 자리에서 일어날 새도, 소리를 지를 새도 없었다. 아야라는 손에 든 포대를 난간 밖으로 힘껏 던져 버렸다.

기달티가 몸을 날렸지만 그것을 받기에는 역부족이었다. 아래층으로 곤두박질친 그것은 떨어진 충격에 다시 한 번 튀어 올랐고, 이윽고 바닥에 널브러져 미동도 하지 않았다. 기달티는 가슴이 철렁 내려앉았다. 급하게 달려가 포대를 주웠는데, 뜻밖에도 그 안에 아기는 없었다. 뭉쳐 놓은 담요가 아기인 척하고 있을 뿐이었다.

기달티는 곧장 2층으로 달려 올라갔다. 알타쉬헤트는 방 안에서 곤히 자고 있었다. 기달티는 안도와 함께 분노가 치미는 것을 느꼈다. 그래서 단숨에 성의 현관으로 뛰어내렸다. 그사이 아야라는 문의 빗장을 풀고 있었다.

문이 채 열리기 전에 돌아온 기달티는 아야라의 멱살을 붙잡아 벽에다 찍어 눌렀다. 그러고는 살벌하기 짝이 없는 눈으로 그를 노려보았다. 하지만 아야라의 기세는 조금도 꺾이지 않았다. 아야라는 도리어 더 사납게 소리를 질렀다.

"이거 놔!"

기달티는 아야라를 붙잡은 채 이를 바득 갈았다. 조금 전 기달티는 알타쉬헤트가 죽은 줄 알았다. 그래서 그날의 감각을 떠올리고 말았다. 키브사 공주가 눈앞에서 사라지던 그날의, 그 간절하고도 고통스럽던 감각을.

기달티는 그런 불쾌감을 유발한 아야라에게 최초의 살의를 느꼈다. 그동안 많은 사람의 목숨을 빼앗았지만 단 한 번도 살의를 가져본 적은 없었다. 그간의 살인은 막연한 의무에 불과했다. 하지만 지금 느끼는 감정은 그것과 확연히 달랐다. 처음으로 눈앞의 상대에게 해를 입히고 싶다는 생각이 들었다.

그리고 그에겐 충분한 힘이 있었다. 마음만 먹는다면 아무도 막지 못할 것이다. 새삼스러울 것도 없다. 이대로 손에 조금만 힘을 줘도 이 여자애는 죽을 것이다. 그러면 자신이 만들어 온 수많은 시체 중 하나가 되겠지. 그렇게 생각하며 기달티는 손에 힘을 주었다. 아야라는 목이 졸려 오는 것을 느끼고 발버둥 치며 다시 빽 소리쳤다.

"좀 놔, 너랑 이럴 시간 없어! 공주님 기다려야 한단 말이야!"

아야라의 생명을 가늠하던 기달티는 공주님이라는 말에 덜컥 행동을 멈췄다. 공주님? 그는 아야라의 멱살을 들어 올린 채 나직이 물었다.

"하얀 공주를, 키브사 공주를 말하는 거야?"

"그래……."

아야라는 경계하면서도 질문에 답했다. 그가 혹시 키브사 공주를 안다면 자신을 놓아줄지도 모른다고 생각했기 때문이다. 하지만 이어 그의 입에서 나온 말은 그 희망과 정반대였다. 늘어진 머리카락 사이로 아야라를 물끄러미 바라보던 기달티는, 이내 담담히 말했다.

"죽었어."

"뭐?"

아야라가 깜짝 놀라 되물었다. 기달티는 손에 힘을 빼며 치켜든 팔을 내렸다. 아야라를 바닥에 내려 두며 그가 다시 말했다.

"이미 죽었어, 열흘 전에."

"거짓말하지 마!"

아야라가 소리쳤다. 놓아 달라고 할 때보다 훨씬 더 격렬하게 화를 내면서. 그렇게 소리치는 아야라의 눈엔 두려움이 가득했다. 아야라는 간절히 기달티를 바라보았다. 하지만 기달티는 더는 말이 없었다. 그 무거운 침묵에, 그리고 시선에 아야라는 진실을 깨달아 갔다.

날이 서 있던 아야라의 두 눈에 점차 눈물이 차올랐다. 생전 처음 보는 소년에게 끌려와서도 울지 않았다. 그랬는데 더는 참을 수가 없었다. 숨을 참고 터져 나오는 울음을 억누르던 소녀는, 이윽고 두 손으로 입을 틀어막으며 천천히 무너졌다. 벽에 등을 기댄 채 느릿하게 주저앉는 소녀의 모습은 덧없이 스러지는 모래 기둥 같았다.

소녀는 숨죽인 채 서럽게 울기 시작했고 소년은 그 모습을 말없이 내려다보았다. 그리고 생각했다. 아, 누군가가 죽으면 이렇게 우는구나. 나는 그럼 정말 많은 사람을 울렸겠구나. 동시에 조금 전 또 한 사람을 죽이려 했던 자신이 떠올랐다. 그 자각은 지독하리만큼 가혹했다. 이런 자신이 과연 살아 있어도 되는 건지 소년은 괴로운 마음으로 생각했다.

그 순간 생각난 건 알타쉬헤트였다. 그에게 거부할 수 없는 희망을 전해 준 아기를 위해서라도 그는 살아야 했다. 그를 살려야만 했다. 하지만 그를 살리는 건 혼자서는 불가능하다. 무언가를 죽이는 것, 부수는 것은 혼자여도 얼마든 가능하지만 그 반대의 일은 불가능했다. 무언가를 살리고 돌보는 것은 누군가의 도움이 반드시 필요했다. 그래서 소년은 울고 있는 소녀에게 망설이며 말했다.

"알타쉬헤트는 키브사 공주가 준 거야."

그렇게 태어나 처음으로, 다른 사람에게 부탁했다.

"그러니까 죽지 않게 돌봐 줘."

말하는 순간 소년의 눈에도 눈물이 고였다. 사실은 이 소녀처럼 목 놓아 울고 싶었지만 그는 꾹 참았다.

"나는 죽이는 것밖에 하질 못해. 그러니까 네가 길러 줘."

소년의 애원이 잠잠하게 흘러나오는 가운데 소녀는 숨이 막히도록 흐느꼈다. 가장 사랑했던 사람의 죽음으로 가슴이 갈가리 찢기는 아픔을 느끼면서. 그렇게 소녀는 소년이 지켜보는 가운데 아주 오랫동안 울었고, 소년은 마음으로 함께 아파하며 그 곁을 지켰다.

그 후 아야라는 성에 남아 알타쉬헤트를 돌보았다. 그뿐만 아니라 기달티도 함께 챙기고 보살펴 주었다. 마치 누이처럼. 그게 알타쉬헤트를 키브사가 줬다는 말 때문인지 아니면 기달티의 목소리에서 들린 어떤 진심 때문인지는 알 수 없다. 어쨌든 아야라는 그들의 곁을 지켰고 어느새 20년이라는 세월이 흘렀다.

돌이켜 생각해 보면 그들의 만남은 키브사 공주 없이는 무엇 하나 성립되지 않았다. 피 웅덩이 속에서 공주를 만난 소년, 더러운 조롱 속에서 공주에게 구해진 소녀. 그리고 그 둘이 함께 기르게 된 아기. 그 셋은 그렇게 가족이 되었고, 지금도 살아가고 있다.

"알타쉬헤트를 준 것은 그대였다. 그러니 맡겨 둔 것을 돌려받는다는 생각으로 당당히 요구해라."

기달티의 말에 나는 웃음을 터트렸다.

"그럼 제가 너무 나쁜 여자 같잖아요."

아기를 맡겨 놓고 클 때까지 기다렸다 이제 와 데려간다니. 와, 무섭다. 마녀 같아. 나는 농담으로 말했는데 돌아온 기달티의 대답은 꽤나 진지했다.

"손자뻘인 남자와 그렇게 된 시점에서 이미 좋은 여자가 되기는 글렀지."

"무슨 손자뻘이에요!"

나는 당황해서 소리쳤다. 하지만 그러면서도 떳떳할 수가 없었는데, 아, 사실은 안 그래도 은근히 신경 쓰이던 부분이었다. 키브사 공주가 아야라를 키웠고 아야라가 라이시를 키웠으니 그 관계가 어찌 말하면 조손 간일 수도 있기는 하다. 하지만 아무리 그래도 저렇게 말할 건 없잖아! 안 돼, 절대 안 돼. 할머니와 손자라니. 아니야, 난 열여덟 살이야. 여고생이라고! 오빠랑 연애 중이란 말이야!

내가 기를 쓰고 반박했지만 기달티는 물러섬 없는 눈으로 나를 바라보았다. 아무리 그래 봤자 사실은 사실이라는 듯, 장난치거나 놀리려는 의도 없이 객관적인 눈빛으로. 그 진실한 눈빛은 어떤 악질적인 장난보다도 치명적이었다. 나는 진심으로 말문이 막혔고, 기달티는 내가 정말 당황했다는 걸 뒤늦게야 깨달았다. 어색한 침묵이 흐른 후에 그가 말했다.

"중요한 건 사랑이지."

"됐거든요! 할 말 다해 놓고 뒤늦게 수습하지 마요!"

나는 어처구니가 없어서 소리쳤다. 내가 노려보자 기달티는 슬며시 시선을 피했다. 아무래도 다른 변명거리를 찾는 모양이다. 곰곰이 생각하는 기달티의 모습에 나는 결국 픽 웃고 말았다.

이래저래 타격이 크긴 하지만 그 모습을 보니 웃지 않을 수가 없었다. 보면 볼수록 이 아저씨도 참 재미있는 사람이다.

그렇게 웃다가 나는 지나간 자리라는 말을 떠올렸다. 키브사 공주가 지나간 자리에 기달티가 남고 아야라가 남아 오늘을 만들어 냈다. 그 덕분에 나는 라이시를 만났고 이 좋은 마을을 지켜볼 수 있게 되었다.

그걸 이루어 낸 게 힘이었던가?

아닌 것 같다.

나는 내가 무엇을 해야 할지 조금 알 것 같아 다시금 미소 지었다. 그 일들이 걱정스럽기도 하고 기대되기도 했다. 그리고 한 가지 꿈이 생겼다. 이렇게 사람들을 연결하는 게 내 역할이라면, 기달티에게 상처 입었던 사람들도 모두 나와 연결돼서 언젠가는, 아주 나중이라도 기달티를 용서해 줬으면 좋겠다는 꿈이.

물론 쉬운 일은 아닐 거다. 하지만 그렇게 된다면 기달티도 축제가 열린 광장으로 나올 수 있게 될 거다. 그리고 많은 사람과 함께 어울릴 수 있을 거다. 그때가 되면 기달티는 너무 솔직한 발언 때문에 여기저기서 원성을 살지도 모른다. 그럼 그때마다 기달티는 서툴게 수습하려 들 테고, 그 모습에 사람들은 결국 웃어 버리고 말겠지. 내가 그랬던 것처럼. 그때쯤엔 사람들이 기달티를 무서워하지도 수상하게 여기지도 않고 저녁 식사에 초대하게 될 거다. 기달티가 안 가겠다고 버티면 아야라가 설득하고 라이시가 째려보겠지. 그럼 나는 옆에서 같이 가자고 조르는 역할을 해볼까? 아, 상상만으로도 너무 좋은데 어떡하지?

나는 기달티를 바라보며 정말 그랬으면 좋겠다고 생각했다. 말없이 나를 마주 보는 그가 나는 그렇게 좋았다.

기달티의 집무실에서 내려오다가, 나는 아야라의 방에서 막 나오는 라이시를 보았다. 아야라의 방은 건너편 복도에 있어서 나는 그에게로 곧장 달려갈 수가 없었다. 그래서 나는 난간 밖으로 몸을 내밀며 소리 없이 입 모양으로만 그에게 물어보았다.

어떻게 됐어?

내 물음에 라이시는 표정 없이 엄지만 살짝 치켜들었다. 딱 그다운 대답에 나는 큰 소리로 웃고 말았다. 우리는 긴 복도를 돌아 서로에게 걸어갔다. 어서 만나고 싶어서 빠른 걸음으로, 거의 뛰다시피 하며. 바삐 걸었기 때문인지 아니면 눈앞의 이 사람 때문인지 가슴이 기분 좋게 두근거렸다. 마주 서게 되자 라이시가 물었다.

"기달티가 뭐라고 합니까?"

"너를 당당히 요구하래."

"비슷하네요. 아야라는 제가 원래 공주님 거랍니다."

나는 다시 웃을 수밖에 없었다. 내 앞에 선 라이시도 소리 없이 미소 짓고 있었다.

과연 이래도 괜찮을까 싶을 정도로 행복했다. 이들과 함께라면 무엇이라도 해낼 수 있을 것 같았다. 그래서 내 안에는 이제 두려움이 없다.

나는 내가 해야 할 일을 알았다. 나는 세상을 구할 것이고, 끝내는 모두와 함께 웃을 것이다.

눈보라가 몰아닥치는 새하얀 설원에서 그들은 다시 만났다. 여느 때보다 매섭던 그날의 추위는, 마치 누군가의 마음을 대변하듯 날카로웠다.

서로를 그토록 그리워했건만 막상 다시 만난 순간 하늘의 대공과 순백의 공주는 아무런 말도 하지 못했다. 그들은 마주 서서 한참 동안 서로를 바라보기만 할 뿐이었다. 이윽고 공주가 어렵사리 입을 뗐다.

"결국 여기까지 왔군요."

처연한 음색이 바람결에 흩어졌으나 대공은 여전히 말이 없었다.

그 냉정함에 가슴 아파하며 공주는 다시금 신음했다.

"돌아가요, 이르이트."

간신히 만난 연인의 부탁이건만, 대공은 돌아서는 대신 자신의 예리한 세검을 설원에 휘둘렀다. 은빛으로 빛나는 가느다란 검의 궤적은 세상을 단숨에 부숴 버릴 기세로 설원을 찢어발겼다. 그 사나운 위협에 공주는 깊은 통증을 느꼈다.

"비켜, 리브나."

대공의 냉혹한 음성은 칼날보다 더 예리했고 공주는 그것에 무자비하게 찔렸다. 피가 흐르지 않을까 생각될 정도로 아파서, 그는 괴로움을 견디지 못해 눈을 질끈 감고야 말았다. 그 순간 대공도 더는 참지 못하고 자신의 검을 설원에 내던졌다.

대공은 단숨에 달려가 공주를 끌어안았다. 그리고 깊은숨을 내쉬었다. 그는 공주의 목덜미에 얼굴을 파묻었고 공주 또한 그를 마주 안았다. 하고 싶은 말이 많았지만 그들은 어떤 말도 할 수 없었다. 입을 떼는 순간 서로를 보듬어 안는 것조차 불가능해진다는 것을 알기에. 그래서 그들은 오랫동안 아무런 말도 하지 않았다. 흐느낌이나 다름없는 숨소리만이 잔잔하게 이어졌다.

이윽고 대공이 고개를 들어 공주의 얼굴을 마주 보았다. 그리고 두 손으로 공주의 얼굴을 감쌌다. 그 손은 떨고 있었다. 연인의 얼굴이 마치 꽃잎인 양 찢길까, 눈꽃인 양 녹을까 조심스러워하며 애잔하게, 또 안타깝게 떨고 있었다.

그러나 그러한 손길이 자신의 연인을 더욱더 괴롭게 했음을, 그는 알지 못했다. 공주는 아픔을 다시금 감내하며 힘겹게 속삭였다.

"왜 온 거예요……."

"더는 보고만 있을 수 없어."

"안 돼요, 돌아가요."

공주가 신음하며 말했다. 그 간절한 부탁에 마음이 흔들린 탓일까, 대공은 공주를 놓고 물러났다. 다시 홀로 떨어진 공주는 그에게 도로 다가서고 싶어 하는 두 다리를 꼭 붙잡았다. 그리고 다시 침착함을 가장한 채 말했다.

"돌아가요, 이르이트. 여긴 아직 당신이 있을 곳이 아니에요."

그런들, 그 마음이 요동치고 있다는 걸 대공은 모르지 않았다. 대공은 공주의 눈을 통해 그 두려움을 꿰뚫어 보고 있었다. 대공이 공주를 아는 만큼 공주 또한 대공을 알았다. 이 세계에 버티고 선 대공의 냉혹한 의도를 공주는 그 누구보다도 잘 알았다. 그래서 그는 슬픔에 메여 잘 나오지도 않는 목소리로 애원했다.

"부탁이에요, 그러지 말아요."

애원하고 또 애원했다.

"제발, 이 세상을 부수지 말아요."

그럼에도 그의 설원은 여전히 얼어붙어 냉기만을 쏟아 냈다.

아아. 이대로 손을 뻗어 나의 온기로 당신을 따스하게 해줄 수 있다면 얼마나 좋을까. 당신을 품에 안고 당신의 품에 안겨 이 추위를 함께 이겨 낼 수 있다면 얼마나 좋을까.

그것을 무엇보다 바라지만 그렇게 될 수 없음을 이미 뼈저리게 알기에. 그렇기 때문에 나는, 나는 결국 당신을…….

나는 놀라서 퍼뜩 눈을 떴다. 창밖에서 비추는 빛에 방 안이 온통 환했다. 내가 평소 일어나야 하는 어둑어둑한 때와는 딴판이다. 어떻게 된 거지? 지금 몇 시지?

나는 일어나자마자 창가로 먼저 달려갔다. 바깥은 이미 대낮이었다. 거리엔 사람들이 돌아다니고 학교엔 이미 아이들이 모여 있다. 아, 세상에. 엄청 늦잠 잤나 봐. 평소보다 꿈이 깊어서 정말 세상모르고 잤나 보다. 나는 황급히 씻고 방에서 나왔다. 그러곤 가장 먼저 야빈의 방으로 달려갔다. 그런데 다들 알아서 챙겨 나갔는지 방에는 아무도 없었다.

야빈이야 힌네까지 챙길 만한 아이니까 걱정하지 않는다. 대신 하야가 걱정이다. 그 애들은 학교 갈 때 나한테 동생을 맡기는데, 오늘은 내가 늦잠을 자서 애들이 하야를 어떻게 했는지 모르겠다.

나는 애들 방이 텅 빈 걸 보고 기달티와 아야라에게 찾아가려고 했다. 그러다가 문득 두 사람 다 오늘 학교에서 수업하는 날이라는 걸 깨닫고 걸음을 멈췄다. 역시 안 되겠다. 학교로 가봐야겠다.

야빈에게 직접 물어볼 생각으로 나는 성에서 학교까지 단숨에 달려갔다. 내가 학교에 도착했을 땐 아직 수업이 시작하기 전이라서 나는 어렵지 않게 그 애를 만났다.

"야빈."

야빈은 숨을 몰아쉬며 달려온 나를 놀란 얼굴로 쳐다봤다.

"하야는 어디 있어?"

내 물음에 야빈은 다시 한 번 놀랐다. 눈치 빠른 그 애는 뭔가 심상치 않다는 걸 느꼈는지 의아해하며 되물었다.

"방에 없어요?"

그 얘길 듣는 순간 나는 가슴이 철렁 내려앉았다. 맨 처음 가봤지만 방은 비어 있었다. 내 얼굴이 창백해지자 야빈도 점점 당황하기 시작했다. 그 애가 황급히 말했다.

"학교 갈 시간인데 공주님이 안 오셔서, 그런데 곧 오실 줄 알고 그냥 두고 나왔어요. 그때까지만 해도 자고 있었어요."

그 말에 나는 더 난감해졌다. 학교를 가야 할지 동생을 봐야 할지 망설이다가 그냥 두고 나온 모양이다. 아, 어떡해. 하필 늦잠을 자는 바람에. 나는 서둘러서 다시 성으로 돌아왔다. 그리고 하야를 찾아 온 성을 뒤지고 다녔다.

하야는 혼자 두면 안 된다. 네 살인 그 애는 듣지도 말하지도 못한다. 선천적인 건지 실험을 당하면서 그렇게 된 건지는 모른다. 다만 그 애는 신음은커녕 바람 소리조차 내지 못하고, 누군가가 자신을 부르는 소리도 듣지 못한다.

그래서 하야는 겁이 많다. 아는 사람이 곁에 없으면 구석진 곳에 숨어 버린다. 덜덜 떨면서 좁고 어두운 틈을 비집고 들어가 그곳에서 소리 없이 운다. 하염없이, 누군가가 자신을 발견해 줄 때까지.

아, 바보. 그런 줄 알면서도 늦잠을 자다니. 나는 자책하면서 넓은 성을 뛰어다녔다. 혹여 작은 아이가 들어갈 만한 틈을 뒤지면서. 그렇게 성을 한 바퀴 돌았지만 하야를 찾을 수가 없었다. 걱정이 점점 커지며 조바심이 났다. 무서운 생각이 들기 시작했다. 나는 불안한 마음을 애써 누르고 다시 하야를 찾아 보려고 했다. 그런데 등 뒤에서 작게 부르는 소리가 들려왔다.

"공주님."

라이시의 목소리였다. 나는 도움을 청하려고 황급히 뒤를 돌아보았다. 그런데 그를 보는 순간, 내 조급함은 멈췄다. 대신 안도와 허탈함이 밀려왔다. 내가 돌아봤을 때 라이시는 손가락을 자기 입에 대고 있었다. 조용히 해달라는 듯이. 그가 내게 침묵을 요구한 까닭은 하나였다.

그의 반대편 팔엔 뿔이 난 작은 여자아이가 안겨 있었다. 그 아이는 손가락을 입에 문 채 훌쩍이며 자고 있었다.

"울면서 돌아다니길래 데리고 있었습니다."

그 말을 듣고 나는 길게 한숨을 내쉬었다. 아, 다행이다. 정말 놀랐는데. 긴장이 풀리니 뒤늦게 진이 쭉 빠졌다.

아침에 깬 하야는 주변에 아무도 없어서 깜짝 놀랐던 모양이다. 그래서 혼자 성을 돌아다니다 라이시와 마주쳤고 그 앞에서 한참을 울었다고, 그러다가 방금 간신히 잠들었다고 한다. 정말 다행이다. 혹시 무슨 일이 생겼을까 봐 정말 걱정했는데.

나는 하야를 침대에 눕혀 주려고 손을 뻗었다. 그러자 라이시에게 안겨 있던 하야는 몸을 뒤척이며 얼굴을 찡그렸다.

"그냥 두십시오."

라이시가 그렇게 말하며 아이의 등을 다독였다. 그의 어깨에 안긴 하야는 편해 보였다. 반면 라이시는 좀 어색한 얼굴이었다. 나는 그 모습을 바라보다 웃으며 말했다.

"아이 안고 있는 거 처음 보는 것 같아."

"이렇게 안아 주는 건 처음 맞습니다."

어쩐지 좀 난처해 보이더라니. 예상이 맞아떨어져서 나는 작게 웃었다. 기달티나 아야라가 아이들을 돌보는 건 자주 봤지만 라이시가 그러는 건 본 적이 없다. 라이시는 아이들에게도 항상 엄격했으니까. 그런데 이렇게 아이를 안고 있는 걸 보니 여러모로 소감이 새로웠다. 나는 그의 새로운 모습을 한마디로 요약해 봤다.

"아빠 같네."

그러자 라이시는 가만히 날 바라보다가 태연하게 말했다.

"당신이 키우는 애면 내가 아빠인 게 맞죠."

그 뻔뻔한 말에 나는 화들짝 놀라서 반박하려고 했다. 무슨 소리야! 바보야! 하고, 하야가 깨지 않을 정도로 소리치려고 했다. 그런데 내가 막 입을 떼기 전에 내 손등으로 물방울이 떨어졌다. 이게 뭐지, 하고 내려다보는데 내 눈에서 또 한 번 물방울이 툭 떨어졌다.

나는 내 눈가를 만져 보고 겨우 깨달았다. 내 두 눈에서는 갑자기 내리는 비처럼 눈물이 방울방울 떨어지고 있었다. 아, 뭐지? 왜 이러지? 나는 당황해서 라이시를 쳐다보았다. 라이시도 놀랐는지 어느새 표정이 굳었다. 그래서 나는 재빨리 눈물을 훔치며 웃었다.

하하, 왜 이러지? 눈에 뭐가 들어갔나 봐. 그렇게 말해서 라이시를 안심시키려고 했는데, 이상하게 목이 메여 소리가 나오지 않았다. 아, 어떡하지?

까닭 없이 흘러넘치는 눈물 때문에 나는 아무 말도 할 수 없었다. 그렇게 하염없이 눈물을 흘리는 사이, 마음이 요동치며 가슴 깊숙한 곳에서 진한 통증이 느껴졌다. 그래서 나는 결국 눈을 질끈 감고야 말았다.

그런 내게로 한 손길이 다가왔다. 그 손은 이내 내 얼굴을 감쌌다. 그 손은 떨고 있었다. 연인의 얼굴이 마치 꽃잎인 양 찢길까, 눈꽃인 양 녹을까 조심스러워하며 애잔하게, 또 안타깝게 떨고 있었다.

그 순간 나는 이곳이 어디인지 잊어버렸다. 헷갈렸다. 이곳이 우리의 성인지, 아니면 그날의 설원인지. 그 혼란 속에서 나도 모르는 사이 내 입술이 자그마하게 말했다.

"지켜 줘."

나는 내가 무슨 말을 하는지 몰랐다.

"내가 아끼는 걸 지켜 줘, 부탁이야."

하지만 내 안의 무언가는 그것을 사무치게 알고, 절실하게 아파하며 울고 있었다.

내가 속삭이자 그가 내 뒷목을 감싸며 끌어당겼다. 그는 자신의 어깨로 내 눈물을 받으며 나직이 말했다.

"알겠어요, 울지 말아요."

그 다정한 목소리에 또 한 번 눈물이 터져 나왔다. 그 품에서 울며 나는 내 마음을 가득 채운 것의 정체를 점차 깨달아 갔다. 그것은 기쁨이었다. 어째서인지 나는 기뻐하고 있었다. 감당하지 못할 환희에 나 또한 그의 목을 꼭 끌어안았다.

그럼에도 나는 아직 알지 못했다. 지극한 기쁨에 하염없이 울면서도 아직 모르고 있었다. 바로 이 순간, 나의 가장 절실한 소망이 이루어졌음을.

내가 진정한 그 의미를 깨닫게 되는 건 더 나중의 일이다. 그것은 내가 진정한 공주이자 구세주가 되었을 때의 일이었다.

아나하라트_공주와 구세주 2

번외편

라이시

그는 여러 이름을 가지고 있지만 지금은 두 개의 이름으로만 불린다. 하나는 알타쉬헤트, 다른 하나는 라이시다.

라이시라는 이름은 두미야가 지어 준 것으로 사자라는 뜻을 가지고 있다. 알타쉬헤트에 비해 발음이 쉬워서 아이들이 주로 부르는데, 이 때문에 그 이름 뒤에는 꼭 형, 혹은 오빠라는 호칭이 붙는다.

아이들을 제외하고 그를 라이시라 부르는 사람은 두미야뿐이었다. 그런데 그도 사실 그 이름을 거의 사용하지 않는다. 그에겐 '네 녀석'이라는 애칭이 따로 있기 때문이다. 그래서 라이시는 그 자체만으로는 거의 쓰이지 않던 이름이다.

그랬는데, 최근 그 이름을 마치 제 것처럼 부르는 인물이 등장했다. 그리고 바로 그 인물 때문에, 라이시는 지금 기분이 꽤 복잡하다.

햇살 좋은 언덕, 그 들판에 누워 책을 읽던 라이시는 문득 떠오른 공주님 생각에 긴 한숨을 내쉬었다. 라이시라는 이름을 독점한 인물, 공주는 그가 다른 세계에서 데려온 어린 소녀다. 동시에 며칠째 그를 고뇌하게 한 당사자이기도 하다.

오늘로부터 보름 전, 그러니까 무아카와의 싸움이 끝나고 일주일째 되는 날이었다. 그때 라이시는 옴짝달싹 못 하고 침대에 묶여 있었다. 무아카에게 입은 부상 때문이었는데, 아야라가 굉장히 엄하게 간호를 해서 방 밖으로 도저히 나갈 수가 없었다.

아야라에게 수감된 라이시는 그래서 공주의 방문을 기다렸다. 이런저런 일들이 있었지만, 그래도 한 번쯤 와주리라 생각했다. 그 공주님은 착한 사람이니까. 그런데 예상과 달리 공주는 라이시에게 단 한 번도 방문하지 않았다. 정말 단 한 번도.

처음 하루는 본인이 잘못한 바를 인정하고 묵묵히 기다렸다. 이틀째에는 아직 화가 안 풀렸나 싶었다. 사흘째엔 먼저 찾아가 볼까 하는 생각이 들었고, 나흘째엔 무슨 일이 있나 걱정되기 시작했다. 그 상태에서 기다림이 점점 길어져 일주일째에 접어드니 슬슬 화가 났다. 이래저래 할 말이 많은데 도무지 기회가 생기지 않아 초조해진 탓이다.

그래서 라이시는 꼭 일주일 만에 아야라의 감시를 피해 침실 밖으로 나왔다. 그리고 그제야 뒤늦게 공주와 기달티가 어디론가 떠났다는 사실을 알게 되었다. 그는 모두가 짜고 자신을 속인 일에 격분했고, 애꿎은 아야라에게 화를 내고 말았다.

"왜 말 안 했습니까?"

"알타쉬헤트, 그건……."

"무아카 때도 그렇고 이번도 그렇고, 대체 무슨 생각입니까? 공주님이야 아무것도 모르니까 그렇다 쳐도 아야라는 옆에서 보고만 있었던 겁니까?"

"알타쉬헤트, 잠시만 내 말 들어 봐."

"됐습니다. 어디로 갔는지 말해 줄 생각이 없다면 제가 알아서 찾겠습니다."

"공주님을 찾아갈 생각이니?"

아야라가 물었지만 라이시는 대답하지 않고 떠날 채비를 했다. 그때 그의 몸은 여전히 상처투성이였다. 아야라는 그 뒷모습을 잠자코 바라보다가 이내 차분히 말했다.

"기달티와 함께 아크제리유트에게 가셨어. 그자가 공주님을 불렀다는구나."

그 말에 라이시는 놀라기보다는 화를 참듯 긴 숨을 내쉬었다. 이미 예상하던 바여서, 채비하던 그의 손길만 더 급해졌다. 말려도 소용없다는 걸 알고 아야라는 덤덤히 물었다.

"따라갈 생각이니?"

"네."

"그럼 알타쉬헤트, 성주님도 너도 없는 틈을 타 누군가가 우릴 공격해도 괜찮니?"

아야라의 침착한 물음에 라이시는 우뚝 멈췄다. 물론 지금 아야라가 걱정하는 건 성보다도 라이시 쪽이다. 라이시도 그 말이 핑계라는 걸 알지만, 어쩔 수가 없었다. 그 말대로 지금 자신마저 자리를 비우면 이 성은 무방비 상태가 되니까. 라이시는 차마 떠날 수 없었다.

그 후로 며칠간이나 심기가 불편했다. 그랬던 그의 기분이 풀린 건 불과 일주일 전, 제미라의 목에서 붉은 줄이 사라지고 나서다. 붉은 줄이 사라졌다는 건 공주가 아크제리유트에게 승리했다는 의미. 대체 무슨 수를 썼는지 모르겠지만 이 대책 없는 공주님이 또 뭔가를 해낸 모양이었다.

말도 없이 가버린 공주와 거기 동조한 기달티가 못마땅한 건 여전했지만, 어쨌든 그는 안심했다. 공주가 승리했다는 것, 그래서 무사하다는 것만으로도 기분은 괜찮아졌다. 그 후로 공주와 기달티가 돌아오길 기다린 게 다시 일주일, 그동안 그의 마음은 완전히 풀렸다. 더는 화내고 싶은 마음이 들지 않았다.

대신 화가 가라앉으며 여태 덮어 두었던 다른 문제가 부상했다. 전쟁보다 급하진 않지만, 그에겐 전쟁만큼이나 중요한 어떤 일이.

그 일에 또다시 기분이 복잡해져서 라이시는 한숨을 반복했다. 그러더니 읽고 있던 책으로 얼굴을 덮어 버렸다. 보름 전에는 말할 기회가 안 생겨서 초조했는데 이젠 반대로 곧 이야기해야 할 때가 와서 초조했다.

두미야의 마을이 습격당한 후 라이시는 자신의 행동이 꽤나 엉망이었다는 걸 스스로도 안다. 그땐 신경이 곤두서서 그게 그나마의 최선이었다. 두미야가 죽고 추억을 쌓아 온 마을이 파괴되었다. 그때 그는 자신의 일부가 무너지는 절망을 느꼈다. 정든 사람들의 죽음은 그렇게 슬펐다.

하지만 달려오는 늑대들 때문에 라이시에겐 그들을 애도할 시간이 없었다. 슬퍼할 여유를 갖기에는 지켜야 할 사람이 너무 많았다. 그래서 그는 자신의 무너진 마음을 외면한 채 전장으로 향했다.

그런데 공주가 따라왔고, 그때 공주를 보며 라이시는 여러 가지 복잡한 감정을 느꼈다. 방해된다는 생각에 거추장스럽고 불편했지만 이 전쟁터에서 혼자가 아니라는 사실에 조금은 위로받기도 했다. 무엇보다도 사지로 걸어 들어온 그 소녀가 죽도록 걱정스러웠다.

공주는 같이 싸우겠다며 나섰고, 그 행동은 이미 많은 것을 잃은 라이시를 불안하게 만들었다. 그가 그토록 화를 낸 건 그런 이유에서였다. 불안해서, 그리고 겁이 나서. 약한 마음을 드러낼 줄 모르는 그는 매몰차게 행동했고, 그때마다 공주가 상처 입는 걸 알면서도 모르는 척했다. 그 정도로 그는 한계에 달해 있었다.

그러다 결국 공주를 울렸고, 또 그러다 결국……. 생각이 거기까지 미치자 라이시의 입에선 다시금 긴긴 한숨이 새어 나왔다. 그러다 그는 작게 한탄했다. 내가 미쳤지.

라이시는 더 생각하기가 괴로워 얼굴에 덮어 둔 책을 다시 들었다. 정갈한 글씨가 빼곡한 그 책은 체파르데아의 일기였다. 쓸데없는 생각 그만하고 조사나 하자며 책장을 넘겼다. 하지만 글이 눈에 들어오질 않았다. 집중해 보려고 부단히 노력했지만 소용없었다. 그래서 결국 신경질을 내며 책을 도로 덮었다.

책을 읽을 수도 없고 생각을 이어 나갈 수도 없고 멍청하게 한숨을 쉬는 것 외엔 아무것도 할 수 없던 그때, 한 목소리가 라이시를 상념에서 깨웠다.

"여기 있었구나."

아야라의 목소리에 라이시가 몸을 일으켰다. 그러자 아야라는 그냥 누워 있으라고 말하며 그 옆에 다가와 앉았다. 라이시의 곁에 앉은 아야라는 주변을 잠시 둘러보았다. 완만하게 솟은 이 언덕에선 성과 그 주변이 한눈에 보였다. 아야라는 이 장소가 공주님을 기다리기에 가장 좋은 장소라는 걸 깨닫고 복잡한 미소를 지었다.

"공주님은 언제쯤 오실까?"

"글쎄요."

아야라가 일부러 공주의 이야기를 꺼내 봤지만 라이시는 아무 표정 없이 대꾸했다. 좀처럼 감정을 드러내지 않는 그의 태도에 아야라는 다시금 같은 미소를 지었다.

직접 길렀지만 아야라에게도 라이시는 파악하기 어려운 대상이었다. 좋은 것도 싫은 것도 좀처럼 내색하지 않고 고민이 생겨도 도무지 털어놓을 줄을 모른다. 그래서 최근 그가 공주님과 관련해서 보여 준 모습들은 아야라에게도 꽤 신선했다. 그 새로운 모습들은 아야라를 즐겁게도, 한편으로는 염려스럽게도 만들었다.

그런 복잡한 심경으로 아야라는 넌지시 물어보았다.

"혹시 공주님과 무슨 일이 있었니?"

라이시는 아무런 답도 하지 않았다. 아야라는 그 반응이 못마땅

했지만, 라이시도 어쩔 수 없었다. 말할 수 있을 리 없었다. 공주에게 입 맞춘 사실을 알면 아야라는 뭐라고 할까? 어떤 반응일지 상상도 안 된다.

그러고 보니 그때 공주의 반응도 상상 이상이었다. 그야말로 상상 이상. 그날 라이시는 공주에게 따귀부터 발길질까지 사람이 구사할 수 있는 모든 종류의 폭행을 당했다.

얼떨결에 입술을 댔을 때, 울고 있던 공주는 놀라서 눈을 동그랗게 떴다. 라이시가 자신의 행동을 깨달은 건 그 후였다. 그래서 황급히 변명했더니, 멍하니 있던 공주가 퍼뜩 정신을 차렸다. 정신을 차리던 순간의 그 매서운 눈빛이란.

라이시는 뭔가 좋지 않다는 걸 깨달았고, 그걸 깨닫는 순간 공주의 손바닥이 매몰차게 뺨을 갈겼다. 그 기념할 만한 첫 번째 따귀는 아프기보다 당황스러웠다. 아, 실수했다. 뒤늦게 그런 생각이 들었다. 이어진 두 번째 따귀에도 그는 여전히 어안이 벙벙했다. 자기가 무슨 짓을 벌였는지 스스로도 이해가 가질 않았고 이제 어떻게 해야 할지 갈피가 잡히지 않았다. 어떡하지, 사과해야 하나?

정말 대단히 고민스러웠지만, 그는 곧 아무 생각도 하지 않게 되었다. 공주에게 정강이를 까이고 머리끄덩이를 잡혀 명치를 치인 후엔 그저 아파서, 정말 너무 아파서 생각할 겨를이 없었다.

공주는 그가 부상자라는 걸 잊은 듯 온 힘을 다해 폭행했고, 라이시는 여자한테 맞는 게 이렇게 아프다는 사실을 처음으로 알았다. 그렇게 라이시를 반쯤 죽여 놓고 공주는 그를 내버려 둔 채 도주, 그 이후 지금까지 제대로 말 한마디 못 해봤다.

그날을 생각하니 억울한 마음도 든다. 그때 공주는 정말 죽일 작정이 아니었을까 싶을 정도로 무자비했다. 못해도 수십 대는 맞은 것 같은데 이걸로 어떻게 비긴 셈 치면 안 되나? 짧은 키스 한 번과 수십 대의 폭행, 의미상의 문제만 빼면 후자 쪽 타격이 훨씬 더 크다.

그렇다, 의미상의 문제다. 그렇다면 여자에게, 특히 소녀에게 입맞춤이란 대체 어떤 의미일까? 그 정도로 난동을 부렸다면 확실히 심각한 거겠지? 그런데 그 전에, 그렇게도 싫었을까?

마지막 생각에 라이시는 어쩐지 상처받은 듯 기분이 나빠졌다. 그래서 괜히 짜증을 내다가 아야라가 대답을 기다리고 있다는 걸 뒤늦게 깨달았다. 아야라의 집요한 눈빛에 라이시는 마지못해 대답했다.

"싸웠습니다."

기달티가 들었다면 공주와 똑같은 대답을 한다고 할 테지만, 아야라는 그저 복잡한 미소만 지었다. 공주님과 싸우다니. 대충 둘러댄 걸 알지만 아야라는 더 추궁하지 않았다. 대신 천천히 입을 열어, 그를 위해 준비한 충고를 꺼냈다.

"공주님은 예쁘시지."

뜬금없는 말에 라이시는 아야라를 바라보았다. 아야라도 그를 마주 보며 부드럽게 미소 지었다.

"좋아할 수밖에 없는 분이야. 나도 그분의 상냥하고 강한 모습을 좋아해. 성주님과 아이들도 마찬가지일 거고. 그런데 우리의 애정과 알타쉬헤트, 너의 애정은 좀 다른 것 같구나."

"무슨 뜻입니까?"

"우리에게 그분은 공주님인데 너에겐 그분이 소녀 같다는 뜻이야."

라이시는 아무런 대답도 하지 않았다. 속마음을 들켰으면 들킨 티라도, 만약 아니라면 아닌 티라도 좀 내주면 좋을 텐데. 아야라는 도통 속을 알 수 없는 라이시가 조금 얄미웠다. 성주님은 그래도 묻는 말엔 솔직한데 이 녀석은 항상 시치미만 떼니.

두미야에게 피 묻은 쪽지를 받은 날, 경황이 없어서 넘어갔지만 아야라는 성에서 공주와 라이시의 모습을 보고 있었다. 항상 소녀 같은 공주님이야 그렇다 쳐도, 라이시가 그런 식으로 장난을 치는 모습은 본 적이 없었다. 게다가 그때 그 둘의 모습은 마치 연인 같았다.

아야라는 그런 생각을 하다가 스스로에게 고개를 내저었다. 그러곤 쓴 마음으로 다시 입을 열었다.

"알타쉬헤트, 나는 사실 공주님을 굉장히 미워한 적이 있어."

라이시는 의외라는 듯 고개를 살짝 틀었다. 드디어 라이시의 관심을 끄는 데 성공한 아야라는 내심 웃었다.

"아직 어릴 때, 그분을 독점하고 싶었었거든. 날 아껴 주는 마음이 부족했던 건 결코 아닌데, 공주님을 다른 사람과 나누고 싶지 않았어. 세상의 공주님이 아니라 나만의 공주님이 되길 원한 거지."

아야라가 알타쉬헤트와 기달티를 만나기 전이니까 20년도 더 지난 일이다. 그 시절을 생각하며 아야라는 그윽하게 웃었다.

"지금 생각해 보면 공주님을 엄마처럼 생각했던 것 같아. 하지만 그분은 내 엄마가 되기엔 너무 많은 걸 사랑하고 계셨지. 그분을 독점할 수도 없고 독점해서도 안 된다는 걸 깨닫는 데 정말 오랜 시간이 걸렸어. 그동안 난 공주님을 원망하고 혼자 상처받고 많은 사람을 미워했던 것 같아."

어린 시절 아야라는 키브사 공주를 너무나 사랑했고 그래서 독차지하고 싶었다. 하지만 공주는 누구에게나 사랑을 베풀었다. 심지어는 아야라를 학대했던 이마저도 소중하다고 말했다. 어릴 적 아야라는 그게 너무 야속해서 참 자주 울었다.

시간이 흘러 아야라가 어른이 된 지금은, 그때의 어린 감정을 그리움이라고 표현한다. 어머니에 대한 그리움을 공주님을 통해 채우고 싶었던 거라고 해석한다. 그런 그리움은 어른이 되면 차차 나아지고 끝내는 사라지는 법, 아야라도 이젠 그런 감정을 느끼지 않는다. 하지만 그건 어디까지나 모정에 관한 이야기. 만약 연인에 대한 그리움을, 그러한 연정을 공주에게 느끼게 된다면 어떻게 될까?

그것이 못내 염려스러웠던 아야라는 이 말이 꽤 잔인하다 생각하면서도 말을 이었다.

"그러니까 알타쉬헤트, 네가 나와 같은 실수를 하지 않았으면 좋겠구나."

그렇게 말하고 아야라는 라이시의 안색을 살폈다. 라이시는 잠잠히 듣고 있을 뿐 아무런 내색도 하지 않았다. 이어진 그의 대답도 마찬가지였다.

"무슨 말인지 알겠습니다. 걱정하시는 일은 없을 겁니다."

라이시의 답은 태연했지만 아야라는 왠지 불안했다. 앤 자기가 공주님과 함께 있을 때 어떤 얼굴을 하는지, 평소와 얼마나 다른지 알고는 있는 걸까?

물론 아야라는 라이시의 그런 모습을 보는 게 좋았다. 그가 즐거워하는 것이 기뻤다. 만약 라이시가 공주님이 아닌 다른 아가씨 앞에서 그랬다면 온 마음으로 축복했을 테다. 하지만 현실은 늘 희망과 다르고 그래서 복잡하다.

아야라는 괜히 미안해서 라이시를 다독여 주려 했다. 그런데 그때까지 잠자코 있던 라이시가 갑자기 몸을 일으켰다. 그 까닭을 몰랐던 아야라는 잠시 어리둥절해하다가 라이시의 시선을 따라 고개를 돌렸다. 하늘 저 멀리서 무언가가 날아오고 있었다. 아야라는 이해하는 한편 고개를 내저었다. 걱정하는 일은 없을 거라더니, 이 거짓말쟁이 녀석.

라이시는 이미 언덕 아래로 달려가고 있었다.

라이시는 아야라를 놔둔 채 언덕에서 단숨에 달려 내려왔다. 부러졌던 늑골이 찌릿찌릿 울렸지만 그래도 속도를 늦추지 않았다.

달리며 그는 생각했다. 공주를 잃을까 봐 두려워했던 자신에 대해, 공주에게 해야 할 많은 말들에 대해, 아야라의 염려에 대해. 하지만 아무리 생각해도 결론은 나지 않았다. 결론을 내지 못했지만 그는 머뭇대지 않고 달렸다.

지난 보름 동안 그는 생각했다. 계속해서 생각했다. 아주 많은 것을 생각했다. 하지만 그 생각들은, 그 많고 복잡한 생각들은 한 소녀를 다시 마주하는 순간 모조리 사라져 버렸다.

라이시가 언덕 아래에 당도하자, 돌아서 있던 소녀가 뒤를 돌아보았다. 무사한 그 모습을 확인하자 라이시는 다시 깊게 안도했다.

그 둘은 마주 섰고, 또 마주쳤다. 아무런 생각도 들지 않았지만 라이시는 자신이 무엇을 해야 할지는 알았다. 그래서 그 둘은 다가갔고, 또 물러났다.

어? 앞으로 한 걸음 성큼 걸어간 라이시는 공주와의 거리가 그대로인 것에 당황했다. 자신이 한 걸음 다가간 만큼 공주가 한 걸음 뒤로 물러난 탓이었다.

라이시는 의아해하며 다시 앞으로 걸어갔다. 그러자 공주도 다시 뒤로 물러났다. 뭐지, 방금? 피한 거야? 그는 설마 하며 공주를 불러보았다.

"공주……."

하지만 그가 채 부르기도 전에 공주가 뒤돌아섰다. 라이시는 어리둥절해서 고개를 기울인 채 그 뒷모습을 쳐다보았다. 그러다 곧 그 의도를 깨달았다. 돌아선 공주는, 그대로 달려 도망치고 있었다.

무아카

분노의 아들, 진창의 무아카. 죄로 얼룩진 그에게 잘못이 있다면, 이 세상에 태어난 것 그뿐이었다.

부족 단위로 끊임없이 분쟁하는 서쪽의 땅에서 무아카는 태어났다. 그곳은 혈투와 전쟁을 신성시하고 산 제물을 원하는, 아쉬무라라는 영주의 지배하에 있던 땅이었다.

아쉬무라는 스스로를 신이라 일컫는 뛰어난 모략가였는데, 무엇보다도 인간의 공포를 이용할 줄 알았다. 그는 자신이 신이라 주장하며 때론 달콤하게 때론 매섭게 인간들을 홀렸다. 무엇이 옳고 그른지 판단할 기회는 주지 않았다. 믿지 않는 자에겐 재앙이, 충성하는 자에겐 축복이. 그런 감언이설로 인간에게서 이성과 합리성을 빼앗고 맹

목성만 심었다. 그로써 인간들은 걷어차인 말처럼 두려움에 쫓겨 달렸고, 나락에 떨어지면서도 멈추지 못했다.

그렇게 아쉬무라가 조성한 서쪽이 보다 세련된 방식으로 피네하스의 명령에 따른 것은 사실이다. 매일 한 생명을 잡아먹거나 연료로 쓰는 방법은 사실 번거롭다. 낙태를 종용하는 시믈라의 온실도 마찬가지, 어쨌든 손이 많이 가는 방법이다. 그에 비해 아쉬무라는 제법 영리한 방법으로 피네하스에게 매일 한 생명을 바쳤다.

아쉬무라는 귀찮은 일은 아무것도 하지 않았다. 체파르데아나 네벨라처럼 인간들을 가두거나 시믈라처럼 온실로 여자들을 끌어모으지도 않았다. 그저 그 땅을 살아가는 인간들에게 약속할 뿐이었다. 나를 섬기는 너희에게 가호를 내리겠노라고. 그러니 나를 위해 싸우고 제물을 바치라고.

단지 그뿐이지만 연약한 인간들은 필사적으로 명령에 따랐다. 그래서 그 땅엔 언제나 선혈이 낭자했다. 전사들은 서로 싸워 적의 목을 효수하고, 갓 태어난 아기를 피의 제물로 바쳤다. 어떤 억압에 의해서가 아니라 그들 스스로 그렇게 했다.

그것을 피네하스가 즐거워했음은 말할 것도 없다. 그는 그곳에 순수하게 가련한 이가 없다는 것을 기뻐했다. 아무 잘못도 없는 연약한 자가 죽어 간다면 동정심이라도 자아낼 수 있지만, 그릇된 신앙으로 한데 얽혀 서로를 찌르는 이들에겐 어떤 마음을 가져야 할까. 어리석음이 면죄부가 될 수 있다면 좋으련만, 그들의 피 묻은 손을 씻겨 주기에는 그 무지함이 가진 설득력은 너무나 하잘것없다.

과연 이들마저 구할 수 있겠는가? 그렇다면 누구로부터 누구를 구하겠는가? 피네하스는 그렇게 물으며 하늘을 비웃었다.

뱀의 비웃음이 하늘에 닿았던 땅, 무아카가 태어난 땅은 바로 그런 곳이었다.

그런 무아카의 기억은 시작부터가 벼랑 끝이었다. 곁에는 늘 성난 아버지와 증오를 품은 언니가 있었다. 그들은 항상 고함을 치며 폭력을 휘둘렀다. 매 때마다 머리채를 잡히던 무아카의 어린 몸은 당연히 멍투성이였다. 무아카는 두려워하고 아파했지만 자신에게 왜 이런 일이 일어나는지는 알지 못했다. 무아카는 그저 그곳에서 태어났을 뿐이었다.

그러다 말귀를 알아듣게 될 무렵, 무아카는 자신이 미움받는 까닭을 간신히 깨달았다. 그건 언니인 차아카가 자신에게 엄마이기도 한 탓이었다. 어린 무아카는 그게 무엇을 의미하는지 여전히 알 수 없었지만 그래도 한 가지는 깨달았다.

'아, 내가 이렇게 미움받는 이유는 태어났기 때문이구나.'

정말이지 단순한 이유였다. 무아카가 한 것은 오직 그뿐이었다.

무아카의 아버지는 강인하고 욕심 많은 사내였다. 한편으로는 교활할 만큼 영리하기도 했다. 그는 한 부족의 우두머리로서 많은 전쟁에서 승리했고 종국엔 아쉬무라의 총애를 받았다.

신을 연기하는 데 싫증을 느끼고 있던 아쉬무라는 사나운 무아카의 아비에게 흠뻑 빠져들었다. 그래서 그를 가까이 두고 여러 가지 이야기를 해주었다. 그 남자가 얼마나 위험한 야망을 가졌는지 까맣게 모른 채로 말이다.

무아카의 아비는 그때 비로소 피네하스의 존재를 알았다. 그리고 영주가 되는 방법도 알게 되었다. 혹할 수밖에 없었다. 힘과 권력, 그리고 영원한 젊음을 누릴 수 있다니. 게다가 그 대가로 바쳐야 하는 것이 고작해야 하루 한 생명이라니. 매일같이 전장을 누비는 그에게 그것은 거저나 다름없었다.

신이라고 생각했던 아쉬무라도 그저 자신보다 멍청한 여자에 지나지 않아 보였다. 무아카의 아비는 자신도 충분히 영주가 될 수 있으리라고 생각했다. 그래서 그는 피네하스의 환심을 사기 위해 온갖 잔악한 짓을 저질렀다. 그 결과물 중 하나가 무아카였다는 것부터가, 그의 탄생이 잘못이라는 증거다.

무아카의 아비는 짐승처럼 날뛰었지만 좀처럼 피네하스를 만날 수 없었다. 기다림에 지친 그는 전사들과 함께 신, 아쉬무라를 습격했고 그 목을 베어 효수했다. 승계를 바라는 자의 흔한 반란이었다.

아쉬무라의 목을 벤 무아카의 아비는 자신만만하게 피네하스를 기다렸다. 지금껏 쌓은 악행이 그 뱀의 목전에 부족하지 않으리라 믿고서. 하지만 피네하스는 그 좁은 도량으로는 예측할 수 없는 존재였다. 대체 무슨 변덕이었는지는 알 수 없다. 어쩌면 자신의 영주를 멋대로 처분한 것에 대한 불쾌감의 표시였는지도 모른다. 그 의중은 헤아릴 수 없지만, 어쨌든 피네하스는 그의 바람을 무시했다. 대신 그를 조롱하듯 그의 어린 딸에게 모습을 드러냈다.

어린 무아카는 영문도 모른 채 뱀의 썩은 피를 마셨고, 서쪽을 지배할 힘을 얻었다. 진창이라는 이명과 함께. 무아카가 여덟 살이 되던 해의 일이었다.

그러나 무아카는 어렸다. 힘을 받았어도 그것을 어디에 써야 할지 몰랐다. 그런 무아카를 채근하고 조종한 건 바로 무아카의 언니인 차아카였다.

차아카는 무아카에게 생긴 변화를 알아채고 가장 먼저 아버지를 살해하도록 사주했다. 무아카가 질겁하며 거부했지만, 그 아이를 닦달하는 것은 손쉬운 일이었다. 무아카에게 차아카는 언니이자 어머니, 그리고 세상의 전부였으니까. 애물단지 취급이나 받던 무아카를 돌본 것은 어쨌든 차아카였으니까. 그나마도 죄의 증거를 남겨 두려는 아버지의 명령 탓이었지만, 그건 아무래도 관계없었다. 그간 차아카가 무아카를 얼마나 홀대하고 질색했는지도 관계없었다. 아이에게 각인된 어미의 존재란 본래 그런 법이니까.

그날 밤 무아카는 결국 아버지를 죽였다. 늑대로 변해 한입에 두 동강을 냈다. 피투성이가 된 무아카는 몸을 떨며 엉엉 울었다. 그러자 차아카는 처음으로 무아카를 따뜻하게 안아 주었다.

"언니……."

울먹이는 무아카의 어깨에 턱을 기댄 채 차아카가 속삭였다.

"쉿, 울지 마. 이제부턴 언니가 아니라 누나야. 기회가 왔어. 넌 이제 내가 시키는 대로만 해. 나머진 내가 다 알아서 할 테니까."

그렇게 말하며 차아카는 무아카의 긴 머리채를 잘라 냈다. 그때부터 무아카는 남자아이의 행세를 해야 했다. 그리고 끊임없이 전장을 헤매고 다녀야만 했다.

아쉬무라의 죽음으로 서쪽은 혼란에 빠졌고, 차아카는 그 서쪽을 장악하기 위해 무아카를 싸움터로 내보냈다. 사람을 죽이고 돌아온 날이면 무아카는 밤새 몸을 떨었다. 그때 차아카는 무아카에게 약을 먹였다. 일종의 환각제였다. 약에 취한 무아카는 무엇이 현실이고 무엇이 환상인지 알지 못한 채 또다시 전장을 누볐다.

그가 늑대의 모습으로 날뛸 때 사람들은 비명을 질렀다. 하지만 무아카는 저들이 자신을 두려워하는 까닭을 몰랐다. 무아카에겐 도리어 그들이 무서웠다. 그럼에도 그 어린아이가 싸움터로 나서는 건, 언니를 기쁘게 하기 위해서였다. 그 아이가 그토록 많은 사람을 죽인 이유는 그게 다였다.

2년이 지났다. 오랜 싸움 끝에 차아카는 결국 서쪽을 장악하고 여왕으로 군림했다. 무아카는 그때 몸도 마음도 만신창이가 되어 있었다. 지친 무아카는 생각했다. 이제 쉬어도 되는 걸까? 언니는 이제 나를 사랑해 줄까?

무아카는 마지막 싸움을 끝내고 차아카의 곁으로 돌아가고 있었다. 목에 붉은 줄이 그어진 병사들이 몰아닥친 것은 바로 그때였다.

차아카는 영악했지만 아본의 정세에 대해선 잘 알지 못했다. 국경

너머 아크제리유트라는 흉포한 영주가 존재한다는 것도, 체파르데아의 죽음으로 더는 거리낄 것이 없어진 그가 이곳을 흥미롭게 바라보고 있었다는 것도 그는 알지 못했다. 그래서 내란이 끝나는 바로 오늘 그들이 급습해 오리라는 생각은, 추호도 할 수 없었다.

자매이자 모녀인 두 사람은 또다시 강자의 발에 짓밟혔다. 쓰러진 무아카에게 아크제리유트는 제안했다.

"늑대 꼬마야, 동쪽으로 가면 성이 하나 있어. 거기 알타쉬헤트라는 녀석이 있는데 그 녀석을 죽여서 데려온다면 네 누나를 살려 줄게. 어때, 해볼래?"

무아카는 동쪽이 어디인지도 알타쉬헤트가 누구인지도 몰랐다. 하지만 그 제안을 거절할 수 없었다. 차아카는 언니이자 어머니, 그리고 세상 전부였으니까.

그로부터 열흘 후, 두미야의 산채가 몰살당했다. 너무 많은 사람이 비참하게 죽었다. 유일하게 살아남은 한 사람은 몸과 마음에 씻을 수 없는 상처를 입었다. 무엇으로도 보상하기 어려운 깊은 상처였다.

아, 대체 어디서부터 잘못된 걸까. 무아카는 그저 태어났을 뿐인데. 그저, 태어났을 뿐. 고작 열 살인 그가 한 일이라곤 그것뿐인데.

태어났고, 사랑받길 원했고, 따스함이 그리웠던 그 무아카는 다시금 전장으로 내몰렸다. 그곳에서 그는 졌고, 패배의 대가로 죽음이라는 종말을 선고받았다.

차아카의 잘린 목을 안고 무아카는 소리 지르며 울었다. 죽고 싶지 않았다. 죽고 싶지 않았다. 자신의 손에 죽은 이들 또한 마찬가지였으리라는 생각은, 그 작은 뇌리에 떠오르지 않았다.

무아카는 단지 태어났을 뿐이었다. 하지만 그 말은 그가 받은 상처만을 설명할 뿐 그가 저지른 잘못들은 설명하지 못했다. 가혹하게도 그러했고, 그러므로 그는 죽어야 했다.

죽음이 목전에 다가왔을 때였다. 태어났고, 사랑받길 원했고, 따스함이 그리웠던 그 무아카는, 처음으로 자신을 위해 울어 주는 한 사람을 만났다. 그리고 그를 통해 용서받았다.

깊은 밤, 촛불을 밝힌 채 체파르데아의 기록을 조사하던 알타쉬헤트는 거기서 무아카에 관한 기록을 발견했다. 너무 어린 탓에 기록도 짧았다. 여덟 살에 피네하스를 만난 어린 영주. 그게 다였다. 그 기록을 보니 낮에 있었던 일이 떠올랐다. 제미라가 무아카를 용서했다는 이야기를 아야라에게 대략 전해 들었다.

그러나 알타쉬헤트는 그 일을 순전하게 반가워할 수가 없었다. 모두가 행복해하는 순간을 방해하고 싶지 않아 함구했지만 그로서는 납득할 수 없는 것이 많았다.

용서는 분명 아름다운 일이다. 하지만 그것이 과연 만능인가? 알타쉬헤트는 용서에도 가용 범위가 존재한다고 생각했다. 무아카가 저지른 만행은 과연 용서받을 수 있는 일이었나? 제미라의 몸부림 같은 결단만으로 무아카는 자신의 잘못으로부터 자유로워져도 괜찮은가?

용서는 피해자의 특권이다. 제미라는 바로 그 권한을 사용했다. 하지만 그것으로 사면할 수 있는 건 무아카가 제미라에게 저지른 잘못뿐, 그 밖의 다른 잘못까지 해결할 수는 없다.

무아카가 파괴한 마을은 두미야의 산채만이 아니다. 다른 곳에서 일족 단위로 몰살당한 이들은 수도 없이 많다. 억지로 권속이 되어 끌려다니다 처참히 죽은 이도 한둘이 아니다. 그렇다면 그들의 죽음은 어떻게 보상할 것인가. 그들의 죽음을 외면한 채 어리고 가련한 무아카를 받아들이는 것이 과연 옳은 일인가?

만일 그렇다면 참으로 편리하다. 그런 거라면 제미라도 죽어 버리는 편이 차라리 좋았을 터다. 생존자가 없다면 그 잘못에 대한 책임을 아무도 묻지 않을 테니까.

알타쉬헤트는 이것이 말도 안 된다고 생각했다. 혹자는 이야기한다. 그에게 새로운 기회를 주었기에, 앞으로 그를 통해 많은 사람이 생명을 얻게 될 거라고. 기달티나 두미야처럼 타인을 구하고 돌보는 생을 살게 될 거라고. 하지만 글쎄, 알타쉬헤트는 그마저도 의문이었다. 그게 모든 걸 해결해 주리라고 생각하지 않았다.

열 명을 구하면 열 명을 죽인 죄가 사라지는가? 누군가의 생명을 다른 이의 생명으로 대신할 수 있는가? 죽은 자식을 안고 오열하는 부모에게 생면부지의 살아 있는 아이를 안겨 주면 모든 것이 해결되는가?

그는 동의할 수 없었다. 인명은 그렇게 계산할 수 있는 것이 아니다. 설령 수백 명을 구한 영웅이라도 한 사람을 부당하게 죽였다면 그 한 명에 대해서는 죄인이다. 그것이 생명을 셈하는 방법이다. 그래서 그가 내린 결론은 죽인 자를 되살리지 않는 한은 그 죄가 사라질 수 없다는 것이었다. 알타쉬헤트의 근심은 깊었다. 자신이 내린 그 결론을 번복할 수가 없기에.

알타쉬헤트는 피로를 느끼며 긴 한숨을 내쉬었다. 깜빡이는 촛불 때문에, 그리고 잡생각들 때문에 영 집중이 되질 않았다. 무아카의 일이 그를 그토록 심란하게 했다. 하지만 그렇다고 그의 처우에 이의를 제기할 마음은 없었다. 이유는 간단하다.

제미라가 용서했어도 무아카에겐 아직 죄과가 남았으니, 정의 실현을 위해 무아카의 사형을 주장해 본다? 그러려면 천고의 죄인 기달티부터 처형하고 그를 은닉한 아야라와 알타쉬헤트의 목을 먼저 매달아야 마땅하지. 그렇게 생각하며 알타쉬헤트는 씁쓸하게 웃었다. 정말 재미없는 농담이다.

결국 이런 결론이다. 아무것도 해결되지 않았지만 살아남은 자들은 어쨌든 다시 살아간다. 미결된 수많은 문제를 떠안고서, 그게 버거워지면 외면하거나 내다 버리기도 하면서.

하지만 알타쉬헤트는 자기 짐을 버릴 줄 몰랐고, 그래서 그의 밤은 날로 더 깊어졌다. 여러 상념과 더불어 촛불만 고요하게 떠들었다.

그리고 한층 더 깊어진 그 밤, 알타쉬헤트는 어쩌다 공주를 떠올렸다. 자기도 모르는 사이에. 그래서 조금 난처해졌다. 잠시 고민하던 그는 결국 책에서 눈을 떼고 촛불을 바라보았다.

오늘 아침 공주가 화해하자며 손을 내밀었다. 그러고 보면 비단 무아카에게만 잘못이 있는 게 아니다. 자신도 한 사람에 대해서는 그 못지않은 잘못을 저질렀다. 비록 몸을 상하게 한 건 아니지만 마음을 상하게 했으니…….

그래서 공주의 냉담한 반응을 정당하게 여겼다. 잘못을 인정하기에 공주가 원한다면 뺨 몇 대쯤은 기꺼이 맞아 줄 생각도 있었다. 그런데 공주는 그러는 대신 용서했다. 이젠 괜찮다고 말하며 예전처럼 웃어 주었다.

그동안 불편함이 없었다면 거짓말이다. 티는 내지 않았지만 그간 계속 신경이 쓰였다. 그런데 공주가 웃으며 다가왔고 그로써 어긋난 것들이 모두 제자리를 찾았다.

그 일을 떠올리며 알타쉬헤트는 자신의 결론을 조금 양보했다. 제미라의 용서는 무아카만이 아니라 공주마저도 바꿨다. 그래서 공주는 알타쉬헤트를 용서했고, 그것으로 그는 근심을 덜었다. 직접 경험했으니 부정할 도리가 없다. 용서가 만능은 아니지만 때론 기적이라 불려도 좋을 만한 일을 해내기도 한다. 그는 결국 그걸 인정했다.

알타쉬헤트는 짧은 한숨을 내쉬었다. 공주와는 앞으로 해야 할 일이 많다. 빈틈없이 날을 세워도 모자랄 판에 그런 어정쩡한 관계로 괜찮을 리가 없다. 그래서 여러모로 염려스러웠는데, 그 문제가 모두 해결됐으니 정말 반가운 일이다.

공주와의 관계는 회복되었고 무아카와 제미라의 일도 어쨌든 일단락되었다. 이제 다시 다음 일을 생각하지 않으면……. 그렇게 생각하던 알타쉬헤트는 소리 없이 이를 사리물었다.

사실은 아니다. 사실 전혀 반갑지 않았다.

그는 그 공주님이, 너무 일찍 괜찮아졌다고 생각했다. 그렇게 되길 바랐지만 막상 그렇게 되니 마음이 좋지 않았다. 알타쉬헤트는 이를 꾹 깨문 채 촛불을 바라보았다. 지금 흔들리는 것이 과연 그 촛불인지 아니면 다른 무엇인지 그는 알아차릴 수 없었다.

그는 자신의 마음을 외면하고 덮었다. 그것으로 괜찮아질 거라고 생각했다. 하지만 그는, 전혀 괜찮지가 않았다.

시로니

"하아암."

조종실 상석에 앉은 시로니는 입이 찢어지도록 하품을 했다. 이른 새벽에 출발하느라 잠을 거의 못 잤다. 평소에도 쥐꼬리만 한 수면 시간으로 연명하지만 오늘은 평소보다 더 피곤하다. 전날 들떠서 술을 진탕 퍼마신 탓이다.

힘들어하는 시로니를 보며 자이트가 혀를 찼다.

"어젠 왜 그렇게 많이 마신 거야?"

"아야 씨랑 이런저런 얘길 좀 하느라."

이런저런 얘기라고 뭉뚱그려 말했지만 사실 공주님이 떠나고 시로니가 아야라와 나눈 얘기는 대부분 알타쉬헤트에 관한 것이었다. 그의 태생부터 어린 시절, 성격, 특기와 특징, 기타 여러 가지 사소한 것까지. 시로니는 그에 대한 걸 집요하게 캐물었고 아야라는 그걸 의아해하면서도 적당한 선에서 답해 주었다.

그로써 시로니는 꽤 많은 정보를 수집했지만, 결정적이라고 할 만한 건 아직 없었다. 그건 시로니를 짜증 나게 만들었다. 정보도 심증도 충분한데 왜 결론이 안 나오니? 마지막 한 조각은 대체 어디 숨어 있는 거야!

시로니는 결국 호기심을 해결하지 못했고 그래서 이대로 떠나는 게 못내 아쉬웠다. 아, 조금만 더 하면 알 것도 같은데. 시로니는 비밀을 뒤로한 채 떠난다는 게 아무래도 애석해서 푸념하듯 말했다.

"알트 씨, 배웅도 안 나왔지? 그 잘생긴 얼굴 마지막으로 보고 싶었는데."

시로니의 말에 자이트도 알타쉬헤트를 떠올리며 말했다.

"무뚝뚝한 친구였어."

"응? 그래? 예의 바르고 괜찮던데?"

"그런가? 난 그 친구가 얘기하는 걸 거의 본 적이 없어서."

자이트의 말에 시로니는 알 만하다는 표정을 지었다.

"그건 자이 씨가 공주님한테 너무 친한 척해서 그런 거고."

자이트가 무슨 소리냐며 되물었지만 시로니는 혀만 끌끌 찼다. 그리고 공주와 알타쉬헤트를 떠올리며 피식 웃었다. 공주님을 좋아하는 게 눈에 빤히 보이던데, 고백하니까 오히려 찼단 말이지? 고지식과 고단수, 어느 쪽일까? 둘 다인가? 풋풋하니 귀엽다고 생각하며 시로니는 옆에 둔 문서를 다시 펼쳤다. 얼마 전 알타쉬헤트에게 빌린 체파르데아의 기록을 받아 적은 사본이다.

알타쉬헤트는 몇 달 전부터 체파르데아의 일기장을 조사하며 그중 쓸 만한 내용을 모아 따로 정리해 두고 있었다. 그가 수집한 내용은 주로 비라에 대한 내용이었다. 지금 비라에 관한 이야기는 구전되는 것이 전부였기 때문에 이 생생한 기록은 꽤나 가치 있는 정보였다. 그래서 시로니도 흥미가 생겼다. 그래서 살펴보기 시작했는데, 시로니는 점차 의혹을 품게 되었다.

사실은 기록을 보기 전부터 가지고 있던 의문이다. 그는 체파르데아의 성을 무너트린 힘의 정체를 무척 궁금해하고 있었다. 시로니는 무아카가 체파르데아의 성으로 돌진하던 당시 아크제리유트의 요새에서 상황을 관측하고 있었다. 그런데 그 관측 결과에 명료한 답을 내지 못해 오랫동안 고심했다. 측정 범위를 뛰어넘는 미지의 힘이 관측되었기 때문이다.

확실한 건 피네하스의 검은 힘은 아니라는 건데, 이게 대체 뭘까? 고뇌 끝에 시로니가 내린 결론은 공주였다. 피네하스를 대적할 수 있는 존재라면 비라에서 온 그 공주님 외엔 없으니까. 실제로 아크제리유트의 검은 힘을 증발시키기도 했고 말이다.

그런데 성이 무너질 때 무아카와 충돌했던 게 알타쉬헤트라는 이야기를 듣고 시로니는 다시 의문을 갖게 됐다. 그 둘이라면 당연히 무아카는 아니다. 그때 관측된 건 검은 힘이 아니었으니까. 그렇다면 남은 건 알타쉬헤트인데, 대체 뭘까? 시로니의 의혹은 그렇게 시작되었고 그것은 체파르데아의 기록을 살펴보며 점점 더 깊어졌다.

시작은 치포라에 대한 기록이었다. 치포라에 대한 것은 시로니도 어느 정도 알고 있었다. 네벨라의 유물 못지않게 유명한 보물이니까. 리브나 키브사가 비라에서 가져왔으며 한 노예의 값으로 시플라에게 넘겨졌다는 것도 유명한 이야기다.

그 치포라로는 하늘을 날 수 있다는데, 시플라의 손에 넘어간 이후 발동된 적이 한 번도 없어서 그건 그저 전설로만 여겨졌다. 그런데 2년 전 알타쉬헤트에게 전달되며 비로소 발동되었다. 시로니도 그 이야기를 전해 들었지만 그땐 그저 옆 동네 소식이었다. 그게 뭘 의미하는지 전혀 몰랐으니까.

그런데 체파르데아가 남긴 기록을 보며 시로니는 어리둥절해졌다. 그의 일기장에 적힌 내용대로라면, 치포라를 사용할 수 있는 사람은 세상에서 단 세 명뿐이었으니까.

치포라의 정체는 바로 이르이트 대공의 힘 그 자체였다. 그 힘에는 의지가 존재했고, 그래서 대공이 허락한 특정 인물이 아니면 그 힘은 반응하지 않았다. 그리고 이르이트에게 치포라의 사용을 허가받은 사람은 둘뿐이었다. 하나는 연인이었던 리브나 키브사, 그리고 다른 하나는 그의 부관인 이슈라.

그렇다면 알타쉬헤트가 치포라를 사용하는 건 이상하다. 리브나 키브사는 그 어린 공주님이고 이슈라는 이요브로 이름을 바꾸고 영주가 되었다. 그 두 사람의 소재는 확실하다. 그럼 알타쉬헤트라는 녀석은 대체 뭔데 그 날개를 쓰는 거지?

의심스러워진 시로니는 아야라를 통해서 알타쉬헤트에 대한 정보들을 수집했다. 그 결과 알게 된 것은 그의 태생이 불명하다는 것, 치포라의 사용자이며 시믈라가 이유 없이 치포라를 선물했다는 것, 그리고 검은 힘이 아닌 미지의 힘으로 무아카를 격파했다는 것. 이게 전부였다.

이게 전부라니, 시로니는 그 말에 답답함을 느꼈다. 이거면 충분하잖아! 그렇게 외치고 싶었지만 학자로서의 공명정대함이 그것을 방해했다. 더 결정적인 증거를 수집하지 않는 한 그걸 진실이라고 판가름할 수 없었다. 이대로라면 어디까지나 예상이고 추측일 뿐이다.

시로니는 진절머리를 내며 들고 있던 문서를 집어 던졌다. 그러고는 영 개운하지 못한 끝 맛을 잊으려 쭉 기지개를 켰다. 조종실 계기판 앞에 있던 남자가 시로니에게 말을 건 건 그때였다.

"시로니 씨, 뭔가 접근하고 있어요."

"아, 뭔데요? 참새 같은 거 가지고 그러는 거면 혼나요?"

"참새는 절대 아닙니다. 상당히 큽니다. 하나인데 꽤 빠른 속도로 날아오네요. 어떡할까요?"

"포획해!"

시로니는 생각할 것도 없다는 듯 소리쳤다. 그 단호한 외침에 남자가 당황해서 되물었다.

"기달티 성에서 오는 걸 수도 있는데요?"

"그러니 요격하지 말고 포획하라고요. 이러면 나중에 어머, 실수! 하고 얼버무릴 수 있잖아요?"

시로니는 그렇게 말하며 상석에서 깡충 뛰어 내려왔다. 시로니가 다가오자 앉아 있던 남자는 자리를 비켜 주었다. 시로니는 그 자리에 풀썩 앉으며 흥미진진한 표정으로 손을 풀었다. 마침 잘됐다는 생각이 들었다. 어차피 미결로 남을 연구 과제, 화끈하게 놀고 그냥 잊어버려야지.

"안 그래도 한 번쯤 써보고 싶었어요, 요새의 공격 시스템."

요새의 군더더기는 다 덜어 냈지만 전투 기능만큼은 남겨 두었다. 네벨라의 역작이자 유작이라고 할 수 있는 이 요새의 애초 목적은 메트로폴리스 점령. 따라서 요새는 이요브에게 대응할 수 있도록 설계되었다. 그리고 이요브의 주특기는 바로 고속 비행. 비라에 있을 적 이르이트 대공의 부관이었다는 걸 증명하는 특기다. 바로 그 이요브에게 대항하려고 설계한 시스템이니, 지금 다가오는 게 비행체라면 붙잡는 거야 식은 죽 먹기일 것이다. 시로니는 눈을 빛내며 조종실의 사방에 지시를 내렸다.

"자, 점점 가까워지네요? 그럼 3번부터 8번까지 사출구 개방, 사정거리 들어오면 그물 쏩니다."

시로니의 느긋한 태도에 조종실의 남자들도 별반 긴장하지 않고 명령을 복창했다.

"거의 다 왔네요. 자, 셋, 둘, 하나, 사출!"

"3, 4번 그물 사출합니다."

"5, 6, 7번 사출했습니다."

"8번 이하 동문."

사방에서 여섯 개의 그물을 던졌다. 잡혔겠지? 시로니는 그렇게 생각하며 계기판을 들여다보았다. 하지만 그물은 포획물 없이 다 텅 비어 있었고 요새에 따라붙은 미확인 비행체는 여전히 날고 있었다.

"다 피했잖아?"

시로니는 어처구니없어하며 다시 지시를 내렸다. 이번에는 1번부터 12번까지 포획용 사출구를 모두 열어 그물을 쏘았다. 하지만 결과는 마찬가지, 시로니는 어안이 벙벙해서 중얼거렸다.

"또 피했어? 이걸?"

그들이 사용하는 그물은 물고기나 새를 잡는 성기고 흐느적대는 것이 아니다. 철사를 꼬아서 만든, 쏘는 순간에 화살처럼 날아가 상대방을 단숨에 덮치는 무기다. 그런 그물이 사방에서 덮쳐들었는데 놀랍게도 그 비행체는 여전히 건재하다.

조종실에 있는 모두가 놀랐지만 그중에서도 시로니는 소름 끼칠 만큼 경악했다. 아는 만큼 보이는 법이다. 시로니는 연구소의 친구들에게 이 요새의 저력에 대해 자세한 설명을 들었다. 완벽하게 가동한다면 이요브와도 맞설 수 있다고 그들은 호언장담했다.

그렇다면 이 상황을 다시 생각해 보자. 요새에 따라붙은 무언가가 이요브만큼 능숙하게 비행 중이라는 뜻이다. 대체 누가? 어떻게?

"포획은 포기하고 이제부터 요격합니다. 다들 요격 준비."

"시로니 씨, 아무래도 그건……."

"제가 책임질게요. 어서 준비."

시로니가 진지해졌다. 평소 장난스럽기만 하던 과학자의 그런 모습은 모두에게 생소했다.

여유를 지운 채 시로니는 심각하게 계기판을 바라보았다. 시로니의 가슴은 어느 때보다 뛰고 있었다. 아무도 본 적 없는 보물을 막 발견한 기분이었다. 그리고 학자인 시로니에게 보물이란 진실, 아직 아무도 모르는 크나큰 진실이다.

"포구 개방하세요. 단숨에 요격합니다. 불복은 허용 못 합니다. 사령관 대리 명령이에요."

시로니가 엄하게 말했다. 어느 누구도, 심지어 자이트도 시로니의 그런 모습이 낯설어 거역할 수가 없었다. 이윽고 요새는 모든 포구를 개방하며 전투태세를 갖췄다. 시로니는 계기판을 바라보며, 꿈틀대는 희열을 숨긴 채 명령했다.

"요격 실시."

남자들이 복창했고 곧 요새가 진동했다. 요새의 사방에 장착된 포에서 불꽃이 뿜어져 나왔다. 그렇게 요새가 요동치길 한차례, 남자들의 보고가 다급히 이어졌다.

"1번 2번 3번 포, 회피."

"4번부터 9번까지도 회피."

"10번대 전체 회피!"

"21, 22, 23, 24번 유도탄도 목표물 맞히지 못하고 격추됐습니다!"

시로니의 입매가 올라갔다. 이쯤 되면 저게 이요브 본인이라고 해도 놀랍지 않다.

"15초 동안 휴면, 2차 포격 준비합니다."

"더는 안 됩니다."

한 남자가 반항하자 시로니는 짜증스럽게 대꾸했다.

"불복 허용 못 한다고 했어요."

"그게 아니라, 동력이 다 떨어졌습니다. 무리하게 더 움직이면 동력실에 있는 사람이 위험합니다."

그 말에 시로니는 아차 하며 탄식했다. 미지의 대상에 정신이 팔려서 동력에는 미처 신경을 못 썼다. 동력실에 있는 사람을 죽일 생각이 아니라면 여기서 멈춰야 했다. 시로니는 짧게 혀를 차며 한풀 꺾인 기세로 말했다.

"요격 중단하고 속도 늦춥니다. 그리고 저 비행 물체의 정체 확인합니다."

시로니가 명령했지만 그들이 굳이 그 비행 물체를 확인할 필요는 없었다. 조종실 전면의 강화유리에 그것이 스스로 모습을 드러냈기 때문이다. 처음 보인 건 커다랗고 새하얀 날개였다. 그 날개 사이엔 한 청년이 있었다. 알타쉬헤트였다.

잠시 후 조종실의 해치가 열리고 알타쉬헤트가 들어왔다. 장거리를 비행하고 포격을 피하느라 그는 기진맥진한 상태였다. 사방에서 터진 폭발의 영향으로 옷과 머리카락이 군데군데 그을려 있었다.

그렇게 엉망진창인 몰골이었지만 시로니는 아랑곳하지 않고 달려들어 그를 껴안았다.

"역시 당신이었어! 사랑해, 날 받아 줘! 자기가 내 전부야!"

그 열렬한 구애에 알타쉬헤트가 당황하자 자이트는 황급히 시로니를 잡아당겼다.

“죄송합니다, 가끔 이렇게 정신 나간 소리를 합니다.”

“괜찮습니다. 그보다 공주님은 어디 계십니까?”

알타쉬헤트의 질문에 자이트는 어리둥절해서 눈을 깜빡였다.

“공주님이야 성에 계시겠죠.”

“무슨 말입니까? 따로 출발했습니까?”

알타쉬헤트의 동문서답에 자이트는 고개를 갸웃거렸다. 그는 대화가 성립되지 않는 걸 느꼈고 곧 그의 오해를 깨달았다.

“아니요, 저희 도시가 아니라 기달티 님의 성에 있다는 뜻입니다.”

그 말에 알타쉬헤트의 눈이 커졌다. 그는 놀라서 한참이나 자이트를 바라보다가 이윽고 잔뜩 메인 목소리로 물었다.

“같이 가시는 거 아니었습니까?”

“아닙니다. 어젯밤에 못 간다고 말씀하셨습니다. 기달티 님의 성에 남을 거라고 하셨는데, 얘기 못 들으셨습니까?”

이 친구 어디서 뭘 하다가 와서 이러는 걸까? 자이트는 궁금했지만 그 답을 찾지 못했다. 기본적으로 세심함이 부족한 탓이다. 반면 세심함도 관찰력도 비범한 시로니는 알타쉬헤트를 보는 순간 그의 어젯밤 소재를 간파했다.

“알트 씨, 밖에서 밤새웠나요?”

공주님의 행방에 얼떨떨해하던 알타쉬헤트는 시로니의 말에 움찔 어깨를 떨었다. 그 반응에 시로니는 자신의 추측이 맞아떨어진 걸 확인했다. 어제와 같은 옷을 입고 있는 데다가 영 푸석푸석해 보이는 게 딱 밖에서 날밤을 새운 꼴이었다. 시로니가 재차 물었다.

"혹시 공주님이 뻥치던가요? 우리 도시로 갈 거라고?"

방금과 똑같은 반응. 그 알기 쉬운 모습에 시로니는 피식피식 웃기 시작했다. 지난 보름 동안 봤을 땐 그래도 표정 관리 잘하는 똑똑한 친구였는데, 지금은 동요가 이만저만이 아닌가 보다. 시로니는 자신의 연구 대상인 이 청년이 사랑스럽기도 하고 또 가엽기도 해서 그를 구해 줄 요량으로 친절히 설명했다.

"그 공주님, 자이 씨가 같이 가달라고 한 부탁은 거절했어요. 그래서 오늘 새벽에 우릴 배웅까지 해줬고요."

안 그래도 좋지 않던 알타쉬헤트의 얼굴이 완전히 창백해졌다. 충격이 가시고 점점 무안해졌는지 그의 행동이 부자연스러워졌다.

"그, 그렇습니까. 알겠습니다. 실례 많았습니다."

알타쉬헤트는 그렇게 말하며 돌아가려고 했다. 서둘러 해치로 올라가는 그의 모습에 사람들은 모두 얼빠진 표정을 지었다.

"알트 씨."

알타쉬헤트가 휙 가버리기 전에 시로니가 그를 불렀다. 그가 돌아보자 시로니는 상큼하게 웃으며 조언했다.

"돌아가면 너무 혼내지 말고 꼭 안아 줘요."

알타쉬헤트는 잠깐 멈칫하더니 대답도 하지 않고 훌쩍 해치 밖으로 날아가 버렸다.

"무슨 말이야?"

아직 상황 파악을 못 한 자이트가 물었지만 시로니는 대답하지 않고 킥킥대며 웃었다.

“아, 냉정한 청년이라고 들었는데 뜻밖에 귀여운 구석이 있네? 고단수가 아니라 고지식 쪽이었군?”

그렇게 말하는 시로니는 평소보다 들떠 있었다. 청년의 풋풋함을 구경한 것도 좋았지만 그보다 시로니를 즐겁게 한 건 따로 있었다.

알타쉬헤트. 태생 불명. 치포라의 사용자. 시믈라가 이유 없이 치포라를 선물. 검은 힘이 아닌 미지의 힘으로 무아카를 격파. 이요브 이상의 비행 능력.

게다가, 공주님의 연인?

이 정도로 겹치는 게 단순히 우연일까? 하, 그렇다면 참 절묘한데? 여기까지 왔는데 결론을 내지 않고 버틴다면 그건 공정함이 아니라 아집이다. 풋내기 연구자들이나 부리는 철딱서니 없는 아집.

시로니는 간질거리는 희열에 자신의 어깨를 꼭 끌어안았다. 크게 웃고 싶은 기분이었다. 아, 하지만 아직은 안 되지. 아직은. 시로니는 가까스로 웃음을 참고 침착함을 가장한 채 전면의 창문 너머 하늘을 바라보았다.

그래, 그렇단 말이지? 공주님과 대공님이라, 하늘의 왕은 이 세상에서 대체 무슨 일을 벌일 생각인 걸까? 그 계획을 훔쳐보고 싶어서 안달이 났지만 시로니는 다시 애써 참았다. 그때 그의 눈은 어느 때보다 반짝였다. 재미있는 장난감을 발견한 아이의 눈이었다.

체파르데아의 기록_ 피네하스

최초의 변절자. 피를 삼키고 죽음을 뱉는 뱀. 아본의 주인. 본명은 이틀라.

이틀라는 본래 비라의 세 주인—엘, 이르이트, 리브나 키브사— 다음으로 높은 자리에 있던 비라의 재상이다. 하지만 비라의 주인 자리를 넘보고 엘에게 반역하여 결국 이르이트에게 추방당했다.

추방당한 후 이틀라는 멀리서 기회를 노리던 중 또다시 비라를 침공, 주민들을 감언이설로 꼬드겨 아본으로 끌고 왔다. 그곳에서 이틀라는 피네하스로 이름을 바꾸고 비라의 주민들을 노예로 삼아 자신의 왕국을 완성했다.

이후 피네하스는 자신의 대행자로 삼을 인간을 찾아 자신의 피를 주입했다. 피네하스의 피를 마신 인간은 그의 검은 힘—본래는 빛나는 힘이었지만 타락하며 검게 일그러졌다—을 물려받으며 영주가 된다. 피네하스의 고집 탓에 영주의 수는 항상 일곱이었다. 이 영주들은 피네하스와 같은 방식으로 자신의 피를 타인에게 주입해 권속을 만들 수 있다.

즉, 권속은 영주의 피를 마셔 피네하스의 검은 힘을 간접적으로 주입당한 인간을 가리킨다. 그들은 영주와 주종 관계를 이루며 생명까지 연결된다. 그 때문에 주인인 영주가 죽으면 권속들은 자아를 잃고 미쳐 버린다.

피네하스는 인간 앞에 나타날 때 주로 세 가지 모습을 사용한다. 노신사와 아름다운 귀부인, 그리고 어린아이. 그 모습에 무슨 의미가 있는지, 어느 것이 실체인지는 아무도 알지 못한다.

피네하스는 비라의 재상이었던 만큼 매우 지혜롭다. 현재의 이 잔혹함은 타락 이후에 만들어진 성품이다. 타락하면서 정해진 그의 속성이 반역이기 때문이다. 그는 엘의 속성인 옳음—선善, 정正—에서 벗어난 첫 번째 존재로, 그 반대 속성인 그릇—악惡, 반反—을 차지하고 그것의 주인이 되었다.

고로 첫 변절자라는 자격으로 옳음에서 벗어난 모든 것을 자신의 소유로 삼을 수 있다. 따라서 아본과 아본의 주민은 모두 그의 소유물이며, 달리 말해 그는 세상의 주인이다.

체파르데아의 기록_ 리브나 키브사

비라의 세 주인 중 하나로 별칭은 순백의 공주이다. 엘의 외동딸로 그의 모든 것을 물려받을 유일한 후계자이다. 예언의 능력을 가지고 있으며, 비라에서는 살아 있는 것을 보살피는 역할을 했다.

20대 여성의 외형을 하고 있으며, 순백색 머리카락과 푸른색 눈동자를 소유하고 있다. 다정하고 따스한 성격으로 속성은 사랑이다. 이르이트 대공과 약혼했으나 파기되었다.

좋아하는 것은 사과 잼 와플, 홍차, 호숫가 산책, 사람들, 갓 태어난 동물, 열매 맺는 많은 식물, 아버지 엘과 이르이트 대공, 그리고 친구였던 픽쿠드.

보고 싶어요, 공주님…….

체파르데아의 기록_ 이르이트

비라의 세 주인 중 하나로 별칭은 '하늘의 대공'이다. 태초에 엘과 함께 세상의 질서를 잡았다. 우주의 천체를 통치하는 자로서, 비라의 하늘과 기후도 그의 다스림을 받는다. 만왕의 왕 엘 다음으로 강한 존재로서 재상 이틀라가 그 무리들과 반역을 저질렀을 때 단신으로 그들을 추방, 숙청했다.

20대 남성의 외형을 하고 있으며, 올곧고 분명한 성격으로 속성은 정의이다. 리브나 공주와 약혼했으나 파기되었다.

빛나는 날개를 가지고 있는데 그것은 신체 일부라기보다는 형상화된 힘에 가깝다. 그 날개는 하늘과 그 너머 우주까지 자유롭게 날 수 있으며, 우주의 끝과 끝을 순식간에 오갈 수 있다. 또한 시간을 넘나드는 것도 가능하지만 이것은 엘에 의해 엄격히 금지되어 있다.

체파르데아의 기록_ 엘

비라의 세 주인 중 하나로 별칭은 만왕의 왕이다. 세 주인—엘, 이르이트, 리브나 키브사— 중 첫 번째로 여겨진다. 만물의 주인이자 리브나 키브사의 아버지이기도 하다. 하늘과 땅을 다스리는 자로서 그의 좌우에 이르이트와 리브나 키브사를 두고 있다. 모든 일의 결정자이며 주관자이다.

엘의 외형에 대해서는 알려진 바가 전혀 없다. 눈부신 빛이 늘 함께 있어서 사람의 눈으로는 그를 제대로 볼 수 없기 때문이다. 다만 다른 두 주인을 통해 그 모습을 어렴풋이나마 유추할 수 있는데, 리브나 키브사는 '우리 아빠가 제일 멋있다'고 주장한 반면 이르이트는 '그냥 그렇다'고 증언했다. 이 때문에 그의 실체에 대해선 의문만 무성하다.

그의 속성은 옳음—선善, 정正—으로 리브나 키브사의 사랑과 이르이트의 정의를 포함한다.

하지만 당신이 정말 옳다면, 당신이 만든 세상은 왜 이 모양인가.

▶ 3권에서 계속

아나하라트_공주와 구세주 2

초판 1쇄 발행 | 2016년 7월 7일

지은이 | 김영지
발행처 | 마음지기
발행인 | 노인영
기획·편집 | 박운희
디자인 | 박옥

등록번호 | 제25100-2014-000054(2014년 8월 29일)　**주소** | 서울시 구로구 공원로 3, 208호
전화 | 02-6341-5112~3　**FAX** | 02-6341-5115　**이메일** | maum_jg@naver.com　*이 도서의 국립중앙도서관 출판예정도서목록(CIP)은 서지정보유통지원시스템 홈페이지(http://seoji.nl.go.kr)와 국가자료공동목록시스템(http://www.nl.go.kr/kolisnet)에서 이용하실 수 있습니다. (CIP제어번호: 2016015841)

※ 책 값은 뒤표지에 있습니다.
※ 잘못 만들어진 책은 바꿔 드립니다.

ISBN 979-11-86590-11-9 04810 / 979-11-86590-09-6 04810 (세트)

마음지기 마음지기는 여러분의 소중한 꿈과 아이디어가 담긴 원고 및 기획을 기다립니다.

마음지기는

성공은 사람을 넓게 만듭니다. 그러나 실패는 사람을 깊게 만듭니다. 마음지기는 성공을 통해 그 지경을 넓혀 가고, 때때로 찾아오는 어려움을 통해서 영의 깊이를 더해 갈 것입니다. 무슨 일에든지 먼저 마음을 지킬 것입니다.
높은 산꼭대기에 있는 나무의 뿌리가 산 아래 있는 나무의 뿌리보다 깊습니다. 뿌리가 깊기에 견고히 설 수 있습니다. 마음지기는 주님께 깊이 뿌리내리고 그 어떤 상황에서도 주님을 찬양할 것입니다.
"하나님과 가까이 교제하고 교감하는 사람은 그렇지 못한 사람보다 더 행복하다"라고 마시 시머프는 말했습니다. 마음지기는 하나님과 교감하고 교제하기 위해서 하루 24시간을 주님과 동행할 것입니다.

"모든 지킬 만한 것 중에 더욱 네 마음을 지키라 생명의 근원이 이에서 남이니라" 잠언 4:23